Alison Lurie

Liebe und Freundschaft

Roman

Aus dem Amerikanischen von Otto Bayer

Diogenes

Titel der Originalausgabe:
›Love and Friendship‹

Umschlag: Gustav Klimt
Studie zur ›Hexe‹ 1898

Für Jonathan

Deutsche Erstausgabe

150/87/8/1
ISBN 3 257 01738 3

*»Ach! (rief ich) wie soll ich denn die Übel meiden,
die mir niemals widerfahren?«*

Jane Austen, Love and Friendship, 1922

Erster Teil

1

Der Tag, an dem Emily Stockwell Turner sich von ihrem Mann entliebte, begann so ähnlich wie alle anderen Tage. Wie üblich blieb Emmy zwanzig Minuten länger im Bett liegen, als sie sollte, während ihr Söhnchen Freddy auf ihren Beinen mit Autos spielte, und als sie endlich aufstand, erschien ihr alles heillos kompliziert. Aber irgendwie kam dann doch das Frühstück auf den Tisch, wurde Freddy gefüttert und angezogen und mit der Fahrgemeinschaft in den Kindergarten geschickt, und zuletzt stand Emmy vor dem Haus, um ihren Mann pünktlich zur Arbeit zu verabschieden.

»Sieht nach Schnee aus«, sagte Holman Turner, Dozent an der Fakultät für Sprachen und Literatur am Convers College, als er im Mantel neben ihr auf dem hartgefrorenen Rasen stand. Es war ein frostiger, dunkler Morgen im frühen November, und Emmy hatte nur einen alten Kaschmirpullover und eine dünne Hose an, aber sie gehörte zu den Leuten, die nie froren.

»Oh, gut, findest du nicht? Aber wir haben die erste Novemberwoche. Ich fürchte, das ist viel zu früh.«

»Hier schneit es wahrscheinlich früh«, sagte Holman, stieg in den Wagen und schlug die Tür zu. Durchs Fenster sah er Emmy lächelnd zu den Wolken emporsehen. Welch ein herrliches Geschöpf sie doch ist, dachte er, wie so oft. Sie war groß, gebräunt wie eine Zigeunerin und hatte eine frische Gesichtsfarbe. Ihr schweres hellbraunes Haar war von der Nacht noch zu einem dicken Zopf geflochten, der ihr über eine Schulter hing. Sie war siebenundzwanzig Jahre alt und sah noch immer aus wie an dem Tag, an dem er sie geheiratet hatte: ein liebevoll gezüchtetes und bestens gepflegtes Vollblut, stets in Hochform gehalten für einen edlen Zweck, für den die Zeit noch nicht gekommen war und wohl auch nie kommen würde. Holman hatte das an jungen Männern und Frauen aus Emmys Kreisen schon oft beobachtet, allerdings selten in diesem Maß und in Verbindung mit solcher Schönheit.

Emmy stand noch immer neben dem Wagen und wartete, daß ihr Mann das Fenster hinunterkurbelte, also kurbelte er es hinunter.

»Mach's gut, Darling«, sagte sie und bückte sich, um ihn zu küssen.

»Bis später, Baby«, antwortete Holman, kurbelte das Fenster wieder hoch und fuhr die Einfahrt hinunter.

Emmy stand lächelnd auf dem Rasen und sah dem Wagen nach, einem kleinen grünen VW, wie er auf die Straße bog und sich, immer kleiner werdend, zwischen sanften Hügeln voller Zwergkiefern und Birken hindurch auf dem Highway entfernte. Jetzt verschwand er um die Biegung, und vor halb sechs würde Holman nun nicht wiederkommen – obwohl Lehrer, hielt er auf regelmäßige Arbeitszeiten wie ein Büroangestellter –, doch Emmy ging noch nicht ins Haus zurück. Sie liebte diese Stelle im Vorgarten, denn von hier aus sah man im Norden, hinter Straße und Hügeln, die höchsten Giebel und Türme des Convers College. Nach allen Richtungen war die Sicht auf wenige Meilen begrenzt, denn Convers und sein College lagen in einem engen Tal. Die große Fernstraße verlief zwanzig Kilometer südlich hinter einem Gebirgszug vorbei; der nächste Bahnhof für Personenverkehr lag fünfzehn Kilometer weiter westlich hinter Hügeln und einem Fluß. Niemand kam nach

Convers, der nicht hier studieren wollte. Die hiesigen Farmer brachten ihre Zwiebeln, ihren Tabak und ihren Mais nach Hampton und kauften dort ihre Kleider und Möbel. Was es in den beiden Herrenmodegeschäften am Ort an Hemden und importierten Pullovern gab, konnten sie sich nicht leisten und wollten sie sowenig haben wie die handgeschmirgelten Stühle in den Antiquitätengeschäften von Convers.

Nachdem die Autogeräusche sich verzogen hatten, war es ganz still hier unter dem schweren, austernfarbenen Himmel. Emmy streckte die Arme aus. »Schnee!« sagte sie laut und in einem Ton, als riefe sie den Kellner. Sie mußte über sich selbst lachen und wiederholte: »Schnee, bitte! Ich möchte mal sehen, wie das aussieht.«

Alle ihre lebenden (und viele ihrer verstorbenen) männlichen Verwandten hatten vier Winter ihrer Jugend hier verbracht, aber Emmy hatte Convers noch nie unter diesem weißen Zuckerguß gesehen, mit dem es meist fotografiert und gemalt wurde. Sie hatte die Stadt schon oft besucht, doch immer nur, bevor das Collegeleben richtig losging oder nachdem es wieder zu Ende war. Sie war im Frühherbst hier gewesen, wenn ihre Brüder hergefahren wurden – hatte wartend unter einem hohen Baldachin von Ulmen vor dem Stockwellschen Verbindungsheim gestanden, während die Lederkoffer aus dem Cadillac geladen wurden. Und sie war zu den Entlassungsfeiern im Juni hiergewesen, wenn es von Fähnchen und Lampions und Markisen wimmelte, unter denen das Gesicht ihres Vaters mit rotweißem Papphut, auf dem seine Studienjahre standen, stets den Mittelpunkt einer Gruppe anderer Papphüte bildete.

Emmy fand es richtig ungerecht, daß sie bisher so wenig von Convers gesehen hatte. Denn Convers gehörte zu den

Stockwells (meinten die Stockwells), doch gesagt hätten sie (und sagten sie bei den Ehemaligentreffen auch), daß allenfalls die Stockwells zu Convers gehörten. Gewohnt hatten sie hier noch nie, doch betrachteten sie es als ihre geistige Heimat, was man von der teuren Wohnstatt in New Jersey, wo sie seit vierzig Jahren residierten, nicht behaupten konnte. Sie waren keine leibhaftigen Neuengländer, aber geistig waren sie es aus Tradition und glaubten daran, daß die Söhne der Familie in ihren jeweils vier Convers-Jahren soviel vom Odem des hohen Geistes atmeten, daß sie für den Rest ihres Lebens, den sie notgedrungen in einer wärmeren, materielleren Welt und zwischen bodenständigeren Menschen zubringen mußten, einen Vorrat davon in den Lungen behielten.

Die Stockwells fühlten sich Convers mehr verbunden (und viel mehr verpflichtet), als ihre Freunde, die an Allerweltsuniversitäten wie Harvard und Yale studiert hatten, sich ihrer Alma Mater je fühlen konnten. Seit fünfzig Jahren saß so gut wie immer ein Stockwell im Stiftungsrat sowie im Förderverein der Ehemaligen. Ansonsten war Emmys Familie in Convers auch materiell vertreten mit einem Speisesaal, vier Squashplätzen und einem großen Bibliotheksfonds zum Ankauf geologischer und geographischer Fachbüchter (die Stockwells verdienten ihr Geld hauptsächlich mit der Produktion von Bergbaugerät). Emmy hatte es schon oft bedauert, daß Mädchen nicht in Convers studieren konnten. Sie hatte ihre beiden Brüder als laute kleine Jungen, die sich für nichts als Autos, Boote und Tennis interessierten, nach Convers gehen sehen; sie hatte sie zurückkommen sehen als Männer von Bedeutung, noch immer fröhlich nach außen hin, doch stiller, gewichtiger und ernster. Sie oder ihre Freunde pflegten in ihren Ansprachen zur Examensfeier zu sagen, sie hätten sich in Convers selbst gefunden; Emmy aber schien es, als hätten sie dort jemand besseren gefunden.

Es begann zu schneien. »Jetzt fängt es an«, sagte Emmy bei sich und wandte sich mit vergnügtem Lächeln wieder dem Haus zu. Die Flocken fielen nur sehr spärlich; es würde lange dauern, bis sie die Erde weiß machten.

In der Küche stand das Geschirr noch im Becken, und auf dem Fußboden lag allerlei herum: Papierservietten, Spielzeugteile aus Plastik, ein zerbrochener Kamm und ein Stückchen Toast mit Marmelade. Es war alles noch relativ sauber und hatte höchstens eine Stunde auf dem Boden gelegen, aber der Anblick bereitete Emmy Verdruß. In einem Haushalt aufgewachsen, wo immer einer war, der alles aufhob, was herunterfiel, konnte sie sich an Unordnung im Haus nicht gewöhnen. Sie fand Hausarbeit nicht besonders schlimm oder ermüdend, doch schaffte sie es nie, sie mit der linken Hand zu machen und würde sie darum auch nie sehr gut machen, das sah sie inzwischen ein. Sie konnte ein ganzes Zimmer so gründlich säubern, als nähme sie selbst ein Bad, aber ihr fehlte die Gabe, beim Saubermachen nicht ans Saubermachen zu denken.

Also dachte sie auch jetzt daran, während sie Kamm, Servietten, Toast und Spielzeug vom Boden aufhob. Das meiste gehörte dem vierjährigen Freddy Stockwell Turner, jetzt im Kindergarten, und der hatte es auch fallen gelassen. Er ging erst seit einem Monat in den Kindergarten, und noch immer fand Emmy das Haus ohne ihn so sonderbar leer und unpersönlich wie eine Hotelsuite. Sie war an seine Gesellschaft so gewöhnt, daß sie nach getaner Hausarbeit kaum etwas mit sich anzufangen wußte. Daß sie jetzt allein einkaufen gehen konnte, verlor bald seinen Reiz; außerdem wurde Freddy immer wütend, wenn er merkte – und irgendwie merkte er es fast immer –, daß sie ohne ihn einkaufen gewesen war. Bei sich daheim hätte Emmy an so einem Vormittag nützliche Dinge erledigen können, wie zum Friseur oder ins Museum gehen, einem wohltätigen Verein bei der Öffentlichkeitsarbeit helfen oder sich erkundigen, was das Rahmen irgendwelcher Drucke, passend zu irgendwelchen anderen Drucken, kosten würde. Im Hause Stockwell waren die Kinder nie dazu ermutigt worden, faul herumzuliegen, egal was ihre Freunde taten. Aber für alle derartigen Tätigkeiten lag Convers viel zu abgelegen auf dem Lande; zum Beispiel war es bis zum nächsten Friseursalon, wo Emmy sich zur Not die Haare hätte waschen lassen können, eine zweistündige Autofahrt.

Sie ging ins untere Bad, stellte sich vor den Spiegel und legte, ohne richtig hinzusehen, ihren Zopf zu einer Acht, die sie mit Haarklammern feststeckte. Dann ließ sie in der Küche Wasser ins Becken laufen und begann mit dem Abwasch. Aber im nächsten Moment hörte sie damit wieder auf, denn eben war ihr eingefallen, daß heute ja ihre neue Putzfrau kommen sollte.

Emmy ging zum Herd und schenkte sich eine Tasse kalten Kaffee ein (sie trank ihn gern kalt, zum Teil aus Bequemlichkeit). Dann brach sie die neue Schachtel Kokoskringel an, die sie gestern, als Freddy gerade nicht hinsah, gekauft und später auf dem obersten Regal hinter den Suppendosen versteckt hatte. Sie nahm sich die ›New York Times‹ von gestern und setzte sich damit ans Fenster des Vorderzimmers, von wo aus sie die Putzfrau kommen sehen konnte.

Emmy seufzte genüßlich, während sie einen Schluck Kaffee trank, und noch genüßlicher, als sie in einen Kokoskringel biß. Sie aß so gern, und da sie zur Zeit relativ schlank war, konnte sie es mit gutem Gewissen. Sie wußte, daß sie nie wieder dick sein würde; dummerweise war Holman davon nicht so überzeugt. Immer wenn sie Kartoffelbrei mit zerlassener Butter auf den Tisch brachte oder sich ein zweites Mal vom Dessert nahm, kam so etwas nervös Warnendes in seinen Gesichtsausdruck. Ganz als sähe er bereits das Gespenst jenes dicken Mädchens, das er seinerzeit kennengelernt hatte.

Sie schüttelte die Zeitung auseinander. Meist schlug Emmy zuerst die Gesellschaftsseite auf, weil sie da immer etwas Amüsantes, Aufschlußreiches oder Schockierendes fand; dann die Inserate der großen Kaufhäuser und Theater, obwohl es sie jetzt verdroß, von Stücken und Konzerten zu lesen, in die sie nicht gehen würde, und von Kleidern, die sie nicht anprobieren konnte. Aber sie hatte das alles schon gestern gelesen. Jetzt blätterte sie auf Seite eins zurück, denn Holman liebte es, wenn sie gut informiert war, und mit Recht. RUSSISCHER BOTSCHAFTER LEGT PROTEST EIN. EXPERTE SAGT: AGRARPREISE ZU HOCH.

Zehn Minuten vergingen. Dann sah Emmy, als sie einmal aufblickte, durch den feinen Vorhang von Schneeflokken das Postauto über der Hügelkuppe auftauchen und seinen langsamen Weg von Briefkasten zu Briefkasten beginnen. Endlich hielt es vor ihrem Haus, und eine Frau, deren Alter und Größe schwer zu bestimmen waren, stieg aus. Sie kam in einem Paar schwarzer Männergummistiefel, die nasse Abdrücke im Schnee hinterließen, die Einfahrt herauf. Außerdem trug sie einen rosa karierten Mantel und ein geblümtes, unter dem Kinn zusammengebundenes Kopftuch, das sie als Angehörige der nichtakademischen Kreise von Convers auswies und wahrscheinlich als die neue Turnersche Putzfrau. Emmy ging ihr die Tür öffnen.

»Guten Tag«, sagte sie. »Mrs. Rabbage?«

»Mrs. Rabbage«, antwortete die Besucherin, indem sie

ihre Gummistiefel auf dem Schuhkratzer abstrich. »Ich komm bei Ihnen saubermachen.«

»Einen schönen guten Morgen! Treten Sie bitte ein.«

Mrs. Rabbage trat ein. Wie man jetzt sah, war sie eine kräftig wirkende, knochige Frau zwischen dreißig und vierzig, mit langem Gesicht und rötlichem Haar, das unter dem Kopftuch in metallenen Wicklern steckte. »Ein schöner Morgen ist anders, wenn Sie mich fragen«, sagte Mrs. Rabbage. »Ich hab heute früh kaum die Beine aus dem Bett gekriegt so kalt war's im Haus«, fuhr sie fort, während sie Emmy durch die Diele in die Küche folgte. »Hier ist Ihre Post.« Sie zog sie aus der Manteltasche, feucht und zerknittert. »Weil meine Kusine die bei mir wohnt jetzt wo ihr Mann drüben in Hamp im Krankenhaus liegt die hat nämlich in ihrem Zimmer die ganze Nacht das Fenster aufgelassen. Aber ich hab mir gesagt du mußt jetzt raus aus dem Bett Mrs. Rabbage denn du willst doch Mrs. Lumkin nicht sitzenlassen die den Herrschaften gesagt hat daß du pünktlich da bist. Erst das Geschirr ja? Wo haben Sie denn das Scheuermittel? . . . Schon klar. Ich weiß nicht was in sie gefahren ist die ganze Nacht das Fenster aufzulassen bei der ungesunden Luft meine Kusine meine ich die war ja noch nie besonders schlau und ich hab ihr schon mindestens tausendmal gesagt was ich bei Zugluft auszustehen hab. Das fühl ich hier so arg im Rücken und wo sie mich zuletzt operiert haben da tut die ganze Umgebung weh. So'n dumpfer Schmerz.« Mrs. Rabbage zeigte mit dem Spültuch auf die Stelle, und Emmy äußerte Mitgefühl. »Also ich hab mir gesagt Mrs. Lumkin hat den Herrschaften also Ihnen gesagt daß sie sich auf dich verlassen können das heißt auf mich. Und ich laß die Leute nicht gern sitzen wenn die Gesundheit mir keinen Streich spielt. Ich halte immer Wort das werden Sie noch merken und besonders eine Dame wie

Mrs. Lumkin laß ich nicht gern sitzen. Wollen Sie daß ich abtrockne oder lassen Sie nur abtropfen?«

Emmy beantwortete die Frage und verließ eilends die Küche. Sie legte die Rechnungen von Geschäften in New York und New Jersey, die in der Post gewesen waren, zum Trocknen auf den Kaminsims und wandte sich wieder dem Kaffee und der ›Times‹ zu. TEIL 2. BIBLIOTHEK STELLT SELTENE LANDKARTEN AUS. ENTE AUS KANALSCHACHT BEFREIT.

»Wo haben Sie die Putzlappen?« fragte Mrs. Rabbage von der Tür her. Emmy folgte ihr wieder in die Küche, um nachzusehen. »Na damit werd ich zur Not für heute auskommen. Beim Umzug schmeißt man ja immer soviel weg und hinterher bereut man es dann. Meine Schwester ist letztes Jahr nach North Greensbury gezogen und hat alle Mittel weggeschmissen die der Arzt ihrem Mann gegen seine Knubbel gegeben hatte und schwupp im Jahr darauf hatte ihr ältester Sohn welche der gerade vom Militär gekommen war. Er war ja tot ich meine ihr Mann darum hatte sie alles weggeschmissen.« Mrs. Rabbage bückte sich, um unter dem Spülbecken sauberzumachen, und das gab Emmy Gelegenheit zur Flucht.

Sie ging wieder ins Vorderzimmer, aber statt sich hinzusetzen, stellte sie sich diesmal ans Fenster und blickte hinaus. Mrs. Rabbage war die dritte Putzfrau, mit der sie es seit ihrem Umzug nach Convers versuchten; sie war Emmy von der Frau des Dekans empfohlen worden. Im Hause Stockwell galt es als Makel, wenn man sein Personal nicht halten konnte. Wahrscheinlich war man dann entweder allzu knauserig oder hatte irgendwelche dunklen Punkte im Familienleben. Aber Emmy wußte, daß es nicht ihre Schuld war. Die erste Putzfrau hatte sich einfach als absolut schlampig und unfähig erwiesen, und die zweite war nach zwei Wochen gegangen, um ihr Kind zu bekommen, obwohl sie doch beteuert hatte, das dauere noch drei Monate. Emmy wußte also, daß sie nicht schuld war, und trotzdem fürchtete sie, irgendwie könne sie es doch sein. Ihre Mutter hatte im letzten Brief geschrieben: »Du wirst ja wohl inzwischen eine gute Reinemachefrau gefunden haben; laß es mich bitte wissen.« Und wenn sie ihre Mutter nun nichts wissen ließ, wußte Emmy, daß dieser Satz im nächsten Brief wieder stehen würde, und im übernächsten.

Sie wollte noch eine Tasse Kaffee haben, wofür sie aber wieder in die Küche mußte, wo Mrs. Rabbage in erstaunlich kurzer Zeit das Geschirr gespült hatte und gerade dabei war, um den Herd, der den Turners auch ihr heißes Wasser lieferte, den Fußboden zu schrubben. »Hier vor der Ofentür, da sollten Sie mal'n Brett oder so was anbringen«, begann sie sogleich. »Diese alten Eisendinger sind gefährlich wenn Kinder im Haus rumlaufen denn die können Sie vermöbeln so oft Sie wollen sie werden nie schlau. Mein Jüngster der jetzt bei Shems arbeitet der hat sich als der drei war mal an so 'nem Ding das wir damals hatten so den Arm verbrannt daß er fünf ganze Tage im Krankenhaus von Hamp liegen mußte und der Arm sah ganz verkohlt aus.« Sie hatte sich jetzt rundgeputzt und schrubbte vor der Küchentür, so daß Emmy nicht hinauskonnte, ohne über sie zu steigen, und das traute sie sich nicht.

»Entschuldigen Sie«, sagte sie.

»Man sieht die Stelle noch immer an seinem Arm«, fuhr Mrs. Rabbage fort, ohne sich vom Fleck zu rühren, »da können Sie mal drauf achten wenn Sie zufällig bei Shems reingucken und ich hatte ihn natürlich schon tausendmal vermöbelt deswegen aber er hat ja einfach nicht gehört und dann das Gebrüll und Theater. Haben Sie nur das eine Kind?«

Emmy bejahte.

»Vor den Dingern müssen Sie sich in acht nehmen. Auch wenn er sich nichts tut aber wenn er an der Tür rumspielt kann er immer einen Brand verursachen.« Mrs. Rabbage stieß mit dem Schrubber nach dem Riegel der Ofentür. »Na den hat Mrs. Bliss ja wenigstens schön für Sie festgemacht«, mußte sie einräumen. (Mrs. Bliss war die Vermieterin.) »Nicht wie unten in dem Collegehaus wo die drei Kinder rumlaufen da hab ich erst letzte Woche als ich zum Saubermachen da war zu der Mutter gesagt sie soll sich mal an Mr. Lumkin vom College halten und das in Ordnung bringen lassen sonst tut's ihr noch mal leid wenn eins von ihren Kindern da zum Spaß die Hand reinsteckt und wie'n Grillsteak wieder rauszieht aber sie hat mich überhaupt nicht beachtet und die sind sowieso alle plemplem.«

»Also bitte! Mr. Lumkin, der Dekan, ist ein Freund meines Vaters«, sagte Emmy rasch und lachte ungnädig.

»Ich hab ja auch nichts gegen Mr. Lumkin gesagt«, versetzte Mrs. Rabbage. »Ich rede von den Mietern die er da in dem Haus an der Greensbury Road hat aber gegen Mr. Lumkin hab ich nichts.« Sie verstummte, oder war sprachlos, und geräuschvoll räumte sie eins, zwei, drei den Schrubber, den Eimer und sich selbst aus Emmys Weg.

»In der Speisekammer brauchen Sie den Boden nicht zu putzen, Mrs. Rabbage«, bot Emmy in versöhnlichem Ton an, als sie ging. »Nur zu fegen.«

»Kann ihn auch gleich putzen«, antwortete Mrs. Rabbage. »Sieht zwar nicht so schlimm aus wie in der Küche aber vertragen kann er's auch.« Sie kippte das Wasser aus.

Emmy fühlte sich zurechtgewiesen und entfernte sich. Diesmal ging sie nach oben und begann Freddys Kleiderschrank aufzuräumen. Wenn ich Mrs. Rabbage zum Schweigen bringen will, muß ich sie nur mal rasch beleidigen, dachte sie bei sich und versuchte diesen Trost mit dem dazugehörigen frohen Lachen zu untermalen, aber ganz wohl war ihr nicht. Sie fand es demütigend, Dienstboten anzufahren.

Während sie arbeitete, hörte sie unten schon den Staubsauger durchs Eßzimmer gehen. Bald wanderte er weiter ins Vorderzimmer. Mrs. Rabbage schien sehr schnell zu arbeiten. Emmy ging ans Fenster und sah durch die Vorhänge, die Freddy sich selbst ausgesucht hatte, bunt bedruckt mit Planeten und Raumschiffen. Es war ein sehr moderner kleiner Junge. Über Mars und Venus und Lenkraketen wußte er genau Bescheid, aber von Australien hatte er noch nie gehört. Sie sah hinaus auf die Felder, Farmhäuser und Schuppen, die verrottenden Scheunen und alten Landwirtschaftsgeräte, die dort still vor sich hin rosteten. Vom ganzen Lehrkörper wohnten die Turners am weitesten hier draußen. Fast alle andern wohnten in der Stadt in collegeeigenen Häusern, die den Fakultätsmitgliedern nach ihrem Rang zugeteilt und zum Einheitspreis vermietet wurden. So wohnten eben Assistenzprofessoren in Häusern, die für Assistenzsprofessoren gedacht waren, und wenn sie zu ordentlichen Professoren ernannt wurden, zogen sie um. Dozenten auf Probe, wie Holman Turner, mußten in der ausgedienten Kaserne draußen beim Heizkraftwerk wohnen, den sogenannten Hütten, sofern sie es sich nicht leisten konnten, irgendwo in der Nähe ein Haus privat zu mieten oder zu kaufen, was nicht billig war, und überhaupt eins fanden, was nicht leicht war. Emmy hatte sich schon oft gewünscht, in der Stadt zu wohnen wie alle andern, aber in den Hütten zu wohnen hatte sie sich noch nie gewünscht.

Emmy stützte die Ellbogen auf die Fensterbank und legte das Gesicht an die Scheibe, so daß sie die ans Fenster wehenden und daran schmelzenden Schneeflocken fast auf den Wangen fühlen konnte. Irgend etwas müßte jetzt passieren, dachte sie. Da sie in einem großen Haushalt aufgewachsen war, wo immer alles in Gruppen getan wurde, entweder in hellen geheizten Räumen oder in strahlendem Sonnenschein, erschien ihr allein schon die Stille und Kälte in Convers verheißungsvoll. Da dachte man an Offenbarungen in Wüsten und Wäldern, Thoreau und Descartes. Sie versank in einen nebelhaften Tagtraum voller Gestalten und Stimmen und hörte nicht mehr den Lärm des Staubsaugers, der sich Stufe um Stufe den Treppenläufer emporsaugte, bis er, gefolgt von Mrs. Rabbage, seinen Rüssel ins Zimmer steckte.

»Sallie Hutchins hat doch 'ne Weile hier bei Ihnen saubergemacht nicht?« begann Mrs. Rabbage wieder, wegen des Staubsaugers mit lauter Stimme. »Kurz bevor sie ihr letztes Kind kriegte.«

»Ja«, sagte Emmy.

»Und schwer hat sie's gehabt diesmal. Also das hat sie sich selber eingebrockt wenn sie mich fragen denn der Arzt hatte ihr gesagt ...«

Um halb eins kam Freddy aus dem Kindergarten. Mrs. Rabbage redete und redete. Um halb zwei schloß Emmy sich ins Badezimmer ein und nahm ein ausgiebiges Bad, was sie seit Jahren nicht mehr um diese Tageszeit getan hatte. Danach setzte sie sich an ihren Schreibtisch und versuchte ein paar Briefe zu schreiben. Mrs. Rabbage kam herein und setzte die Unterhaltung fort. Um halb fünf, als gerade die Sonne sank, ging Mrs. Rabbage. Um halb sechs kam Holman nach Hause. Es hatte zu schneien aufgehört, und im Dunkeln lag alles unter einer schimmernden Decke.

Die Turners hatten ihre Cocktailstunde zu einer täglichen Zeremonie gemacht. Holman ging nach oben und vertauschte den guten Anzug, den er den ganzen Tag getragen hatte, gegen einen alten Pullover und Freizeithose. Emmy hatte derweil schon den alten Pullover und die Freizeithose, die sie den ganzen Tag getragen hatte, gegen ein Kleid vertauscht. Das war bei ihr Familientradition, und Holman hatte seine Bemerkungen darüber seit langem eingestellt. Ihm sollte es doch egal sein, wenn sie sich zum Abendessen umzog; er mußte ja nicht für die Wäsche sorgen. Eigentlich gefiel es ihm sogar ein bißchen. Andererseits war es bei ihm Familientradition, sich zum Abendessen *nicht* umzuziehen. Sein Onkel Ben war immer in Hemdsärmeln zu Tisch gekommen, und wenn es heiß war, wie es eben in einem Chicagoer Sommer heiß wurde, kam er auch im Unterhemd. Holmans Mutter hätte das nicht geduldet, aber Holmans Tante Peggy schien das eine so egal zu sein wie das andere. Jedenfalls waren Tante Peggy und Onkel Ben schon beide tot. Sie waren vor Holmans Heirat gestorben, so daß Emmy und ihre Familie sie nie hatten kennenlernen müssen, was auch ganz gut war.

Holman machte sich in der Küche einen Drink zurecht, dann einen schwächeren für Emmy. Für Freddy lief der Fernseher, und sie ließen ihn gucken, während sie selbst ins Vorderzimmer gingen, um einander von den Ereignissen des Tages zu berichten.

»Julian Fenn hat uns zum Essen eingeladen«, begann Holman.

»Oh, für wann?«

»Samstag. Ich habe gesagt, wir können wahrscheinlich, aber ich will zuerst noch dich fragen und ihm dann Bescheid geben.«

»Wir gehen. Ich möchte zu gern mal wissen, wie es in ihrem Haus aussieht. Ob es so komisch ist wie sie selber?

Sag ihm, wir können, sofern wir einen Babysitter finden. Wieviel Uhr?«

»Acht.« Holman trank und dachte darüber nach, daß diese Einladung die Serie von Einladungen durch Angehörige des Englisch-Instituts fortsetzte, hinter denen er allmählich eine Regel vermutete. Gehört es dann auch zur Regel, sie zu erwidern, und wann? Er beschloß, sich deswegen erst mal zu erkundigen, bevor er Emmy etwas sagte, denn sie hatte von Gesellschaften etwas zu großzügige und erlesene Vorstellungen für eine Dozentenfrau.

»Gut. Dann kann ich Freddy noch zu Bett bringen, bevor wir losfahren. Acht Uhr ist ideal«, sagte Emmy, wobei weniger ihr Tonfall als die ganze Stimme ans Mädchenpensionat erinnerte. Er bewunderte es, wie sie ganz natürlich und zwanglos jeden Langweiler oder Lümmel auf einer Party kleinkriegte, indem sie nur in einem ganz bestimmten Ton »o nein, danke« sagte. Aber manchmal, wenn sie zum Beispiel auf der Toilette saß und ihm zurief, ob es *schrecklich* viel von ihm verlangt sei, ihr eine neue Rolle Papier zu bringen, hätte er am liebsten gesagt: »Schon gut, Baby, du brauchst das bei mir nicht durchzuhalten.« Aber er würde es nie sagen, denn inzwischen wußte er, daß nicht sie diesen Ton durchhielt – er hielt sich ganz von selbst.

Ganz am Anfang ihrer Ehe hatte Holman ihr beigebracht, ein paar Wörter aus ihrem Vokabular zu streichen, so daß sie jetzt nicht mehr »Heiliger Zuckerbäcker« fluchte oder, nachdem sie sich geliebt hatten, es als »einfach elefantös!« bezeichnete. Aber er konnte nur den Text redigieren, nicht die Melodie.

»Die neue Putzfrau war heute da«, sagte Emmy.

»Ich dachte gleich, daß es hier so anders aussieht. Wie ist sie denn?«

»Na ja, als Putzfrau ungeheuer gut, glaube ich. Aber wenn sie wiederkommt, Darling – ich muß sie wohl behalten, sie hat sich absolut alles vorgenommen –, muß ich mich irgendwie aus dem Haus schleichen, denn sie redet *un--ent--wegt!* Und natürlich *nur* über Küche, Kinder, Krankheit und Tod.«

»Was gibt's denn auch sonst noch für Themen?« fragte Holman, noch ganz deprimiert von der Institutskonferenz heute nachmittag, zwei Stunden voller Spannungen und Anspielungen, die er nicht verstand.

»Mein Gott, aber ihre sämtlichen Verwandten, die alle schon die schrecklichsten Unfälle oder Krankheiten hatten: Nesselfieber und Knubbel und Rheuma, oder die schwere Geburten hatten oder in den Düngerstreuer geraten waren. In ihrem Bekanntenkreis scheinen die komischsten Krankheiten zu grassieren. Was sind Knubbel?« Holman erklärte ihr, es seien Hämorrhoiden. »Und ein Gewächs. Ihre Schwägerin hatte ein Gewächs. Gemeint ist wohl Krebs.« Das Wort allein deprimierte Emmy, und sie sah ganz mutlos drein. Holman dagegen wurde langsam wieder munter. Der Whisky begann zu wirken, und beim Anblick seiner Frau, so strahlend hübsch in ihrem roten Kleid, fühlte er sich gleich noch besser.

»Also, andere Themen gibt es schon, nämlich jeweils das genaue Gegenteil«, meinte er. Er pflegte jeden Fall von beiden Seiten zu betrachten. »Eltern, Gesundheit und Geburt. Und statt Küchenpersonal nehmen wir adlige Herrschaften. ›Einen wunderschönen Tag, Mylord, Sie sehen sehr gut aus. Erlauben Sie mir, Ihnen zum Geburtstag Ihrer Frau Mutter zu gratulieren.‹«

»Zur Not gibt's auch immer noch das Wetter.«

»Das ist beim schönen Tag schon inbegriffen. Aber bitte sehr: ›Es hat heute ganz bezaubernd geschneit, Mylord.‹

Das ist doch richtig gefällig. Viel schöner als: ›So ein Pech, der Neffe meiner Putzfrau ist am Starrkrampf gestorben.‹«

Emmy mußte lachen, und diesmal klang ihr Lachen nicht nach Mädchenpensionat. Es war so ein vergnügtes, ungekünsteltes Lachen, daß eine Schauspielerin ein Jahr ihres Lebens dafür gegeben hätte. »Ist es dir denn heute gut ergangen?« fragte sie schließlich.

»Es ging«, log Holman. Während seines ganzen Studiums hatte er mit Emmy immer ausgiebig über seine Arbeit gesprochen, die sie gar nicht interessierte, obwohl sie sich sehr bemühte, Interesse zu zeigen, weil Holman sie interessierte. »Großartig«, rief sie dann mit echter Begeisterung und fand es auch so, wenn er von der Dissertation über die Dichtung Samuel Johnsons sprach, an der er arbeitete, oder wenn er ein Notizbuch wiederfand, das ihm in den Regalen der Bibliothek von Princeton abhanden gekommen war. Jetzt interessierte sie seine Arbeit an sich, und da redete er nicht mehr darüber. Er kippte nur sein Glas hin und her und ließ die Eiswürfel kreisen. Er spielte mit dem Gedanken, sich noch einen Drink zu holen, aber es war gegen seine Prinzipien, vor dem Abendessen mehr als einen zu trinken.

»Schön«, sagte Emmy schließlich. Sie wußte oder hatte den Verdacht, daß er log. Sie wußte es, ohne nachzudenken, wie sie das meiste wußte. Doch dank ihrer Erziehung zwang sie sich stets, diesem Wissen zu mißtrauen, das sich nicht auf Tatsachen oder Lehrsätze gründete. In den ersten Unterrichtswochen war Holman immer nach Hause gekommen und hatte erklärt, gar nichts sei gut gewesen, und er komme nicht dahinter, wer wofür zuständig sei, und das werde immer schlimmer. Jetzt war er plötzlich stumm geworden oder erzählte ihr etwas von abstrakten Bildungstheorien. Er berichtete nicht mehr über die wöchentlichen Konferenzen jenes Lehrgangs namens Humanistische Wissenschaften, kurz ›Hum C‹ genannt, und was sich dort Merkwürdiges tat, und gerade das interessierte Emmy doch am meisten.

Der Hum-C-Kurs von Convers war berühmt. Akademiker aus weitester Ferne im doppelten Sinn hatten schon davon gehört, und so unakademische Ehemalige wie die Stockwells erinnerten sich daran mit Respekt. Hum C wurde oft als das theoretische (oder tatsächliche) Zentrum aller Erziehung in Convers bezeichnet. Für Studienanfänger war der Kurs obligatorisch; darüber hinaus wurde von allen neuen Dozenten der Fakultät für Sprachen und Literatur verlangt, daß sie ihn lehrten. Wie gut sie das machten, wie schnell sie ihn begriffen, davon hing im weitesten Sinne ihre Zukunft in Convers ab. Geleitet wurde der Kurs, wie schon seit zwanzig Jahren, von seinem Erfinder, Professor Oswald McBane.

Laut einigen früher einmal erschienenen Artikeln war Hum C seinem Wesen nach ein Semantiklehrgang auf der Grundlage positivistischer und funktionalistischer Prinzipien; dazu gehört jedoch von vornherein gesagt, daß die Verwendung von Begriffen wie ›positivistisch‹ und ›Prinzipien‹ tabu war. Es wurden keine Lehrbücher benutzt; stattdessen wurden die Studenten mit Papier und Bleistift hinausgeschickt, um den Ausblick von College Hall zu zeichnen oder ihre oder ihrer Freunde Füße zu messen. Dann mußten sie wieder hineingehen und in einem Aufsatz schildern, was sie getan hatten. Danach wurden sie aufgefordert, weitere Aufsätze zu schreiben und darin zu definieren, was sie mit wichtigen, in ihrem ersten Aufsatz verwendeten Wörtern wie ›Beobachtung‹ und ›Durchschnitt‹ und ›wirklich vorhanden‹ meinten.

Hum C wurde nach einer kleinlich-sokratischen Methode durchgeführt; das hieß, die Lehrer stellten schwierige Fragen, und wenn ein Student die falschen Antworten gab, malte der Lehrer einen Minuspunkt auf das Blatt und schrieb weitere Fragen darauf. »Die Bedeutung dieses Wortes (oder dieser Zeile) hängt von den anderen Wörtern (oder Zeilen) ab, in deren Umfeld es zum Zeitpunkt seiner Verwendung steht«, hieß die Grundantwort auf den derzeitigen Fragenkatalog, aber das mußten die Studenten selbst herausfinden, und keiner durfte es ihnen sagen. Zum einen hätte man diesen oder einen ähnlichen Satz wegen der vielen darin enthaltenen abstrakten Begriffe nicht an die Tafel schreiben können. Zum zweiten war man der Ansicht, die Studenten müßten die Wahrheit selbst und nach den Vorgaben ihrer eigenen Erfahrung herausfinden.

Viele neue Dozenten pfuschten und stöhnten hier monatelang herum, doch Holman war intellektuell gewieft genug, um inzwischen von Hum C wenigstens soviel begriffen zu haben. Er war offen für die Theorie des Lehrgangs und hatte Freude an seiner Praxis. Zwanzig seiner achtundzwanzig Lebensjahre hatte er damit zugebracht, in Schulen Fragen zu beantworten, so daß er nun nicht abgeneigt war, zur Abwechslung selbst welche zu stellen. Wirklich wichtig wäre es ihm aber gewesen, die internen Machtverhältnisse in Hum C wie überhaupt in der ganzen Fakultät für Sprachen und Literatur zu durchschauen, und auf diesem Feld glaubte er bisher noch keinen Schritt weitergekommen zu sein. Er konnte dazu noch nicht einmal erste Überlegungen auf der Grundlage des Ranges der verschiedenen Professoren und der Größe ihrer Institute anstellen, denn Hum C schien quer durch die verschiedenen Fachgebiete und Ränge zu verlaufen. Die einzelnen Abteilungen hatten offenbar keine große Bedeutung – oder doch? Seine zweite vordringliche Aufgabe war im Moment die Fertigstellung seiner Dissertation, denn wenn er nicht recht bald seinen Ph. D. bekäme, würde man ihn nicht zum weiteren Verbleib in Convers auffordern, und alle seine sonstigen Erkenntnisse wären völlig für die Katz.

»Hast du mir die neue Aufgabenstellung mitgebracht?« fragte Emmy.

»Ja.« Holman griff nach seiner Aktentasche, nahm das betreffende Blatt heraus und reichte es ihr.

AUFGABENSTELLUNG 11

Sie sehen eine Luftaufnahme des Convers College.

a) Nehmen wir an, Sie stehen irgendwo in der Mitte des hier abgebildeten Gebiets und erkennen dieses Foto als Abbildung der Stelle, an der Sie jetzt stehen. Was tun Sie, um dies zu erkennen?

b) Definieren Sie im Sinne von a) »die Stelle, an der Sie jetzt stehen«.

c) Welchen Unterschied erkennen Sie zwischen diesem und dem in der Aufgabenstellung 10 skizzierten Gebiet?

»Das verstehe ich nicht«, sagte Emmy zwei Minuten später. »Ist da irgendein Trick dabei? Das Luftbild ist wirklich vom Convers College; also, das weiß ich, denn schau mal, hier ist das Türmchen von Baird Hall mit diesen komischen gotischen Fenstern. Das kann nicht woanders sein. Und der Sportplatz. Ist das die erwartete Antwort?«

»Weiter«, sagte Holman und trank. Seit Jahresanfang spielte Emmy die Teilnehmerin am Hum-C-Lehrgang ihres Mannes.

»Und dann muß der weiße Fleck da das Dach vom Gibson-Haus sein, wo du dein Büro hast«, fuhr sie fort, aber Holman hörte nicht mehr zu. Er hatte die Aufgabenstellung heute schon zwei Stunden lang mit den Studenten durchgekaut und hatte keine Lust mehr. Er wünschte sich, wie schon öfter, Emmy würde hinausgehen und die Aufgabe schriftlich lösen, wenn sie schon glaubte, sie lösen zu müssen; und er sagte sich, wie schon öfter, daß sie es unfreundlich von ihm finden würde, wenn er ihr das wieder vorschlüge.

»...der Unterschied ist, daß man nach dem Foto viel besser sagen kann, wie es da wirklich aussieht, und dann erkennt man ja auch die Bäume und Sträucher. Die Skizze hat nur zwei Dimensionen und das Foto drei, müßte ich wohl sagen.«

»Beide sind zweidimensional«, sagte Holman.

»Was?«

»Wie viele Dimensionen hat das Foto?«

Emmy sah es sich noch einmal an. »Drei.«

»Nein.« Holman nahm ihr das Blatt aus der Hand und schüttelte es, daß es knisterte. »Zwei.«

»Ja, aber. Ach so. Wenn du es so sehen willst. Ist das die Antwort, die ich geben soll? Das Foto ist so eine Art Skizze?«

»Was meinst du mit ›so eine Art Skizze‹?«

Emmy sah ihn verärgert an. »Ich meine so eine Art Diagramm aus Strichen, das die Größe und räumliche Anordnung von Objekten wiedergibt«, versuchte sie auf die Themen früherer Gespräche zurückzugreifen. Sie wollte nicht glauben oder sich daran erinnern, was man ihr einmal gesagt hatte, nämlich daß Fragen und Antworten wie diese der eigentliche Gegenstand von Hum C waren. Sie wollte es nicht glauben, weil es zu enttäuschend gewesen wäre, wenn nichts Geheimnisvolleres als diese albernen Wortklaubereien den Kern des Geheimnisses von Convers bildete. Ihrer Ansicht nach mußte es da ein tieferes Geheimnis geben, und sei es nur, weil ihr Mann und die anderen Hum-C-Lehrer immer so geheimnisvoll taten.

Stille. Holman hatte die Zeitung genommen und blätterte darin herum. Zur Zeit war Football-Saison, sein Lieblingssport. Emmy hielt die Skizze von Convers in der einen, das Luftbild in der anderen Hand und musterte sie eingehend.

»Ist da ein Trick dabei?« fragte sie. »Ist auf dem Foto ein Gebäude oder sonstwas zu sehen, was auf der Skizze nicht ist, oder umgekehrt?«

»Nein«, sagte Holman entschieden. Er war des Spiels müde. Inzwischen war ihm ziemlich klar, daß seine Frau wenig Begabung für abstraktes Denken hatte. Sie war wohlgebildet: Sie kannte sich sehr gut in Kunst und ziemlich gut in Literatur und Geschichte aus. Sie hatte es nicht nötig, auch noch Semantik zu lernen; das würde ihr auch gar nicht leichtfallen, und hinterher würde es sie nicht mehr interessieren, so daß sie trotz des ausgezeichneten Gedächtnisses, das sie für die Geburtstage ihrer Verwandten und die unbedeutenderen Maler der Renaissance hatte, sehr bald schon alles vergessen haben würde. Er fand es lächerlich, wenn diese schöne Frau hier den jungen Convers-Studenten spielen wollte. Wie denn, wenn er die junge Bryn-Mawr-Studentin spielte?

»Was war denn heute in der Konferenz los?« fragte Emmy.

»Nichts Besonderes«, antwortete ihr Mann hinter der Zeitung hervor. Emmy sah ihn an.

»Du erzählst mir überhaupt nicht mehr, was du in der Schule tust«, sagte sie.

»Du versuchst mich zum Drittkläßler zu machen. ›Ich hab das kleine Einmaleins gelernt, Mami, und einen Eskimo gemalt, der in seinen Iglu geht –‹«

Emmy erwiderte nichts.

»› – und dann bin ich zum Rektor geschickt worden, weil ich einen andern Jungen geschlagen habe.‹«

Emmy erwiderte nichts. Sie sagte sich, daß Holman nicht begriff oder begreifen wollte, wie ernst sie Convers nahm. Ganz ruhig und sachlich ging ihr erstmals die Erkenntnis auf, daß Emmys Befinden auf Holmans Befinden schlicht keinen Einfluß hatte. Er stand auf seiner, nicht auf ihrer Seite. Das hatte sie schon ein paarmal gedacht, aber nur flüchtig, mitten in einem angeregten, aber unwichtigen Streitgespräch.

»Soll ich lieber fragen: ›Was hast du heute im College gemacht?‹«

»Ich gehe Gott sei Dank nicht mehr aufs College.«

»Also hör mal, was soll ich denn fragen? Soll ich fragen: ›Was hast du heute im Büro gemacht?‹«

Holman wäre die Frage in dieser Fassung wirklich lieber gewesen, aber er war ehrlich genug, sich einzugestehen, daß er darauf genauso ausweichend geantwortet hätte. Er sagte: »Nein. Lassen wir das!« Und dann fragte er entgegen seiner Regel: »Soll ich dir noch einen Drink machen?« Er stand auf.

»Nein, danke.« Bei diesen Worten sah Emmy ihren Mann wieder an, und plötzlich kam er ihr unattraktiv vor, ein begriffsstutziger junger Mann mit rotem Gesicht und verschwommenen Zügen, der im Türrahmen stand und ihr den Weg nach draußen versperrte. Dabei fanden die meisten Leute Holman auf angenehm unaufdringliche Weise gutaussehend. Sogar Emmys Familie hatte zugeben müssen, daß in seiner äußeren Erscheinung nichts an das Stereotyp des schwächlichen, zimperlichen Akademikers erinnerte. Er war weder hell noch dunkel, hatte breite Schultern und eine kräftige, sportliche Figur. Sein Gesicht war jungenhaft geschnitten und ernst im Ausdruck; er hätte ohne weiteres ein Jungmanager in einem großen Betrieb sein können, der irgend etwas von echtem industriellem Nutzen – wie Bergbaugeräte – produzierte. Emmys Mutter, die stärker gegen die Verlobung gewesen war als alle anderen, hatte ja auch, nachdem sie ihn kennengelernt hatte, Emmys Vater dazu überreden wollen, Holman einen Job anzubieten. »Wenn er etwas von mir will, soll er zu mir kommen«, hatte Frederick Stockwell geantwortet, denn das war eines der Prinzipien, die stets sein Leben geleitet hatten. Holman hatte das abgelehnt, und so war nie etwas daraus geworden, aber Mrs. Stockwell pflegte immer noch in regelmäßigen Abständen ihre Tochter daran zu erinnern, was für eine Gelegenheit damals verpaßt worden sei.

»Ich nehme an, es ist dir lieber, wenn ich dir überhaupt keine Fragen mehr nach deiner Arbeit stelle«, sagte Emmy. »Am liebsten wäre dir wohl, ich bliebe brav zu Hause sitzen und machte meine Hausarbeit.«

»Verdammt noch mal, Emmy!« sagte Holman und ließ die ›Times‹ sinken. »Nun reg dich doch nicht so künstlich auf! Was ist denn los? Ich dachte, du hättest vorhin erst gesagt, daß heute eine Putzfrau hier war. Was ist los, ist etwas passiert?«

»Nein, es ist nichts passiert!« rief Emmy, bebend vor Wut; einer Wut, die sie nicht ausdrücken konnte, weil sie keinen vernünftigen Anlaß dafür sah.

Holman legte die Zeitung fort und dachte nach. »Hast du deine Tage?« fragte er.

»Nein!« Emmy hatte ihre Stimme diesmal unter Kontrolle, aber ihre Wut tobte weiter, verstärkt durch die Empörung über Holman, der wieder mal vergessen hatte, daß ihre Tage frühestens in zwei Wochen wieder fällig waren – und damit sein typisches Desinteresse an derlei Dingen verriet. »Es geht mir rundum gut.«

»Na also.« Er nahm sich wieder die Zeitung.

Emmy ballte die Fäuste auf dem Sesselkissen und wollte

schon etwas sagen, aber in dem Moment kam Freddy, dessen Fernsehsendung zu Ende war, hereingestürmt und forderte seine allabendliche Tollerei mit Daddy und Mummy ein. Äußerlich spielte Emmy ihren Part voll Schwung und Humor, aber innerlich blieb sie wütend, und sie war erleichtert, als Freddys Lachen endlich in hysterisches Kreischen überging und anzeigte, daß es Zeit für sein Bad wurde. Sie wartete gar nicht erst ab, bis er sich soweit beruhigt hatte, daß er von selbst nach oben ging, sondern packte ihn kurzerhand und schleppte die zappelnden, brüllenden vierzig Pfund weg.

Einmal in der Wanne, fand Freddy zwischen seinen Schiffen und Unterseebooten wieder zu sich und stürzte sich in eine Seeschlacht. Auch Emmys Wut hatte sich zum Teil gelegt, und nachdem sie ihn gewaschen hatte, setzte sie sich zum Nachdenken auf die Badematte. Sie versuchte es zuerst mit der Behauptung: »Also, es ist doch wirklich dumm von mir, mich so kindisch zu benehmen.« Als das nicht wirkte, beschwor sie ihre Liebe zu Holman; doch die meldete sich nicht. Das war noch nie vorgekommen. Was war nur mit ihr los?

Freddy versenkte ein Kanu voll Seife und ließ das Wasser auf Mutter und Fußboden schwappen. »Nicht doch, Freddy, Darling«, sagte sie, und zur Probe aufs Exempel beschwor sie die Liebe zu ihrem Kind, was sie ja auch viel öfter nötig hatte. Diese stellte sich augenblicklich ein, blubberte empor wie eine dicke Blase – mein lieber Freddy, mein Schatz, mein Mäuschen, mein großer Junge! – und dabei hatte er gerade ihr Kleid eingeweicht.

Den ganzen restlichen Abend grübelte Emmy weiter, beim Essen und dann auch über ihrer vorgeblichen Romanlektüre, was gar nicht ihre Art war. Holman schien weder dies noch die häufigen fragenden Blicke zu bemerken, die sie ihm gewährte. Jedesmal, wenn sie zu ihm hinsah, war es schlimmer. Ihr Mann erschien ihr mehr und mehr wie ein Fremder, ein Fremder zumal, den sie nicht sonderlich mochte.

Der Tag endete wie andere Tage. Das Haus wurde abgeschlossen, der Thermostat heruntergedreht, der Wekker gestellt, und die Turners gingen zu Bett, aber Emmy wußte, daß etwas Außergewöhnliches und Furchtbares passiert war. Sie war froh, daß Holman keine Anstalten machte, mit ihr zu schlafen, und das war an sich schon wieder außergewöhnlich und furchtbar, denn für Emmys Begriffe schliefen sie ohnehin zuwenig miteinander, vor allem wenn ihr Mann zu arbeiten hatte.

Die Lichter wurden gelöscht, und Holman schlief bald ein, doch Emmy lag wach. Sie war jetzt fast ganz ruhig; ihre Wut war verflogen, mit ihr aber auch alle anderen Gefühle. Sie lag auf dem Rücken, die Decken bis unter die Arme gezogen, angetan mit einem weißen, baumwollenen Nachthemd mit rosa Bändern von Best's, der Marke, die sie schon als kleines Mädchen getragen hatte. Während ihre Augen sich an die Dunkelheit gewöhnten, erkannte sie links das Fenster, an dessen Scheiben sich Schnee aufhäufte. Bei Tag und in mondhellen Nächten sah man von hier, wo sie lag, ein paar Gebäude des Convers College, und Emmy ließ immer das Rollo halb oben, um beim Aufwachen dieses Panorama vor Augen zu haben. Jetzt aber war zwischen ihrem Haus und den Bergen kein Lichtschein, kein Umriß auszumachen. Die Bäume und Dächer und Türme waren samt und sonders in die Dunkelheit versunken, ohne eine Spur zu hinterlassen.

Brief von Allen Ingram an Francis Noyes

7. November

... und fürchte, ich halte meine anfängliche Begeisterung für diesen Ort nicht länger durch, nachdem der schöne Herbst nun alt und schrumplig geworden ist und das Haus, in dem ich wohne, sich als wenig bis gar nicht isoliert erweist. Der Spaß, allen Leuten vorgestellt zu werden als »der Schriftsteller, der dieses Jahr hier unterrichtet«, verschleißt sich allmählich, zumal ich sie alle noch immer hinter vorgehaltener Hand tuscheln zu hören glaube: »Du weißt doch, was ich dir über ihn *gesagt habe.« Und* ich *weiß, daß ich sie alle enttäusche, weil ich weder affektiert rede noch lila Seidensocken und eine grüne Nelke trage.*

»Falsche Hoffnungen«, höre ich Dich sagen, doch diesmal irrst Du Dich. Du kannst Dir die moralische Primitivität hier gar nicht vorstellen. Zum Beispiel haben die Studenten zweimal wöchentlich die Morgenandacht zu besuchen. Nicht aus religiösen, sondern aus moralischen Gründen, wie man mir erklärt hat. Man glaubt allen Ernstes, daß es gut für Körper und Seele sei, im Morgengrauen aufzustehen und einen Kilometer weit durch Regen und Schnee oder sonstwas zu laufen, in einem kalten Hörsaal Platz zu nehmen und sich vor dem Frühstück zwanzig Minuten lang anbrüllen zu lassen. So gesund wie kalt duschen. Montags und mittwochs morgens ist »nichtreligiöse Andacht« (ein herrliches Oxymoron für Deine Sammlung), damit die hiesigen achtzehn Juden, sieben Agnostiker und drei Buddhisten der Vorschrift genügen können, ohne ihrem Glauben Gewalt anzutun. Ich habe diese Zahlen nicht erfunden, sondern einem Pamphlet entnommen, das an die ganze Fakultät verschickt wurde und von Daten dieser Art nur so strotzt. Weiß Gott (weiß er's wirklich?), was sich in diesen nichtreligiösen Andachten abspielt. Ich habe nicht die Kraft, so früh aufzustehen.

Mein Lehrauftrag läuft ganz gut. Ich habe es aufgegeben, jedesmal unerreichbar geistreich sein zu wollen, und plaudere nur ein bißchen über den Roman dahin, den sie gerade lesen sollen. Immer wenn ich sie aufwecken will, gebe ich einen Aphorismus Deines David zum besten. Aber der kreative Schreibkurs wird schlimm und schlimmer und noch schlimmer, als Du mir prophezeit hast. Zuerst habe ich mich über die zwei bis drei halbwegs Intelligenten, die ich vorfand, so gefreut, daß ich darüber die anderen vergaß. Daß ich nun Stunde um Stunde und Woche für Woche dasitzen und mich mit dreizehn hoffnungslosen Idioten abgeben muß, die mir schon wieder und wieder bewiesen haben, daß sie keinen Satz, geschweige eine ganze Geschichte aufbauen können! Das ist, als wäre man dazu verurteilt, monatelang dreimal wöchentlich auf die schlimmste Party zu gehen, die man je besucht hat, ohne dort die Chance zu haben, sich mit ein paar halbwegs erträglichen Leuten in eine Ecke zu verdrücken …

Ich kann Dir wirklich nicht empfehlen, einmal herzukommen. Die Landschaft lohnt die Reise nicht, was immer in den Reiseführern steht, und wenn wir uns hier zusammen in der Öffentlichkeit zeigen, liefern wir der Meute nur eine lebensechte Demonstration der »Liebe, von der man nicht spricht«. Und das Klima ist schlimmer als in Edinburgh.

2

Was soll ich zu den Fenns anziehen?« fragte Emmy am Samstagabend. Sie stand oben auf der Treppe und hatte im Moment nur einen weißen Slip an; Freddy hing in seinem mit Cowboys bedruckten Pyjama an ihrem nackten Bein und fing bei ihrer Frage lauthals zu brüllen an:

»Geh nicht zur Party, Mami! Ich will nicht, daß du zur Party gehst. Zieh dich nicht an, Mami! Geh nicht weg!«

»Zieh dich nicht an, Mami-Mami!« rief Holman von unten. »Geh, wie du bist!«

»Blödmann!« rief Emmy gutgelaunt zurück. Seit sich ihre Gefühle für ihn geändert hatten, konnte sie mit ihrem Mann ganz unbefangen umgehen und ihm bei ehelichen Kabbeleien die größten Frechheiten an den Kopf werfen. Der scherzhafte Ton bewies ja, daß sie ihn nicht wirklich kränken wollte. Oder umgekehrt. Ein ungemütliches Gleichgewicht, das sie aber jetzt sogar zu provozieren suchte. »Hast du Julian Fenn gefragt, wie feierlich das wird?«

»Nein.« Holman zog sich gerade den Mantel an. Seine ganze Art war die des oft karikierten Mannes, dessen Frau nie pünktlich fertig ist. Das fuchste Emmy, denn sie war oft pünktlich.

»Aber du hast gesagt, du wolltest ihn am Dienstag fragen, wenn du ihn in der Konferenz siehst; du bist doch einfach unmöglich!« Sie lachte, um die Schärfe herauszunehmen. Freddy heulte noch immer.

»Er war nicht in der Konferenz.«

»Nein? Sei doch mal still, Freddy. Warum nicht?«

Bei der wöchentlichen Hum-C-Konferenz zu fehlen, war eine Sünde, die selbst bei Krankheit nur zähneknirschend vergeben wurde. Oft machten Dozenten sich dadurch verdient, daß sie daran teilnahmen, obwohl sie mit schwerer Erkältung eigentlich ins Bett gehört hätten.

»Er hat sich damit entschuldigt, er sei auf einer Vogelexkursion gewesen und habe die Zeit vergessen«, sagte Holman.

»Aber das ist doch möglich.« Anders als ihr Mann war Emmy damit aufgewachsen, daß auch ein erwachsener Mann sich durchaus mit so etwas beschäftigen konnte. »So schlimm ist das doch nicht. Warum soll er nicht Vögel beobachten gehen, wenn er dazu Lust hat?«

»Weil er an der Konferenz teilnehmen sollte, darum.«

»Das sehe ich nicht ein.« Emmy merkte, daß sie schon wieder einen Streit um nichts und wieder nichts anfangen wollte, aber sie konnte es einfach nicht lassen. »War sie denn so furchtbar wichtig, diese Konferenz?«

»Nein, aber es war wichtig, hinzugehen. Es geht da ums Prinzip. Außerdem führt McBane eine Liste.«

»Das heißt, er kriegt jetzt Ärger?« fragte Emmy.

»Den hat er schon.«

»Hat man denn was gesagt, als er nicht kam?«

»Ja. McBane hat gesagt: ›Ich sehe, daß wir die Aufgabenstellung dieser Woche ohne Mr. Fenns originelle Einwände diskutieren müssen.‹ ... Ich hole jetzt mal den Babysitter.«

»Ist gut.«

Sich selbst überlassen, zog Emmy sich für den bevorstehenden Besuch rasch ein förmliches dunkles Kostüm an, teure Sachen, wie ihre Mutter sie immer trug. Freude hatte sie an solchen Kleidern nicht – sie liebte kräftige Farben,

Orange und Pink und Zitronengelb, und große Blumensträuße –, aber man ging damit kein Risiko ein.

Es war kalt, als sie sich auf den Weg machten. Der früher gefallene Schnee lag noch, doch ein kräftiger Wind hatte ihn inzwischen hier weggefegt und dort zu einem Haufen aufgeweht. Aber ihr Wagen hatte eine sehr gute Heizung. Es war ein Ford-Kombi, noch kein halbes Jahr alt. Daß Holman und Emmy sich zwei Autos leisteten, kam daher, daß sie reich waren, relativ reich; oder daß sie es vielmehr vor kurzem geworden waren, denn seit Holman in Convers lehrte, hatten sie zwei Einkommen. In Princeton hatte Holman, wie so viele Studenten, noch vom Einkommen seiner Frau gelebt, nur mit dem Unterschied, daß seine Frau dafür nicht arbeiten mußte. Damals war er nur dankbar gewesen; er fand beim Nachhausekommen gern eine saubere Wohnung und ein gutes Abendessen vor. Trotzdem hatte er sich darauf gefreut, einmal mehr zu verdienen, als Emmy bekam, und wenn es nur die zweihundert Dollar jährlich mehr waren, die sein Anfangsgehalt in Convers ausmachte. Nur daß zwischen Annahme und Antritt der Stelle Emmys Einkommen wieder um fast vierhundert Dollar gewachsen war. Bei Mr. Stockwells Geschäftstüchtigkeit ging die allgemeine Tendenz wohl immer in diese Richtung. Vorher hatte Holman sich daran nie gestört; aber allmählich argwöhnte er mit mißmutigem Fatalismus, daß sein Verdienst wohl nie mit Emmys Einnahmen gleichziehen würde, sofern es nicht zu einer unerhörten Rezession kam. Er könnte noch so hart arbeiten, Emmy würde fürs Nichtstun jederzeit mehr bekommen.

»Wieviel Uhr ist es?« fragte Emmy, als sie in die Straße einbogen, wo die Fenns wohnten.

»Viertel nach.«

»Wir kommen zu spät.« Emmy war nicht pünktlich von

Natur aus, aber sie kannte die Regeln; fünf bis zehn Minuten nach der vereinbarten Zeit waren in Ordnung, aber mehr war zuviel. Sie sprang aus dem Wagen, kaum daß er hielt, und eilte den Weg hinauf, der nicht von Schnee geräumt war. Holman folgte ihr.

Sie standen auf der Veranda und klingelten, aber niemand kam öffnen.

»Meinst du, die Klingel geht nicht?« fragte Emmy.

»Wer weiß?« Holman sah sich um. Die Veranda vor der Fennschen Haustür war sehr groß, aber in schlechtem Zustand. Die Bodenbretter waren verzogen, die Farbe blätterte ab, das Geländer war an mehreren Stellen gebrochen. Durch die Fenster, hinter denen gesprungene Rollos hingen, war nichts zu sehen. »Wir können ja mal klopfen.«

Er klopfte, Emmy klopfte auch, doch ohne Ergebnis. Statt dessen hörte man von drinnen ein Geräusch, als ob etwas Schweres mit lautem Krach zu Boden gefallen sei, und eine Männerstimme rief: »Verdammt und zugenäht!«

Holman und Emmy sahen einander an, um sich zu vergewissern, daß beide es gehört hatten. In dem Moment ging die Tür auf. Vor ihnen stand ein magerer und merkwürdig aussehender, etwa sechsjähriger Junge in einem schmuddeligen Bademantel.

»Guten Abend«, sagte er.

»Wir kommen zum Dinner«, sagte Emmy. »Sind deine Eltern zu Hause?«

»Ja. Kommen Sie bitte herein.« Er führte sie in eine große, leere Diele, in der nur eine matte Birne in einer verstaubten Lampe brannte. In den Zimmern hinter offenen Türen war niemand zu sehen. Irgendwo oben hörte man ein anderes Kind schreien. »Es wäre höflicher gewesen, wenn einer von Ihnen mir auch guten Abend gesagt hätte«, klärte der Junge sie auf.

»Nun, das kann man ja nachholen«, sagte Holman. »Guten Abend.«

»Gut. Danke. Wer sind Sie? Ich bin Charles Stephen Zorro Fenn.«

»Sehr erfreut, dich kennenzulernen«, sagte Holman. »Ich bin Holman Turner, und das ist Emily, meine Frau.«

»Guten Abend.«

»Guten Abend.«

»Guten Abend.«

»Charles!« rief eine Frauenstimme von oben. »Komm sofort her. Du hast Hecate schon wieder hereingelassen, und jetzt hat sie eine große Schweinerei auf Katies Bett gemacht! Charles, hast du gehört?«

»Ja, Mutti. Mutti, hier ist Mr. Turner, und seine Frau Emily.«

Wirre Geräusche waren zu vernehmen. Das Heulen ging weiter. Dann Schritte auf der Treppe, und Miranda Fenn kam in die Diele gerannt. Sie trug ein langes grünes Samtkleid und Schnüre mit Gagatperlen, aber keine Schuhe oder Strümpfe an den Füßen. Unter dem einen Arm hielt sie am Genick eine große schwarzweiße Katze, die sich wehrte und kratzte. »Oh, entschuldigen Sie!« rief Miranda den Turners zu, während sie an ihnen vorbei zur Haustür lief, diese öffnete und die Katze hinauswarf. »Es tut mir schrecklich leid«, sagte sie, »aber unsere Katze ist in letzter Zeit krank. Julian!« rief sie mit völlig anderer Stimme. »Hier sieht heute abend alles ein bißchen wirr aus«, fuhr sie fort. »Aber kommen Sie doch bitte herein.«

Da die Turners schon drinnen waren, blieben sie einfach in der Diele stehen und sahen Miranda Fenn mit betretenem Lächeln an. Sie sahen eine schmale, blasse, etwa dreißigjährige Frau mit blaßrotem Haar und spitzem

Gesicht. Sie hatte große, hübsche graue Augen, mit schwarzer Wimperntusche betont; darüber waren mit schwarzem Stift falsche Augenbrauen gemalt. Entweder hatte sie noch keine Zeit gehabt, den kleinen, blassen Mund mit etwas Lippenstift aufzufrischen, oder sie hatte es gar nicht erst vor.

»Ich glaube, wir sind uns schon beim Empfang des Rektors begegnet«, half Holman schließlich nach.

»Ich gehe nie auf Rektorenempfänge«, erwiderte Miranda. »Oder meinen Sie diese Gartenparty? Ja, gewiß. Ach so, und Will Thomas kann heute abend nicht kommen. Ich soll Ihnen sagen, daß er es sehr bedauert, Sie nicht kennenzulernen.«

»Will Thomas?« fragte Holman.

»Vom Musikalischen Institut«, sagte Miranda. »Hat Julian Ihnen nicht gesagt, daß er kommen wollte? Sieht ihm ähnlich. Grrr. Ärgerlich!«

»Aber er kommt ja nicht«, sagte Holman.

»Demnach macht das nichts«, ergänzte Emmy mit nervösem Lachen.

»Richtig«, räumte Miranda ein. »Aber es geht ums Prinzip.«

Sie standen immer noch in der Diele. Charles zupfte seine Mutter am Kleid.

»Ich habe Hecate nicht reingelassen, Mutti. Das war Richard.«

Miranda sah zu Charles hinunter und öffnete den Mund, wie um ihm zu antworten, aber in dem Moment schien sie zu merken, daß sie barfuß war. Rasch blickte sie wieder nach oben, vielleicht damit Emmy und Holman es nicht auch merken sollten. »Tut mir leid, daß hier alles so durcheinandergeht«, sagte sie. »Kann ich Ihnen Ihre Sachen abnehmen?«

»Macht doch nichts«, versicherten die Turners unisono und begannen ihre Mäntel, Schals und Gummischuhe abzulegen, um sie Miranda anzuvertrauen.

Links ging eine Tür auf, die Emmy für den Wandschrank gehalten hatte, und Julian Fenn kam aus dem Keller in die Diele. Im Gegensatz zu seiner Frau war er vollständig angezogen und machte einen ganz ruhigen und gelassenen Eindruck.

»Schön, daß Sie da sind«, sagte er zu Holman. Sie gaben sich die Hand.

»Kennen Sie Emily schon?« fragte Holman.

»Natürlich. Guten Abend.«

»Wir sind uns beim Empfang des Rektors begegnet«, sagte Emmy. »Guten Abend.« Auch sie gaben sich die Hand. Oben wurde weiter geheult.

»Geh mal rauf ins Schlafzimmer«, sagte Miranda zu Charles. »Sag ihnen, ich komme gleich. Was soll ich mit Ihrem Pelzmantel machen?« fragte sie Emmy. »Soll man ihn am besten aufhängen?«

»Ach, egal, werfen Sie ihn einfach irgendwohin«, sagte Emmy. Sie sahen Miranda nach, wie sie ihre Sachen über die Diele trug und sorgsam in einen Wandschrank hängte. Sie blieb recht lange in diesem Wandschrank; vielleicht suchte sie ein Paar Schuhe, fand aber jedenfalls keine.

Das Geheul oben wurde lauter, und ein kleiner Junge, etwa ein Jahr jünger als Charles, erschien im zerrissenen Pyjama am Treppengeländer. Sein Gesicht war halb von einem schwarzen Haarvorhang verdeckt, und als er einmal Luft holen mußte, sah man, daß er darunter auffallend hübsch war und große dunkle Augen hatte. Charles stand hinter ihm.

»Richard will seine liebe Taschenlampe haben, Mutti«, übersetzte er.

»Na gut. Entschuldigen Sie mich.« Miranda ging hinauf.

»Kommen Sie mit ins Wohnzimmer«, sagte Julian in unbekümmertem Ton zu seinen Gästen. »Möchten Sie einen Sherry? Ich glaube, es ist noch welcher da.« Er fuhr sich mit der Hand durchs Haar, das so lang und dunkel war wie Richards. Er war lang und sehr dünn, und sein dunkles Gesicht war schon übertrieben, fast theatralisch irisch, mit dichten, pechschwarzen Augenbrauen und hohen hohlen Wangen; er wirkte überdreht, als könne er jeden Moment an Erschöpfung sterben oder einen Sinn-Féin-Aufstand anführen. Am Kinn hatte er einen x-förmigen Schmiß (Folge eines Fahrradunfalls als Elfjähriger). Emmy nahm mißbilligend zur Kenntnis, daß er einen schmutzigen Hals und schmutzige Fingernägel hatte.

»Wollen wir mal etwas Licht machen«, sagte Julian.

Die ersten beiden Schalter, die er probierte, funktionierten nicht, aber beim dritten wurde ein langgestrecktes Zimmer mit abgewetzten Sesseln und Sofas verschwommen sichtbar. Vor den Fenstern hingen lange grüne Samtvorhänge, die auf dem Boden schleiften. Auf dem Kaminsims stand eine Kohlezeichnung von einem Grabstein mit Schädeln und Flügeln. Auf dem Kaminvorleger darunter lag ein kleines Mädchen, etwa in Freddys Alter und als Cowboy angezogen, die Fäuste geballt, und schlief.

»Ach, da ist ja Katie«, meinte Julian. Er öffnete einen Schrank neben dem Kamin und nahm Gläser heraus. Da er keine Anstalten machte, sonst noch irgend etwas zu unternehmen, fragte Emily:

»Sollte sie nicht besser ins Bett?«

»Wahrscheinlich ja«, sagte Julian. Er schenkte gefühlvoll drei Gläster Sherry ein und reichte sie herum. »Also – worauf?« fragte er, indem er sein Glas hob.

»Auf das Convers College«, schlug Holman vor.

»Nein, nein. Nieder mit dem Convers College!« Er stieß mit ihnen an und trank. Dann stellte er sein Glas hin, hob Katie vom Kaminvorleger auf und warf sie sich über die Schulter. Sie wachte nicht auf.

»Wir waren nicht zu spät«, sagte Emmy, kaum daß Julian aus dem Zimmer war. »Wir waren zu früh. Wir hätten eine halbe Stunde später kommen sollen.«

»Dann wär's auch nicht anders gewesen«, meinte Holman.

»Du glaubst, hier geht es immer so zu?«

»Wundern würd's mich nicht.« Holman ließ sich mit einem Gefühl des Entspanntseins, wie er es, seit sie nach Convers gekommen waren, außerhalb der eigenen vier Wände nicht mehr gekannt hatte, in einen weichen, etwas schiefen viktorianischen Sessel sinken. Julian Fenn war offensichtlich so verrückt und Miranda Fenn so verrückt und überspannt, daß man sich hier wohl nicht vorzusehen brauchte. Jeglicher Ausrutscher in seinen besten Convers-Manieren würde hier kaum bemerkt, geschweige gegen ihn verwendet werden. »Guter Sherry«, bemerkte er ein bißchen erstaunt, als er die Flasche sah. »Wie können sie sich den nur leisten?«

»Ihr Kleid ist unmöglich«, sagte Emmy, die sich auch irgendwie entspannt fühlte. »Meinst du, das hat sie selbst genäht?«

»Aus einem Vorhang«, meinte Holman. Tatsächlich hatte eines der Fenster keinen. Sie lachten.

Julian kam sofort zurück, aber es war schon fast neun, ehe seine Frau wieder erschien, und noch einmal fast eine Stunde später, bis sie, alle ein bißchen vom Sherry benebelt, zum Dinner Platz nahmen. Die ganze Zeit war Miranda dauernd in die Küche gerannt. »Nein, Julian, das erzählst du jetzt nicht, das will ich auch hören!« rief sie jedesmal, wenn sie durch die Schwingtür enteilte und mit raschelndem Kleid, das jetzt eine große, schmutzige Schürze verhüllte, in der Küche verschwand.

Bei Tisch kam das Gespräch dann auf Hum C. Zur Eröffnung sang Holman ein Loblied auf den Kurs; er begann immer mit Lob, wenn er konnte, und in diesem Fall hätte er auch kaum etwas anderes gewollt.

»Ach ja, anfangs war ich auch sehr davon angetan«, sagte Julian mit seiner trällernden Stimme. »Als Spiel. In meinem ersten Jahr hier hatten sie eine Serie von Aufgabenstellungen zum Thema der optischen Täuschung. Mal sieht man's, mal nicht. Das hat Spaß gemacht.«

»Aber dann hat Ihr Interesse nachgelassen?« fragte Holman.

»Nein, nicht direkt. Man könnte eher sagen, mein Interesse wurde zu groß. Letztes Frühjahr bin ich deswegen mit dem Rektorat aneinandergeraten.«

Holman öffnete den Mund, um mit einem kalkulierten »So?« zu weiteren Enthüllungen einzuladen, aber Julian erzählte auch ohne solche Aufmunterung schon weiter. »Sie wissen ja, im zweiten Semester wird immer etwas von dem Stoff durchgegangen, der auch in anderen Fächern gerade behandelt wird. Sie nahmen also ›Walden‹ dran, und einer meiner Studenten nahm die Sache so ernst, daß er meinte, wir sollten doch einmal wirklich losziehen und versuchen, im Wald zu leben. Ich dachte, warum nicht? Und da haben etliche von uns sich einen Schlafsack geschnappt, und wir sind an einem Wochenende zum Reservoir hinaufgezogen. Dekan Lumkin ist regelrecht in die Luft gegangen.«

»Aber warum denn?« fragte Emmy. »Hatten Sie ihn nicht um Erlaubnis gefragt?«

»Das auch nicht. Vor allem aber haben dadurch ein paar Jungen am Samstag beim Sport gefehlt. Der Sportlehrer ist hingegangen und hat sich bei Lumkin beschwert. Wir hatten nicht aller Welt erzählt, was wir vorhatten, deshalb wußte keiner, wo wir waren. Offiziell. Wir hätten es in dreifacher Ausfertigung bei McBane und Lumkin und Rektor King anmelden müssen. Noch etwas Fleisch?«

»Was dann?« fragte Holman, viel zu interessiert, um die Frage zu beantworten.

»Nichts weiter. McBane hat mich zu sich bestellt. Er wurde ein bißchen komisch und sagte, allmählich glaube er nur noch dafür dazusein, zwischen dem Rektorat und einem verrückten Fähnlein zu groß geratener Pfadfinder Mitteilungen hin und her zu tragen.« Da Julian über diese Definition lachte, lachte auch Holman, obwohl er ganz derselben Meinung war. »Waren Sie je bei den Pfadfindern?«

»Eine Zeitlang, ja«, sagte Holman.

»Ich nie. In Jugoslawien gab's das nicht. Oder jedenfalls nur für Jugoslawen.«

»Was haben Sie denn in Jugoslawien gemacht?«

»Da habe ich gewohnt. Mein Vater war im auswärtigen Dienst.«

»Zeitweise war er im auswärtigen Dienst«, sagte Miranda. »Unter anderem.«

»Toten soll man nichts nachsagen«, meinte Julian, indem er ihr seinen Teller hinhielt und sich noch ein paar grüne Erbsen geben ließ. Holman sah zwischen ihnen hin und her. Unmöglich festzustellen, ob einer von ihnen böse war. So etwas bewunderte er. Die meisten Leute waren zu leicht zu durchschauen. Immerhin konnte man mit Exzentrizität ebensogut seine Gefühle tarnen wie mit Konvention. Es war allerdings mühsamer.

»Ein edler Vorsatz«, meinte er.

»Eigentlich nichts als Aberglaube«, sagte Julian. »Ein

heidnisches Überbleibsel, dem die Vorstellung zugrunde liegt, die Toten könnten es hören und sich rächen. Sie schwirren ja die ganze Zeit um uns herum durch die Luft.«

»Und hören zu«, sagte Miranda lächelnd.

»Mir kann nichts passieren«, sagte Emmy. »Meine Eltern leben beide noch.«

»Immer langsam«, warnte ihr Mann. »Mein Vater nämlich nicht.«

»Oh, über ihn würde ich auch nichts sagen«, gluckste Emmy. »Ich habe ihn ja nie kennengelernt.« Holman sah, daß sie ziemlich betrunken war; auch er fühlte sich ein bißchen benebelt. Nach seiner Uhr (er hatte unter dem Tisch einen Blick darauf geworfen) war es schon zehn Uhr vorbei, und sie hatten noch nicht einmal mit dem Dessert begonnen.

»Was hat Ihr Vater denn gemacht?« wollte Miranda wissen. »Würde er Ihnen womöglich als Geist erscheinen?«

»Er war bei einer Bank«, sagte Holman nur; er haßte solche makabren Witze, besonders wenn sie einer Miranda nur dazu dienten, ihn nach seiner Herkunft auszuhorchen.

»Aha. Und Ihrer?« fragte sie Emmy. Damit war zu rechnen, dachte Holman.

»Mein Vater? Ach – jetzt ist er im Ruhestand ... Er war auch bei einer Bank.«

»Derselben?«

»Nein«, sagte Holman, ehe seine Frau antworten konnte. Es wurmte ihn zu denken, daß Emmy ihren Vater mit dieser Beschreibung verkleinert, er den seinen aber vergrößert hatte. Turner senior hatte in einer Chicagoer Bank als Wächter gearbeitet. Holman, der erst sieben gewesen war, als der Vater starb, hatte ihn als großen, kräftigen Mann mit grauer Uniform und Revolver am Gürtel in Erinnerung. Außerdem wußte so gut wie jeder in Convers, wer Emmys

Vater war, und wenn Miranda es augenscheinlich noch nicht wußte, würde sie es bald wissen und dann meinen ... Er untersagte sich diese trübsinnigen Spekulationen bei einem Blick auf Mirandas sonderbares, blasses Gesicht, in das dünne rote Haarsträhnen hingen. Es war doch egal, was sie dachte.

»Ich bringe gleich das Dessert.« Miranda stand endlich auf und begann Teller einzusammeln. »Bitte bleibt sitzen«, (niemand hatte Anstalten gemacht, aufzustehen), »und unterhaltet euch weiter.«

Wie immer verstummten daraufhin erst einmal alle. Julian nahm ein Stück Brot und begann versonnen damit auf seinem Teller herumzuwischen, bis Miranda ihm diesen wegzog. Das muß er in Jugoslawien gelernt haben, dachte Holman.

»Vorchristlicher Aberglaube ist ja noch recht weit verbreitet«, sagte Holman schließlich, um wieder auf das unpersönliche Thema zurückzukommen, über das sie seines Wissens zuletzt gesprochen hatten. Und wieso fühle ich mich dafür zuständig, das Gespräch in Gang zu halten? dachte er dabei. Alle sind doch so besäuselt, daß es ihnen egal ist.

»O ja, mich beschleicht immer so ein komisches Gefühl, wenn ich in ein Haus komme und dort Schirme zum Trocknen aufgespannt sehe, weil das nämlich Unglück bringt«, sagte Emmy.

»Ja, ich auch, das geht mir genauso!« rief Miranda, indem sie die Kaffeetassen auf dem Tisch ablud. »Und bei zerbrochenem Glas.«

»Das ist doch gar nichts«, sagte Holman. »Sogar in dieser Stadt werden etliche heidnische Rituale gepflegt.«

»Wo denn?«

»In den Studentenverbindungen. Jedenfalls wenn sie

noch ein bißchen so sind wie zu meiner Zeit. Wir haben jährlich eine Tieranbetungszeremonie abgehalten.«

Ein bißchen konfus begann Holman die Initiationsriten zu schildern, die er an seiner staatlichen Universität mitgemacht hatte, zumal sich zeigte, daß Julian keine eigenen Erfahrungen dieser Art hatte und interessiert schien. Holman erzählte von der Druckwoche: mit primitiven Verdächtigungen und Isolation und der Aufteilung in Stämme. Er schilderte die Höllwoche, die der Aufnahme folgte, und erzählte, wie er und die übrigen vierundzwanzig Neulinge in dieser Woche in einem Kellerraum des Verbindungsheims gelebt hatten, den sie das Schwarze Loch nannten. Dieser Raum war sechs mal sechs Meter groß und lag unmittelbar neben dem Heizungskeller; er war ringsum schwarz gestrichen. Sie konnten in diesem Schwarzen Loch (auf dem Fußboden) wegen der Hitze und des Lärms der Heizung kaum schlafen, so daß sie, wenn sie nach dem Frühstück herausgelassen wurden, um in die Vorlesungen und Seminare zu gehen, sich erst einmal irgendwo auf dem Campus in eine Ecke legten und schliefen, egal ob zwischen den Regalen der Bibliothek, in einem leeren Hörsaal oder (wenn es warm genug war) in Mäntel gehüllt im Freien.

Am zweiten Tag der Höllwoche wurde die drangvolle Enge im Keller noch gesteigert. Die Neulinge wurden nach dem Abendessen losgeschickt, einen Hund zu stehlen, und durften nicht ohne zurückkommen. Die ganze Nacht lang krochen sie durch Büsche und Sträucher, flüchteten in den Wohngebieten vor allem, was nach Polizeiauto und Streifenwagen aussah, teilten sich in kleine Suchtrupps auf und vereinigten sich wieder zu schwerfälligen Haufen, denn schließlich konnte keiner zulassen, daß andere sich davonstahlen und irgendwo ein Nickerchen machten. Die Straßen der Stadt waren zur Höllwoche wie ausgestorben, und wenn irgendwo Hunde draußen waren, handelte es sich um scharfe Bluthunde und Doggen, die bellend an ihren Ketten zerrten. Erschöpft und mutlos fanden sich die Neulinge im Morgengrauen schließlich vor der Tür des Tierheims ein, wo sie, wenn es um acht öffnete, einen jungen Drahthaarterrierbastard erstanden. Dieser wurde im Triumph zum Verbindungsheim gebracht, als gestohlen ausgegeben und in einer kurzen Frühstückszeremonie auf den Namen James Dawg getauft. Anschließend kam er ins Schwarze Loch, wo er die restliche Höllwoche in Gesellschaft der vierundzwanzig Neulinge verbrachte und sich als anhänglich, laut, unmanierlich und nicht stubenrein erwies.

Den Höhepunkt der Höllwoche bildeten der Freitag und Samstag. Am Freitagabend gab es die Inquisition. Die vierundzwanzig Kandidaten wurden in Unterhosen (ihrem einzigen Kleidungsstück während der ganzen Höllwoche, außer zu den Vorlesungen) einzeln aus dem Keller geholt, einzeln in ein verdunkeltes Zimmer geführt, vor eine Batterie von Lampen gesetzt und peinlich nach ihrem Sexualleben verhört: »Bist du noch Jungfrau? ... Wann bist du Mann geworden? ... Beschreibe diesen Vorgang in allen Einzelheiten. ... Und dann? ... Und dann? ... Wann hattest du zuletzt sexuelle Beziehungen?...« Die übrigen Neulinge saßen derweil bei James Dawg im Keller und warteten, bis sie an die Reihe kamen. Wer keine heterosexuellen Geschichten zum besten zu geben hatte, erfand besser welche, sonst wurde er, so munkelte man, nach noch viel peinlicheren Dingen befragt.

»Mein Gott«, sagte Miranda Fenn, »wie primitiv!«

»Nicht direkt«, meinte Julian. »Da sind nachchristliche Elemente drin. Eigentlich hat es etwas sehr Modernes; fast russisch.«

»Baaah! Uhuuu!« Gedämpftes Schluchzen aus der Diele,

dann kam Katie Fenn in einem alten Flanellnachthemd ins Eßzimmer gewatschelt, die Augen unter wirrem Haar versteckt, das Gesicht tränenverschmiert. Sie lief zu ihrer Mutter und vergrub laut heulend ihr Gesicht in Mirandas Schoß.

»Na, na. Es ist doch alles gut, mein Schatz. Schon gut. Was ist denn los? Na, na.«

»Unter meinem Bett ist ein Tyrannosaurus.«

Holman, Emmy und Julian lachten schallend los; Miranda warf ihnen einen vernichtenden Blick zu. »Na, na, mein Schatz.« Sie nahm Katie in die Arme und setzte sie sich auf den Schoß. »Du hast nur schlecht geträumt. Bleib ein bißchen bei uns sitzen.« Katie schluchzte ein letztes Mal und machte sich's an Mutters Schulter bequem. »Ich hab's dir ja gesagt«, sagte Miranda zu Julian. »Das ist dieses Buch. Du hast ihr mit dem Buch, das du ihnen vorgelesen hast, Angst gemacht.«

»Hab ich nicht«, erwiderte ihr Mann. »Das war Charles. Er hat den beiden erzählt, daß die Eier, die du heute von dem Mann gekauft hast, von einem Dinosaurier sind, und sobald du sie aus dem Kühlschrank nimmst, schlüpfen Dinosaurier aller Art daraus.«

»Aha«, sagte Miranda. »Na, na« (als Katie sich wieder zu weinen anschickte). »Charles wollte dir nur Angst machen. Das war häßlich von ihm. Und nun kriech wieder ins Bett und schlaf. Unsere Eier sind alles ganz normale Hühnereier. Entschuldigung, Holman. Erzählen Sie doch Ihre Geschichte weiter.«

Holman zögerte. Der Alkohol verlor seine Wirkung. Wozu erzähle ich das? dachte er. Nur um zu beweisen, daß ich in einer tollen Verbindung war, obwohl mein Vater nur Wächter in einer Bank war? Das kümmert doch hier keinen. Und für Emmy ist jeder in einer Verbindung gewesen, sie betrachtete es höchstens als Schande, wenn das an einer staatlichen Universität war. Der Preis, den er dafür zahlen mußte, daß er es so weit gebracht hatte, bestand, wie er schon oft gedacht hatte, zum Teil darin, daß alle Triumphe von früher sich in Schmach und Schande verwandelten, wie der blaue Anzug mit Schlips, den er sich zum Oberschulabschluß zusammengearbeitet hatte. Es war ein Schlips mit großen silbernen Lilien, und er fand ihn sehr fein.

»Bitte weiter«, sagte Miranda, den Oberkörper über Katie hinweg nach vorn gebeugt, so daß die falschen Perlen auf dem Tisch klapperten. Holman sah sie an und hatte plötzlich das Gefühl, sie würde seinen Examensanzug auf Anhieb erkennen, weil sie einmal ein Kleid ähnlicher Art getragen hatte, zumindest nicht viel besser; sie hatte die gleiche Reise hinter sich wie er. Es machte sie ihm kein bißchen sympathischer.

Trotzdem erzählte er weiter. Der Samstag, sagte er, war der letzte und wichtigste Tag der Höllwoche. Am Samstagmorgen wurde einer der Neulinge (durch Los bestimmt) mit einem geladenen Revolver in den Keller geschickt, um James Dawg zu erschießen. (Er war froh gewesen, daß es ihn nicht traf.) Dann hielt man ihnen einen kurzen Vortrag, der darauf hinauslief, daß sie die Höllwoche zur Zufriedenheit bestanden und jetzt nur noch eine Prüfung vor sich hätten, die aber sei die schwerste.

Am Abend wurde feierlich das große Hundeessen begangen. Es gab kein Abendessen, dafür marschierten die vierundzwanzig Neulinge um acht Uhr in Unterhosen in den Speisesaal ein, wo James Dawg, jetzt kalt und steif, auf einem Tablett lag. Der erste Neuling bekam ein Messer, mit dem er den Hund vom Hals bis zum Schwanz aufzuschneiden hatte. Das Messer wurde dann von einem zum andern weitergereicht, und jeder mußte ein Stück von Jim Dawgs

Innereien herausschneiden und auf einen Teller legen, den ihm ein Verbindungsbruder reichte. Als nächstes marschierten sie einer nach dem andern in die Küche, wo sie die Augen verbunden und mit heißem Wachs ein Mal aufgebrannt bekamen. (Die Narbe hielt sich meist ein Jahr oder zwei.) Noch immer mit verbundenen Augen, wurden sie dann in den Speisesaal zurückgeführt; eine Stimme befahl ihnen, sich auf den Rücken zu legen. Holman tat es, und unsichtbare Hände legten ihm etwas auf den Mund, was sich anfühlte wie ein Stück rohe Kalbsleber. (Es *war* ein Stück rohe Kalbsleber.) Während er und die anderen stumm dalagen, las der Präsident der Verbindung ihnen die traditionelle ›Wooglin-Sage‹ vor. Sie war nicht kurz, aber kurzgefaßt schilderte sie die Wanderung des berühmten Jägers Wooglin und seines treuen Gefährten James Dawg durch die große Wüste. Viele Tage ist er schon gewandert; er ist erschöpft und halb verhungert; er fühlt, daß er nicht mehr weiterkann. Doch als Wooglin gerade zu Boden sinken will, wälzt Jim Dawg sich auf den Rücken und schaut ihn mit rührendem Blick an, während eine Stimme vom Himmel spricht: »Schneide den Hund auf und iß!« An dieser Stelle wiederholten alle Verbindungsbrüder im Chor: »Iß! Iß! Iß!« Mit verbundenen Augen auf dem Rücken liegend, öffneten die vierundzwanzig Neulinge den Mund und versuchten die rohe Leber hinunterzuwürgen.

Sie schafften es alle. »Kandidaten!« verkündete der Präsident, »ihr habt die Prüfungen des Ordens bestanden! Ihr mögt euch nun erheben und singen!« Steif setzten die Neulinge sich auf, streiften ihre Augenbinden ab und standen auf. Dann sangen sie einstimmig das Verbindungslied, das sie die ganze Woche im Keller geübt hatten. Bier und Sandwichs wurden gereicht, und allseits herrschte große Freude.

»Unglaublich«, sagte Miranda. Sie sah auf Katie hinab, die inzwischen auf ihrem Schoß schlief. »Ich bringe sie jetzt mal zu Bett. Bitte redet kein Wort, bis ich zurück bin.«

Gehorsam schwiegen alle, bis sie wiederkam. Dann sagte Julian zu Holman: »Ja, Sie haben völlig recht. Geradewegs aus dem Golden Bough. Pubertätsriten; Tod und Wiedergeburt; einfach alles.«

»Aber eine Spätform des Ritus. Es stirbt keiner wirklich. Der Hund war unser Sündenbock.«

»Es muß sich ursprünglich um Kannibalismus gehandelt haben«, sagte Julian. »Diese Taufzeremonie immerhin. Der Hund wurde damit zum fünfundzwanzigsten im Bunde; genaugenommen habt ihr einen Korpsbruder verspeist.«

»Oder vielleicht umgekehrt«, spekulierte Miranda. »Vielleicht haben sich alle in Hunde verwandelt. Wenn man so in einem Keller eingepfercht lebt.«

»Er ist zumindest euer Totemtier«, sagte Julian.

»Gewissermaßen«, stimmte Holman halbherzig zu.

»Doch, bestimmt! Darüber habe ich gelesen. Man macht sich ihm so ähnlich, wie es geht; man trägt sein Fell und ißt sein Herz, und dann nimmt man seine Eigenschaften an.«

»Ich bin heute ein Drahthaarterrier«, sagte Miranda. Alle lachten, aber Holman lachte ein bißchen verstimmt. »Er ist für Neulinge Ihrer Universität wirklich genau richtig, meinen Sie nicht? Drahthaarterrier wollen immer gefallen, sind aber furchtbar laut und anspruchsvoll und springen immerzu durch die Gegend, und besonders intelligent sind sie auch nicht.«

Du irrst, dachte Holman, Drahthaarterrier gehören zu den intelligentesten Hunderassen überhaupt, aber er hütete sich im letzten Moment, das zu sagen. Statt dessen fragte er Miranda, ob sie zufällig auch an seiner Universität gewesen sei.

»O nein«, sagte Miranda. »Ich war auf einem kleinen College in Ohio, von dem noch kein Mensch je den Namen gehört hat.«

Das glaube ich gern, dachte er; und anscheinend werden wir ihn jetzt auch nicht zu hören bekommen.

»Ich kann das gar nicht begreifen«, sagte Miranda. »Dieses arme Tier aus dem Heim so einfach umzubringen.«

»Na ja, ein schlechtes Gewissen hatten wir auch alle dabei«, sagte Holman nur. Miranda sah ihn verächtlich an. Ja ja, dachte er, dein Haus fällt auseinander, deine Kinder läßt du auf dem Fußboden schlafen, aber dein Herz blutet um einen Hund, der 1947 gestorben ist.

»Und wenn Sie sich nun geweigert hätten, irgendwas von diesen Dingen mitzumachen?« fragte sie. »Was wäre passiert? Wären Sie aus der Verbindung rausgeflogen?«

»Weiß ich nicht«, sagte Holman. »Das dürfte wohl davon abhängen, wer man ist und wie gern die Verbindung einen hätte.« Er hatte die Angewohnheit, Fragen wie diese, die eine persönliche Kritik einschlosssen, ungerührt und vollständig zu beantworten, ohne seine Verärgerung zu zeigen. »Natürlich haben wir uns darüber auch dauernd unterhalten, vor allem über die Leber, die wir essen sollten; es hatte sich herumgesprochen, daß uns so etwas blühte, aber keiner wußte mit Sicherheit, ob wir nun Hundeleber bekommen würden oder was. Wir haben darüber gesprochen, was für Krankheiten man sich zuziehen kann, wenn man die rohe Leber eines kranken Hundes aus dem Tierheim ißt, und ob Jim Dawg wohl krank war. Aber bis dahin hatten wir schon soviel durchgemacht, daß es uns nicht mehr lohnend erschien, das Risiko einzugehen und uns zu weigern. Und wir wußten ja, wenn wir durchhielten und in die Verbindung aufgenommen wurden, bekamen wir später unsere Chance.«

»Ihre Chance?«

»Wenn die Kandidaten des nächsten Jahres drankamen«, erklärte Emmy.

»Scheint sich kaum zu lohnen«, meinte Julian.

»Sie hatten also in den nächsten drei Jahren die Chance, Ihrerseits Studienanfänger mit toten Hunden zu erschrekken«, sagte Miranda; Holman war mit seiner Methode schon fast am Ziel, denn ihr selbstgerechter Ton ging in Ironie über; »und sie mit heißem Wachs zu versengen und hinter einem Scheinwerfer zu sitzen und ihnen peinliche Fragen zu stellen.«

»Ich durfte nur zusehen«, sagte Holman. »Die Fragen stellten die Funktionäre der Verbindung, der Präsident, der Schatzmeister und so weiter. Wir übrigen schauten nur zu.«

»Während sie Ihnen ihre dunklen Geheimnisse offenbarten«, endete Miranda, und Holman hörte an ihrem Ton, daß sie wußte, wie süß Geheimnisse schmeckten.

»Wir haben ihre dunklen Geheimnisse gehütet«, sagte Holman. »Wir mußten einen heiligen Eid schwören, nie ein Sterbenswörtchen von dem verlauten zu lassen, was sich bei den Initiationsriten abspielte. Den Eid habe ich jetzt gebrochen«, mußte er plötzlich erkennen.

»Wir verraten Sie nicht«, versprach Miranda. Sie lächelte Holman an, aber er lächelte nicht zurück. Seine Technik funktionierte fast immer; sie entwaffnete den Gegner und zog ihn auf seine Seite; aber das erforderte keine geringe Selbstbeherrschung und bot der eigenen Wut kein Ventil bis zum Schluß, wenn er die Hand beißen konnte, die sich ihm entgegenstreckte.

»Sie werden keine Gelegenheit dazu haben«, sagte er kalt. So, jetzt wirst du das nächste Mal vielleicht vorsichtiger sein, dachte er, aber wenn er Miranda so ansah, bezweifelte er das.

»Möchten Sie noch einen Schluck Kaffee?« fragte sie.

»Nein, danke.« Holman sah zu Emmy, und sie gaben sich mit Blicken ein Zeichen. »Wir sollten jetzt gehen«, sagte er laut und fest.

Emmy kam von dem Dinner bei den Fenns gutgelaunt nach Hause. Während sie und Holman noch einmal die Höhepunkte des Abends durchgingen, erklärte sie die Fenns für verrückt, wunderlich, unheimlich und einfach unmöglich, aber sonst ganz nett. Trotzdem, sich vorzustellen, mit einem der beiden in diesem Haus leben zu müssen! Beim Ausziehen fand Emmy, daß sie doch viel lieber mit Holman verheiratet war als mit einem, der sich immerzu mit denen da oben anlegte und sich den Hals nicht wusch.

»Stell dir vor, mit einem Menschen verheiratet zu sein, der sich nicht wäscht, wie Julian Fenn«, sagte sie. »Wie hält seine Frau das nur aus?« Sie zog ihren sauberen Petticoat aus.

»Wieso sollte sie das merken? Sie ist doch schlimmer als er«, meinte Holman, der auf der Bettkante saß und sich die sauberen Socken auszog.

»Aber nein, Holman, das ist nicht wahr. Schmutzig ist sie nicht.« Emmy zog den Hüfthalter aus.

»Nein, nicht direkt schmutzig. Nur verstaubt und ein bißchen angegraut, wie wenn etwas jahrelang in der Schublade gelegen hat.«

»Aber Schatz, wie kannst du so was sagen! Das war doch nur ihr komisches Kleid. Er ist viel, viel schlimmer.« Emmy legte den Büstenhalter ab und ging durchs Zimmer, um ihr Nachthemd aus dem Wandschrank zu holen, doch als sie an Holman vorbeikam, legte er ihr die Hand auf den Bauch und hielt sie zurück.

»Rein sexuell«, sagte er. »Du findest ihn nur deshalb

schlimmer, weil du dir nicht vorstellen kannst, mit ihm zu schlafen, und ich finde sie schlimmer, weil ich mir nicht vorstellen kann, mit ihr zu schlafen.« Er legte die andere Hand an ihr Gesäß. Sie wollte weitergehen, aber da stand er auf, versperrte ihr den Weg und legte die Arme um sie.

Emmy blieb still und ein bißchen steif stehen, aber sie legte ihm dabei wie immer die Arme um den Hals und fühlte seine Haut und den Stoff seiner Unterhose an ihrem Bauch. Zweifellos gedachte Holman sich den ehelichen Pflichten zu widmen, denn sonst rührte er sie bis auf das Küßchen am Morgen und am Abend selten an. Aber ich will das nicht, ich liebe dich nicht, dachte sie und ließ die Arme sinken, machte sich los, was Holman allerdings mißverstand.

»Okay, mach dich fertig, schönes Kind«, sagte er, indem auch er losließ und ihr einen kleinen Klaps aufs Hinterteil gab.

Nachdem Emmy im Bad war und die Tür hinter sich geschlossen hatte, fiel ihr ein, daß sie es versäumt hatte, ihm zu sagen, ihr sei nicht danach. Und überhaupt, wie sagte man so etwas? In den fünf Jahren ihrer Ehe hatte Emmy ihrem Mann noch nie seine Rechte verweigert (Rechte, dachte sie entmutigt), es sei denn aus eindeutig körperlichem Grund. Aber sie konnte jetzt nicht plötzlich die Badezimmertür aufmachen und sagen, sie sei unpäßlich oder habe die Grippe, was außerdem gelogen wäre. Sie war körperlich völlig fit. Inzwischen griff sie schon automatisch ins obere Schrankregal und begann sich fertig zu machen. Aber sie stellte sich dabei ungeschickt an, wo sie doch sonst so geschickt war, und ließ sich sehr viel Zeit.

Als sie wieder hereinkam, saß Holman auf der Bettkante und wartete schon auf sie, eine Schachtel Kleenex in Griffweite. Er knipste das Licht aus, und sie nahmen die übliche

Stellung ein. Ich fühle nichts, dachte Emmy, absolut nichts. Ich liebe dich nicht. Vermutlich fühlen Prostituierte sich so, sagte sie sich, während sie gleichzeitig wie von selbst Holmans Schultern packte – entsetzlich! Sie ließ los, und da war es noch schlimmer, als ob man sich an ihr verginge, wie man es in den Zeitungen las. Ich fühle absolut nichts, nichts. Und er scheint es nicht einmal zu merken. Na ja, es ist gleich vorbei, dachte sie, als sie die üblichen Zeichen erkannte und die Beine anzog. Aber Holman, der fast eine ganze Flasche Wein getrunken hatte, benötigte länger als sonst. Und als er zum Endspurt ansetzte, fühlte Emmy aufkommendes Interesse, aber zu spät, um noch etwas davon zu haben.

»Mehr«, sagte sie zwischen geschlossenen Zähnen, als Holman, der fertig war, wie ein Sack auf sie niedersank.

»Mehr?« fragte er. »Die Dame wünscht mehr!« teilte er ungläubig der Welt mit und stemmte sich auf einem Ellbogen hoch, um aber gleich wieder hinunterzuplumpsen.

Emmy sagte nichts; sie klagte nicht einmal, er drücke ihr die Lungen zu. Sie hätte vor Scham versinken mögen, denn das war schlimmer, als sich jemandem hinzugeben, den man nicht liebte; sie hatte einen Mann, den sie nicht liebte, um Liebe gebeten.

»Uff!« sagte Holman und stützte sich endlich hoch, ließ sich dann auf seine Betthälfte fallen und reichte Emmy die Schachtel Kleenex.

Allen Ingram an Francis Noyes

14. November

... kam heute ein höchst merkwürdiger Brief zum Thema Tantiemen vom Feindagenten (ich muß mich wirklich mal nach einem anderen umsehen). Er regt sich wie immer über nichts und wieder nichts auf, aber ich finde, jetzt sollte ihn

mal einer anrufen und ihm das eine oder andere IN RUHE *erklären. Könntest Du?*

Hier war es sehr still. Nachdem alle im Städtchen den Verruchten Allen einmal aus der Nähe gesehen haben, bin ich offenbar von allen Einladungslisten gestrichen. So sitze ich hier auf meinem Hügel und höre sie an Footballwochenenden unten im Tal zechen. Die einzigen, die mich noch einladen, sind Dekan Lumkin und Frau. Weiß auch nicht, warum. Vielleicht gedenkt sie einen petit salon d'artistes *ins Leben zu rufen; letztes Mal war auch eine hiesige malende Jungfer da, eine Art Großtante Moses, und ein Pianist aus dem Musikalischen Institut, ein junger Mann von schmollendem Charme, der unentwegt trank und auf Geheiß auf dem Lumkinschen Flügel Chopin spielte. Wir mußten alle still sein und durften Mrs. L's* Gefühl *bewundern. Derweil fragte ich mich, ob sie sich trauen wird, mich demnächst um eine Lesung aus meinem Werk zu bitten, und suchte schon Stellen aus, deretwegen es ihr hinterher leid tun würde. Ganz hat sie sich noch nicht getraut, aber es kommt, das weiß ich. Zwei Bilder von Großtante hat sie schon; man füttert Künstler nicht umsonst.*

Dekan Billyboy Lumkin hingegen lädt mich nettigkeitshalber ein. Er ist der Nette Kerl vom Dienst. Etwa fünfundvierzig, jungenhafter Typ (aber nicht mein Typ Junge), breites ehrliches Lächeln und ehrlicher Handschlag aus der Schulter heraus. Zu allem Übel glaube ich nicht mal, daß er's vortäuscht; er ist wirklich gutmütig, wahrscheinlich sogar halbwegs tüchtig (er leitet das College, wann immer Rektor King auf seinen ausgedehnten Bettelreisen ist – aber selber Rektor wird er nie, das wette ich: viel zu unbedarft). Sogar intelligent ist er, obwohl er sich im Grunde vielleicht wundert, daß seine spontanen Einfälle sich zufällig immer genau als richtig entpuppen. Oder bilde ich mir das nur ein?

Er lädt auch mal Studenten auf ein Bier ein, weil er gern-junge-Leute-um-sich hat.

Mrs. L. ist genauso und auch das genaue Gegenteil. Sie teilt alle seine Ansichten, doch aus ihrem Munde klingen sie wie Drohungen. ›Wer sich am Convers nicht zurechtfindet, vertut nur seine Zeit, wenn er's versucht; er sollte besser gleich woandershin gehen.‹ Wenn Billyboy das bei einem ehrlichen Schluck Whisky-Soda im Brustton der Ehrlichkeit von sich gibt, möchte man aufspringen und applaudieren. Aber du solltest es einmal aus dem Mund seiner Frau hören! (Sie heißt Betsy, aber insgeheim nenne ich sie nur Große Schwester.) Sie ist um die Vierzig und nimmt es schwer, hat braune Locken und ein eigentlich ganz hübsches Naturmädelgesicht; dazu bevorzugt sie sportliches Karo oder ein scheußliches Kleines Schwarzes.

Dank sei gesagt: Übernächstes Wochenende ist Danksagung. Ich beabsichtige mein letztes Seminar am Mittwoch abzukürzen und den Frühzug zu nehmen. Hol mich nicht ab, aber besorge einen großen Puter und lade Suzy und David und Jim und …

3

An einem kalten Dezembernachmittag saß Emmy in Miranda Fenns Küche beim Kaffee. Diese Küche, die sie bei ihrem ersten Besuch gar nicht zu Gesicht bekommen hatte, entpuppte sich als der Mittelpunkt des Fennschen Lebens. Hier nahmen sie alle ihre Mahlzeiten ein, sofern sie nicht Gäste hatten; hier kochte und wusch und bügelte Miranda nicht nur, hier flickte und las sie auch und schrieb Briefe und empfing Besuch; und Julian korrigierte abends am großen Küchentisch Aufsätze. Die drei Fennschen Kinder, Katze Hecate und Freddy Turner, die Miranda und Emmy hinausgeschickt hatten, um sich unterhalten zu können, zog es immer wieder zu Spiel und Futtersuche hier herein.

»So ist er immer«, sagte Miranda. »Noch einen Kaffee?« Wie gewöhnlich saß sie elfenhaft auf einem hohen Hocker neben dem Herd. Ihr heutiges Kostüm war oberhalb der Taille Elfe (grünweißer Pullover mit spitzem Kragen), unterhalb wildgewordene Putzfrau (bauschiger grauer Flanellrock, schmutzige Schürze und lange schwarze Baumwollstrümpfe). Das kam, dachte Emmy, wohl auch daher, daß sich im Hause Fenn kein einziger Spiegel größer als dreißig auf dreißig befand.

»Ja, bitte«, sagte sie.

Miranda kippte die Kanne und schickte einen Kaffeestrahl durchs Sonnenlicht in Emmys Tasse. Während draußen ein scharfer Wind über die gefrorene Erde blies, war es in der Küche warm. Auf dem Herd standen zwei frisch gebackene Kaffeekuchen in ihren Formen zum Abkühlen, und im Becken türmte sich schmutziges Geschirr. Auf allen Regalen und Ablagen und Fensterbrettern standen oder lagen offene Crackerschachteln, Marmeladen- und Kräutergläser, Schmalzdosen, Zeitungen, Romane aus der Bibliothek, verschrumpelte Äpfel und grüne Tomaten, Garnrollen, ein keimender Avocadokern im Wasserglas, ein Stapel unkorrigierte Aufsätze, ein Goldfischglas mit schläfrigem Bewohner... Auf dem Fußboden überall Papierkörbe, Tüten, Spielzeug, leere Flaschen und Untertassen mit Milch und Futterbrocken für die Katze.

»Oh, danke«, sagte Emmy. Während sie ihren Kaffee umrührte, blätterte sie in der ›Folk-Lore Quarterly‹. Sie hatte sich im Laufe des letzten Monats angewöhnt, nachmittags hierherzukommen und sich zu Miranda in die Küche zu setzen. Besonders dienstags und freitags, wenn Mrs. Rabbage zum Putzen und Schwatzen zu ihr kam, war es gut, jemanden zu haben, zu dem sie dann mit Freddy gehen konnte. Miranda wohnte auf halbem Weg von Emmys Haus zur Stadt, und da sie kein Auto hatte, war sie fast nie außer Haus. Sie haßte das kalte Wetter; und wenn es wie jetzt richtig schlimm wurde, blieb sie tagelang am Stück zu Hause und erledigte sogar ihre Einkäufe per Telefon. Meist traf man sie in der Küche beim Kaffee an, um sich herum die spielenden Kinder, und ob ihre Gäste mit ihr plauderten oder nur in ihren alten Illustrierten lasen, schien für sie kein großer Unterschied zu sein.

»Da steht ein guter Artikel über Trolle drin«, sagte sie nach einer Pause. »Ich glaube zumindest, daß er da drin ist... Also, was ich sagen wollte«, nahm sie dann ihr vorheriges Thema wieder auf, »es ist immer ein tödlicher Fehler, Julian in irgendein Geschäft gehen zu lassen. Habe ich dir schon erzählt, wie er einmal dieses Federballspiel gekauft hat?«

»Nein«, sagte Emmy. »Erzähl mal.«

»Das war letztes Frühjahr, als der Staubsauger kaputtging. Hier in der Stadt konnten sie ihn nicht reparieren, da haben wir ihn auf ein Fahrrad geschnallt – was das für eine Arbeit war! – und Julian ist damit nach Hampton gefahren. Ich habe ihm für die Reparatur fünfzehn Dollar mitgegeben. Na ja, er kam dann erst gegen sechs Uhr abends zurück, ohne Staubsauger. Im ersten Geschäft, in dem er war, hatte man ihm gesagt, der sei nicht mehr zu reparieren, und da hat er ihn einfach in einer Seitenstraße liegenlassen und ist weggegangen. Dann ist er ein bißchen in der Stadt herumgelaufen, nach einer Weile ins Kaufhaus gegangen und hat dort für sechzehn Dollar ein Federballspiel gekauft. Ich wußte gar nicht, daß Federballspiele so teuer sind.«

»Was wollte er denn mit dem Federballspiel?«

»Das habe ich ihn auch gefragt. Er sagte, er hätte es im Schaufenster liegen sehen und gemeint, es wäre schön, wenn wir alle Federball spielen lernten.« Miranda schnitt ein Stück warmen Kuchen ab, reichte es Emmy und leckte sich den Zucker von den Fingern.

»Hmm! Danke. Und habt ihr alle Federball spielen gelernt?«

»Nein«, sagte Miranda bedauernd. »Ich mußte ihn damit zurückschicken. Zum Glück haben sie ihm das Geld wiedergegeben. Das tun sie ja nicht immer.«

»Federball ist sowieso schrecklich langweilig.«

»Das meinte Will auch. Er hat Julian erklärt, daß Federball so was wie Kleinmädchentennis ist.«

»Will?«

»Will Thomas. Das ist unser Freund vom Musikalischen Institut.«

»Ach so.«

Miranda stand auf und begann in der Küche umherzugehen. Sie hielt den Finger in die Suppe, die hinten auf dem Herd vor sich hin blubberte, zog ihn heraus und leckte ihn ab. Dann fand sie ein Büschel getrocknete Kräuter und eine alte Karotte, zerschnitt sie und warf sie in den Kessel. Sie steckte wieder den Finger hinein und leckte ihn wieder ab, ohne diese unhygienische Kochmethode auch nur ansatzweise zu vertuschen oder daran zu denken, daß Emmy schockiert sein könnte. Und Emmy war auch gar nicht mehr schockiert. Sie nahm das inzwischen hin, genau wie Mirandas viele anderen komischen Angewohnheiten. Da kam es auf eine mehr oder weniger schon nicht mehr an, denn Miranda war ohnehin so völlig anders als alle Freundinnen, die sie je gehabt hatte. Ohne die schreckliche Einsamkeit, in der sie sich hier so plötzlich wiederfand, hätte sie sich auch nicht im Traum mit ihr angefreundet.

Bevor Emmy nach Convers kam, hatte sie überall, wohin sie ging, schon geeignete Freunde in großer Zahl vorgefunden, die oft schon lange durch Bluts- oder Geschäftsverwandtschaft mit ihrer Familie verbündet waren. Als schüchternes dickes Mädchen auf dem College hatte sie meist Mitschülerinnen vom St. Kit's zu Freundinnen gehabt. Die vielen gemeinsamen Interessen und Ansichten machten ihre Gespräche sowieso für Außenstehende sinnlos, vor allem in größeren Gruppen; das war ein Babylon von eigenem Jargon und speziellen Verwunderungs- und Freudenrufen. Für das Privatleben galt die Regel, daß man darüber möglichst wenig sprach, auch nicht hinter dem Rücken der anderen. Miranda nahm dagegen kein Blatt vor den Mund, und mit der Zeit bekam Emmy das Gefühl, auch sie könne zu Miranda alles sagen, wenn sie wollte. Es wäre zweifach ungefährlich gewesen, denn erstens schien Miranda sich nie über irgend etwas zu wundern, und zweitens würde es kein Echo geben. Miranda war mit niemandem verwandt oder verschwägert und würde auch nicht plötzlich woanders in Emmys Kreisen auftauchen, wo sie ihr Vertrauen hätte mißbrauchen können. Mit ihr konnte man fast so sicher reden wie mit der Friseuse.

»Ich bin manchmal einfach perplex«, sagte Miranda, indem sie die Suppe ein letztes Mal umrührte und sich wieder setzte. »Was würdest du tun, wenn du einen Mann hättest, der sich so aufführte wie Julian?«

»Mein Gott, ich weiß nicht«, antwortete Emmy erschrocken.

»Nein, woher auch? Holman würde so etwas wie mit dem Federballspiel in hundert Jahren nicht tun. Weißt du, ich bewundere Holman sehr. Er ist so – ich weiß nicht – so vernünftig, aber ohne sich damit irgendwie aufzublasen. Außerdem sieht er sehr gut aus.«

»Er mag dich auch«, log Emmy nach kurzem Schweigen.

»Ja? Ich hätte eher gedacht, er kann mich nicht leiden. Also, das ist ja nett. Es muß schön sein, mit jemandem verheiratet zu sein, auf den man sich verlassen kann, ich meine richtig verlassen. Und er ist so nett zu allen Leuten. Ich habe ihn nämlich auf der Cocktailparty bei den Bakers beobachtet.«

»Immer ist er aber auch nicht nett«, widersprach Emmy, die sich über dieses Loblied etwas ärgerte. »Du siehst ihn ja nur in der Öffentlichkeit.« Aber ihr Gerechtigkeitssinn protestierte. »Mein Gott, natürlich, ich meine ja nicht, daß er sich zu Hause schlecht benimmt. Aber so wohlerzogen wie auf Gesellschaften ist er da nicht. Zu Hause ist er immer so mit den Gedanken woanders, daß er Freddy oder mich oder sonstwas anscheinend gar nicht zur Kenntnis nimmt.« Sie lachte ein bißchen gezwungen, denn so etwas von sich zu geben, war sie nicht gewöhnt.

»Vielleicht ist das nur die neue Stelle, über die er sich Gedanken macht.«

»Nein, seine Arbeit hat er schon immer ernstgenommen, aber er hat sie noch nie so mit sich allein ausgemacht. Als wir in New Haven waren, hat er mich zu guten Vorlesungen immer mitgenommen. Und als er dann hier anfing, habe ich natürlich gesagt, ich würde schrecklich gern einmal eine *seiner* Vorlesungen hören; aber da hat er gemeint, das sei absolut nicht drin. Warst du bei Julian schon mal mit?«

»Ja, letztes Jahr, als er zwei Vorlesungen über die Ballade für Knight hielt. Aber weißt du, nachdem ich einmal da war, habe ich erfahren, daß man es hier unpassend findet, wenn die Dozentenfrauen die Lehrveranstaltungen besuchen. Mrs. Lumkin, unsere Hauswirtin, hat mich extra besucht, um mir das zu sagen. Glaube ich jedenfalls; vielleicht war sie ja nur zum Schnüffeln hier. Grrr! Ich war sauer wie eine Zitrone, denn ich hätte für mein Leben gern noch die zweite Vorlesung gehört.«

»Vielleicht ist das der Grund«, sagte Emmy. »Aber warum hat er mir das denn nicht gesagt? Er sagt mir in letzter Zeit überhaupt nichts mehr. Wenn er mir gesagt hätte, daß so etwas hier nicht gern gesehen wird, würde ich natürlich nicht hingehen, sowenig wie du.«

»Aber ich war ja da«, sagte Miranda.

»Nachdem du das wußtest, nicht mehr.«

»Doch.« Sie nahm einen schmierigen nassen Lappen aus dem Spülbecken und wischte den Tisch ab. »Ich habe mich als Student verkleidet und bin hingegangen.«

»Was! Wie denn? Hat das einer gemerkt?«

»Ich glaube nicht. Jedenfalls hat mir keiner was gesagt. Ich falle ja nicht besonders auf, mal abgesehen von den roten Haaren, und die hatte ich unter Charles' Mütze, der mit den Ohrwärmern.«

»Das könnte ich vielleicht auch machen«, meinte Emmy, aber nur im Scherz. »Es geschähe ihm jedenfalls recht.«

»Ich weiß nicht«, sagte Miranda. »Ich weiß nicht, ob du das könntest.« Sie sah Emmy von oben bis unten an. »Du siehst zu sehr nach Frau aus, weißt du? Einen anderen Gang müßtest du dir auch zulegen. Und was machst du mit den vielen Haaren? Unter Charles' Mützen passen die jedenfalls nicht. Du müßtest sie dir schon abschneiden lassen.«

»Kommt nicht in Frage.« Emmy griff mit beiden Händen nach dem schweren, schimmernden Knoten.

»Außerdem war das eine große öffentliche Vorlesung, in der ich war. Du möchtest aber in ein Hum-C-Seminar, wo bestimmt jeder jeden kennt. Das dürfte sehr viel schwieriger sein.«

»Ich denke ja auch nicht im Traum daran«, sagte Emmy. Sie stellte ihre Tasse hin. Miranda ist wirklich zu komisch, dachte sie; es lohnt sich wahrhaftig nicht, hierherzukommen. Aber es lohnte sich natürlich doch. Emmy akzeptierte die Regel, daß man, wenn man seine Freunde und Bekannten behalten wollte, seine Kinder nur dorthin regelmäßig mitnehmen konnte, wo schon gleichaltrige Kinder waren. Wenn sie nicht Miranda besuchen wollte, blieben als Alternative nur »die Hütten«, wo die Zimmer schon für ihre Bewohner zu klein waren und die Nachmittage sehr ungemütlich geworden wären. Die Hütten waren von Anfang an schlampig gebaut, und mittlerweile waren die Fenster undicht, und Decken und Fußböden hingen stellenweise durch. Im Sommer waren sie stickig und heiß, im Winter stickig und kalt. Vor allem aber würden die dortigen Kinder und Freddy einem ständig zwischen den Füßen sein und je nach Temperament herumkrakeelen oder heulen.

»Nun«, meinte Miranda tröstend, »Hum C ist ja auch nicht so besonders interessant. Da geht es gar nicht wirklich um Literatur. Und die ganze Semantik und Logik, die sie da durchkauen, ist ziemlich sinnlos.«

»Oh, da bin ich aber anderer Meinung. Zuerst konnte ich auch nicht viel damit anfangen, aber jetzt schon. Die Aufgaben, die da gestellt werden, kommen einem vielleicht albern vor, aber das Ganze ist eben eine Methode, herauszufinden, was man wirklich meint.«

»Aber es *geht* um nichts«, sagte Miranda. »Apropos heidnische Überbleibsel: Hum C ist ein christliches Überbleibsel. Julian sagt, es ist der letzte Seufzer des lächerlichen Ethik- und Religionsunterrichts, den sie bei Gründung des Colleges noch hatten.«

Emmy hatte am St. Kit's auch Religion gehabt und betrachtete sich noch vage als Christin. Sie wechselte das Thema.

»Na, du siehst, daß Julian wenigstens mit dir darüber redet«, sagte sie. »Holman tut nicht einmal das. Er sagt nur immer, ich soll erst gar nicht versuchen, das zu verstehen. Als ob ich seiner Meinung nach dümmer wäre als irgendein Neuling am Convers.« Es sollte ein Scherz sein, aber er klang bitter. »Er ist ja sowieso nie zum Reden da«, versuchte sie in leichterem Tonfall weiterzusprechen. »In Princeton hat er wenigstens noch meist zu Hause gelernt, aber seit er hier sein eigenes Dienstzimmer hat, kriege ich ihn den ganzen Tag nicht zu sehen. Er kommt nicht einmal zum Lunch nach Hause.«

»Na ja. aber du weißt, wo er ist und was er tut, und um die Abendessenszeit taucht er bestimmt immer auf, nicht?« Emmy gab es zu. »Bei Julian ist am schlimmsten, daß ich nie etwas weiß. Ich wäre ja schon überglücklich, wenn ich wenigstens genau wüßte, daß er in seinem Zimmer sitzt und arbeitet, aber die meiste Zeit weiß ich eben, daß er irgendwo in der Bibliothek herumschwirrt oder plötzlich Lust zu einer Vogelexkursion hatte oder einen trinken gegangen ist, und dann kommt und kommt er nicht wieder, und ich muß hier herumsitzen und warten, bis McBane oder das Rektorat oder sonstwer anruft und fragt: ›Oh, Mrs. Fenn, Sie wissen nicht zufällig, wo Mr. Fenn ist? Er hätte nämlich jetzt eigentlich eine Besprechung bei mir‹, oder er hätte seine Notenvorschläge einreichen sollen oder sonstwas.«

Die Tür ging knarrend auf, und Charles Fenn steckte den Kopf in die Küche. »Du und Mrs. Turner, ihr eßt Kaffeekuchen«, stellte er vorwurfsvoll fest und nahm die schwarze Maske vom Gesicht. »Und wir kriegen nichts.«

»Kaffeekuchen ist nicht gut für kleine Jungen«, klärte Miranda ihn auf. »Davon hört man auf zu wachsen. Hier, nimm dir lieber einen Rosinenkeks.«

»Ich glaub dir nicht«, sagte Charles, indem er in die Küche kam und mit seinem Plastikschwert den Herd attakkierte.

»Bitte sehr«, sagte Miranda, »aber sag hinterher nicht, ich hätte dich nicht gewarnt.« Sie hielt ihm mit der einen Hand die Kuchenform hin, mit der andern einen Teller Rosinenkekse. »Hier, nimm schon. Aber beschwer dich dann nicht bei mir, wenn Richard und Katie weiterwachsen und größer werden als du.«

Charles griff nach der Kuchenform, dann zögerte er. »Nur vom Kaffeetrinken hört man auf zu wachsen«, meinte er. »Nicht von Kaffeekuchen.« Miranda schwieg, und auch Emmy verkniff sich mühsam eine Antwort. Schließlich nahm Charles doch zwei Rosinenkekse. »Kann ich hier bei euch bleiben und zuhören?« fragte er.

»Heute nicht«, sagte Miranda. »Nun geh, Charles.« Er warf ihr noch einen Blick zu, dann nahm er sein Schwert und ging.

»Also, eigentlich sollte ich ja nicht so von Julian reden«,

sprach Miranda weiter. »Seit Quartalsbeginn ist er richtig brav. Er hat nur dieses eine Mal die Hum-C-Konferenz versäumt und sonst noch nichts ausgefressen.«

Zweimal, dachte Emmy, sagte es aber nicht.

»Aber das ist es ja, immer wenn er brav war, fange ich an, mir Sorgen zu machen, was er als nächstes anstellt. Wenn er es doch nur fertigbrächte, nichts zu tun, was sie noch vor den Ferien merken; dann entscheiden sie nämlich über seine Ernennung zum Assistenzprofessor.«

»Ach, ja? Was glaubst du denn, wie das ausgeht?«

»Weiß der Himmel«, sagte Miranda. »Knight und Baker haben beide letztes Frühjahr ihm gegenüber angedeutet, daß er's wird, aber McBane hat noch kein Wort gesagt. Du kennst ihn ja.«

»Mr. McBane ist mir irgendwie nicht geheuer«, sagte Emmy. »Ich weiß, daß er ungemein gescheit ist, aber er hat so sonderbare Manieren. Erstmals kennengelernt habe ich ihn, glaube ich, auf der Hum-C-Party im Oktober. Wir wurden einander vorgestellt, und er sagte kein Wort, glotzte mich nur an – mit dieser gelbgeränderten Brille und den vielen grauen Haaren sieht er ja aus wie eine Eule im Zoo. Aber wirklich, er war richtig ungezogen; ich konnte natürlich nicht genauso ungezogen sein und habe gesagt: ›Ich freue mich sehr, Sie kennenzulernen.‹ Darauf er: ›So? Warum?‹ Ich bin fast im Boden versunken und habe gemeint, na ja, mein Mann habe mir soviel von ihm erzählt, und meine beiden Brüder hätten natürlich im Convers College studiert, und ich hörte überhaupt seit Jahren von Hum C, worauf er fragte: ›Wer sind denn Ihre Brüder?‹ Ich hab's ihm gesagt, und da hat er gelacht und mit seiner entsetzlich lauten Stimme fast gebrüllt: ›Ah, dann sind Sie Freddy Stockwells Tochter?‹ Dabei hat er das bestimmt schon die ganze Zeit gewußt.«

»Ja, so ungefähr war er bei mir auch«, sagte Miranda. »Du hast sicher recht; er tut das mit Absicht. Aber nur beim erstenmal. Danach scheint er einen völlig zu vergessen. Ich glaube, er mag Frauen nicht besonders, außer Mrs. McBane, und wer mag die nicht? Julian bewundert ihn natürlich sehr. Und ich muß sagen, er war immer sehr nett zu Julian; er hat sich eine ganze Menge von ihm bieten lassen. Aber ewig geht das nicht so weiter. Das Dumme ist, Julian hat überhaupt kein Augenmaß. Er findet die Vorschriften dämlich, also bricht er sie. Er macht nicht absichtlich allen das Leben schwer, aber er macht's. Es ist eben leider genauso, wie Will sagt –«

»Will Thomas.« Emmy war es ein bißchen leid, immerzu diesen Namen zu hören, dessen Besitzer sie noch nicht einmal kennengelernt hatte. Allerdings hatte sie auch kein besonderes Verlangen danach, Will Thomas kennenzulernen; sie stellte ihn sich nervtötend lehrhaft vor, weil er fortwährend zitiert wurde; ferner schlampig und verwahrlost, weil er ein Freund der Fenns war; und als Musiker langhaarig, blaß und sehr wahrscheinlich fett.

»Ja, ja. Moment, ich hab's gleich. Hier.« Miranda ging ans Pinbord, das voller Postkarten, Zeitungsausschnitte, Kinderzeichnungen, Einladungen und Einkaufslisten war, zum Teil schon vergilbt. »Das hier. ›Die Macht der Gesellschaft, und wenn wir sie noch so verachten, bewirkt, daß unsere Verbrechen sich immer gegen Individuen richten.‹«

Die Tür knarrte, dann flog sie auf; hereingestürmt kam Richard Fenn, die schwarzen Locken voller Federn, gefolgt von Katie Fenn in Cowboystiefeln und in eine rosa Steppdecke gehüllt und Freddy Turner mit einem kaputten Lampenschirm über dem Kopf. »Kekse, Kekse!« kreischten Richard und Katie. »Du hast Charles Kekse gegeben!«

»Komm mal her, Freddymaus«, sagte Emmy. »Was machst du denn in diesem Lampenschirm?«

»Sag nicht Freddymaus zu mir. Ich bin ein Dinosauger.«

»Na schön. Dann komm mal her, Dinosauger.« Emmy hob den Lampenschirm hoch und küßte ihn hinters Ohr, und dabei fand sie wieder, wie gesund und hübsch und kräftig er doch aussah im Gegensatz zu den dünnen, blassen und wunderlichen Fenn-Kindern, die nie zum Spielen nach draußen geschickt wurden und den ganzen Winter tagein, tagaus im Haus herumhingen und sich unter dem Eßzimmertisch Höhlen bauten.

»Ich will auch einen Keks«, sagte Freddy.

»Natürlich bekommst du auch einen Keks«, sagte Miranda zu ihm. »Hier, nimm dir zwei.«

»Einen, Freddy«, sagte Emmy und streckte die Hand nach dem zweiten aus, worauf Freddy sich beide Kekse unverzüglich in den Mund stopfte. »Ferkel!« rief sie, während die Kinder, krümelnd und türschlagend, wieder aus der Küche rannten. »Normalerweise gebe ich ihm nie etwas zwischen den Mahlzeiten«, erklärte sie Miranda nicht zum erstenmal.

»Ich weiß, aber ich finde das ungerecht, wenn die andern welche bekommen«, seufzte Miranda, als ob dies ein Naturgesetz sei. »Ich mache mir oft Gedanken über die Kinder«, fuhr sie fort. »Ob sie einmal so werden wie Julian, verstehst du? Natürlich nicht Charles, der ist so vernünftig. Aber Katie hat schon jetzt so einen eigenen Willen, daß ich glaube, sie würde die verrücktesten Sachen tun, die ihr in den Sinn kommen, und sich von niemandem abhalten lassen. Und Richard ist Julian schon so ähnlich. Er sieht auch genau wie Julian auf alten Fotos aus, und weißt du, das *hat* etwas zu bedeuten. Es ist nicht nur Aberglaube.«

»Hm«, machte Emmy. Laut Miranda sei kein Aberglaube

nur Aberglaube, hatte Holman einmal fassungslos gesagt. Aber auch Freddy ähnelte seinem Vater sehr; er hatte das gleiche stämmige, stupsnasige gute Aussehen. Würde er als Erwachsener seinen ernsten, ichbezogenen Charme verlieren und nur noch ernst und ichbezogen sein? »Aber die meisten Jungen sehen ihren Vätern ähnlich«, sagte sie.

»Nicht wie Richard. Und dieser anthropomorphische Spleen, den er hat, macht mir richtig Sorgen. Er benimmt sich wahrhaftig so, als gebe es für ihn keinen Unterschied zwischen Menschen und Dingen; als sei für ihn alles im Haus lebendig. Zum Beispiel hat er seine ›liebe Taschenlampe‹ namens Dickie – nach ihm benannt. Der singt er selbsterfundene Lieder vor. Und gestern abend im Bad hörte ich ihn dem Badeschwamm ein Ständchen singen. Das ging so: »Mein Schwämmchen ist ein liebes Schwämmchen. Es kann alles machen und ganz viele Sachen.«

»Aber das ist doch harmlos«, meinte Emmy lachend. »Himmel, sogar Freddy erfindet sich Freunde, und dabei ist er nicht mal besonders phantasievoll. Jetzt hat er gerade einen Marsmenschen zum Freund, der ihn aus dem Fernseher besuchen kommt. Das steht doch schon bei Gesell, daß fast alle Kinder imaginäre Freunde haben.«

»Aber keine Badeschwämme. Mir wird ganz mulmig, wenn ich mir alle diese Sachen lebendig vorstelle. Er hat ja womöglich recht.« Sie setzte ihr halbseitiges Feenlächeln auf, das sie für Übernatürliches reserviert hielt.

»Eine grauenhafte Vorstellung!« rief Emmy.

»Nun, man kann nie wissen.« Miranda stand auf, um noch einmal die Suppe abzuschmecken. »Mehr Salz«, sagte sie zu sich selbst und gab noch etwas hinzu. »Es sind ja gar nicht so sehr die imaginären Freunde, die mich stören, wie die imaginären Feinde. Da ist nämlich dieses Jahr, kurz vor Schulbeginn, etwas ganz Schlimmes passiert; Richard war im Wohnzimmer über ein Fußbänkchen gestolpert und hatte sich den Kopf angeschlagen. Richtig weh getan hatte er sich gar nicht, aber wütend war er! Das Fußbänkchen habe das mit Absicht getan, meinte er. So etwas haben die Leute ja früher geglaubt. Im Mittelalter, mein Gott, da haben sie Schwerter und Mistgabeln und Möbelstücke vor Gericht gestellt, weil sie ihre Besitzer angegriffen hatten; sogar hingerichtet. Natürlich hatte Richard davon nie gehört, aber am nächsten Tag haben er und Katie, als wir gerade nicht hinguckten, sich die Säge aus der Werkzeugschublade geholt und versucht, das Fußbänkchen zu zersägen, um es zu bestrafen. Bis ich dazukam, war es schon völlig ruiniert. Das Dumme ist, daß es nicht unseres ist, sondern zum Haus gehört. Ich habe Mrs. Lumkin bis heute nichts davon gesagt und hoffe immer noch, daß ich mal eines finde, das so ähnlich aussieht, damit sie es nie erfährt.« Miranda seufzte. »Eine Katastrophe nach der andern. Mir wird das so zuviel. Wenn doch endlich einmal nichts mehr passierte. Aber das wird nie der Fall sein, was meinst du?«

»Nein«, sagte Emmy. »Eigentlich wünsche ich mir sogar, *daß* mal etwas passiert. Ich langweile mich so schrecklich.«

»Wirklich? Dann sollte ich vielleicht mal etwas für dich zaubern«, sagte Miranda. Sie befaßte sich seit Jahren mit Magie, las die Zukunft aus Teeblättern, belauschte Poltergeister (und spielte sie selbst), die nachts in dunklen Zimmern Tische verrückten, und stellte Untertassen mit Salz und Milch für Kobolde aus. So ungern sie aus dem Haus ging und etwas zur Veränderung der wirklichen Welt unternahm, malte sie sich doch mitunter gewaltige Veränderungen aus. Und wenn sich die Dinge hinterher genau nach ihrem Zauberspruch entwickelten, schrieb sie sich entweder das Verdienst daran zu oder tat es mit einem Lachen ab. Immer glaubte sie halb daran, aber je nach Laune und Gesellschaft gab sie vor, ganz oder gar nicht daran zu glauben.

»Wie willst du denn das machen?« fragte Emmy.

»Ach, ich weiß nicht. Ich fuchtle mit den Händen und sage irgendwas.« Miranda fuhr mit ihrer mageren Hand durch die Luft und beschrieb einen Kreis über Emmys Hand, die auf dem Tisch lag. »Abrakadabra oder so.«

»Danke«, lachte Emmy, aber unwillkürlich zog sie ihre Hand vom Tisch und wischte sie an ihrem Rock ab, wie man es tut, wenn der Gesprächspartner eine feuchte Aussprache hat. »Dann werde ich jetzt wohl in einen furchtbaren Schneesturm geraten oder so was. Danke.«

Bald darauf zog Emmy ihrem Freddy den Skianzug an, steckte ihn ins Auto und machte sich auf den Heimweg. Es war erst fünf, aber schon dunkel. Das Tal ringsum war froststarr und schwarz in allen Schattierungen. Hie und da brannte Licht in einem Haus oder hinter der beschlagenen Scheibe eines Stallfensters. Der Wind hatte sich gelegt; sie hörte nur die Winterreifen auf Eis und Asche knirschen oder ihr Schmatzen auf den geräumten Straßenstücken.

Emmy fuhr langsam und dachte nach. Es war deprimierend, zugegeben; aber schließlich hatten sie alle, die Heroen und Philosophen Neuenglands, die Begründer der Convers-Tradition, solche Winter durchlebt. Heute war Concord nur noch ein Bostoner Vorort, wo Verwandte von ihr lebten, aber zu Emersons Zeit mußte es dort ungefähr genauso zugegangen sein wie jetzt in Convers. Hier konnte man noch Selbstverantwortung praktizieren; mußte man sogar; man konnte an langen, kalten, schwarzen Abenden der inneren Stimme lauschen. Sie durfte nicht aufgeben.

Sie stellte den Kombi in den Schuppen und lief mit Freddy ins Haus. Ihre Küche, viel sauberer als die von

Miranda, hatte die triste, leere Atmosphäre eines Raums, in dem einen ganzen Tag lang nichts passiert war. Die ›Times‹ lag noch da, wo Emmy sie heute morgen hingelegt hatte: auf einem Stapel Drucksachen. Seit Tagen war keine interessante Post mehr gekommen.

Sie hängte ihren Mantel und Freddys Skianzug fort und tat, was sie jeden Abend tat. Punkt halb sechs kam Holman. Er zog sich um, schenkte Drinks ein, warf die Drucksachen in den Papierkorb, erklärte, daß sich am College heute nichts Interessantes ereignet habe, und setzte sich hinter die ›Times‹.

»Meine Güte, war das heute kalt!« sagte Emmy. »Wie lange soll das so gehen?«

»Das ist noch gar nichts«, antwortete ihr Gatte. »Der Winter hat offiziell noch gar nicht angefangen. Warte mal bis Februar und März, bevor du dich beklagst.«

Und jetzt ist erst Dezember, dachte Emmy. Sie holte tief Luft. »Freddy und ich waren heute wieder bei den Fenns«, berichtete sie.

»Aha?« machte Holman desinteressiert.

»Ich weiß, daß du Miranda nicht leiden kannst, aber ich eigentlich schon, und für Freddy ist es bei ihren Kindern immer schön.«

»Freut mich«, sagte er und las.

»Miranda mag dich übrigens. Ich glaube, sie schwärmt sogar ein bißchen für dich.«

»Oh.« Holman warf ihr über die Zeitung einen Blick zu, legte sie aber nicht weg.

»Ja. Das hat sie mir praktisch gesagt. Sie findet dich ja sooo attraktiv.«

»Keine Chance«, sagte Holman. »Zu mager.«

»Sie bewundert dich, weil du sooo ernsthaft und sooo fleißig bist.«

»Ach nein.«

»Doch. Ich weiß nicht warum, aber es ist so.«

Holman blickte auf und sah seine Vermutung bestätigt, daß Emmy wieder einmal schlechte Laune hatte; dieselbe Laune, die sie seit einem Monat die meiste Zeit hatte. Dagegen konnte er nichts machen, also lächelte er und tat, als merkte er es nicht.

Emmy gab sich ebenfalls einen Ruck. »Weißt du, ich habe mir deine Aufgabenstellungen der letzten Woche angesehen«, sagte sie, »und ich glaube, ich verstehe jetzt, worum es geht. Es werden immerzu Fragen gestellt, nur um den Unrat auszumisten, den alle für gegeben halten, und was dann übrigbleibt, ist das, was man wirklich glaubt; ich meine, was man wirklich sieht, so wie man es *ganz allein* sieht und sonst niemand. Wie Emerson.«

»Emerson?« Holman hob den Kopf.

»Ja. Die Eigenverantwortung. Darüber habe ich heute auf der Heimfahrt nachgedacht. Daß Convers wahrscheinlich heute fast so aussieht wie früher Concord, und wie sie damals alle über dieselben Dinge nachgedacht haben wie in Hum C, das ist wirklich interessant.«

»Hrrm«, machte Holman. Er war nicht gelangweilt; auch er fand Hum C immer interessanter, je mehr er darin Prinzipien entdeckte, die auf die Literaturkritik anwendbar waren, aber das war eine technische Frage, die Emmy nicht interessieren würde, und er hatte den Versuch, ihr zu erklären, warum dieser Kurs kein Programm der Selbstanalyse sei, sondern das genaue Gegenteil, verzweifelt aufgegeben. Sie würde jeden Gedanken immer aus einem emotionalen Blickwinkel betrachten wollen, möglichst sogar selbst als Emotion; was keinen Bezug zu Gefühlen hatte, das interessierte sie nicht. Es störte ihn ja nicht – so sollten Frauen sein.

Emmy sah ihn an. Ich bin einsamer, als es in Concord jemals einer war, dachte sie. Es mag dort kalt und altmodisch und rückständig gewesen sein, aber sie hatten Freunde zum Reden. Emerson hat bestimmt mit seiner Frau gesprochen.

»Du redest überhaupt nicht mehr mit mir«, beschwerte sie sich plötzlich. »Du redest nie mit mir und spielst auch nie mit Freddy, und das einzige, was du überhaupt tust, ist arbeiten.«

Holman tat, als hätte er das überhört, und las weiter. Sie hatte es ja nicht sehr laut gesagt, und es hätte keinen Sinn gehabt, wieder einen Streit anzufangen. Er haßte Streit und erinnerte sich nur zu gut an die lauten, vulgären Kräche, die seine Kindheit begleitet hatten, bevor sein Vater starb. Dabei kam nie etwas Gutes heraus; nur Beschämung, oder manchmal sogar sinnlose, beschämende Gewalt.

Eine lange Pause trat ein.

»Es ist so langweilig hier, so langweilig!« platzte Emmy los. »Hier passiert überhaupt nie etwas Wirkliches!«

»Gott sei Dank«, entfuhr es Holman. Er hatte in dreißig Jahren genug von der Welt gesehen, um zu wissen, daß es sich meist um etwas Schlechtes handelte, wenn »etwas Wirkliches« passierte: Gewalt, Unvernunft, Zerstörung. Dieser Art Wirklichkeit war er entflohen, indem er sich bewußt immer höher und höher ins helle, klare Reich des Intellekts hinaufbemüht hatte. Das Hochtal von Convers war der Mount Everest seiner Expedition. Täglich sog er die reine, stille Bergluft tief in sich hinein. Zugleich wunderte er sich gelegentlich über die Naivität der Eingeborenen. Sie glaubten allen Ernstes, daß die Außenwelt anständig, vernünftig und sicher sei; daß dort wie hier Ideale hochgehalten, Versprechen erfüllt und abstrakte Themen höflich und redlich abgehandelt würden. Über die jüngsten Greuel und Dummheiten der nationalen oder internationalen Politik konnten sie reden wie über eine Erfindung von Affen auf einem anderen Planeten. War diese Drohung ausgesprochen oder jenes Verbrechen begangen worden, so nannten sie es verrückt, unglaublich. Holman konnte es ohne Schwierigkeiten glauben, und was verrückt war, entschied das nicht die Mehrheit? Er kannte genug Leute, die mit Freuden die ganze Welt zu Brei schlagen würden, gäbe man ihnen nur die Gelegenheit dazu.

Aber das meinte Emmy ja nicht, wenn sie »wirklich« sagte. »Ich weiß, was du meinst«, sagte er begütigend. Sie meinte damit nämlich nur, daß er in Convers viel zu tun hatte und sie nicht genug. Außer daß er seine Kurse vorbereiten, Aufsätze korrigieren und Studenten beraten mußte, hatte er auch noch Besprechungen beizuwohnen und seine Dissertation abzuschließen. Emmy langweilte sich hier, weil Freddy größer wurde und sie noch ein Baby brauchte. Aber Emmy wußte so gut wie er, daß sie sich darauf verständigt hatten, damit noch zu warten, bis seine Anstellung hier für ein weiteres Jahr gesichert war. Er wollte diese Diskussion nicht noch einmal von vorn führen, weshalb er jetzt nur sagte: »Es gibt bald Ferien, Schatz. Warte, bis wir in New Jersey sind, da kannst du in die Stadt fahren und Partys und Museen und Kaufhäuser besuchen, bis es dir zuviel wird.«

»Das will ich doch gar nicht«, sagte Emmy.

»Und was willst du?«

Als sie zögerte, lächelte Holman liebevoll nachsichtig.

»Ich weiß, warum du lächelst«, sagte Emmy. »Weil du denkst, ich weiß nicht, was ich will; weil du mich für ein dummes kleines Mädchen hältst, das weder Hum C noch sonst etwas versteht. Aber das bin ich nicht.«

»Ich halte dich für ein hübsches, kluges Mädchen, das nichts von Hum C versteht.«

»Was verstehe ich daran nicht? Erklär mir das.«

»Nein, mein Schatz. Nicht schon wieder.« Holman lächelte, lehnte sich zurück und hob die Zeitung wieder hoch, um weiter im Sportteil zu lesen.

Emmy stierte ihren Mann an. Er ist wie Richard Fenn, dachte sie, er kennt den Unterschied zwischen Menschen und Möbeln nicht. Nur daß er alles im Haus für Mobiliar hält. Sie hätte am liebsten ihr Glas nach ihm geworfen und stellte sich schon sein rotes, verdutztes Gesicht vor, wenn ihm die Eiswürfel übers Hemd glitten. Aus dem Zimmer nebenan drang schon lange die Geräuschkulisse eines Cowboyfilms.

Allen Ingram an Francis Noyes

13. Dezember

... die Schilderung Deines hektischen Abends in der Macdougal Street, und wie Du beim Heimkommen einen völlig aufgeweichten und hysterischen Tommy R. vor der Haustür antrafst, erinnert mich wieder daran, wie weit es von hier nach Manhattan ist. Ich könnte hier jeden Tag der Woche um Mitternacht durch Convers laufen und keiner Seele begegnen außer der Gärtnerskatze. Sogar der diensthabende Polizist schläft mit dem Kopf auf dem Schreibtisch seines kleinen Neonbüros unter dem Rathaus. (Es handelt sich bei diesem um ein großes Meisterwerk der dörflichen Romantik, gestrickt aus roten und gelben Ziegeln. Natürlich ist es als lokale Sehensscheußlichkeit gedacht und sämtlichen Ansichtskarten vom Stadtpark auf einmal nachempfunden – Ulmen, altneuenglische Kolonialkirche, Herberge, Geschäfte, Pfarrhaus und neualtkoloniales Verbindungsheim.) Und wie spät ich auch nach Hause komme, vor meiner Tür

finde ich nie etwas (Un-)Sinnbildlicheres als eine gefrorene Pfütze dort, wo den ganzen Tag die Regenrinne hintropft, oder höchstens mal ein welkes Blatt, das der Wind die Treppe hinaufgeweht hat.

Einsam, ja; aber bitte kein Mitleid: Ich habe in den letzten zehn Tagen weitere fünfundzwanzig Seiten an meinem Roman geschrieben – eine wahre Arbeitsorgie für meine Verhältnisse. Ich sehe jetzt die hoffnungslose Beziehung zwischen J. und seinem Vater als durchgängig ...

Wenn ich mich von diesen papierenen Emotionen ausruhen will, interessiere ich mich ein bißchen für den Dorfklatsch. Zur Zeit regt alle Welt sich über ein Feuerchen auf. Ich hatte die Sirene auch gehört, als ich gestern nachmittag bei der Arbeit saß, und mir nichts weiter gedacht, obwohl ich kurz versucht war, die Heuler mitzuzählen und anhand des Alarmcodes von Convers (einer gedruckten Anleitung für Pyromanen, die auf der Feuerwache verkauft wird – in jedem Haus, in dem ich bisher war, hängt so eine) herauszufinden, wo es brannte. Aber das habe ich noch früh genug erfahren, als ich heute morgen zum College ging. Das Haus, das gebrannt hat, gehört, wie die halbe Stadt, dem College und wurde vermietet an – na, rate mal *(ich rede schon wie meine Mitbürger) – Julian Fenn und seine Frau Miranda, diese Bohemetypen, von denen ich Dir erzählt habe, wo ich mal eingeladen war und erst um zehn etwas zu essen kriegte. Das Feuer war von einem alten Herd in ihrer Küche ausgegangen.*

Verletzt wurde niemand, und das Haus ist auch nicht niedergebrannt, aber es dürfte schon jetzt das Ereignis des Jahres sein. Mrs. Lumkin (Große Schwester) war richtig darüber ergrimmt, als ich sie heute morgen auf dem Markt traf. Sie war mit einem Freßkorb auf dem Weg zu den Fenns und sah aus wie der böse Wolf in Rotkäppchens Kleidern.

Billy Lumkin ist nämlich für die Lehrkörperbehausungen zuständig, und sie nimmt energisch Anteil, doch tut sie ihre guten Werke mit schlechter Huld. »Ich meine, jemand sollte sich doch gleich einmal den Schaden besehen, bevor noch etwas passiert«, erklärte sie mir. Ich überlegte schon, ob ich nicht sofort zu den Fenns fahren und sie warnen sollte; sie schien mir so entflammt (Wortspiel). Aber dann habe ich mir's doch anders überlegt. Ich beabsichtige nicht, mich in diese kleine Geschichte einzumischen; und wenn ich es täte, wäre meine Hilfe wohl von wenig Nutzen.

4

Am Morgen nach dem Feuer kam Emmy gegen halb elf zum Haus der Fenns. Zufahrt und Vorgarten waren zerwühlt von den Reifen und Stiefeln der Löschkommandos; vor der hinteren Veranda waren die Sträucher geknickt und in den Schnee und Matsch getrampelt.

Emmy stapfte durch Eis und Ruß zur Hintertreppe. Die Veranda war schwarz verschmiert, und drei der vier Fensterscheiben waren eingeschlagen.

Hinter der Tür bot sich ein trostloses Bild der Verwüstung. In der Nähe des Herds waren Küchenwände und Decke bis auf den Putz verbrannt, und überall hatten Rauch und Wasser Flecken hinterlassen. Das Linoleum hatte dicke Blasen; verkohlte Möbelteile und angesengte Wandbretter lagen wassergetränkt in der Gegend herum. Besonders schlimm sah der Kühlschrank aus, wie Popcorn. Viel Unbrennbares war zerschmolzen und geborsten, so daß Regale und Fußboden übersät waren von Scherben und bizarren Klumpen, die einmal Plastiktassen und Plastikteller gewesen waren.

»Miranda!« rief Emmy. Keine Antwort.

Sie ging durch die verrußte Speisekammer und stieß die Tür zum Wohnzimmer auf. Es war fast unversehrt, wenn auch sehr unordentlich. Zuerst dachte sie, es sei leer, bis sie zu ihrem Schrecken einen fremden Mann lang ausgestreckt auf dem Sofa liegen sah.

»Ich – suche Mrs. Fenn«, stotterte sie.

Der Mann auf dem Sofa trug ein dunkles Jackett über

einem schwarzen Pullover, aber kein Hemd, wie ein Einbrecher. Und an den Füßen Turnschuhe. Er kam Emmy gefährlich vor. Jetzt erhob er sich, und sie sah, daß er groß und breitschultrig war.

»Bedaure sehr, aber sie ist nicht hier«, sagte er mit leiser, tiefer Stimme. »Sie sind alle miteinander zum Weihnachtsspiel in Charles' Schule gegangen.«

»Oh!« Emmy stand mit dem Rücken zur Tür.

»Ich habe ihr gesagt, ich bleibe hier und warte auf Mrs. Lumkin, oder wer sonst kommt.«

»Ich bin nicht Mrs. Lumkin«, protestierte Emmy.

»Gott sei Dank. Das weiß ich aber schon.« Er hatte einen leichten Südstaatlerakzent. »Sie sind Mrs. Turner. Guten Tag, Mrs. Turner.«

Emmy gab ihm nicht die Hand.

»Ich bin Will Thomas«, fügte er hinzu, als wär's ihm gerade eingefallen.

»Oh, hallo! Von Ihnen habe ich natürlich –« Sie stockte mitten in dem Klischee.

»– schon viel gehört«, ergänzte Will grinsend. Auf den zweiten Blick sah Emmy, daß dieser Einbrecher, falls er einer war, seine Arbeitskleidung immerhin bei Brooks Brothers kaufte. Er hatte glattes, hellblondes Haar, noch eine Idee heller als seine Haut, aber ungefähr im gleichen Ton.

»Ich war nur gekommen, um zu sehen, ob ich etwas für Miranda tun kann«, sagte Emmy. »Ich habe einen selbstgebackenen Kuchen mitgebracht, weil ihr Herd ...« Sie stellte ihr Päckchen ab.

»Eine ausgezeichnete Idee!«

»Wenn Sie ihn also Miranda geben könnten, wenn sie wiederkommt, und ihr sagen, sie soll mich wissen lassen, was wir für sie tun können – ich dachte, sie möchten vielleicht alle zu uns zum Abendessen kommen«, fuhr sie fort und fragte sich im selben Moment, wie Holman das aufnehmen würde. »Sagen Sie ihr jedenfalls, sie soll mich anrufen.«

»Sie gehen doch noch nicht!«

»Doch, wirklich, ich muß«, sagte Emmy verlegen – und deshalb im damenhaftesten Ton.

»Nein, wirklich, Sie müssen nicht«, erwiderte Will, ohne aber ihren Ton zu imitieren.

Emmy kicherte nervös. Diese noch nicht ganz überwundene Angewohnheit hatte ihr früher schon jeden Schulball zur Qual gemacht. Hör mit diesem absolut albernen Geglucksе auf, befahl sie sich.

»Miranda müßte bald wiederkommen«, sagte Will. »Sie können doch hier auf sie warten.« Er lehnte sich an die Wand.

»Ich würde sie schon gerne sehen. Wie bald?«

»Oh, sehr bald«, meinte er unbestimmt, mit Blick aus dem Fenster.

»Na gut. Ein paar Minuten kann ich ja warten.«

»Wie wär's mit Hinsetzen? Dann darf ich das auch.«

»Ach so, ja. Entschuldigung.« Emmy ließ sich mit einem Plumps in den nächsten Sessel fallen und begann die wäscheklammerartigen Verschlüsse ihres Wettermantels zu öffnen. Sie bemerkte verärgert, daß ihr Haar noch von letzter Nacht zum Zopf geflochten und sie selbst kein bißchen zurechtgemacht war. Will ließ sich mit einem Seufzer wieder aufs Sofa sinken, rutschte mit dem Gesäß bis an die Kante vor und streckte die langen Beine über den Teppich. Er lächelte Emmy an und sagte nichts.

»Es war ja ein ungeheures Glück, daß sie das Feuer löschen konnten, bevor es sich weiter ausbreiten konnte, nicht?« meinte Emmy.

»Ja.«

»Sie sind am Musikalischen Institut, ja?«

»Ja.«

So kamen sie wohl nicht weiter. Da ihr warm war, befreite Emmy ihre Schultern und Arme aus dem Mantel und schlug diesen nach hinten über die Rückenlehne, während Will zusah. Unter dem Mantel trug sie einen alten roten Pullover, der ein bißchen geschrumpft war, seit sie ihn von Peck & Peck bekommen hatte, doch Emmy selbst war keineswegs geschrumpft, das wurde ihr jetzt so richtig bewußt. Sie kreuzte die Arme über der Brust und richtete den Blick in eine Ecke.

»Es kommt einem richtig komisch vor, in Mirandas Haus zu sitzen und keinen Kaffee zu trinken«, bemerkte sie nach einer Weile, da Will Thomas noch immer nichts von sich gab.

»Möchten Sie Kaffee? Ich glaube, es steht eine Kanne auf dem Herd.«

»Tatsächlich?«

»Gestern abend stand da eine. Wenn nicht, können wir uns ja welchen machen. Falls der Herd nicht ausgegangen ist. Sehen wir mal nach.«

Will stand ächzend wieder auf und ging in die Küche, gefolgt von Emmy. »Nein, der ist kalt wie die Hölle«, meinte er, nachdem er am Herd gefühlt hatte. »Eiskalt, wie die Hölle.«

»Die Hölle ist doch nicht kalt«, sagte Emmy.

»O doch. Warten Sie nur ab.«

»Also, wirklich!« sagte sie, denn das war ja nun schließlich eine Beleidigung, und wieder mußte sie nervös kichern. Will bemerkte es nicht oder wollte es zumindest nicht bemerken.

»Wissen Sie was? Wir mixen uns statt dessen einen

Drink«, schlug er vor. »Miranda hat sicher nichts dagegen... Sie glauben doch auch nicht, daß sie was dagegen hätte?« Er hielt die versengte, blasige Schwingtür auf, damit Emmy an ihm vorbeigehen konnte.

»Nein. Ich weiß nicht.« Will öffnete den Schrank. »Aber es ist doch noch so früh«, wandte sie ein.

»Dafür sind wir hier in einem Notstandsgebiet. Hm. Gin, Dubonnet, Crème de menthe – brrr, Chianti, Sherry. Was möchten Sie?«

»Ach Gott. Einen Sherry.«

»Recht so. Der ist noch am wohlanständigsten.«

Sie tranken.

»Wie ist das Feuer ausgebrochen?« fragte Emmy.

»Die Tür am Herd war nicht richtig zu«, sagte Will, »und da ist ein Stück Kohle herausgefallen oder so.«

»Ach.«

»Das heißt, offiziell.«

»Wie meinen Sie das, offiziell?«

»Sagen Sie's auch nicht weiter?«

»Nein.«

»Niemand?«

»Ehrenwort. Ich werde es niemandem weitersagen«, versicherte Emmy, als Will noch zu zögern schien.

»Ich glaube Ihnen. Wer so schön ›niemand*em*‹ sagt, ist eine Lady durch und durch. Es war natürlich Richard.«

»Richard hat die Tür aufgemacht?«

»Absichtlich. Das Feuer war so unruhig; es wollte heraus und spielen, da hat er ihm geholfen.«

Emmy mußte lachen, und Will lachte mit. »Das hätte ich mir ja fast denken können«, meinte sie.

»Hoffentlich denkt es sich sonst niemand.« Er setzte sich auf und begann die Schachtel zu öffnen, die Emmy mitgebracht hatte. »Hm, was haben wir denn da? Rosinenkuchen! Meinen Sie, ich könnte ein Stück davon abhaben?«

»Da müssen Sie Miranda fragen«, sagte Emmy.

»Ach, was denn! Sie haben ihn ihr noch gar nicht gegeben. Rechtlich gehört er noch Ihnen. Ich bin kurz vorm Verhungern. Nehmen wir uns beide ein Stück«, fuhr er fort. Emmy widersprach nicht noch einmal. »Ich hole ein Messer.«

Will ging hinaus in die ruinierte Küche, und Emmy hörte ihn fluchend Schubladen aufziehen. Er ist total verrückt, dachte sie. Aber mehr als alles andere fand sie ihn zugleich sehr charmant. Das halbzerstörte Haus, die Tageszeit, das Sonderbare der ganzen Situation entschuldigten Wills Benehmen irgendwie; hinzu kam, daß er sehr gut aussah.

»Ich finde nichts«, sagte er beim Wiederkommen. »Nun ja, aber wenn es Sie nicht stört.« Damit faßte er in die Tasche und holte ein großes Taschenmesser mit der Gravur ›Boy Scouts of America‹ heraus.

»Wie praktisch«, sagte Emmy.

»Vier Klingen, Flaschenöffner, Schere und Schraubenzieher. Allzeit bereit, Sie wissen doch.« Er schnitt den Kuchen an und reichte Emmy ein Stück. »So, und dazu trinken wir noch einen Sherry ... Ah, sehr gut.«

»Danke. Ich habe ihn selbst gebacken.«

»In der Tat. Ich sage ja immer – o verdammt, da kommt jemand.«

»Vielleicht ist das Miranda«, sagte Emmy, als die Hintertür zuschlug und Schritte durch die Küche kamen. Widersinnigerweise fühlte sie sich irgendwie ertappt, wie sie hier mit einem Stück Kuchen in der einen und einem Glas Sherry in der anderen Hand dasaß. Man hörte den neuen Besucher im Zimmer nebenan hin und her gehen, vermutlich die Schäden inspizierend.

»Dämliche Touristen«, zischte Will.

Die Tür flog auf, und da stand Mrs. Dekan William Wigglesworth Lumkin in einem roten Wettermantel. Will sprang auf, aber zuvor stellte er unauffällig sein Glas auf den Boden.

»Nanu, hallo Will!« rief sie. »Was machen Sie denn hier? Ist das nicht die Höhe?«

»Ich warte auf Sie«, begann Will; aber schon wandte Mrs. Lumkin sich an Emmy.

»Hallo, Emmy!« sagte oder vielmehr kreischte sie.

»Hallo, Betsy«, sagte Emmy ruhig. »Schön, Sie zu sehen.« Sie hatte gegenüber allen anderen Dozentenfrauen am Convers den großen Vorteil, daß sie Betsy Lumkin schon von klein auf kannte. Der Schrecken von Convers war für sie nur die Frau eines unwichtigen Bekannten ihrer Eltern, deren milde herablassende Haltung gegenüber der ganzen Lumkin-Sippe sie seit langem übernommen hatte.

»Schön, Sie zu sehen«, erwiderte Mrs. Lumkin automatisch in ihrem strengen Neuenglandton. »Na! Und was ist aus den Fenns geworden?«

»Die sind nicht hier«, sagte Will. »Ich war schon vor einer ganzen Weile gekommen, und Miranda hat mich gebeten, hier auf Sie zu warten. Sie hatte vergessen, daß sie ihren Kindern für heute versprochen hatte, mit ihnen zum Weihnachtsspiel in Charles' Schule zu gehen.«

»Ach, die Kinder mußten zum Weihnachtsspiel«, meinte Mrs. Lumkin, nicht ganz kühl. »Na, das hätte sie mir aber sagen können. Mein Gott, was für ein Trümmerhaufen! Ich kann es noch gar nicht fassen.«

»Wollen Sie nicht Platz nehmen?« fragte Will.

»Danke.« Mrs. Lumkin setzte sich auf eine Sessellehne und drückte ihre Dauerwelle zurecht, die der Wind ein bißchen aus der Fasson gebracht hatte. »Puh!« seufzte sie.

»Ich hatte ja gehofft, es wäre nicht ganz so schlimm, aber das Haus ist ja völlig ruiniert. Wände, Decke, das Linoleum, der Kühlschrank! Sie müssen wissen, daß die ganze Küche erst vor einem knappen Jahr renoviert worden ist. Dieser Ruß! Na, den kann man wenigstens übermalen. Aber sehen Sie sich die Wände an, alles durchnäßt und abgebröckelt, die müssen völlig neu verputzt werden. Wirklich, manchmal denke ich, die Feuerwehr macht noch mehr kaputt als das Feuer. Schlagen die Fenster ein, reißen die Wände nieder und spritzen alles voll Wasser; so dumm und destruktiv! Warum können die nicht die Finger davon lassen?« fragte sie rhetorisch, doch Emmy antwortete trotzdem.

»Aber Betsy. Wenn sie die Finger davon gelassen hätten, wäre wahrscheinlich das ganze Haus abgebrannt.«

»Na ja«, meinte Mrs. Lumkin. »Ich nehme an, Julian Fenn ist auch nicht hier.« Will schüttelte den Kopf. »Mein Mann möchte wegen der Versicherung mit ihm reden.«

»Das College ist doch hoffentlich versichert«, sagte Will.

»Natürlich. Also, jetzt sollte ich wohl mal gehen. Sie werden Miranda ausrichten, daß ich hier war, Will?«

»Gern.« Er stand lächelnd auf. »Soll ich ihr sonst noch etwas bestellen?«

»Nein. Ich rufe sie später an. Ach ja, und hier sind noch ein paar Sachen, die ich für sie mitgebracht habe. Am besten lasse ich einfach den Korb hier. Ich kann ihn mir ja später wieder holen.«

»Sachen?«

»Nun ja, etwas zu essen. Ich dachte, es könnte bei ihnen knapp werden.«

»Ausgezeichnete Idee«, sagte Will und nahm den Korb.

»Nun, ich dachte, sie brauchten vielleicht etwas.« Will schenkte ihr einen bewundernden Blick. »Wann kommen

Sie uns denn wieder einmal etwas vorspielen?« erkundigte sie sich.

»Jederzeit, wenn Sie mich dazu auffordern.« Will lächelte sie an, als ob sie fünfzehn Jahre jünger und hübscher wäre; sie lächelte mit großen Zähnen zurück. Das ärgerte Emmy.

»Irgendwann in den Ferien? Werden Sie in der Stadt sein?«

»Ich glaube, ja. Jedenfalls bis nach Weihnachten.«

»Dann müssen Sie mal zum Abendessen kommen. Bill muß zu irgendeiner Konferenz nach New York, deshalb kann ich jetzt noch nichts planen, aber ich rufe Sie an.«

»Nicht vergessen!«

»Seien Sie nicht albern. Schön, Sie mal wieder zu sehen, Emily«, fügte sie kühl hinzu. »Schönen Gruß an Ihre Eltern.«

Mrs. Lumkin ging. Eine Zeitlang hörte man noch ihre Schritte in der Küche, dann ging die Hintertür zu.

Will pfiff eine Wagnermelodie. »Jubel Trubel Heiterkeit«, meinte er. »War sie nicht herrlich wütend?« Er ließ sich aufs Sofa fallen und nahm wieder sein Glas in die Hand.

»Aber was wollte sie hier? Ich dachte, Bill Lumkin sei für die Collegewohnungen zuständig.«

»Ja, so steht's geschrieben.«

»Aber in Wirklichkeit macht *sie* das?«

»Sie überraschen mich. Soll das heißen, Betsy hat Sie nicht am ersten Sonntag, nachdem Sie sich in Ihrem Collegehäuschen eingerichtet hatten, gleich besucht?«

»Wir wohnen nicht in einem Collegehaus«, sagte Emmy.

»Da haben Sie aber Glück.«

»Macht sie das sonst bei jedem?«

»O ja. Und immer unangemeldet. Sie trifft die Leute am liebsten *au naturel* an. Natürlich will sie ihnen nur keine

Umstände machen. Und piekfein herausgeputzt kommt sie daher, mit Hut und Handschuhen, manchmal ohne Umweg aus der Kirche. Die arme Miranda hat's noch immer nicht verwunden; na ja, Sie können sich gewiß vorstellen, wie es am ersten Sonntagnachmittag bei den Fenns aussah.«

Emmy lachte und fragte sich, ob Betsy wohl auch bei ihm in der Wohnung gewesen war, aber ihn fragte sie das nicht. »Sie war ja ganz schön aus dem Häuschen«, meinte sie.

»Ja, und ich möchte mal wissen, warum. Das Haus gehört doch nicht ihr.«

»Aber wenn sie wirklich dafür zuständig ist, muß sie die Maler und Zimmerleute und Klempner und weiß der Himmel wen noch alles bestellen und alles organisieren, und das dürfte ziemlich ärgerlich sein.«

»Da kennen Sie Betsy nicht. Sie liebt es, Dinge zu organisieren und Handwerker herumzukommandieren.«

»Ich kenne sie doch. Schon seit ich zehn war.«

»So? Wie war sie denn, als Sie zehn waren?«

Wenn Emmy ehrlich war, konnte sie sich daran gar nicht erinnern. »Sie kam immer zum Wochenende und spielte mit den Männern Golf«, sagte sie endlich. »Um uns hat sie sich nie besonders gekümmert. Ich nehme an, sie mochte Kinder nicht.«

»Hoffentlich.«

»Wieso hoffentlich?«

»Weil sie keine hat.«

»Richtig«, sagte Emmy und machte sich darüber zum erstenmal Gedanken. Aber sie hatte einfach keine Lust, Betsy Lumkin zu bedauern. »Sie hätte ja welche adoptieren können.«

Will sagte nichts. Emmy sagte auch nichts und wurde langsam wieder nervös und verlegen. Sie machte Anstalten, nach ihrem Mantel zu greifen und zu gehen.

»Das war nett, wie Sie ihr das mit der Feuerwehr unter die Nase gerieben haben«, sagte Will. »So höflich.«

Sie lachte geschmeichelt.

»Noch einen?« Er hob die Sherryflasche.

»O nein. Nein, danke.«

»Na dann. Aber vielleicht ich.«

»Sie haben Betsy gar keinen angeboten«, bemerkte Emmy.

»Ich weiß. Zuerst habe ich nicht daran gedacht, und dann ist mir eingefallen, daß es der College-Sherry sein könnte.« Sie sah ihn verständnislos an. »Die Fenns haben, als sie hier einzogen, eine ganze Kiste davon im Keller gefunden.« Er stellte sein Glas hin und wandte sich Mrs. Lumkins Korb zu. »Mal sehen, was wir hier haben. Sehr schwer. Eine Dose Bohnen. Was ist das andere Päckchen? Ah, braunes Brot natürlich. ›Ihr habt mein Haus niedergebrannt, dafür verurteilte ich euch zu Brot und Wasser und Bohnen.‹ Nanu, sehen Sie mal, sogar Messer und Gabeln, das nenne ich aufmerksam.« Er hob den Deckel und begann ganz in Gedanken zu essen. »Gar nicht schlecht übrigens. Wollen Sie mal kosten?«

»Das geht doch nicht«, sagte Emmy. »Überhaupt muß ich jetzt gehen. Ich glaube nicht mehr, daß Miranda noch kommt. Himmel, es ist ja schon fast Zeit, Freddy abzuholen. Bitte, bleiben Sie sitzen.«

Will stand doch auf. »Gestatten Sie«, sagte er und nahm Emmy den Mantel ab, um ihn ihr aufzuhalten. »Übrigens«, fuhr er fort, während Emmy die Arme hineinsteckte, »was ich Ihnen über Richard gesagt habe, daß er den Brand ausgelöst hat, erzählen Sie das bitte nicht herum. Es könnte ihnen sehr schaden.«

»Natürlich nicht«, sagte Emmy mit einem Blick über die Schulter, denn ihr war nicht ganz wohl, wenn Will so hinter ihr stand und ihr den Mantel aufhielt. »Keiner Menschenseele.«

»Danke.« Will ließ los, drehte sich um und lehnte sich mit dem Rücken an die Wand.

»Dann auf Wiedersehen«, sagte Emmy. Will sah aus dem Fenster und antwortete unhörbar. Sie ging.

Am Tag darauf legte Holman, weil Samstag war, nachmittags um drei seine Arbeit hin. Seit Tagen fühlte er schon eine Erkältung nahen, und obwohl er einer Erkältung nie so weit nachgab, sich ins Bett zu legen, gedachte er doch heute einmal etwas früher nach Hause zu gehen. Emmy und Freddy würden sich freuen, ihn zu sehen, und er könnte ein heißes Bad nehmen und sich dann einen kräftigen Drink machen, mit Zitrone und Whisky und heißem Wasser.

Um sicherzugehen, daß er sich diesen Wunsch auch erfüllen konnte, fuhr er zuerst zum Obsthändler und kaufte zwei Zitronen, dann wegen des Whiskys zu einem Spirituosenladen. Trotz beginnender Kopf- und Halsschmerzen machte es ihm Spaß, so herumzulaufen, sich von den Auslagen das Gewünschte herauszusuchen und mit den Verkäufern zu reden. Er genoß die Sonne vor dem Fenster, den frischen Schnee auf dem Marktplatz, die wohlgekleideten Kinder, die in Gruppen aus der Schule kamen.

Vor dem Spirituosenladen lief er Mrs. Rabbage, Emmys Putzfrau, in die Arme. Sie trug wie üblich eine eigenwillige Zusammenstellung von Wollsachen, ein rosa gewürfeltes Kopftuch über den Haaren und schwarze Gummistiefel.

»Na, wenn das nicht Mr. Turner ist!« rief sie laut. »Wie geht's denn so?«

»Gut«, sagte Holman. »Und Sie sind noch wacker auf den Beinen, Mrs. Rabbage?«

»Ach ja, es geht so. Nur der Schnee den fühl ich natürlich

nachts in der Hüfte aber wenn dann meist so schön die Sonne scheint muß ich schon dankbar sein denn da ist es nicht so schlimm.« Wie zur Demonstration stemmte sie ihre Einkaufstasche in die Hüfte, und Holman machte ein entsprechendes Gesicht. Er kam gut mit Mrs. Rabbage zurecht, besser als Emmy, und man merkte deutlich, daß auch sie mit ihm ganz einverstanden war. Da er nicht mit dem Personal der Stockwells aufgewachsen war, störte es ihn nicht, daß Mrs. Rabbage anders war. Sie erinnerte ihn sehr an die alte Mrs. Mitchell, die daheim in Chicago gegenüber in der Gasse gewohnt hatte. Es bereitete ihm keine Schwierigkeiten, sich mit ihr zu unterhalten, beziehungsweise ihr zuzuhören. »Und was machen Sie dieser Tage so?« fragte Mrs. Rabbage. »Ich hab Sie gestern gar nicht gesehen wie ich bei Ihnen draußen war.«

»Nein, da mußte ich lange arbeiten.«

»Na, Sie verdienen sich Ihr Geld ja wirklich an diesem College. Hoffentlich wissen die das auch zu schätzen.«

»Das hoffe ich auch.« Holman lachte.

»Also es ist ja noch lange nicht jeder so. Ich seh hier so einige in der Stadt so stark wie Pferde aber kaum hat der Chef sich umgedreht schwupp sitzen sie auf ihrem Hintern und sind zu schlapp um auch nur noch einen Handgriff zu tun und geistige Arbeit ist zwar anstrengend heißt es aber Geld ist Geld das muß man ja mal zugeben und ich würd mich schämen es so zu machen wenn ich die wäre. Und jetzt geht's nach Hause?«

»Ich denke ja. Bei mir ist eine kleine Erkältung im Anzug. Kommen Sie mir lieber nicht zu nah, Mrs. Rabbage.«

»Ach davor hab ich keine Angst Mr. Turner. Um die Jahreszeit schwirren die Bazillen doch überall nur so rum und Lungenentzündung und Bronchitis und Viren und alles und ich sag immer wenn sie einen erwischen dann erwischen sie einen. Aber Sie kommen mir wirklich ein bißchen spitz im Gesicht vor. Noch nicht richtig krank aber ein bißchen mitgenommen.«

»Genauso fühle ich mich auch, Mrs. Rabbage«, pflichtete Holman ihr bei. Er hatte, im Gegensatz zu Emmy, nichts gegen Mrs. Rabbages Kommentare zu seiner und jedermanns Gesundheit. Emmy war es peinlich, von Mrs. Rabbage gesagt zu bekommen, sie sehe aus »wie das blühende Leben«. Es störte sie noch mehr, wenn es hieß, sie sehe schlecht aus, oder wenn das jemand von Freddy sagte. In mancher Hinsicht sah sie ihren Körper wie ihr einziges oder liebstes Kind.

»Na dann passen Sie mal gut auf sich auf«, sagte Mrs. Rabbage.

»Keine Sorge, Mrs. Rabbage, das werde ich tun«, antwortete Holman mit einem Blick nach unten und klopfte auf das flaschenförmige Päckchen.

»So ist es recht.« Sie lachte laut, nahm ihre Einkaufstasche in die andere Hand und wandte sich zum Gehen. »Sagen Sie«, fügte sie noch hinzu und drehte sich um, »was meinen Sie denn zu dem Feuer neulich bei Ihren Freunden, was halten Sie denn davon?«

»Ja, das war ein Ding«, antwortete Holman ein wenig ungeduldig. Der Wind, der die Straße heraufwehte, war kalt, und er fand, er habe Mrs. Rabbage jetzt genug guten Willen gezeigt.

»Mich hat das überhaupt nicht gewundert«, sagte sie. »Mrs. Lumkin hätte wissen müssen daß die Leute früher oder später so was anstellen. Das sind doch Spinner und die ändern sich auch nie mehr wenn Sie entschuldigen daß ich das mal sage. Ich weiß ja daß Ihre Frau mit ihr befreundet ist. Aber ich war bei ihr mal saubermachen und weiß Bescheid. Die schmeißen nie was weg und haben einen

Plunder in den Schränken das stellen Sie sich gar nicht vor so lauter dreckige alte Kleider und Lappen und alles. Antiquitäten. Aber gar nicht mehr gut weil schon ewig die Motten drin sind. Das ganze Haus eine einzige Feuerfalle also ich kann mir denken daß sie am College darüber stinkwütend sind. Unterversichert auch noch.«

»Was, wirklich?«

»Ach das ist doch immer so. Geizig sind sie die Reichen und denken immer ihnen kann nichts passieren und daß sie durchkommen mit ihrer Pfennigfuchserei sagt mein Neffe Ray der im Rathaus arbeitet und der kriegt da einiges zu sehen. Er ist eigentlich gar nicht mein Neffe denn seine Mutter hat nur den Bruder meines Mannes geheiratet nachdem sein Vater gestorben war.«

Holman wollte gehen und schnitt eine Grimasse, die Mrs. Rabbage aber mißverstand. »Ja an Tb. Die haben sie in der Familie heißt es aber bisher hat er noch keine Anzeichen gezeigt mein Neffe meine ich.«

»Hm«, machte Holman. »Ich –«

»Also ich muß jetzt mal weiter und nehmen Sie sich gut in acht mit Ihrer Erkältung.«

Das Convers College sah sehr schön aus, als Holman auf dem Rückweg am Campus vorbeikam. Die Sonne stand tief am Himmel und gab den Ziegelmauern einen goldenen Schimmer. Es hatte tags zuvor leicht geschneit, und die Dächer und Fenstersimse leuchteten weiß vor einem strahlenden Postkartenblau. Hinter dem Musikgebäude fuhren Kinder mit roten Mützen und Fausthandschuhen den Berg hinunter Schlitten. Die ganze Szenerie war schön, aber unwirklich; Holman dachte dabei an Weihnachtskarten.

Er erinnerte sich noch sehr gut, wie es zu Weihnachten am Garfield Park in Chicago ausgesehen hatte, wo er aufgewachsen war, in den Straßenzügen aus heruntergekommenen Zwei- oder Vierfamilien-Fachwerkhäusern, alle passend zur rußigen Luft grau oder braungelb gestrichen. Dort kümmerte das Wetter sich nicht um Fest- und Feiertage; selten fiel vor Beginn des Jahres Schnee, und wenn, dann wurde er sofort schmutzig. Manche der Häuser hatten in den Fenstern zur Straße Weihnachtsschmuck hängen: elektrische Sterne, rote Pappkerzen mit flammenförmigen Glühbirnen, grüne Plastikkränze. Die chemischen Reinigungen und Lebensmittelgeschäfte wiederholten diese Themen auf kunstvollere Weise, und der Drogist stellte seine Kartons mit Karten und Schleifen und Flitter vor die Tür. In der Schule half Holman seinen Klassenkameraden, mit weißer Plakatfarbe Schneewehen auf die Fensterscheiben zu malen und mit ausgestanzten Silberbuchstaben ein FROHE WEIHNACHTEN UND EIN GLÜCKLICHES NEUES JAHR ringsum an die Wände zu hängen. Am letzten Schultag nahm er das Geschenk mit nach Hause, das er im Werkunterricht für seine Mutter gemacht hatte, und ging auf dem Heimweg bei der Drogerie vorbei, um das schönste Geschenkpapier und die kunstvollste Weihnachtskarte zu kaufen, die er finden konnte. Es war immer eine schwere Wahl; lange stand er vor dem Ständer und starrte auf die idealisierten Hochglanzbilder vom Weihnachtsmann und Engeln in winterlicher Landschaft.

Während Holman jetzt auf der Hampton Road nach Hause fuhr, durchgefroren und ein bißchen schwindlig vom Fieber, kam es ihm vor, als hätte er damals so lange dagestanden und geschaut, daß er förmlich in eine dieser gemalten Landschaften hineingezogen worden wäre. Auf den Bergen im Süden standen die symmetrischen Tannen, anmutig kurvte die Straße zwischen schneebedeckten Hügeln dahin, und er kam an weißen Bauernhäusern und

Cottages vorbei, die alle einen Kranz in der Tür hängen hatten.

Er fühlte sich unwohl dabei. So ein ähnliches Gefühl hatte er neulich auf einem Spaziergang mit Emmy und Freddy gehabt. Fünfhundert Meter hinter dem Haus hatte er unter einem Baum einen Tannenzapfen auf der Straße gefunden. Zuerst hatte er triumphiert: Heureka! Und dann: Wie naturgetreu sind doch letzten Endes die vielen hundert Imitationen und Nachbildungen von Tannenzapfen, die ich schon gesehen habe. Er hob den echten mit der behandschuhten Hand behutsam auf; ein einzigartiger Schatz. »Seht mal, ein Tannenzapfen!« rief er Emmy und Freddy aufgeregt zu. Aber sie standen am Rand eines Tannenwäldchens, und als er aufblickte, sah er weiter vorn noch zwei, fünf, zehn, viele hundert Tannenzapfen und freute sich gar nicht mehr. Es war doch idiotisch, daß es hier so viele davon gab und im Garfield Park so wenige. Aber Freddy war entzückt, und Emmy sammelte ihre Taschen voll. Sie liefen vor ihm her in den Wald hinein, unter die Bäume, wo die Zapfen so dicht lagen, daß sie manchen ungewollt unter die Füße bekamen und zertraten.

Vielleicht lag es an der Erkältung, daß ihm jetzt so zumute war. Er fühlte sich keineswegs immer unwohl beim Anblick natürlicher Schönheit und Fülle, im Gegenteil. Die ummauerten Obstgärten voller Äpfel, die langen Reihen Kürbisse auf den Feldern, an denen er im Herbst täglich auf dem Weg zur Arbeit vorbeigekommen war, hatten ihm sehr gefallen. Manchmal dachte er sogar, er sei überhaupt der einzige in ganz Convers, der das zu schätzen wußte, denn für ihn würde es nie selbstverständlich sein. Daß die Einheimischen es als selbstverständlich hinnahmen, dafür verurteilte er sie nicht. Ihre Naivität war so natürlich wie die Landschaft; und auch so notwendig, denn wenn jeder das alles so bewußt wahrgenommen hätte wie er, wäre Convers ruiniert gewesen.

Unter »Einheimische« verstand Holman nicht nur die hiesigen Bauern und Städter, sondern auch den größeren Teil des Stammpersonals am College und, vielleicht vor allem, Emmy. Für sie, die unter dem Füllhorn geboren war, galten Ordnung und Schönheit und Überfluß als gegeben; sie waren ihr Element. Wohin sie kam, schuf sie um sich herum, einfach weil sie sich eine andere Art zu leben nicht vorstellen konnte, Ordnung und Annehmlichkeit – mit Geld zur allerhöchsten Form entwickelt. Von allen ihren Gaben liebte Holman vielleicht am meisten diese, die er ihr gegenüber nie erwähnte, teils aus Angst, den Zauber zu zerstören.

Er bog in die Einfahrt. Das Haus war früher ein Bauernhaus gewesen; die Scheune, jetzt Garage, war immer noch scheunenrot. Emmy hatte einen Kranz aus Tannenzapfen und Immergrün, mit rotem Satin umwickelt, an die Haustür gehängt.

Ihr Kombi stand nicht in der Garage. Er parkte neben ihrem freien Platz und ging ins Haus. Die Lichter waren an, demnach würde sie wohl bald zurück sein. Als er seine Einkäufe in der Küche abstellte und sich die ›Times‹ nahm, glaubte er irgendwo ein Geräusch zu hören. Er vergaß das aber gleich wieder, ging nach oben, zog seine Sachen aus und den Bademantel an und ging über den Flur zum Bad. Aus irgendeinem Grund war die Tür zu, und er machte sie auf. Das Badezimmer war von Dampf vernebelt. Die Wanne war randvoll mit grünem Schaum, den er als Emmys Elizabeth-Arden-Schaumbad erkannte, und darin saßen zwei kleine Jungen, die er – nach einer Weile – als Richard und Charles Fenn identifizierte.

»Was macht ihr denn hier?« fragte er sie.

»Wir baden«, antwortete der größere der beiden.

»Wir warten auf unsere Mutti«, ergänzte der kleinere, dessen Haare voll grünem Schaum waren.

Holman funkelte sie an. »Also, ihr könnt jetzt rauskommen«, sagte er. »Ich will nämlich ein Bad nehmen.«

»Es gehört sich nicht, ohne anzuklopfen in ein Badezimmer zu kommen und nackte Leute anzugucken«, belehrte ihn Charles, ohne sich zu rühren.

»Na schön«, sagte Holman. »Ich komme gleich wieder.«

Er trieb sich eine Weile auf dem Flur herum, ging mit seinen Kopf- und Halsschmerzen auf und ab und sah aus dem Fenster, ob Emmy und Miranda nicht wiederkämen. Doch als er die Tür wieder öffnete, saßen Charles und Richard Fenn noch immer in der Wanne. Charles malte Schaummuster auf den Duschvorhang, während Richard Holmans Rasierpinsel auf dem Wannenrand spazierengehen ließ.

»Guter kleiner Pinsel, schöner braver Pinsel«, sagte er dazu.

»Los jetzt, raus aus der Wanne«, fuhr Holman sie an.

»Geht nicht«, sagte Charles.

»Wieso nicht?«

»Wir haben keine Sachen zum Anziehen. Mutti hat sie alle in den Waschsalon gebracht und gesagt, wir sollen hier drinbleiben, bis sie wiederkommt. Mensch, die waren dreckig!«

»Unser Wasserwarmmacher ist krank«, erklärte Richard. »Er hat sich bei dem Feuer weh getan, und der Mann kann erst gestern zum Reparieren kommen, darum können wir nichts waschen.«

»Nein, morgen«, verbesserte Charles.

»Aha, morgen.« Richard rieb sich noch mehr Schaum ins Haar.

Holman sah sich im Badezimmer um. Der ganze Fußboden stand unter Wasser, und ein Haufen nasser Handtücher lag herum, aber keine Kleider.

»Hört mal«, wollte er anfangen, aber da hörte er unten eine Tür schlagen. Er ging hinaus und überlegte auf dem Weg zur Treppe schon, was er sagen wollte. Auf halbem Weg machte er jedoch kehrt und ging noch einmal ins Schlafzimmer, um mit Rücksicht auf seine Würde und Mirandas Schicklichkeitsempfinden eine Hose unter den Bademantel zu ziehen. Und den Drink wollte er jetzt zu sich nehmen, bevor er ins Bad ging.

Unten war nicht Miranda; da war nur Julian Fenn, der auf dem Küchentisch saß und in der Ehemaligenzeitschrift von Holmans Verbindung las. Er sah blaß und schmutzig aus. Er trug einen schwarzen Chesterfieldmantel, eine zerrissene Baumwollhose, die Miranda ruhig auch in den Waschsalon hätte mitnehmen können, und Gummistiefel. Um den Hals hatte er sich mehrfach einen dunkelroten Wollschal geschlungen.

»Hallo«, sagte Julian. »Hast du meine Frau irgendwo gesehen?«

»Nein«, sagte Holman. »Aber zwei von deinen Kindern sitzen oben in meiner Badewanne.«

»Ach ja?« brummelte Julian im Weiterlesen. Holman biß die Zähne zusammen und begann das Päckchen mit der Flasche auszuwickeln, zögerte dann aber bei dem Gedanken, daß er sich jetzt nicht gut einen Drink machen konnte, ohne auch Julian einen anzubieten, und dann würde Julian wahrscheinlich noch lange hierbleiben und seinen Whisky trinken. Er stellte sich mit dem Gesicht zum Fenster und versuchte einen Entschluß zu fassen. Die Sonne ging unter und warf lange graue Schatten auf die rötlich schimmernde weiße Erde.

»Komisch«, fand Julian, »die Ehemaligen in dieser Zeitung hier züchten alle offenbar Schweine oder verkaufen Versicherungen.«

»Hör mal«, sagte Holman, »würde es dir vielleicht etwas ausmachen, deine Kinder aus der Wanne zu holen? Ich möchte gern ein Bad nehmen. Sie behaupten, sie hätten nichts anzuziehen, aber ich werde schon etwas für sie finden.«

»Gut«, erklärte Julian sich einverstanden. »Willst du jetzt gleich ins Bad?«

»Ja, jetzt gleich.«

Sie gingen nach oben. Charles und Richard Fenn wurden unter Schwierigkeiten aus der Wanne geholt, abgetrocknet und bekamen etwas anzuziehen, der eine Freddys Bademantel, der andere Emmys japanischen Kimono.

»Es ist eine Zumutung für einen Jungen in meinem Alter, Frauenkleider tragen zu müssen«, protestierte Charles.

»Mir ist kalt«, sagte Richard. »Der Bademantel ist zu klein. Ich will meine Mutti.«

»Du kannst nach unten gehen und dich in die Küche setzen«, sagte Holman. »Ich drehe die Heizung wärmer.« Sie gingen alle hinunter, und er stellte den Thermostat höher. Julian hatte irgendwie Holmans ›Times‹ ergattert und begann darin zu lesen. Emmy und Miranda waren noch immer nicht zurück.

»Emmy und Miranda sind noch immer nicht zurück«, sagte Holman. »Hast du eine Ahnung, wann sie wiederkommen?«

Julian schüttelte den Kopf. »Keinen Schimmer«, antwortete er lesend.

»Sagen Sie mal, Ihre Stimme klingt heute so komisch, Mr. Turner«, bemerkte Charles.

»Stimmt«, sagte Julian. »Bist du erkältet?«

»Ja, ich bin erkältet«, sagte Holman. Er ging nach oben,

zog die Hose aus, schloß die Badezimmertür hinter sich zu, legte den Bademantel ab, drehte die Hähne auf und stieg in die Wanne. Es kam kein heißes Wasser.

Allen Ingram an Francis Noyes

16. Dezember

In Convers ist Weihnachten ausgebrochen – die altmodische Art mit Schlitten und Weihnachtsliedern. Zwei Hauptgesprächsthemen: 1) Wohin man über die Feiertage fährt (»Oh, ich verbringe das Fest bei meiner Familie«, sage ich fröhlich lächelnd, und sie lächeln fröhlich zurück, denn sie können Mutter und Roy ja nicht sehen); 2) Das schon erwähnte Feuer. Normalerweise passiert hier nie etwas, also machen sie das Beste aus dem, was passiert, und alle diskutieren DIE *Frage: Ist Julian Fenn moralisch, physisch, finanziell und so weiter dafür verantwortlich zu machen, daß seine Küche abgebrannt ist?*

Jeder sieht das auf seine Weise: Ich bekomme sogar ein neues Bild von Oswald McBane, dem Chef des Englischen Instituts und verbrieften Großen Alten Mann von Convers. Großer Alter Bär wäre besser; er ist mehr Bär als Mensch. Ich sehe immer diesen großen Grizzly vor mir, der in der Abteilung ›einheimische Tiere‹ im Naturgeschichtlichen Museum auf den Hinterbeinen steht, der, den Jane immer so liebte. McBane hat genau diesen dichten, so tot aussehenden grauen Pelz, die herunterhängenden schweren Pranken, das urkomische Gesicht. Du erinnerst dich, bei unserer ersten Begegnung hat er ja auch nur gegrunzt.

Aber McBane ist der Mann, der in diesem Institut zählt – der Rest ist nichts. Es gibt noch zwei andere ordentliche Professoren hier, Baker und Knight, denen ich den Sammelnamen Twiddeldumdei gegeben habe. Abgedroschen, zugegeben, und wenn du sie sähst, würdest du auch sagen, er treffe nicht zu. Knight ist groß, hager und dunkel und hat eine dünne, dumme, schicke Frau; Baker ist klein, dick und blond und hat eine fette, kluge, schlampige Frau. Aber mir konnten sie nichts vormachen. Ich hatte bald durchschaut, daß sie in Wahrheit getarnte Zwillinge sind. Darauf hat mich zuerst gebracht, daß einer des anderen Jahrhundert hat: Knight, der melancholisch-metaphysische, ist auf den viktorianischen Roman spezialisiert, während Baker, der aussieht wie Thackeray, im elisabethanischen Zeitalter ›macht‹.

Heute nachmittag wurde ich eingeladen, an einer Konferenz des von McBane geleiteten großen Kursus teilzunehmen, und dabei stellte ich fest, daß er Billyboy Lumkin nicht ausstehen kann. Kunststück. Wir saßen alle herum, bevor die Konferenz begann, und irgendwer rückte mit der Neuigkeit heraus, daß dem College durch das Fenn-Feuer finanzielle Verluste ins Haus stünden, weil Lumkin es nicht ausreichend versichert habe. »Was Sie nicht sagen!« grunzte McBär, und dann röhrte er vor Lachen, drei Minuten lang. Die übrigen Konferenzteilnehmer, bloße Dozenten, lachten pflichtschuldigst mit, bis auf Julian, der nur lächelte, und so einen kleinen Kerl aus Wisconsin, der sogar die Stirn runzelte. McBane sah es, verstummte sofort und grollte: »Würden Sie freundlicherweise einmal aufstehen und das Fenster schließen, Mr. Green, um etwas zu diesem Kurs beizutragen?« – »Jawohl, Sir«, sagte Mr. Green. Die kleinen Tiere fallen schon vom Ast, wenn McBär sie mit der Tatze nur antippt.

Das alles hat mich nachdenklich gemacht – gehe ich bei meiner Schreiberei vielleicht nicht ökonomisch genug mit Ursache und Wirkung um? Wenn das von mir wäre, hätte ich sicher großen Wert darauf gelegt, das Haus der Fenns vollständig niederzubrennen – oder eher noch die ganze

Feuersbrunst nur in der Phantasie einer meiner Figuren stattfinden zu lassen, fürchte ich, während sie am Herd ein Zündholz anriß. Aber Komödie lebt nicht allein von Übertreibung; ein Mißverhältnis zwischen Zweck und Mitteln tut es ebenso ... Ich sollte mich demnächst vielleicht an einem komischen Roman versuchen.

Das ginge, wenn überhaupt, nur hier. Normalerweise fühle ich mich (und sei es nur durch meine Sympathien) so plötzlich und so tief ins Leben gerissen, daß ich im Untergehen nicht kichern noch keuchen mag. Es ist mir unmöglich, eine komische Einstellung zu finden, außer gegenüber Leuten oder Taten von solcher Einfalt und Verächtlichkeit, daß ihre bloße Erwähnung uns beiden zur Schande gereichte. Toilettenwitze, Fagottsoli zum Gurgeln der Spülung. Hier in Convers aber verhilft mein Touristenstatus mir vielleicht zum nötigen neugierigen Abstand.

Aber komisch sein zu wollen ist gefährlich. Man wagt sich dabei sehr weit vor und setzt sich dem tödlichen Vorwurf der Humorlosigkeit aus, von dem man sich nie mehr erholt. Das Tragische ist da viel unangreifbarer; wenn ein Kritiker von deinem tragischen Werk nicht beroffen ist, kannst du ihn immer noch seicht nennen, denn er hat offenbar kein Mitgefühl.

Es schneit wieder. So typisch für das Ganze. Ich sehne mich nach New York, nach Freitag. Erwarte mich zum Abendessen.

5

Am Tag vor den Ferien fuhren Emmy und Freddy kurz zu den Fenns, um Miranda und den Kindern frohe Weihnachten zu wünschen. Die Küche war vom Schutt des Feuers weitgehend geräumt, aber die Wände waren nach wie vor verrußt, der Kühlschrank blasig; die geborstene Scheibe in der Hintertür war mit einer Decke verhängt. An der halbverbrannten Pinnwand steckten lauter Weihnachtskarten. Miranda saß am Herd, den Kopf auf die Hände gestützt, und war noch blasser und unansehnlicher, als Emmy sie je zu Gesicht bekommen hatte; ihre Haut wirkte unter den roten Haaren richtig grün. Bei Emmys Eintreten sah sie auf und lächelte matt.

»Wir kommen nur ganz kurz«, entschuldigte sich Emmy.

»Aber nein, bleibt doch. Es ist alles so deprimierend hier. Setz dich; trink einen Kaffee.«

»Was ist denn los?« Emmy zog den Reißverschluß von Freddys Skianzug auf.

»Ach, alles. Erzähl mir was von Europa, oder vom Theater, das lenkt mich vielleicht mal von allem etwas ab.«

Emmy konnte über diese Themen nicht einfach so drauflosreden. Ein paarmal öffnete sie den Mund, machte ihn aber gleich wieder zu. Freddy zappelte auf ihrem Schoß.

»Wenn du's wissen willst: Julian hat sich mit den Lumkins gestritten«, sagte Miranda endlich.

»Gestritten? Richtig? So, Freddy, jetzt lauf mal schön und such Richard und Katie.«

Freddy lief. Erwachsenengespräche interessierten ihn nicht. »Erzähl mal«, sagte Emmy.

»Es war schrecklich. Mrs. Lumkin hat Julian vorgeworfen, das Feuer sei einzig unsere Schuld, und wir müßten für den Schaden aufkommen.«

»Nein!«

»Doch. Es ist so lächerlich, die reine Bosheit; wie sollten wir das je bezahlen können? Wir sind doch so schon bis über beide Ohren verschuldet und haben traurige Weihnachten vor uns. Aber schrecklich ist auch, daß Julian so unverschämt zu ihnen war. Ich glaube, wenn er sich dafür entschuldigt hätte, daß wir solche Umstände machen, und eventuell noch gesagt hätte, er wolle beim Renovieren helfen, wäre vielleicht noch alles gut ausgegangen; aber er war so unverschämt. So kalt und sarkastisch, du machst dir gar keine Vorstellung, wie er manchmal sein kann. Ich habe ihm immer wieder ins Wort zu fallen versucht, aber das hat natürlich überhaupt nichts genützt. Zum Beispiel hat er zu ihr gesagt, wenn sie eine Ahnung von Kindern hätte und hier von vornherein einen besseren Herd hätte einbauen lassen, wäre es zu dem Brand erst gar nicht gekommen.« Mirandas Stimme tremolierte vor Empörung und Tränen.

»Aber damit könnte er ja recht haben«, sagte Emmy, indem sie aufstand und sich eine Kaffeetasse suchen ging. Es machte sie immer ungehalten und nervös, wenn Leute schon bei so kleinen Mißgeschicken hysterisch wurden. Sie vermißte bei den Fenns diesen halbironischen Selbsttadel, mit dem ihre eigenen Freunde von ihren Sorgen zu sprechen pflegten, wenn es nichts allzu Schlimmes war. Und von der tiefen, beherrschten, eben einem echten Unglück angemessenen Gemütsbewegung konnte auch nicht die Rede sein.

Miranda winselte und schluchzte wie ein Dienstmädchen. Da Emmy nichts Besseres zu tun wußte, drehte sie sich um und nahm eine Tasse und Untertasse aus dem Geschirrtrockner. »Nanu, Charles hat sich ja einen zweiten Goldfisch zugelegt«, bemerkte sie, um das Thema zu wechseln. »Ist der aber hübsch.«

»Ja«, antwortete Miranda verlegen. »Das heißt«, fuhr sie nach einer kurzen Pause fort, »eigentlich ist das meiner. Ich weiß, daß es albern ist, aber ich konnte es einfach nicht mehr mit ansehen, wie der eine so für sich allein da herumschwamm. Er kam mir so rastlos vor.«

»Aber das tun die doch immer. Sieh sie dir nur jetzt mal an. Haben sie auch Namen?« Sie hatte keine Lust mehr, mit Tasse und Untertasse herumzustehen, und stellte sie auf den Tisch.

»Der eine heißt Fisch, der andere Charles' Fisch«, sagte Miranda. »Charles hat doch überhaupt keine Phantasie. Ach Gott, ich wollte dir doch Kaffee einschenken. Entschuldige. Ich will nicht ungastlich sein. Ich bin nur so furchtbar durchgedreht.«

»Aber so schlimm ist das doch wohl alles nicht. Die Lumkins werden von ihrer Wut schon wieder herunterkommen.«

»Das glaube ich nicht. Sie haben irgendwie herausgekriegt, daß Richard den Brand verursacht hat. Du wirst ja wohl wissen, daß Richard es absichtlich gemacht hat. Es war ein großes Geheimnis, aber irgendwoher scheint alle Welt es zu wissen.«

Emmy sagte nichts. Es kann nicht meine Schuld sein, dachte sie. Außer Holman hab ich's niemandem erzählt, und er hat versprochen, es nicht weiterzusagen. Er kann zwar Julian nicht leiden und Miranda auch nicht; aber er hat *mir* versprochen, es nicht weiterzusagen.

»Das Schlimmste habe ich dir noch gar nicht erzählt«, sagte Miranda, und dabei hatte sie es doch. »Sie haben uns sozusagen gedroht, dafür zu sorgen, daß Julian von Convers weg muß. Mrs. Lumkin hat gesagt, er lege beharrlich eine verantwortungslose Haltung an den Tag, die der Stellung eines Lehrers am Convers College nicht angemessen sei, oder so ähnlich.«

»Und was hat Mr. Lumkin dazu gesagt?«

»Er ist ganz ihrer Meinung.«

»Bill Lumkin? Nein!«

»Doch. Wer weiß, wir müssen also vielleicht hier weg.«

»Aber du wirst doch nicht annehmen, daß sie Julian wegen so etwas hinauswerfen könnten, Miranda. Das wäre einfach unglaublich.«

»Sie brauchen ihn gar nicht hinauszuwerfen. Sie brauchen ihn nur nicht zu befördern. Rauf oder raus, heißt es hier nach drei Jahren.«

»Aber hat denn Bill über die Beförderungen zu entscheiden? Ich denke, das ist Sache des Englischen Instituts.«

»Das ja, aber der Rektor muß die Beförderung bestätigen, und wenn Mr. Lumkin nein sagt, tut er's vielleicht nicht, wer weiß?«

»So etwas würden die mit Sicherheit niemals tun, Miranda.«

»Vielleicht nicht. Julian will heute nachmittag mit Mr. McBane darüber sprechen. Ein Gutes gibt es noch. Vielleicht ist es aber auch etwas Schlechtes: McBane haßt Lumkin. Und Lumkin weiß das sicher.«

»Wahrscheinlich wird alles gut.«

»Eventuell.«

»Himmel, wenn ich da doch nur etwas tun könnte!«

»Danke. Ich werde mir ein Abbild von Mrs. Lumkin machen und Nadeln hineinstechen.«

Emmy lachte, froh über die leichtere Tonart. »Weißt du, ich bin ganz sicher, daß die Lumkins euch nicht wirklich für den Schaden heranziehen werden«, meinte sie. »Wie sollten sie das denn machen?«

»Weiß ich nicht. Sie hat eben nur davon gesprochen, wenn das College wollte, könnte es uns verklagen. Es war schrecklich. Natürlich sagt Julian, es ist nur eine leere Drohung; er nimmt ja nie etwas ernst.«

»Könnten sie euch denn wirklich verklagen? Vor Gericht, meine ich?«

»Ich weiß nicht. Will hat versprochen, sich mal für uns zu erkundigen. Er kennt einen Rechtsanwalt hier, zu dem will er mal gehen. Ich hoffe ja, daß er bald hierherkommt.«

Emmy gefiel der Gedanke, Will Thomas wiederzusehen; sie beglückwünschte sich dazu, daß sie heute etwas Lippenstift aufgelegt und sich gekämmt hatte; da konnte er wenigstens sehen, daß sie nicht immer wie eine Pfadfinderin herumlief. »Einen Anwalt zu kennen ist immer gut«, meinte sie. Es war ein Ausspruch ihres Vaters.

»Ach, Will kennt doch jeden in dieser Stadt. Muß er ja; er treibt sich doch immerzu da unten irgendwo herum. Es ist wirklich schlimm mit ihm.« Sie stand auf und begann in den Schränken nach irgend etwas zu suchen.

»Was ist schlimm?«

»Daß er seine Zeit so vertrödelt, statt zu arbeiten.« Miranda stellte sich auf ihr Fußbänkchen und inspizierte die oberen Regale.

»Aha.« Emmys Stimme klang wenig überzeugt; die Arbeitswut der Collegedozenten regte sie mittlerweile schon so auf, daß sie den entgegengesetzten Fehler kaum mißbilligen konnte.

Miranda stand auf ihrem Bänkchen wie ein Storch, die langen dünnen Beine in grauen Baumwollsocken, und sah sich um. »Nein, im Ernst«, sagte sie. »Will ist ein hoffnungsloser Fall. Er hat seit fünf Jahren nichts mehr, ich meine wirklich gar nichts mehr, gearbeitet. Er läuft nur in der Gegend herum und verführt Frauen. In der ganzen Zeit hat er nicht ein einziges Wort, oder besser gesagt, keine einzige Note mehr geschrieben.« Sie stieg herunter. »Es ist ein Fehler, daß er überhaupt in Convers ist. Hier sind keine Musiker, keine Konzerte. Nicht einmal gute Studenten. Er gehört irgendwohin in eine Großstadt. Hier hat er gewissermaßen nur einen Unterschlupf. Mr. Oska hat ihm die Stelle besorgt, weil er seine frühen Arbeiten bewunderte. Die Leute merken nicht, daß er das Komponieren aufgegeben hat, sie erinnern sich nur noch, irgendwann einmal irgendwo gehört zu haben, William Thomas sei ein vielversprechender junger Komponist. Aber er tut nichts mehr, er spielt nur hin und wieder mal was auf dem Klavier vor und redet.«

»Ich habe nie gehört, daß er ein vielversprechender junger Komponist sein soll«, sagte Emmy. »Was hat er denn komponiert? Ich meine, war er wirklich gut?«

»Das weiß ich doch nicht. Moderne Musik klingt für mich immer gleich. Gräßliche mechanische Geräusche, wie wenn man eine Maschine quält – mein Gott, was ist denn nun schon wieder?« fragte sie Richard, der soeben, gefolgt von Freddy und Katie, laut schluchzend in die Küche gekommen war und schrie:

»Katie hat mich gebissen!«

»Mutti, Richard hat mich runtergeschubst!«

»Die sind immer so gemein hier!«

Miranda und Emmy mußten sich um die Störung kümmern und schalten ihren jeweiligen Nachwuchs. »Hört mal, wenn ihr zu eurem Besuch nicht nett sein könnt, wird euch bald keiner mehr besuchen wollen«, sagte Miranda, während Emmy entschied: »Wenn du nicht spielen kannst, ohne immerzu Streit anzufangen, Freddy, wird dich bald keiner mehr zu Besuch haben wollen.« Als der Streit beigelegt war, die Kinder wieder hinausgeschickt, und sie sich umdrehten, sahen sie Will in der Küchentür stehen und sie beobachten.

»Wenn man vom Teufel spricht«, sagte er. »Hallo, Emily.«

»Hallo«, antwortete Emmy verlegen. Es war ihr unangenehm, daß er sie mit dieser affektierten, der früheren Direktorin vom St. Kit's nachempfundenen Stimme hatte reden hören, mit der sie Freddy zurechtzuweisen pflegte.

»Woher weißt du, daß wir von dir gesprochen haben?« fragte Miranda.

»Ich hab's gehofft.« Will schloß die Tür (die Glasscherben schepperten im Rahmen) und kam zu ihnen an den Tisch. »Hoffentlich Gutes.«

»Nein, nur Wahres.«

»Brrrr!« Er schüttelte sich. »Ist noch etwas Kaffee da?«

»Ich wärme ihn auf.« Miranda zog die Kanne auf dem Herd nach vorn.

»Ein hübsches Hemd haben Sie an«, sagte Will zu Emmy.

»Danke. Das habe ich von den Bermudas.«

Will sah mit hochgezogenen Augenbrauen Miranda an, doch sie reagierte nicht. Mit einem Seufzer setzte er sich hin.

»Da sitze ich also in John Moores Kanzlei herum und rede mir für dich und deine Familie die Zunge fusselig, und die ganze Zeit sitzt du hier und machst mich bei dieser unschuldigen Frau schlecht.«

»Ach, du warst bei Mr. Moore!« rief Miranda. »Was sagt er denn?«

»Willst du es sofort wissen?«

»Natürlich. Los. Emmy weiß sowieso Bescheid; ich

hab's ihr vorhin erzählt.« Will sah Emmy mit einem angedeuteten Lächeln an, das abbittend, aber auch mißtrauisch sein konnte. Sie lächelte unsicher zurück.

»Ich erspare dir den juristischen Quatsch. Und sag übrigens keinem Menschen, daß ich euretwegen bei John war. Er ist ganz nervös wegen der bevorstehenden Kommunalwahlen, möchte städtischer Hundefänger oder so was werden. Jedenfalls mußte ich ihm, bevor er mir überhaupt etwas sagte, versprechen, keinem zu sagen, von wem ich den Rat habe.«

»Ja, klar«, sagte Miranda ungeduldig.

»Also, die Sache ist anscheinend so, daß Brandstiftung eine Straftat ist und Eltern für die Straftaten ihrer minderjährigen Kinder rechtlich nicht verantwortlich sind.«

Miranda und Emmy gaben Freudenlaute von sich.

»Andererseits gibt es aber eine sogenannte kriminelle Vernachlässigung der Aufsichtspflicht. Daß ein Erwachsener einem Kind gefährliche Gegenstände zugänglich macht. Wenn du zum Beispiel Richard und Charles ein geladenes Gewehr zum Spielen in die Hand drückst. Oder wenn ein Kind schon öfter Feuer gelegt hat, kann man die Eltern wegen krimineller Vernachlässigung der Aufsichtspflicht verklagen, sagt er.«

»Bisher hat er noch kein Feuer gelegt.«

»Dann ist ja alles gut«, sagte Emmy. »Euch kann ganz bestimmt nichts passieren.«

»Es sei denn, man bezeichnet diesen Herd als gefährlichen Gegenstand.«

»Dieses Mistding!« Miranda gab dem Herd einen Tritt. »Und dabei war ich ganz davon hingerissen, als wir hier einzogen. Mein Gott!« Sie riß die Kaffeekanne herunter, kurz bevor diese überkochte. »Entschuldigung. Aber da sieht man's. Möchtest du trotzdem eine Tasse?«

»Bitte.« Will hielt ihr seine Tasse hin.

»Wenn der Herd ein gefährlicher Gegenstand wäre, könntet ihr doch eurerseits das College verklagen, weil es ihn Kindern zugänglich gemacht hat«, schlug Emmy vor.

Will lachte. »Stimmt vollkommen«, sagte er. »Warum tut ihr das nicht? ... Mein Gott, Miranda, was machst du denn da?«

»Ein wächsernes Abbild«, antwortete Miranda. Sie zeigte ihnen einen Klumpen Kerzenwachs, den sie ungefähr zu einer menschlichen Figur mit Kopf und Armen geknetet hatte, und hielt ihn über den Herd.

»Hast du vor, deine Feinde über kleinem Feuer zu rösten? Und welcher Feind ist das?«

»Mrs. Lumkin natürlich.« Miranda begann aus dem Hauptklumpen zwei Beine zu ziehen. »Das heißt, sie wird es erst. Ich muß sie ja vorher noch taufen.«

»Mein Gott, ein Hexenzauber!« kicherte Emmy. »Und wenn sie fertig ist, schmilzt du sie dann ein, um ihr Herz zu erweichen, damit sie euch nicht verklagt?«

»Mrs. Lumkin hat kein Herz«, erklärte Miranda, »also würde das nicht funktionieren – nein, ich werde wohl ein paar Nadeln hineinstechen. Nicht zu viele. Ich will sie ja nicht töten, aber es wäre schön, wenn sie so krank würde, daß sie uns völlig vergißt.« Sie bog die Enden der Beine zu Füßen um. »So. Was ich jetzt noch brauche –« Das Telefon klingelte. »Herrje!« Sie stand auf und schlappte in ihren alten Pantoffeln hinaus.

Will und Emmy, in der Küche alleingelassen, sahen einander an; beide lächelten.

»Noch einen Kaffee?« fragte er.

»Nein danke. Ich wollte jetzt eigentlich gehen.«

»Sie wollen immer gerade gehen«, stöhnte er kummervoll.

»Ist das nicht traurig mit den Lumkins?« fragte Emmy.

»Sehr.« Will rutschte wieder auf seinem Stuhl so weit hinunter, bis sein lammfellgefütterter Mantel auf dem Boden hing.

»Ich verstehe das einfach nicht. Warum sollte das College sie verklagen wollen? Es braucht doch nur die Versicherungssumme zu kassieren.«

»Das dachte ich zuerst auch; aber heute habe ich etwas erfahren. Das Haus war unterversichert. John Moore hat es mir gesagt. Weiß der Himmel, wie er das rausgekriegt hat, wahrscheinlich von einem seiner Freunde im Rathaus. Die Versicherung ist seit 1938 nicht mehr angepaßt worden. Wenn das herauskommt, steht Lumkin ganz schön dumm da. Sie kriegen nicht mal halb soviel, wie sie brauchen.«

»Und deshalb wollen sie nun Julian und Miranda dafür bluten lassen.«

»Scheint so.«

»Und wenn sie nicht darauf eingehen? Müssen dann die Lumkins zahlen?«

»Das glaube ich kaum. Wahrscheinlich könnten sie das sowieso nicht.«

»Natürlich könnten sie. Soviel kann es doch nicht kosten, das hier wieder in Ordnung zu bringen.«

»Sie sind nicht so reich, wie sie scheinen möchten.« Miranda kam wieder in die Küche geschlurft. »Sie leben auf ziemlich großem Fuß.« Miranda setzte sich auf einen Stuhl und legte zuerst die Hände, dann die ganzen Arme lang ausgestreckt auf den Küchentisch. »Ist alles klar?«

»Nein.«

»Was ist denn los?« fragte Emmy.

»Das war Julian. Er kam gerade von McBane.«

»Und?«

»Das Institut hat ihn zum Assistenzprofessor vorgeschlagen, aber das Rektorat hat die Ernennung noch nicht bestätigt; umd Lumkin hat McBane wissen lassen, daß es sie wahrscheinlich nicht bestätigen wird.«

»Nur wegen dieses Feuers?« fragte Emmy.

»Das sagt er.«

»Das ist ja grauenhaft! Ich kann das nicht glauben.«

»Ich schon«, versetzte Miranda. »Nach allem, was die Lumkins gesagt haben, war mir das klar. McBane hat zu Julian gesagt, er will für ihn tun, was er kann, aber er soll nicht zuviel erwarten. Das heißt wahrscheinlich, daß er mit Rektor King reden will, wenn er nächsten Monat aus Washington zurückkommt. Und wenn das nichts nützt, kann er höchstens noch Berufung beim Fakultätsrat einlegen und einen großen Skandal machen.«

»Mein Gott, ihr werdet doch sowieso nicht in diesem gottverlassenen Nest bleiben wollen«, sagte Will.

»Das nicht. Aber wohin sollen wir gehen? Wer wird uns schon haben wollen?«

»Na, nun mach mal einen Punkt. Du weißt, daß Julian ohne weiteres wieder eine Stelle findet. Er hat seinen Doktor, hat Artikel veröffentlicht und alles. Schließlich ist er kein Nichtsnutz wie ich.«

»Und mein Gott, diese Umzieherei! Weißt du, Emmy, wir sind nämlich in den letzten fünf Jahren schon sechsmal umgezogen. Und ich kann mich nicht daran gewöhnen; es ist von Mal zu Mal schlimmer. Na ja.«

Wieder hörte man Gebrüll und Gerenne, und Katie kam in die Küche gestürmt.

»Mutti, Freddy soll nach Hause gehen!« schrie sie und flog auf Miranda zu. »Er ist so gemein! Er will mich fesseln und brandmarken!«

Will lachte.

»Freddy«, sagte Emmy zu ihrem Sohn, der jetzt mit

rotem Kopf und finsterer Miene in der Tür erschien, in der Hand ein Stück Wäscheleine. »Warum kannst du nicht nett mit Katie spielen, Freddy?« fragte sie. »Lachen Sie bitte nicht, Will. Sonst findet er das auch noch witzig.« Will gehorchte nicht.

»Ich mag Katie nicht, Mami«, sagte Freddy. »Ich mag nicht mit kleinen Mädchen spielen.«

»Ich bin kein kleines Mädchen!« rief Katie. »Sag nicht immer kleines Mädchen zu mir!«

»Kleines Mädchen, kleines Mädchen!«

»Das ist aber nicht nett von dir, Freddy«, sagte Emmy. »Katie ist ein liebes großes Mädchen.«

»Bin ich nicht!« kreischte Katie. »Ich bin ein Cowgirl! Wißt ihr denn überhaupt nichts, ihr Blödiane?«

»Ich bin kein Blödian, du blöde Kuh!« schrie Freddy, der solche Ausdrücke gelegentlich von Holman aufschnappte.

»Katie!« »Freddy!« kreischten die Mütter auf und gaben beiden einen Klaps.

Will lachte noch lauter. Katie begann zu weinen, und Miranda nahm sie auf den Arm. Freddy wollte zurückschlagen, aber Emmy hatte damit gerechnet und konnte den Schlag parieren. Inzwischen waren Charles und Richard dazugekommen und beobachteten die Szene.

»Freddy wollte dir doch gar nicht weh tun«, sagte Charles zu Katie. »Du sollst nur eine Zeitlang die Kuh sein, und dann ist er die Kuh, und du bist dran und darfst ihn fesseln.«

»Das ist fair«, warf Will ein. »So mache ich es auch immer.«

»Siehst du, Blödian?« rief Freddy.

»Ich will aber zuerst dran sein«, schluchzte Katie.

»Nein, zuerst bin ich dran«, erklärte Freddy. »Ich hab das Spiel erfunden.«

»Wir müssen jetzt sowieso nach Hause«, sagte Emmy.

»O nein, gehen Sie noch nicht«, bat Will.

»Nein, geh noch nicht«, sagte Miranda. »Katie, du kannst doch Freddy zuerst dran sein lassen. Er ist immerhin dein Besuch.«

»Ich will aber nicht. Immer sind alle andern Besuch. Warum bin ich nie Besuch?«

»Weil das hier dein Haus ist.«

»Es ist überhaupt nicht Katies Haus«, widersprach Richard. »Es ist Mrs. Lumkins blödes olles Haus. Mrs. Lumkin läßt uns nur in diesem blöden ollen Haus wohnen, weil wir ihr Geld dafür geben.«

»Ich muß jetzt wirklich fort«, sagte Emmy. »Meine Güte, es ist ja schon fast vier!«

»Gerade die richtige Zeit für einen Drink«, meinte Will im Aufstehen. »Miranda? Das muntert dich auf – Emmy?«

»O nein, das geht nicht – Freddy, komm her, mein Schatz, hier ist dein Skianzug... Nun noch das andere Bein. So. Ich bin völlig perplex, Miranda. Ich kann das einfach nicht glauben. Julian muß da noch etwas machen können, er kann doch mal an Rektor King schreiben oder so was.«

»Was soll er schon sagen? Nein ... Menschenskind, was ist denn nun schon wieder?« rief sie, als Katie wieder zu heulen anfing. Sie bückte sich und legte den Arm um Katie, die schluchzte und ihr etwas ins Ohr flüsterte. »Aber du hast doch gesagt, er soll nach Hause gehen. (Jetzt weint sie, weil Freddy geht, ehrlich.) Nein, morgen kann er nicht kommen, da fährt er weg, in die große Stadt... Daran hättest du eher denken sollen. Na, na, es ist ja nicht so schlimm, nach Weihnachten kommt er doch wieder. ... Ehrenwort. Komm, wisch dir mal übers Gesicht, dann kannst du ihm auf Wiedersehen sagen, wie es sich gehört.«

»Wiedersehen«, schniefte Katie.

»Auf Wiedersehen, Katie«, sagte Emmy, denn Freddy hing schon am Türknauf und sagte nichts. »Wiedersehen, Miranda. Frohe Weihnachten. Wirklich, ich bin überzeugt, daß alles besser ausgehen wird, als es jetzt aussieht.«

»Wiedersehen.«

»Ich bringe euch zum Wagen«, sagte Will.

Es war kalt draußen; die gefrorene Erde knisterte. Die Sonne stand tief hinter den Bäumen und schickte sich zum Untergehen an; sie sah aus wie ein großer, klebriger roter Dauerlutscher. Freddy lief vor ihnen her die Einfahrt hinunter.

»Wirklich«, sagte Emmy, »ich finde die Sache mit Julians Beförderung schockierend. Glauben Sie, daß er sie tatsächlich nicht bekommt?«

»Wie es aussieht.«

»Wenn ich doch nur etwas tun könnte!« sagte sie und blieb stehen. »Sie kennen doch die Lumkins. Meinen Sie, es hat einen Zweck, mit Betsy zu reden?«

»Was soll man denn zu ihr sagen? Es ist eine nette Idee, aber ich wüßte nicht, wie ich das anstellen sollte.«

»Ich auch nicht«, seufzte Emmy. »Ich weiß, daß ich in Betsys Augen noch ein kleines Mädchen bin. Sie ist nur Daddys wegen freundlich zu mir, aber – oh!«

»Oh?«

»Ich könnte mal mit meinem Vater reden. Er sitzt doch hier im Stiftungsrat.«

»Ich weiß.«

Emmy war von ihrer Idee so begeistert, daß sie seinen ironischen Ton nicht bemerkte. »Wirklich, ich glaube, das mache ich«, sagte sie. »In den Ferien. Natürlich kann er etwas tun. Ich werde ihm die ganze Geschichte erzählen.«

»Das ist nett von Ihnen«, sagte Will, halb im Ernst.

Emmy errötete. »Das ist doch gar nichts.«

»Miranda wird das anders sehen.«

»Oh, Sie dürfen ihr kein Wort davon sagen! Niemandem. Ich will nicht, daß sie es erfahren, bevor alles geregelt ist. Versprechen Sie mir das?«

»Gut.« Sein Lächeln bei diesem Wort war bei aller Nettigkeit nicht ganz das Lächeln eines Komplizen.

Sie kamen auf die Straße. Hinter Emmys Kombi stand ein neuer roter MG mit einem eingedellten vorderen Kotflügel. Freddy saß am Steuer und spielte Fahren.

»Komm da raus, Freddy!« rief Emmy. »Das ist nicht dein Auto.«

»Ist schon gut«, sagte Will. »Er kann ihm nicht weh tun.«

»Oh, ist das Ihrer?« Will nickte. »Ich habe ihn neulich nicht hier gesehen.«

»Da stand er auch nicht hier. Ich habe ihn erst gestern aus der Werkstatt zurückbekommen. Armes Ding.« Er streichelte die Motorhaube.

»Was war denn damit?«

»Unfall.«

»Saßen Sie drin?« Will nickte. »Aber Ihnen ist nichts passiert?«

»Nichts Nennenswertes. Mir passiert eigentlich nie etwas. Weiß auch nicht, warum. Scheint mein Schicksal zu sein.«

Emmy fühlte sich in unsicherem Fahrwasser und versäumte es, das Lächeln zu erwidern, das diese Worte begleitete. Sie zog Freddy aus dem MG und machte die Tür ihres eigenen Wagens auf, um ihn einsteigen zu lassen, was er unter Protest auch tat. Um nicht unhöflich zu erscheinen, drehte sie sich noch einmal um und sagte zu Will:

»Sieht aber gar nicht so schlimm aus. Wenn Sie den Kotflügel ausbeulen lassen, ist alles wieder in Ordnung.«

»Ja, aber die inneren Verletzungen.« Er legte die Hand auf Emmys Autotür und hielt sie ihr auf. Emmy stieg ein. »Also, dann viel Glück bei Ihrer Mission.« Er klappte die Tür zu, dann stützte er die Ellbogen auf den Fensterrahmen und sah hinein. »Werden Sie mir sagen, wie es ausgegangen ist?«

»Gewiß«, sagte sie ungewiß. »Wie erreiche ich Sie denn?«

»Ich rufe Sie nach den Ferien an. Um welche Tageszeit wär's Ihnen recht?«

»Hm, ich weiß nicht.« Emmy hätte selbst nicht zu sagen gewußt, warum sie so aufgeregt war. »Irgendwann am Vormittag.«

»Gut. Bis dann, Mrs. Turner.«

Will reichte ihr durchs Fenster die Hand, und Emmy nahm sie. Ein Kribbeln lief ihr den Arm hinauf. »Außer dienstags«, sagte sie. »Da arbeite ich nämlich in der Tauschboutique.« Sie wollte Wills Hand freundlich schütteln, aber der Höhenunterschied zwischen ihnen erschwerte das. Stattdessen lächelte sie ihn also strahlend an und sagte: »Auf Wiedersehen, Mr. Thomas! Frohe Weihnachten!«

»Und ein glückliches neues Jahr«, sagte Will. Und plötzlich steckte er den Kopf durchs Fenster und küßte sie ziemlich herzhaft auf den noch halb geöffneten Mund. Im Moment konnte Emmy vor Überraschung gar nicht reagieren; erst als Will sie wieder freigab, wich sie ruckartig nach hinten aus, während Will mit unbekümmertem Lächeln einen Schritt zurücktrat. Emmy sah sich um; von der Rückbank sah Freddy sie mit ernster, undurchdringlicher Miene an. Will ging winkend zum Haus zurück. Da ihr nichts anderes zu tun blieb, ließ Emmy den Motor an und fuhr durch die Dämmerung nach Hause.

Bei Wills Rückkehr saß Miranda noch genauso da wie vorher. Er machte die Tür zu, zog sich einen Stuhl heran, setzte sich, ließ sich ganz nach vorn gleiten und streckte die Beine zum Herd aus; sie rührte sich nicht.

»Nimm's nicht so schwer«, sagte er. »Denk an –«

»Ja, denk an die vielen verhungernden Algerier.«

»Ich wollte sagen, denk an mich.«

Will sah mit schiefgelegtem Kopf zu ihr auf. Er hatte so einen Blick an sich, den Miranda aber selten zu sehen bekam. Ihr gegenüber ließ Will im allgemeinen nicht den Charme spielen, mit dem sie ihn sonst alle weiblichen Wesen beglücken sah, einschließlich der ältlichen Kassiererinnen in Henry's Supermarkt und ihrer eigenen Tochter Katie. Allerdings konnte das an ihr selbst liegen, wie der Ton zeigte, in dem sie jetzt zurückfragte: »Inwiefern soll ich an dich denken?«

»Du wirst mir schließlich fehlen. Wenn du weg bist, hab ich niemand mehr zum Reden.«

»Du findest schon irgendwen.«

»Nieman*den*, wollte ich sagen. Ich muß das üben, damit ich demnächst noch schöner spreche wie deine Freundin.«

»*Als* meine Freundin, wolltest du sagen.«

»Langsam, eins nach dem andern. Ich bin ein armer Südstaatentrampel und lerne nicht so schnell.«

Miranda lachte. »Du munterst mich wirklich wieder auf«, sagte sie, während sie ihren Stuhl zurückschob und aufstand, um zum Kühlschrank zu gehen und ein paar Sachen herauszuholen. »Bleibst du zum Abendessen?«

»Wenn du mich einlädst.«

»Natürlich. Es gibt aber nur Hackbraten.«

»In solchen Zeiten braucht man Freunde um seinen Hackbraten. Außerdem sollte ich eine Weile mal nicht mehr bei den Oskas schmarotzen.«

Will wohnte bei Professor Georg Oska, dem Direktor des Musikalischen Instituts (das nur aus ihm und Will bestand). Professor Oska – er war der einzige Lehrer am Convers College, der gewöhnlich mit »Professor« statt »Mr.« angesprochen wurde, vielleicht aus Respekt vor seinen europäischen Titeln, vielleicht aber auch nur, weil seine Frau Mina immer »der Professor« sagte, wenn sie von ihm sprach – war gebürtiger Österreicher. Vor ein paar Jahren hatte er als Gastdozent in Harvard ein paar von Wills frühen Kompositionen gehört, die im Stil seines lieben Freundes Arnold Schönberg geschrieben waren. Selten war er so einem hoffnungsvollen und netten jungen Mann begegnet, und es war ihm sehr ans Herz gegangen, als er von Wills fortwährendem Pech im Leben hörte, das sich in Gestalt von Eheproblemen und absonderlichen, ultramodernen Partituren zeigte. Glücklicherweise war gerade um diese Zeit eine Stelle am Musikalischen Institut frei geworden, so daß er Will aus der verderblichen Atmosphäre der Großstadt herausholen konnte, damit er in Convers wieder zu sich finde. Das war jetzt vier Jahre her, aber noch immer war es eine der teuersten Hoffnungen des Professors, daß Will wieder im Schönberg-Stil zu komponieren beginne. Man mußte Geduld haben, und er hatte sie; und er hatte auch den Takt, diese Hoffnung nie zu erwähnen. Derweil sorgte Mina mit ihrer guten Küche dafür, daß Will wieder zu Kräften kam, und dafür unterwies Will ihre drei dicken Sprößlinge in den amerikanischen Sportarten Football und Baseball, je nach Jahreszeit.

Miranda schlug Eier in eine Schüssel, streute Paniermehl darüber, hielt inne und fuhr sich mit den Fingern durchs Haar, daß es nach allen Richtungen abstand wie welkrotes Stroh. »Warum, warum! Warum mußte das Schicksal uns mit einer Hauswirtin wie Mrs. Lumkin schlagen?« fragte sie. »Nun sag doch mal, Will, ist sie nicht das widerlichste Weib, das je gelebt hat? ... Nein, sag nichts; ich weiß ja, daß du mir nicht recht geben kannst, weil du dich viel zu gern von ihr zum Dinner einladen läßt.« Es war Mirandas wunder Punkt, daß Will sich nicht nur an Mrs. Lumkins Tisch setzte, sondern auch noch ihr Essen lobte, öfter als das ihre. Sie fand, wenn sie Mrs. Lumkins Geld und Mrs. Lumkins freie Zeit hätte, könnte sie ebensogut, wenn nicht besser kochen.

»Vergiß ihren Flügel nicht.«

»Ihren Flügel?«

»Ich liebe ihren Flügel.«

»Klar, einen schicken Flügel hat sie auch. Sie ist ja so musikalisch.«

Will lächelte versonnen, ging aber nicht näher darauf ein. Dieser Witz gehörte nur ihm. Die Lumkins hatten einen guten Flügel, einen Chickering. Er war sogar halbwegs gestimmt, mit einer einzigen Ausnahme: das Cis über dem hohen C war fast einen halben Ton zu tief. Will hätte Betsy um keinen Preis etwas davon gesagt; so hatte er seinen viel größeren Spaß daran. Wann immer er zum Dinner oder einer großen Party eingeladen war, gab er besonders gern Chopins Walzer in Cis-moll zum besten. Er spielte ihn virtuos, fast mit Trommelwirbeleffekten in den Bässen. Für dich, Dekan William Wigglesworth Lumkin, dachte er dabei, und für deine charmante Frau, Mrs. William Wigglesworth Lumkin. Zu bestimmten anderen Gelegenheiten spielte er dann aber nur Stücke, die den Fehler nicht offenbarten. Will hatte mehrere solcher heimlicher Musikwitze auf Lager. Manchmal amüsierte, dann wieder entsetzte es ihn (meist beides), daß er in Convers so ziemlich der einzige war, der sie je zu sehen (vielmehr zu hören) bekam.

Miranda fettete die Pfanne für den Hackbraten ein und fragte: »Meinst du, daß McBane etwas für Julian tun kann?«

»Weiß der Himmel!« seufzte Will. »Glaubst du denn, daß er's wirklich will?«

»Das nehme ich eigentlich an. Ich hatte immer das Gefühl, daß er Julian mag. Natürlich hat er sich nie so geäußert, aber solche Dinge fühlt man ja. Ich hatte zum Beispiel sofort nach dem Brand damit gerechnet, daß Mrs. Lumkin sich so verhalten würde. Sie hatte schon seit unserm Einzug etwas gegen uns.« Miranda drückte den Hackbraten in die Pfanne. »Aber immer weiß man es auch nicht. Zum Beispiel bei Dekan Lumkin. Das war ein harter Schlag. Ich hatte gedacht, er würde sich auf unsere Seite stellen und sie beruhigen. Aber er hat ihr nur in allen Punkten recht gegeben und genau dasselbe gesagt. Er hat sich nur netter ausgedrückt.«

»Die Musik bleibt dieselbe; laß dich von den verschiedenen Interpretationen nicht täuschen«, zitierte Will sich selbst.

»Aber die Interpretation ist doch entscheidend. Himmel noch mal, ein Musiker sollte das doch wissen.«

»In der Kunst ja; im Leben ist sie nur Dekoration. ›Miranda Fenn, ich verurteile dich zum Armenhaus!‹ klingt auch in der Vertonung von Verdi und von der Callas gesungen nicht besser.«

Seine ziemlich gute Imitation der Callas verfehlte ihre Wirkung auf Miranda, die nur meinte: »Ja, wahrscheinlich würde sie uns am liebsten ins Armenhaus schicken. Aber von Dekan Lumkin kann ich das nicht glauben. Mein Gott, sogar Julian hatte ihn für seinen Freund gehalten, bis heute.«

»Jeder hält ihn für seinen Freund. Und warum nicht? Er hält sich selbst ja auch für jedermanns Freund. Er liebt Convers und alle, die hier arbeiten, so sehr, daß es ihn nicht in seinem Büro hält und er dauernd auf dem Campus herumlaufen und Freude verbreiten muß: ›Ich bin in meinem Himmel. Eure Welt ist in Ordnung.‹«

Miranda stellte das Geschirr ins Becken und setzte sich. »Immerhin ist das eine Leistung«, meinte sie, »bei so einer Frau zu allen Leuten freundlich zu sein.«

»Er hat es nicht nötig, unfreundlich zu sein«, sagte Will. »Dafür hat er ja sie. Und was könnte ihn überhaupt veranlassen, unfreundlich zu sein? Er hat einen guten Job und ist faktisch der Rektor des Convers College. Eines Tages wird er es wohl auch offiziell sein, sofern er je erwachsen wird. Er hat reichlich Geld und ein großes Haus, und alle Welt liebt ihn.«

»Außer dir.«

»Na und? Was zählt schon ein Exmusiker.«

Miranda ging darauf nicht ein, obwohl sie wußte, daß Will darauf hinauswollte. Sie sagte nur: »Leute, die so rundherum erfolgreich sind, machen mich eigentlich auch nervös. Ich habe nichts dagegen, wenn einer mit Ehrgeiz, Talent oder Fleiß seinen Weg macht. Das bewundere ich. Anders, wenn einer wie ein dicker Ballon nach oben schwebt, ohne sich darum zu bemühen. Ich wette, als Dekan Lumkin auf die Welt kam, hat seine Mutter gesagt: ›Genau was ich mir immer gewünscht habe, ein schöner großer Junge‹, und so war es seitdem immer.«

»Das ist bei mir der Fehler«, sagte Will. »Als ich zur Welt kam, haben meine Eltern wohl nur einen Blick auf mich geworfen und gesagt: ›Aha, da ist er also, und wie häßlich, mein Gott!‹ Ohne mich hätte meine Mutter wahrscheinlich mit ihrem Gesang weitermachen können und –« Will verstummte irritiert, denn Miranda war mitten in seinem Satz aus der Küche gegangen. Sie kannte die Geschichte seiner unglücklichen Kindheit zwar schon, aber trotzdem.

»Ich hab mir doch gleich gedacht, die sind viel zu still für die Tageszeit«, sagte sie, als sie wiederkam. »Freddy hat seinen Teddy hier vergessen, und sie waren gerade dabei, ihm den ganzen Pelz abzuschneiden. Hoffentlich liebt er ihn nicht allzusehr. Weiß der Himmel, was ich Emmy sagen soll.«

»Sie wird sicher nett sein.«

»Das schon. Sie ist ja ein netter Mensch.«

»Stimmt. Wie ist denn ihr Mann?«

»Den mag ich auch. Er ist so ernsthaft, weiß du, so fleißig.«

»Wie sieht er aus?«

»Hm, gut. Groß, irgendwie jungenhaftes Gesicht, wellige braune Haare.«

»So geht es immer«, sagte Will. »Jedesmal wenn ich einer richtig attraktiven Frau begegne, ist sie verheiratet und rundum glücklich.«

Miranda nahm eine halbe Grapefruit und begann mit einem gebogenen kleinen Messer daran herumzuschneiden. »Ich glaube nicht, daß Emmy so rundum glücklich ist«, meinte sie.

»Oh! Hat sie dir das gesagt?«

»Nicht direkt. Aber sie beschwert sich, daß Holman immerzu arbeitet, nicht genug zu Hause ist oder, wenn er da ist, nicht mit ihr spricht.«

»Hm. Er vernachlässigt sie also. Schlimm. So eine Frau soll man nicht den ganzen Tag zu Hause herumsitzen lassen, sie braucht Aufmerksamkeit, frische Luft, Bewegung, Unterhaltung.«

»Mit einem Wort: dich.«

»Glaubst du wirklich, daß sie mich braucht?« Will sah zu Miranda auf und sie auf ihn hinunter, und ein seltsamer Ausdruck, ein halbes Lächeln, huschte über ihr Gesicht.

»Weiß *ich* das?« fragte sie, die schmalen Schultern hebend.

Will starrte den Herd an und überlegte. »Wohnen die Turners in der Stadt?«

»Nein, draußen an der Hampton Road. Ziemlich weit draußen, kurz bevor man zum Skilift abbiegt.«

»Was, in dem großen weißen Haus mit den Wagenrädern davor?«

»Ja.«

»Au wei!«

»Nun, ihr Vater sitzt im Stiftungsrat. Die werden wohl Geld haben. Hör auf damit!« Miranda schob die Grapefruit aus Wills Reichweite. »Die sind fürs Abendessen.«

»Vielleicht besuche ich sie ja mal.« Will hatte das im beiläufigsten Ton gesagt, aber Miranda sah sogleich auf.

»So? Und was heißt das?«

»Nichts.«

»Sie ist ein bißchen über deinem üblichen Niveau«, sagte Miranda. Zwar kannte nicht einmal sie alle Spielchen, die er trieb, aber Will war für seine Erfolge bei flotten Verkäuferinnen und Collegesekretärinnen stadtbekannt. (»Gelegenheit macht Liebe«, lautete einer seiner Lieblingssprüche, »besonders bei Gelegenheitsdieben.«)

Wills Gesicht bekam einen anderen Ausdruck, nicht aber seine Stimme. »Ich liebe große, schöne, dumme Mädchen«, sagte er zu Miranda, die von alledem nichts war. Sie schnitt an einer Grapefruit herum, legte sie auf einen Teller und nahm eine neue. »Du hast den Vorschlag zuerst gemacht«, fing er wieder an.

»O nein.« Miranda lächelte.

»Doch.«

»Außerdem ist sie verheiratet. Ich dachte, du gäbst dich grundsätzlich nicht mit verheirateten Frauen ab.«

»Also, ein Grundsatz ist das nicht gerade. Aber ich versuche ihnen aus dem Weg zu gehen.«

»Indem du zur Hampton Road hinausfährst und bei ihnen anklopfst?« Will sagte nichts darauf. »Emmy ist so – ich weiß nicht – unschuldig«, fuhr sie fort. »Ich glaube, du könntest hundertmal zu ihr hinausfahren, und sie käme nicht auf die Idee, daß du sie verführen willst.«

»Dann kann ihr ja auch gar nichts passieren«, meinte Will. »Du hast nämlich meinen zweiten Grundsatz vergessen: Frauen werden nicht verführt, sondern Männer werden erwählt. Ich werde ihr keine Gewalt antun.« Er schwieg einen Moment. »Vielleicht fahre ich ja auch gar nicht hin.«

»Und Avis von der Bank?«

»Ach, das ist vorbei. Ihr Freund, der Marineinfanterist, kommt zu Weihnachten nach Hause. Vielleicht heiraten sie sogar, wenn er lange genug Urlaub hat. Du weißt doch, das war nie etwas Ernstes.«

»Und dann wirst du Avis und ihrem Freund ein versilbertes Service zur Hochzeit schenken?«

»Heizdecke.«

»Was?«

»Ein versilbertes Service war ja mein Vorschlag, aber Avis meint, eine Heizdecke wäre ihr lieber. Sie hat es gern warm im Bett.«

Miranda verzog das Gesicht und lachte.

»Wie lange dauert's noch bis zum Abendessen?«

»Eine halbe Stunde ungefähr. Bis dahin dürfte Julian hier sein.«

»Na, dann werde ich mal ein bißchen einkaufen fahren. Ich könnte uns eine Flasche Wein besorgen, um Julians Beförderung zu feiern.«

»Danke.«

»Nichts zu danken.« Will stand auf und zog seinen

Mantel an. Bei der Tür blieb er noch einmal stehen. »Roten?«

»Meinetwegen.«

Will schloß die Tür, öffnete sie aber noch einmal, steckte den Kopf herein und sagte: »Was immer passiert, vergiß nicht, daß es deine Idee war.«

»Rede keinen Unsinn«, sagte Miranda, aber nur noch zur Tür; Will war schon fort.

Allen Ingram an Francis Noyes

25. Dezember

Weihnachtsnachmittag in Palm Beach. Wir sind vom Lächeln alle ganz erschöpft. Die Papierkörbe quellen über von Packpapier, Bändern und Folien in Grün, Rot und Violett von all den Gaben, die wir einander heute morgen überreicht haben. Dorthin würde Roy die seinen, wie ich die meinen, vermutlich auch am liebsten stopfen, so teuer sie sind. (Mutter gedenkt die ihren einfach umzutauschen.) Ich habe zum Beispiel ein neues Feuerzeug bekommen, zu schwer, zu silbern und mit scheußlich geschmackvollen abstrakten Mustern graviert. Ich müßte beim Benutzen erröten, selbst wenn ich allein wäre. Es war natürlich gut gemeint: »Der arme Junge, wie er sich letztesmal, als er hier war, die Zigaretten mit diesen Küchenzündhölzern angezündet hat; ich weiß schon, was ich ihm zu Weihnachten schenke.« Und obwohl ich mir solche Mühe gegeben habe, gefällt mein Geschenk, zwei gläserne Tauben von Jensen's, die sie letztes Frühjahr im ›New Yorker‹ gesehen hatte und ganz entzückend fand, ihr auch nicht. Vielleicht sind Tauben neuerdings in Ungnade. Aber wir geben uns alle solche Mühe! Wir sind alle so voll des guten Willens und wohlerzogen! Mutters Ohs und Ahs beim Auswickeln meines Päckchens, die Entzückensschreie, die sie von sich geben zu müssen glaubte, und dabei sah ich es die ganze Zeit in ihrem Kopf arbeiten, daß Jensen's keine Filiale in Palm Beach hat und es zum Umtauschen zu spät sein wird, wenn sie im April wieder nach Norden fährt, und ob man sie wohl der Post anvertrauen kann?

Wir haben dieses Jahr einen rosa Plastikbaum, behängt mit rosa, lila und silbernen Kugeln – ich übertreibe nicht. Als ich etwas dazu sagte (ohne *Kritik*)*, belehrte mich Mutter, daß sie dieses Jahr der große Renner in Palm Beach sind. Etwas teurer als die traditionelle Version, aber* so *praktisch: Sie nadeln* nie, *und wenn Weihnachten um ist, nimmt man sie einfach auseinander und stopft sie bis zum nächsten Fest wieder in ihre Plastiktüte. Sie fand es nicht besonders gut, als ich meinte, man solle, wenn schon denn schon, doch gleich eine rosa Plastikpalme aufstellen. Aber mein lieber Junge, es ist doch die* Idee *dahinter, und hier ist es die ganze Zeit so heiß, heiß, heiß, drinnen so heiß wie draußen, Verwesungshitze, und das Meer eine einzige Fleischbrühe.*

Und mittendrin ertappe ich mich dabei, wie ich richtig liebevoll an Convers zurückdenke. Es ist dort so kalt, so schlicht, so altmodisch. Julian Fenn, dieser Dozent, bei dem es gebrannt hat, vertritt die recht hübsche Theorie, daß es ein Überbleibsel der Vergangenheit ist, der klassischen Vergangenheit sogar: eine kleine Gemeinde, die von Landwirtschaft und Bildung lebt. Mitsamt wechselndem Sklavenbestand, ergänzte ich; darin mochte er mir nicht ganz recht geben, aber die Rolle harmloser kleiner Kriege sah auch er von Football und anderen blutrünstigen Sportarten eingenommen. Das war bei einem Eishockeyspiel – ich hatte so etwas ja seit Jahren nicht mehr gesehen. Ich traf Fenn auf dem höchsten und kältesten Rang der Zuschauertribüne, wo auch ich saß; Eishockey ist ganz schön, wenn man weit genug weg sitzt, um nur die Kreise und Schwünge des

Balletts zu sehen und nicht den Rotz auf dem Eis, die hochroten Gesichter und blaugeschlagenen Schienbeine.

Ich fragte Fenn, ob er das auch so sehe, aber er sagte nein, er sitze nur so hoch oben in der Kälte, um seinen Kollegen aus dem Weg zu gehen. Er glaubt seine Stelle zu verlieren und ist in der ekligen Situation, bis nach den Ferien warten zu müssen, bis er es erfährt. Richtig schade; er ist blitzgescheit, nur ein bißchen launisch. An all seinen Nöten ist (denk mal an) nur dieses Feuer schuld, das mittlerweile eine richtige cause célèbre *ist. Vor allem die Lumkins sind* enragés *– er scheint sie auch noch auf irgendeine obskure Weise beleidigt zu haben. Das wäre vielleicht noch nicht so schlimm gewesen, aber Fenn hatte schon wegen diverser bürokratischer Kinkerlitzchen Ärger mit dem Rektorat. Die können es nun mal nicht leiden, daß er so ein komischer Kauz ist. (Ich frage Dich, was ist an Käuzen so komisch?) Er hat schmutzige Fingernägel und zu lange Haare und kein Auto und fährt ohne ersichtlichen Grund bei Regen und Schnee meilenweit mit dem Fahrrad durch die Gegend. Große Schwester hat mir diese Verbrechen tatsächlich einmal alle aufgezählt. »Das ist doch nicht normal, das müssen Sie zugeben«, sagte sie jedesmal, und: »Seine ganze Zeit bei uns war ein einziger Fehlschlag.« Aber was ist Erfolg schließlich anderes als der Beweis, daß man sich mit der Gesellschaft arrangiert hat?*

Für einen Sonderling wie ihn hat Fenn ein recht gutes Gespür für die Vorgänge um ihn herum. »Die Kollegen gehen mir auch aus dem Weg«, erklärte er mir. »Warten Sie bis zur Pause, dann werden Sie es sehen.« Und wie wahr, als sie auf dem Weg nach draußen alle an uns vorbeikamen, nickten sie Fenn nur verlegen zu oder schauten wie zufällig gerade in die andere Richtung. »Was sie nicht verkraften, ist die Ungewißheit«, sagte er. »Sobald feststeht, daß ich gehen muß, werden sie alle so nett wie möglich zu mir sein. Und selbst wenn ich am Ende doch bleiben könnte, würden die meisten nett zu mir sein.« Währenddessen kam ein Student wie ein halbwüchsiges Kalb auf Fenn zugesprungen und drückte ihm Manuskripte in die Hand und machte ihm täppische Komplimente ob seiner letzten Vorlesung. Offenbar hatte er noch nichts gehört. Total ergeben; wie kommt es nur, daß ich solch reine, hündchengleiche Ergebenheit nie bei irgendwem hervorrufe? Ich schmeichle mir, stark genug zu sein und sie nicht zu mißbrauchen. Und nun frag nicht: »Wie war das mit Larry?« Larry war nie ein richtiges Hündchen, er sah nur so aus.

Frohes neues Jahr.

6

Es war um neun Uhr morgens am Tag nach Weihnachten. Die Wintersonne strahlte durchs Fenster des Gästezimmers und auf Holman, der im Bett lag. Auf der anderen Seite des Nachttischs war das monogrammbestickte Laken über die monogrammbestickte Decke geschlagen; Emmy war mit Freddy früher aufgestanden. Gleich würde auch er aufstehen, aber jetzt streckte er sich erst noch einmal aus und bewunderte die Symbole von Reichtum und Komfort rings um ihn her: die echten tamburierten Läufer auf dem Teppichboden, schimmernde Bronze und Mahagoni, die dikken weißen Handtücher, die er durch die halboffene Tür zum Bad sah.

Im Hause Stockwell gab es nichts Protziges, Prätentiöses, das wäre ihm unerträglich gewesen; aber von diesem soliden Luxus konnte er nie zuviel haben. Schon bei seinem ersten Besuch in Rabbit Hills, als Emmys ganze Familie noch so offensichtlich gegen ihn gewesen war, hatte er sein Hiersein einfach genossen. Er konnte sich noch erinnern, wie er damals von seinem ersten Rundgang über das Anwesen zurückgekommen war, um sich zum Dinner zu waschen, und sich dabei halb genüßlich, halb gehässig die Hände an zwei spitzengesäumten Gästehandtüchern abgetrocknet und sie dann naß und zerknüllt wieder über den Ständer gehängt hatte. Eines war dabei zu Boden gefallen, und er hatte es liegenlassen.

Er gähnte, streckte sich und setzte sich auf. Im selben Moment öffnete seine Frau die Tür. Sie trug einen alten

Kimono: scharlachrote Seide, reich bestickt mit rosa, weißen, grünen und leuchtendblauen Blüten, was die meisten Frauen blaß und unscheinbar gemacht hätte.

»Du siehst umwerfend aus«, sagte Holman. »Wie eine große japanische Puppe.«

Emmy drehte sich zum Spiegel um, schob die Augenwinkel mit den Fingern hoch und betrachtete sich. »Zuviel Nase«, sagte sie.

»Das finde ich nicht.«

»Ich meinte, zuviel Nase für eine japanische Puppe. Stell dir vor, Darling, Walter nimmt Freddy mit in die Stadt, wo er irgendwas für den Schneepflug besorgen muß, ist das nicht lieb von ihm?« Walter war Gärtner und Faktotum bei den Stockwells. »Wir sind also völlig frei. Bis zum Lunch. Du brauchst gar nicht aufzustehen, sofern du nicht möchtest.« Sie drehte sich wieder um, kam herüber, setzte sich auf das andere Bett und sah Holman an. »Und rate mal, was Mama eben zu mir gesagt hat.« Ausnahmsweise legte Emmy nach einer rhetorischen Frage einmal eine Pause ein. Holman lachte. »Raten« sollte er immer nur, wenn sie kindlich glücklich war. Er tat ihr den Gefallen.

»Was denn?«

»Sie hat gesagt: ›Wir freuen uns alle so sehr, daß Holman sich so gut in Convers macht.‹ Ich hatte ihr nämlich erzählt, daß du eine Aufgabensammlung ausarbeiten sollst. ›Mit so einem Schwiegersohn kann man rundum zufrieden sein.‹«

»So?« Natürlich freute Holman sich, aber im Geiste hörte er Mrs. Stockwell im selben Ton sagen: »Mit diesem Einkauf kann man rundum zufrieden sein; die Investititon hat sich rundum gelohnt.«

»Mhm.« Emmy legte ihren Kimono ab.

»Und was hast du gesagt?«

»Ach, nichts weiter. ›Danke.‹ Natürlich hätte ich am

liebsten geantwortet: ›Ich hab's euch ja gleich gesagt.‹ Aber – oh, was bin ich schläfrig!« Sie streckte sich auf dem Bett aus.

»Laß uns noch nicht aufstehen, schlafen wir noch ein bißchen.«

»Rutsch mal ein Stück.« Sie rutschte; Holman verließ sein Bett und kroch zu ihr.

»Hmmm. Ah, weiter so ... noch mal!« Diesmal machte Holman es aber nicht noch mal, sondern fragte: »Hast du es noch drin?«

»Mhm... meinst du?«

»Ich meine.«

Emmy ließ sich erfreut, aber auch ein bißchen irritiert nach hinten sinken. Es war eine angenehme Überraschung, ihren Mann an zwei aufeinanderfolgenden Tagen ernsthaft an ihr interessiert zu sehen, zugleich jedoch irritierend, daß er sich nur »ernsthaft« für sie interessieren konnte und nicht auch hin und wieder mal nur zum Schmusen in ihr Bett kam. Ich sollte mich aber nicht ärgern, dachte sie; wie wär's denn, wenn er irgendeinen schlimmen Fehler hätte? Wenn er ein Trinker wäre, ja, dann hätte ich Grund, mich zu beklagen; oder wenn er in der Stadt herumliefe und alle Frauen verführte, wie Will Thomas. Wie schon mehrere Male seit Mirandas Enthüllung hatte sie auch jetzt wieder ein lebendiges Bild von Will Thomas vor Augen, wie er in Convers umherlief und Frauen verführte. Ob Will, wenn er mit einer Frau zusammen war, dasselbe tat wie Holman, wenn er mit ihr zusammen war? Mit einem Mal machte sie sich erschrokken klar, daß sie hier mit ihrem Mann im Bett lag und mittendrin an einen anderen Mann dachte. Eine Sekunde lang wurde sie ganz steif, aber Holman schien es nicht zu merken. Er machte weiter und brachte die heute recht umständliche und monotone Angelegenheit endlich zum Abschluß.

»Wenn wir es hier tun, ist es mir immer ein bißchen komisch«, sagte oder erklärte er nach einer Weile.

»Ich weiß«, meinte Emmy kichernd. »Es ist die Vorstellung, Mum und Dad könnten uns sehen.«

»Nicht nur das. Ich denke noch mehr an die vielen Jahre, die du als Jungfrau in diesem Zimmer zugebracht hast. Es kommt mir fast wie eine Entweihung vor.«

Emmy lachte. Holman nicht.

»Ach ja, noch etwas«, sagte sie, indem sie sich schläfrig reckte. »Jemand muß Freddy heute nachmittag zu den Kennicks bringen, wenn er zum Reiten hingeht.«

»Und der Jemand bin ich«, sagte Holman. »Stimmt's?«

»Nun ja, Mum geht natürlich mit. Aber es wäre ganz gut, wenn du dabei wärst. Er hat seit dem Sommer nicht mehr auf einem Pferd gesessen, und das sollten wir nicht Mum allein überlassen, finde ich.«

»Mein Gott, was kann ich denn dabei schon nützen? Ich habe selbst noch nie auf einem Pferd gesessen.« Holman hörte die Gereiztheit in seiner eigenen Stimme und dachte: Bin ich schon wieder gegen alle Vernunft eifersüchtig? Gelegentlich hatte er sich nämlich schon dabei ertappt, wie er Freddy seine Vorteile neidete, obwohl ihn viel öfter der Gedanke freute, wie weit sein Sohn es mit solchen Startvorteilen bringen konnte. Theoretisch befürwortete er das oligarchische System als die sinnvollste Methode menschlichen Fortschritts, ein System, das sich im England des achtzehnten Jahrhunderts, seiner Spezialepoche, bestens bewährt hatte, falls es eines konkreten Beweises bedurfte. Er schaute zu Emmy hinüber und sah ihr an, wie sie sich mühsam die Antwort verkniff, er sei selber schuld, daß er nicht reiten könne, oder daß Mrs. Kennick ihm, wenn er es lernen wolle, jederzeit Princess ausleihen würde, die in ihrem ganzen Leben noch niemanden abgeworfen habe und so sicher sei wie ein Schaukelstuhl. Fünf Jahre lang hatte Holman sich von falschem Stolz, den er durchaus als solchen erkannte, davon abhalten lassen, dieses und ähnliche Angebote anzunehmen. Mittlerweile zuckte er schon zusammen, wenn er nur Wörter wie »Pferd« oder »Reitstall« hörte. Er mußte oft zusammenzucken, denn die Stockwells ritten alle, auch wenn sie selbst keine Pferde mehr hielten. Es wäre schon gut, wenn er auch reiten könnte. So aber konnte er jedesmal, wenn die Rede aufs Reiten kam, förmlich fühlen, wie die Stockwells daran erinnert wurden, daß er aus einer anderen Welt als der ihren kam. Andererseits war der Gedanke an die Schmach ihm unerträglich, wenn er vor den Augen der Stockwells und ihrer Freunde reiten lernen und hilflos auf dem Pferd schaukeln und womöglich herunterfallen würde. Vor seiner Heirat hatte Holman für Pferde, wie für andere Tiere auch, nur nichts übrig gehabt. Jetzt waren sie ihm ausdrücklich zuwider.

Emmy sah ihn noch immer an. »Du konntest Mrs. Kennick doch immer gut leiden«, sagte sie.

»Na schön, ich gehe mit. Aber du auch.«

»Darling.« Emmy ließ sich gegen ihn fallen und drückte ihm von der Seite einen Kuß auf die Nase. »Ich käme furchtbar gern mit, aber ich habe mir selbst versprochen, heute nachmittag mit Dad zu reden.«

»Oh?«

»Ja, ich muß. Ich will allein mit ihm reden, Darling, damit ich ihn auf die Fenns ansprechen kann.«

»Die Fenns?« echote Holman, als hätte sie »Känguruhs« gesagt.«

»Ja. Ich finde, wir sollten etwas für sie tun.« Sie rückte

nur zögernd damit heraus, weil sie wußte, daß Holman der Meinung war, sie hätten schon genug für die Fenns getan, die sie seit dem Brand mit Essen und Trinken, Bad und Kleidung versorgten. (»Gott sei Dank, daß wir mal eine Weile aus der Stadt herauskommen«, hatte er vorige Woche erst gesagt, »sonst wohnen sie demnächst noch alle bei uns, bevor du dich versiehst.« Und als Emmy ein verlegenes Gesicht aufsetzte, hatte er hinzugefügt: »Falls du mit dem Gedanken spielst, ihnen unser Haus zu überlassen, solange wir weg sind, versuch dir bitte vorzustellen, wie sie es in zwei Wochen zurichten würden, und dann laß es lieber sein.« – »Mrs. Rabbage könnte doch kommen und hinter ihnen saubermachen«, hatte Emmy gesagt, aber mehr sagte sie nicht.)

»Sieh mal, Darling«, fuhr sie jetzt fort, »das College hat noch keinen Finger gerührt, um Mirandas Küche wieder in Ordnung zu bringen. Es ist absolut schrecklich.« Holman lachte. »Doch, es ist wirklich schrecklich.« Sie lag noch immer halb auf ihm, und jetzt hob sie den Kopf und stützte ihn auf die Hand. »Es *muß* etwas geschehen.« Während Holman in ihre großen, jetzt so ernsten Augen sah, mußte er daran denken, daß Emmy die Angewohnheit hatte, Steigerungsadverbien zur Abschwächung ihrer Aussagen zu benutzen. »Absolut schrecklich« war weniger als »schrecklich«. Ein hübsches Kleid konnte »einfach wundervoll« sein, aber als er nach Monaten quälender Spannung das Lehrangebot vom Convers College bekommen hatte, war das einfach »wundervoll« gewesen.

Eine kleine Falte erschien zwischen ihren geraden schwarzen Augenbrauen. »Nun mal im Ernst, Schatz«, sagte Holman, indem er sich aufsetzte und ihr eine Hand auf die Schulter legte, »dein Vater sitzt im Stiftungsrat des Convers College, nicht in der Gebäude- und Liegenschaftsverwaltung. Er wird einfach nicht wissen, wie Miranda ihre Küche renoviert bekommen kann.«

»Das will ich ihn ja auch nicht fragen, dummer Kerl.«

Holman stand gähnend auf und ordnete seinen Pyjama. »Was willst du ihn denn fragen?«

Den Kopf auf die Hand gestützt, sah Emmy zu ihm auf. Vorhin war im Eifer des Gefechts das Gummiband an ihrem Zopf gerissen, und das dichte Geflecht baumelte lose herunter. »Ich will ihm die ganze Geschichte erzählen. Was McBane über das Verhalten des Rektorats gesagt hat, wie Betsy Lumkin sich benommen hat und alles. Im Grunde ist doch alles Betsys Schuld. Sie will unbedingt erreichen, daß Julian seine Stelle verliert, nur weil er patzig zu ihr war, und Bill läßt ihr wahrscheinlich ihren Willen, weil er einfach bequem ist. Er will sich nicht mit ihr streiten, oder womöglich hat er sogar Angst vor ihr. Aber das ist nicht richtig; damit muß Schluß sein. Julian hat doch in Wirklichkeit kein Unrecht begangen. Seine Dissertation soll hervorragend sein, und alle sagen, was für ein großartiger Lehrer er ist. Natürlich kann ich nicht zu Bill Lumkin gehen und ihm das alles sagen, aber Dad kann.«

Holman sah sie mit großen Augen an. »Dein Vater soll Lumkin davon abbringen, Julian rauszuschmeißen?«

»Was ist daran verkehrt?«

Holman schlug die Augen empor, als rufe er den Gott der Vernunft an. »Überhaupt nichts«, antwortete er, triefend vor Ironie. »Es gefällt mir bloß nicht.«

Emmy konnte Ironie nicht leiden. Sie warf sich herum und setzte sich nackt und zornig im Bett auf. Zornig erinnerte sie sich, wie sie Will von ihrem Vorhaben erzählt und er sich beeindruckt und verständnisvoll gezeigt hatte.

»Hast du den Fenns etwas von dieser großartigen Idee gesagt?« fragte Holman.

»Nein, ich –«

»Ein Glück.«

»Was ist denn so verkehrt daran? Los, sag schon.«

»Also, mein Schatz, erstens fliegt Julian nicht deshalb, weil er Mrs. Lumkin beleidigt hat.«

»Warum denn sonst?«

»Das hat nicht einen Grund allein. Ich kenne mich am Convers noch nicht sehr gut aus, aber schon gut genug, um zu wissen, daß es so simpel nie zugeht. Da sind viele Faktoren im Spiel. Die Verhältnisse im Institut, Julians Persönlichkeit, McBanes Persönlichkeit, der Etat, die Einschreibungen fürs nächste Jahr –« Er unterbrach sich, als er merkte, daß Emmy nicht zuhörte, sondern nur mürrisch zur Seite blickte. »Außerdem ist es sowieso zu spät. Inzwischen weiß schon jeder, daß Julian fliegt.«

»Was hat das damit zu tun?«

»Alles.« Emmy wandte den Kopf und sah ihn ungläubig an. »Hinter den Kulissen mauscheln kann man nur, solange der Hinrichtungsbefehl noch nicht unterschrieben ist, mein Schatz«, sagte er. Emmy erwiderte nichts. Holman ging mit dem Gefühl, sie zumindest halb überzeugt zu haben, zur Kommode und holte sich etwas Sauberes zum Anziehen heraus. »Du hast es ja lieb gemeint«, sagte er anerkennend. »Aber es kommt nie etwas Gutes dabei heraus, wenn Außenstehende sich in die Campuspolitik einmischen. Und auf lange Sicht ist es nicht einmal fair; nicht jeder, der Schwierigkeiten hat, ist über seine Frau mit der Tochter eines Stiftungsratsmitglieds befreundet. Dein Vater wird das wahrscheinlich genauso sehen. Außerdem –«, er sah sie lächelnd an und fuhr in scherzhaftem Ton fort –, »solltest du dir deinen Einfluß für *meine* Beförderung zum Assistenzprofessor aufsparen.« Er legte sich die Kleider über den Arm und ging zum Bad. Emmy blieb mit gespreizten

Knien, den Mund schmollend verzogen, auf dem Bett sitzen. Sie sollte nicht so nackt herumsitzen, dachte er; es kann doch jemand hereinkommen. Er wollte sich schon ärgern, schüttelte die Anwandlung aber wieder ab. »Da ist der gute alte Korpsgeist mit dir durchgegangen, mein Schatz«, sagte er. »Ich weiß, wie du fühlst.« Er breitete sein Rasierzeug auf dem Waschbeckenrand aus. »Du mußt jemandem etwas Gutes tun, eine Party veranstalten, Spenden sammeln. Aber die Fenns sind keine koreanischen Waisen; sie sind erwachsene Menschen. Selbst wenn du Julian mit so einer Mauschelei helfen könntest, wäre er dir womöglich furchtbar böse dafür. Ich wäre es jedenfalls.«

»Du willst also, daß ich es lasse«, sagte Emmy plötzlich.

»Ja.«

»Ich soll die Finger vom Convers College lassen, auch wenn dadurch die Fenns ruiniert sind, denn es gehört dir ganz allein, und Ehefrauen haben dort nichts verloren und verstehen nichts davon, sie sollen sich raushalten und auf ihrem Platz bleiben und –«

»Herrgott noch mal, Emmy –«

»Aber das werde ich nicht tun.« Emmy kam durchs Zimmer und schlug Holman die Badezimmertür so heftig vor der Nase zu, daß die Handtücher vom Ständer fielen. Er starrte einen Moment darauf, fluchte leise und hob sie auf, dann drehte er das warme Wasser auf und begann sein Gesicht einzuseifen.

Als er eine halbe Stunde später rasiert, gewaschen und angezogen die Tür öffnete, war das Schlafzimmer leer. Er ging nach unten und erfuhr von Helen, dem Hausmädchen, daß Mr. und Mrs. Stockwell erst zum Lunch zurückkämen und Miss Emily spazierengegangen sei.

Die erlesene Ordnung im Eßzimmer, die Sonne draußen

auf dem ausgedehnten, frostglitzernden Rasen, die zugedeckten Silbertabletts mit Toast und Eiern und Schinken, die jetzt hereingetragen und heiß vor ihn hingestellt wurden, konnten Holmans Stimmung wieder etwas heben. Er bewunderte unvoreingenommen diesen Luxus; es freute ihn, daß Emmys Vater reich war; nur wünschte er sich jetzt zum erstenmal, er säße nicht auch noch im Stiftungsrat des Convers College.

Er wußte, daß manch anderer sich das schon viel früher gewünscht oder es wegen dieser Beziehungen vielleicht sogar vermieden hätte, in Convers zu unterrichten. Aber Holman wußte, daß er die Stelle aufgrund eigener Leistung verdient hatte, und fand ansonsten, daß man gar nicht genug Beziehungen haben konnte. Er war in einer ungeordneten, vergänglichen Welt aufgewachsen. Bekannte, Nachbarn, Schulkameraden waren immer wieder aus dem Nichts gekommen und auf Nimmerwiedersehen verschwunden. Nicht anders auf dem College und beim Militär: Da wurden ein paar Leute für eine Weile wahllos zusammengewürfelt wie Wäschestücke in der Waschtrommel, um bald wieder auseinandergerissen zu werden.

– Aus Kalamazoo bist du? Sag mal, kennst du da zufällig einen gewissen Rich Russell, ja?

– Kann mich nicht an so einen Namen erinnern. Bedaure.

Oder:

– Was ist eigentlich aus dieser hübschen Kay Ford geworden, die immer bei den Jungen Demokraten herumschwirrte?

– Wer soll das sein?

Von allen verblüffenden Entdeckungen, die er in Princeton gemacht hatte, war eine der verblüffendsten die Existenz einer Welt, in der dauerhafte Beziehungen die Regel waren. Die Stockwells lebten in so einer Welt. Emmy hatte in ihrem Leben noch so gut wie niemanden gekannt, von dem sie nicht jederzeit wußte, wo er sich gerade aufhielt. Sie wußte zum Beispiel, was aus jeder einzelnen ihrer achtzehn Mitschülerinnen am St. Catherine's geworden war; er hingegen wußte von den zweihundertfünfzig, die mit ihm die High School abgeschlossen hatten, überhaupt nichts. Das war so erschreckend systemlos, so schade.

Wenn er jetzt kühl war und nur langsam Freundschaften schloß, kam das zum Teil daher, daß er deren Sinnlosigkeit zu gut erfahren hatte. Vielleicht hatte seine Mutter früher einmal Freunde gehabt; seit sie nach Garfield Park gezogen waren, hatte sie keine mehr. Sie hielt sich von Nachbarn und den anderen Lehrern an der Washington Junior High School fern und erweckte irgendwie den Eindruck, daß sie ihnen überlegen sei. Überlegenheit war zwanzig Jahre lang ihre Stärke gewesen; sie war Menschen, Zeit und Umständen überlegen. Ihrer eisernen Disziplin konnte nichts etwas anhaben; sogar das Kostüm, das sie am Leib trug, war immer aus unverwüstlichem Gabardine.

Die Haustür knallte, und ein kalter Luftstrom jagte durch die Diele ins Eßzimmer. Den Geräuschen nach stampfte jemand Großes sich den Schnee von den großen Füßen. Dann stürmte, ganz wie Holman erwartet hatte, Robert Hoskins Stockwell, der jüngere von Emmys zwei älteren Brüdern, ins Eßzimmer. Er hatte ein rotes Gesicht und breite Schultern, war schon ein bißchen kahl und trug mehrere Wollhemden übereinander; an seinen Gamaschen hing noch Schnee.

»Holla!« begrüßte er Holman. »Alle ausgeflogen, wie? Frühstückst du gerade?«

»Wie du siehst.« Bobby Stockwell hatte die Angewohnheit, immer das Offenkundige zu fragen; mit den Jahren hatte Holman sich angewöhnt, darauf stereotyp im pedantischen Lehrerton zu antworten, obwohl er diese Pose eigentlich verabscheute.

»War Ski fahren«, erklärte Bobby. Offensichtliches mitzuteilen war die andere Hälfte seiner Unterhaltungskunst. »Liegt noch schön viel Schnee.« Holman hätte gewünscht, daß Bobby sich hinsetzte oder er selbst aufstehen könnte. Im Stehen war er ein paar Zentimeter größer als Bobby, allerdings nicht breiter.

»Wie war die Piste?« Bei dem Wort fragte Holman sich sofort, ob es das richtige war, und schalt sich gleich dafür, daß ihm das überhaupt etwas ausmachte.

»Nicht schlecht. Ein bißchen verharscht. Mensch, der Kaffee riecht prima. Muß mir gleich mal welchen besorgen.« Damit kurvte Bobby um den Tisch und stapfte türschlagend und »Mary!« brüllend ins Anrichtezimmer. Jeder andere von der Familie hätte geläutet, aber das war nichts für Bobby. »Oh, Mr. Bob!« hörte Holman noch, bevor die Tür zuschlug. Der ganze Haushalt leistete seinen Beitrag dazu, daß dieses Riesenbaby sich bedeutend vorkommen konnte. Er hatte einen Job, den Holman als Pfründe ansah, besaß eine Penthousewohnung und fuhr einen schnittigen TR 3; er hatte sogar eine Frau, von der er die halbe Zeit getrennt lebte, eine babygesichtige Schülerin vom St. Kit's, die zuviel trank. Er war dreißig Jahre alt und wog neunzig Kilo, aber alle behandelten ihn wie ein großes Baby.

Bobby kam mit seinem Kaffee und einem großen Teller Schinken und Brötchen zurück und setzte sich Holman gegenüber. »Das schmeckt vielleicht prima«, meinte er. »Mary ist immer noch eine prima Köchin. Das kann einen richtig aufwärmen. Wie steht's in Convers?« fragte er kauend; offenbar wußte er nicht mehr, daß er diese Frage bei Holmans Ankunft schon einmal gestellt hatte.

»Prima«, sagte Holman.

»Im Winter ist es da prima. Toll zum Skilaufen. Manchmal fehlt es mir ganz schrecklich.« Er sah Holman treuherzig an und grinste breit.

»Diesen Monat haben sie ein neues Eishockeystadion eröffnet«, sagte Holman, der durchaus gewillt war, sich für jeden Sport zu interessieren, von dem er etwas verstand. Er hatte auf dem College auch selbst ein Jahr lang Hallenhockey gespielt und überlegte jetzt, ob er das in die Unterhaltung einfließen lassen sollte.

»Ja, davon habe ich schon gehört. Menschenskind, ich sollte wirklich mal hinfahren und mir das ansehen. Warst du schon bei einem Spiel?«

»Nein. Ich hatte noch keine Gelegenheit.« Wieder so eine Pedanterie. Er hätte auch »Zeit« sagen können.

»Schade.«

»Ich werd's aber nachholen. Diesen jungen Russ Morrow, den sie dieses Jahr in der Mannschaft haben, möchte ich mir mal ansehen. Er soll ja richtig gut sein – früher habe ich nämlich selbst ein bißchen Hallenhockey gespielt.«

»Was, ehrlich?«

»Na ja, nicht ernsthaft. Ich war auf dem College in der Juniormannschaft.«

»Mensch, das muß ja prima gewesen sein.« Er grinste – er hatte nichts gegen Holman; er hatte überhaupt gegen niemanden etwas. Er mochte Holman sogar, anders als sein älterer Bruder Clark, der für Holman nur höfliche Verachtung aufbrachte. Zum Glück war Clark in diesen Ferien nicht nach Rabbit Hills gekommen – er besuchte mit seiner Frau und drei Kindern diesmal *ihre* bedeutende Familie in Cleveland.

»Komm doch mal an einem Wochenende rauf, wenn sie spielen«, hörte Holman sich sagen. »Komm zu dem Spiel gegen Amhurst. Wir haben Platz genug.«

»Mensch, das wär prima!«

Nein, es wäre langweilig, aber Holman war froh, die Einladung ausgesprochen zu haben. Emmy würde sich freuen, und Freddy liebte Bobby sowieso. Außerdem gehörte sich so etwas.

Kaum hatte Bobby sich den letzten Bissen in den Mund geschaufelt, ging er wieder. Holman legte seine Serviette zerknüllt auf den Tisch (wie er es Emmy abgeguckt hatte) und ging ins Wohnzimmer. Das Sonnenlicht fiel hier in großen Quadern auf den dicken Teppich und die geblümten Sessel. Überall Topfblumen, meist Weihnachtssterne, und ein über zwei Meter hoher, prächtig geschmückter Weihnachtsbaum. Das Ganze wirkte wie ein unter erheblichen Kosten konservierter Sommertag, warm und windstill. Es war kein elegantes Zimmer; von den Möbeln waren einige sogar recht häßlich. Aber alles groß, solide und teuer. Es war alles frisch gesaugt und abgestaubt, und auf einem Kaffeetischchen lagen in symmetrischen Reihen ›Time‹, ›Fortune‹, ›Holiday‹, ›Town and Country‹ und zwei Morgenzeitungen. Ansonsten waren alle horizontalen Flächen ab einer bestimmten Höhe zugedeckt mit Weihnachtskarten.

Während Holman müßig im Zimmer umherging und sich die Karten besah, fiel ihm an gut sichtbarer Stelle eine auf, die mit der Karte identisch war, die seine Muter dieses Jahr an Freddy geschickt hatte. Grell, billig und rührselig stellte sie ein paar päckchentragende Walt-Disney-Cherubim dar. Holman nahm sie in die Hand. Auf der Innenseite stand in der klaren Schulmeisterschrift seiner Mutter: »Mit den besten Wünschen, Vera Turner.«

Er war ausgesprochen unangenehm überrascht. Zwar erwartete er von seiner Mutter keinen untadeligen Geschmack, aber die Geschmacklosigkeit dieser Weihnachtskarte sah ihr nicht ähnlich. Und daß sie so etwas an Emmys Familie schickte, bewies erneut die merkwürdige Veränderung, die sie in letzter Zeit durchgemacht hatte.

Angefangen hatte es damit vor zwei Jahren, als sie das vorgeschriebene Pensionsalter für Lehrer an öffentlichen Schulen erreichte. Holman hatte ohne Überraschung erfahren, daß sie beschlossen hatte, von Garfield Park wegzuziehen. Das heißt, er hatte seine anfängliche Überraschung revidiert: Es war eine häßliche Gegend, und schließlich hatte sie keinen Grund, dazubleiben. Ein paar unerfreuliche Wochen lang hatten er und Emmy überlegt, wie sie reagieren sollten, falls sie vorhatte, in den Osten zu ziehen und bei ihnen oder in ihrer Nähe in Princeton zu wohnen. »Wir müssen ihr zuallererst beibringen, daß sie vor Freddy meine Erziehungsmethoden nicht zu kritisieren hat«, sagte Emmy eingedenk einiger schwieriger Momente bei Mrs. Turners letztem Besuch. »Sie mag ja mehr von der psychologischen Entwicklung von Kindern verstehen als ich, aber ich will davon nichts hören, wenn Freddy dabei ist. Er lebt ja schließlich noch.« Holmans größere Sorge war, daß seine Mutter finanzielle Hilfe erwarten könnte. Wenn ja, würde er sie ihr geben müssen, obwohl er mit allem, was er überhaupt geben konnte, nicht annähernd die Opfer hätte vergelten können, die sie gebracht hatte, um ihn aufs College zu schicken. Gewiß, sie hatte ihre Pension und eine kleine Lebensversicherung; wenn er ihr etwas dazugäbe, würde das für Luxus herhalten – aber Luxus in kleinerem Umfang als die Beiträge zu seiner Verbindung. Seine Schulden waren untilgbar; wenn ihm die Rechnung aber gar nicht erst präsentiert wurde, hatte er dann trotzdem die moralische Pflicht, sie zu begleichen?

Alle Reden, die sie sich zurechtgelegt hatten, waren für die Katz; Mrs. Turner kam nicht in den Osten. Sie zog vielmehr in die entgegengesetzte Richtung, nach Los Angeles, wo sie keine Menschenseele kannte. Sie hatten sie seitdem zweimal wiedergesehen, und jedesmal mehr verändert. Sie brachte weder ihren Emerson noch ihren Shakespeare mit, wenn sie zu Besuch kam, und ihre berüchtigten Kopfschmerzen waren wie weggeblasen. Sie setzte sich vor den Fernseher und beschwerte sich hin und wieder über irgendwelche kleinen Ärgernisse; nur ihre Stimme erinnerte manchmal noch an den Februarwind über einem betonierten Pausenhof. Vielleicht war es das Alter. Vielleicht, sagte er sich, ließ sogar ihr Verstand nach. Nichts schien ihr mehr besonders wichtig zu sein; sie interessierte sich nicht besonders für Emmy, nicht besonders für Freddy. Sie interessierte sich auch nicht besonders für Holmans Erfolg, für den sie doch so lange gearbeitet hatte. Für Holman war das ein Gefühl, als hätte ein Rückenwind, der ihn fünfundzwanzig Jahre lang vorangetrieben hatte, sich plötzlich gelegt.

Ohne diesen Druck fühlte Holman sich irgendwie ungestützt. Vor langer Zeit hatte er gelernt, daß etwas sich nur schlecht genug entwickeln mußte, damit seine Mutter sich der Sache annahm. Und da sie ihn hinterher dafür bezahlen ließ, lohnte es sich nur im äußersten Notfall, sich an sie zu wenden. Wie damals, als er acht Jahre alt gewesen war und diese Betonklötze vom Schuppendach geschubst hatte, direkt auf das Treibhaus dieses Mannes. Und dann war er zu dumm oder zu erschrocken gewesen, um wegzulaufen. Er war wie angeklebt auf dem Dach stehengeblieben, und bald hatte unten der Mann zwischen den Scherben und Pflanzen gestanden und gebrüllt: »Du kleiner Dreckskerl! Dich zeige ich bei der Polizei an!« Da war er vom Dach gesprungen und die Gasse hinaufgerannt, weg von dem ganzen Häuserblock, weg aus der Gegend, bis zu dem Müllplatz an der Eisenbahn. Dort hatte er zwischen Unrat, verwilderten

Gärten und Autowracks den restlichen Nachmittag zugebracht. Seine Mutter verlangte immer, daß er um sechs zu Hause war, aber er traute sich nicht nach Hause. Es wurde dunkler und kälter, er bekam Hunger, und gegen acht Uhr gab er endlich auf und ging nach Hause, zuerst gemächlich, dann im Laufschritt. Keuchend stand er vor der Tür und klingelte, und seine Mutter machte auf. »Ja, bitte?« fragte sie. Er wollte ins Haus, aber seine Mutter vertrat ihm den Weg. »Was wünschst du?« fragte sie mit ganz sonderbarer Stimme. »Ich möchte reinkommen und zu Abend essen«, sagte er. »Und wer bist du?« fragte sie. »Also hör mal, ich bin's doch, Holman Turner, ich wohne hier.« – »Hier wohnt kein Junge dieses Namens«, sagte seine Mutter und machte ihm die Tür vor der Nase zu. Eine Weile stand er stumm davor und starrte sie an, dann klingelte er noch einmal. Später klopfte und hämmerte und trat er gegen die Tür, lief ums Haus und rief und schrie. Aber nichts geschah, und dann wurden an allen Fenstern die Rollos heruntergelassen. Erst viel später – eine halbe Stunde, eine Stunde? – als er erschöpft vor der Tür lag, machte Mrs. Turner ihm auf.

Holman hatte diese Geschichte einmal Emmy erzählt, und sie hatte sie nicht glauben können. So etwas konnte man auch unmöglich von der Frau glauben, in die Mrs. Turner sich inzwischen verwandelt hatte. Noch gründlicher, als wenn sie gestorben wäre, war seine Mutter lebendig begraben in dieser rundlichen alten Frau, die sich lächelnd unter einem Strandhut fotografieren ließ und Zierfische hielt.

Emmy war von dieser Veränderung, soweit sie eine Veränderung überhaupt mitbekommen hatte, sehr angetan. »Ach, sie ist so ein lieber Mensch. Sie wohnt in Kalifornien«, hatte Holman sie einmal von seiner Mutter sagen hören. Sie und ihre Eltern fanden das zweifellos sehr praktisch. Eine schemenhafte Schwiegermutter, die im fernen Westen von ihrer Rente lebte, war eine vorzeigbare Verwandtschaft. Und je weiter sie ihre Vergangenheit hinter sich ließ, desto besser.

Das traf natürlich ebenso auf ihn zu. Zwar hätten die Stockwells ihn nie und nimmer für Emmy ausgesucht, aber immerhin fanden sie sich inzwischen mehr oder weniger, sogar mehr als weniger, mit ihm ab. Er gehörte zur Familie, und die Weihnachtskarte seiner Mutter lag in der vordersten Reihe. Wem wurde diese Ehre sonst noch zuteil? Holman nahm die nächste Karte. »Frohe Festtage wünscht Ihre Arden Milk Company«, stand darauf. Die nächste: »Mit allen guten Wünschen – Ihre Newton's Coal and Oil Inc.«; und: »Alles Gutes zum neuen Jahr wünscht Ihre Country Savings and Loan Association«. Jetzt fiel ihm auf, daß der Tisch mit diesen Karten etwas abgesetzt von den anderen stand, in einer Art Niemandsland bei der Tür. Er sah sich die weiteren nicht mehr an.

»Was, er hat Bill Lumkin eins von seinen alten Häusern abgebrannt? Hahaha!« Mr. Stockwell ließ sein lautes, überlegenes Lachen erschallen.

»Er nicht, Dad; sein Söhnchen. Mr. Fenn war gar nicht zu Hause, und außerdem ist es nicht abgebrannt«, sagte Emmy. Ihr Vater hörte nicht hin. Was er nicht hören wollte, das überhörte er einfach; und ganz besonders gut verstand er es, gerade die wichtigsten Punkte einer Klage zu überhören.

»Ist auch gut so. Diese Häuser sind doch bessere Ruinen. Ich wette, das College war bis zum Stehkragen versichert. Würde mich nicht wundern, wenn Bill dem Kerl noch was dafür bezahlt hätte, daß er ein Streichholz dranhielt.«

Natürlich hätte es ihn doch gewundert; das war nur seine allseits bekannte Art von Humor. Emmy kicherte, aber sofort legte sich ihre Stirn wieder in Falten.

»Das Haus war so gut wie gar nicht versichert, Dad. Das ist doch der ganze Schlamassel. Mr. Lumkin hatte es glatt vergessen.«

»Oho?« Mr. Stockwells gelöstes Feiertagsgesicht straffte sich für einen Augenblick und nahm den feierlichen Ernst seiner Fotos von Bachrach an; er hatte etwas Wichtiges mitbekommen.

Endlich, weil so selten, besaß sie die ungeteilte Aufmerksamkeit ihres Vaters. Emmy beugte sich nach vorn und sprach ganz klar und deutlich. »Das Haus wurde etwa 1938 erstmals versichert, verstehst du, und seitdem hat Mr. Lumkin da einfach nichts mehr unternommen, so daß es jetzt immer noch zu seinem damaligen Wert versichert ist.«

»So ein Esel!« Mr. Stockwell drückte seine Zigarre in einem kunstvollen bronzenen Aschenbecher aus. Er hatte auf Bill Lumkin schon immer ein bißchen herabgeschaut, denn wenn er im Grunde auch ein feiner Kerl war, spielte er jämmerlich schlecht Golf und verdiente so gut wie kein Geld. Betsy stand höher in seiner Achtung, denn sie war eine gute Golferin und früher einmal ein hübsches Mädchen gewesen, als sie sich aus irgendeinem unbekannten Grund entschloß, Bill Lumkin zu heiraten.

Er sprach nicht mehr mit Emmy, sondern mit sich selbst, das wußte sie. Schon früher hatte sie als dickes kleines Mädchen immer um seine Aufmerksamkeit kämpfen, sich mit aller Entschlossenheit vor ihn hinstellen müssen, wenn er sie gutmütig beiseite schob. Sie war auch heute noch das unwichtigste Familienmitglied, das niemand ernst nahm, das jeder unterbrechen durfte.

»Du siehst, es ist also eigentlich seine Schuld, aber er will die Fenns einen Teil bezahlen lassen, obwohl sie überhaupt kein Geld haben, und wenn sie nicht zahlen, fliegt Mr. Fenn raus. Ich dachte, wenn du das wüßtest, könntest du vielleicht etwas unternehmen.« Mr. Stockwell drehte sich wieder um und lächelte seine Tochter ruhig an; es war deutlich zu sehen, daß er nur ihren Ton gehört hatte, nicht ihre Worte. »Und ich finde, du solltest wirklich mal mit Mr. Lumkin darüber reden«, endete sie.

»Nein, das geht nicht«, sagte er endlich und lächelte.

»Aber Daddy! Kannst du denn nicht irgend etwas tun? Es ist doch nun wirklich schrecklich, jemanden hinauszuwerfen, nur um so einen Fehler zu vertuschen. Stell dir vor, das käme heraus, und die Leute würden es erfahren, was würden die denn über das Convers College denken?«

»Das Convers College kann selbst auf sich aufpassen«, sagte Mr. Stockwell.

Emmy sah ihren Vater an, einen schwer gebauten, gutaussehenden Sechziger, ziemlich kahl, im teuren Freizeitanzug. Zum erstenmal kam ihr der Gedanke, daß ihm am Convers College vielleicht gar nicht soviel lag, wie er vorgab. Er sprach von dieser Institution immer mit Stolz, sentimentalem Stolz sogar. Bei Ehemaligentreffen brach ihm manchmal die kräftige, nicht ganz saubere Stimme bei den Worten im Lied: »... und seh-heh-nen uns nach hier zurück...« Aber er ging nicht zurück; obwohl er praktisch im Ruhestand lebte, blieb er schön in Rabbit Hills.

»Kannst du denn gar nichts tun?« wiederholte sie. »Wenn du schon nicht mit Bill darüber reden willst, dann vielleicht mit Rektor King. Du siehst ihn doch immer bei den Sitzungen des Stiftungsrats. Er weiß wahrscheinlich gar nicht, was da vorgeht.« Aber die ganze Zeit schüttelte Mr. Stockwell nur langsam den Kopf, wie ein Pendel, und lächelte, aber er lächelte nicht Emmy an, sondern an ihr vorbei.

»Geht nicht«, sagte er, als sie fertig war, nicht mehr und nicht weniger verstimmt, als wenn sie im falschen Augenblick um ein Auto oder eine Reise zu den Bermudas gebeten hätte. »Ich lasse Charles King seinen Laden schmeißen, wie er mich meinen schmeißen läßt. Und sein Laden ist das College.« Er erhob sich umständlich. Es zeigte, wie in der Wall Street, das Ende der Unterredung an.

Störrisch und schmollend blieb Emmy noch einen Moment sitzen; dann stand auch sie auf. Am Fenster sagte Mr. Stockwell: »Schon fast vier. Patricia müßte jetzt bald zurück sein.« Das war nicht nur ein Themawechsel; Mr. Stockwell legte Wert darauf, immer zu wissen, wo seine Frau war, immer das Gefühl zu haben, daß ihr Tag ein wohlgeordneter Ablauf von Geschehnissen war. Mit den Jahren hatte sie sich angewöhnt, ihm beim Frühstück ihre Pläne für den Tag in allen Einzelheiten darzulegen, genau wie er ihr beim Abendessen schilderte, wie sein Tag verlaufen war. Als junges Mädchen war Emmy darüber fast verrückt geworden; jetzt bedauerte sie manchmal, daß Holman sich nicht zum gleichen Spiel bewegen ließ.

»Sie wollte versuchen, um vier mit Freddy wieder hierzusein.« Emmy trat zu ihrem Vater ans Fenster; gemeinsam sahen sie hinaus auf den ausgedehnten Rasen vor dem Haus, der jetzt im Schatten lag; auf den schneebedeckten Hang, die Rhododendronsträucher, jetzt mit Sackleinen umwikkelt, die vom Schnee geräumte Zufahrt. Ein Lastwagen fuhr vorbei.

»Newtons«, sagte Mr. Stockwell. »Da ist wohl jemandem die Heizung ausgefallen.« Es war eine wenig befahrene Straße, und in seiner Vorstellung gehörte sie zum Anwesen; jedenfalls war er stolz darauf, jederzeit zu wissen, was dort vorging. Er war ein guter Nachbar. Seine Frau teilte dieses Interesse nicht; sie fand es vielleicht sogar ein bißchen unfein. Von Freunden wie den Kennicks abgesehen, beschränkte ihr lokales Interesse sich darauf, eine gute Arbeitgeberin zu sein.

Wahrscheinlich wieder die Heizung der Bellamys, dachte Emmy, aber sie war wütend und sagte es nicht. Sie sagte überhaupt nichts. »Wie mag es Freddy beim Reiten ergangen sein?« fragte ihr Vater.

»Es hat ihm sicher gefallen. Er war so wild darauf. Er wollte nämlich heute galoppieren lernen; aber ich habe Mama gesagt, daß ich finde, er ist noch ein bißchen zu jung dafür.«

»Klein-Clark kann schon galoppieren«, sagte ihr Vater nach einer Pause plötzlich.

Klein-Clark war Freddys Vetter. »Klein-Clark ist sieben«, sagte sie sehr verstimmt. »Freddy ist noch keine fünf.« Ihr Vater antwortete nicht; er versuchte nicht einmal so zu tun, als ob er das gewußt hätte.

Allen Ingram an Francis Noyes

POSTKARTE AUS ISLAND

5. Januar

Wir sind hier allesamt zwischen den Eisbergen eingefroren. Straße nach Norden von Dreimetergletscher blockiert. Straße nach Westen seit Weihnachten unpassierbar. Straße nach Süden lebensgefährlich, nicht gestreut, drei Autos bei Fluchtversuch in die Brüche gegangen. Straße nach Osten nicht vorhanden. Mein treuer Renault diesen Morgen in der Einfahrt verstorben. Keine Sonne. Keine Post. Vorhersage: Wolkig und kälter. Hilfe Hilfe Hilfe Hilfe!

7

Zum zehntenmal sah Emmy an diesem Vormittag zum Telefon. Warum klingelte es nicht? Sie war schon seit vier Tagen wieder in Convers, und Will hatte noch immer nicht angerufen.

Vielleicht hatte er ja Montag morgen angerufen, als sie einkaufen war. Sie hatte einkaufen fahren müssen, weil einfach nichts mehr zu essen im Haus war; aber sie hatte das so schnell wie möglich hinter sich gebracht, war mit ihrem Korb zwischen den Regalen hindurchgerast und hatte ungeduldig an der Kasse gestanden. Helen, die reguläre Kassiererin, war ein Wirbelwind (»Ich bin ein Wirbelwind«, sagte sie oft), aber es wäre ihr im Traum nicht eingefallen, an einem ruhigen Morgen jemanden ohne ein Schwätzchen davonkommen zu lassen.

»Na, Sie sind aber heute in Eile, was?« meinte sie zu Emmy. »Haben Sie ein Rendezvous?«

»Nein, aber mir ist gerade eingefallen, daß ich womöglich etwas auf dem Herd habe stehen lassen.« Emmy kicherte nervös und dachte: Sich vorzustellen, daß ich so einer Frau schon etwas vorlüge!

Sie war am Montag erst um elf wieder nach Hause gekommen, und den ganzen Tag hatte Will nicht angerufen. Dienstag hatte er natürlich nicht angerufen, denn sie hatte ihm ja gesagt, daß sie da in der Tauschboutique sei, aber auch der Mittwoch verging, ohne daß er sich meldete. Das war zum Verrücktwerden, denn sie hatte ihm doch soviel zu erzählen. Nicht nur, daß ihr Vater sich geweigert hatte, etwas für die Fenns zu tun, sondern auch was sie selbst getan hatte.

Die Idee war ihr auf der langen Rückfahrt von New Jersey gekommen. Stunde um Stunde war der Wagen auf seinen neuen Winterreifen nach Norden geschnurrt. Freddy schlief auf dem Rücksitz, und Holman redete beim Fahren selten; er fuhr gern schnell und war der Ansicht, daß Reden beim Fahren Unfälle wahrscheinlicher mache. Emmy sah hinaus auf die verschneiten Felder und Hügel, Felder, Hügel, und stellte sich vor, wie sie Will Thomas gestehen müsse, daß sie versagt hatte, daß sie Miranda nun doch nicht das schöne Weihnachtsgeschenk machen konnte, das sie sich vorgestellt hatte; und da war ihr plötzlich eingefallen, daß sie den Fenns ja doch etwas zu Weihnachten schenken könne, nämlich Geld. Eine gute Idee! Und der Betrag fiel ihr auch gleich dazu ein: zweihundert Dollar. Das war nämlich die Summe auf dem Scheck, den sie am Neujahrstag von ihrem Vater bekommen hatte. »Kauf dir was Neues zum Anziehen«, hatte er gesagt. »Etwas Fröhliches, ja?« Sie hatte gleich an das herrliche Partykleid gedacht, das sie bei Bendel's anprobiert hatte, Taft mit roten und orangefarbenen Blumen bedruckt. Aber jetzt konnte sie ganz leicht darauf verzichten – und zwar aus demselben Grund, aus dem sie es nicht gleich gekauft hatte: Holman hätte es übertrieben gefunden, und in Convers gab es schlicht keine Gelegenheiten für so ein Kleid.

Die zweihundert Dollar waren sowieso Reuegeld. Sie wußte ganz genau, daß Dad damit seine Sturheit wegen der Fenns wiedergutmachen wollte. Holman hätte das wahrscheinlich auch so gesehen, und das war einer der Gründe, warum sie sich noch nicht dazu durchgerungen hatte, ihm von dem Scheck zu erzählen. Er könnte womöglich der Meinung sein, sie müsse ihn zurückgeben. Der andere

Grund war, daß sie wegen seines Verhaltens in dieser Angelegenheit einfach wütend auf ihn war. Als er gehört hatte, daß Dad nicht helfen wollte, hatte er nicht nur gemeint, er habe ihr das ja gleich gesagt, er hatte sich sogar offen gefreut.

Natürlich würde sie es ihm letzten Endes sagen. Holman und Emmy hatten in Gelddingen eine klare und vernünftige Abmachung. Sie hatten gemeinsame Giro- und Sparkonten, angemessene Feuer-, Lebens-, Unfall- und Autoversicherungen und ein großzügiges, ausgeglichenes Haushaltsbudget, das sie regelmäßig in einer Atmosphäre angenehmer Ernsthaftigkeit besprachen und revidierten. Für »unverhofften Geldsegen« (wozu nicht nur Geschenke von Emmys Verwandten gehörten, sondern auch Geld, das Holman dazuverdiente, etwa durch einen Vortrag) hatten sie eine Standardregel. Die Hälfte des Geldes kam aufs Sparkonto, die andere Hälfte stand dem Empfänger zur freien Verfügung. Das hätte hier ganz gut geklappt, denn das Kleid bei Bendel's war für nur siebzig Dollar wirklich preiswert.

Felder und Hügel zogen vorbei. Sie könnte hundert Dollar zur Bank bringen und die andern hundert Miranda geben, und Holman könnte sie nicht davon abhalten, aber sie wußte, wie er darüber denken würde, und er würde nicht müde werden, ihr zu sagen, was er davon hielt. Wenn sie es ihm nun aber nicht sagte, würde sie zum Schein hundert Dollar für etwas anderes ausgeben müssen. Natürlich könnte sie einen Teil davon ausgeben und Miranda den anderen Teil geben – sagen wir fünfzig Dollar –, aber fünzig Dollar waren ein Nichts. Hundert Dollar wären ganz gut, zweihundert aber besser, denn davon könnten sie die Küche renovieren lassen und würden noch etwas übrigbehalten.

Nein. Sie würde ihm überhaupt nichts sagen. Die Fenns verdienten die ganze Summe, denn wenn sie nicht gewesen wären, hätte sie selbst das Geld ja nie bekommen. Es wäre sogar moralisch unrecht, einen Teil davon auf das Turnersche Sparkonto einzuzahlen. Sie würde den Fenns alles geben. Sie würde niemandem etwas davon sagen. Niemandem – außer – vielleicht – Will Thomas.

Das Telefon klingelte, und Emmy wollte hinspringen, gab aber auf, als es nach zweimaligem Klingeln wieder verstummte. Mit das Ärgerlichste an diesem Haus war, daß es nur einen Zweieranschluß hatte. Die halbe Zeit wäre Will gar nicht durchgekommen, wenn er angerufen hätte. Sie warf dem Apparat einen bösen Blick zu und bildete sich ein, er habe den Blick erwidert. Miranda hätte das steif und fest behauptet. Es war ein altmodischer Apparat mit langem dünnen Hals und Armen, wie Mrs. Rabbage.

Elf Uhr. So trübe und grau es draußen auch noch war, der Vormittag war schon halb vorüber. Morgen war Freitag, da würde Mrs. Rabbage den ganzen Tag im Haus sein und alle Telefongespräche mithören, falls welche kamen. Wahrscheinlich hatte Will das Ganze vergessen, wie er es wahrscheinlich auch vergessen hatte, daß er sie geküßt hatte. Dasselbe Gedankenkarussell, das sich in den vergangenen zwei Wochen hunderte Male in Emmys Kopf gedreht hatte, setzte sich wieder in Bewegung. Offenbar hatte der Kuß für Will überhaupt nichts bedeutet. Nur eine nette Geste. Schließlich war das für einen, der gewohnheitsmäßig in Convers herumlief und Frauen verführte – o nein, nicht schon wieder! Doch das Karussell drehte sich unbarmherzig weiter: Immerhin hatte sie den Kuß ja nicht erwidert, folglich mußte er gemerkt haben, daß sie mit keinem Gedanken – o nein, nein, nicht schon wieder!

Das Telefon klingelte. Brrr, brrr, brrr; ihr Rufzeichen. Emmy nahm mißtrauisch den Hörer ab und meldete sich in ihrem förmlichsten Tonfall. Sie wollte nicht versehentlich

Bekannte oder Händler so begeistert begrüßen, wie es ihr am Montag und Mittwoch passiert war.

»Hallo? Mrs. Turner?«

»Am Apparat.«

»Hier ist Will Thomas.«

Das wußte sie schon. »Oh, hallo!«

»Emmy! Das klang überhaupt nicht nach Ihnen.«

»Das ist sicher nur meine Telefonstimme.« Emmy schluckte energisch ein Kichern hinunter.

»Wie geht's?«

»Oh, recht gut.« Keine Antwort. »Und Ihnen?«

»Schrecklich. Ich habe eine schreckliche Erkältung, hören Sie das nicht?«

»Das tut mir aber leid.« Schon verzieh sie ihm, daß er nicht früher angerufen hatte.

»Ich weiß gar nicht, woher ich die habe. Ich war doch so brav in letzter Zeit.«

»Momentan gehen viele Erkältungen um«, sagte Emmy. »Wahrscheinlich hat einer Ihrer Studenten Sie angesteckt.«

»Ach was. Ich lasse mich nie anstecken. Meine Krankheiten sind samt und sonders psychosomatisch.«

»Tatsächlich?«

»O ja. Immer Schuldgefühle ... Haaa-tschi!... Da haben Sie's. Ich brauche nur davon zu sprechen. Haaatschi!«

»Das tut mir aber leid.«

»Danke. Ich frage mich, ob ich diesmal die Schuldgefühle schon im vorhinein habe; halten Sie das für möglich? Wie die Weiße Königin.«

»›Oh, oh, ich werde mich gleich in den Finger stechen.‹«

»Genau.« Sie mußten beide lachen. Emmy lehnte sich entspannt an die Wand und wickelte sich geistesabwesend die Telefonschnur um den Finger.

»Hatschi, hatschi! Du liebes bißchen!« Sein Lachen wurde zum Husten. »Entschuldigung. Wie war's denn im Urlaub?«

»Ach, ganz nett ... oder ich weiß nicht ... eigentlich ein bißchen enttäuschend.«

»So? Das müssen Sie mir genauer erzählen.«

»O ja, das wollte ich auch.« Emmy nahm mit einer Hand das Telefon vom Sockel.

»Gut... mal sehen; heute...« Wills Stimme verhallte. Emmy hielt sich am Telefon fest.

»Ich wäre heute nachmittag frei«, sagte sie schließlich und überlegte, wie sie das überhaupt bewerkstelligen könne.

Durch den Hörer kam ein wirres Rasseln: Will putzte sich die Nase.

»Heute«, sagte er. »Ich fürchte, heute geht's überhaupt nicht... Sagten Sie nicht, vormittags sei es für Sie am besten?«

»Ja, meist. Außer dienstags vormittags natürlich.«

»Hm.« Diesmal gab es eine noch längere Pause. Emmy drehte sich um und lehnte das Gesicht an die Wand. »Na, wie wär's bei Ihnen denn morgen vormittag?«

»Morgen vormittag geht's.«

»Dann schaue ich mal rein. Ja?«

»Hier?«

»Wäre das recht?«

»Hm, ja. Mrs. Rabbage ist morgen hier. Meine Putzfrau, Sie wissen ja.«

»Oh. Dann ist die Idee nicht so gut.«

»Na ja, sie ist schon ziemlich lästig. Sie redet soviel, das geht einem wirklich auf die Nerven. Meist versuche ich an den Tagen, wenn sie kommt, irgendwie aus dem Haus zu gehen.«

»Aha.«

»Und sie redet immer über die deprimierendsten Themen. Ich versuche meist, einkaufen zu gehen, wenn sie da ist, oder gehe in die Bibliothek oder sonstwas. Sie redet und redet.« Emmy hörte sich reden und reden. Ihre Handflächen waren feucht und warm am Telefon. Halt doch mal den Mund, befahl sie sich.

»Wenn Sie morgen in der Stadt sind, könnten wir ja zusammen einen Kaffee trinken«, schlug Will endlich vor.

»O ja, das ist eine gute Idee.« Emmy war beruhigt über den normalen Klang ihrer Stimme.

»Gegen zehn? Oder ist das zu früh?«

»Mir ist es recht.«

»Hurra! Nun mal weiter, wo treffen wir uns? Wo werden Sie denn stecken?«

»Wir könnten uns in der Bank treffen«, sagte Emmy. »Dahin muß ich nämlich sowieso.«

»N-n-nein. Da nicht. Ich kann Banken nicht ausstehen; die erinnern mich immer an das viele Geld, das ich nicht habe. Außerdem kann ich mich dort nirgendwo hinsetzen, falls Sie sich verspäten.«

»Ich komme nie zu spät«, sagte Emmy.

»Wie schön für Sie ... wie wär's mit der Bibliothek? Ich meine die Stadtbibliothek, gleich neben der Bank.«

»Ist mir recht.«

»Gut. Dann treffen wir uns da.«

»Gut.«

»Bis morgen.«

»Bis morgen.«

Will legte auf. Emmy legte den Hörer auf den Apparat zurück, den sie nach wie vor in der Hand hielt, und lehnte sich an die Wand. Ein nervöses Kichern entfuhr ihr. »Wirklich«, sagte sie laut, »du solltest aufhören, dich wie ein Schulmädchen zu benehmen.« Das war nur so eine

Redensart, denn als Schulmädchen hatte Emmy zwischen hundertvierzig und hundertfünfzig Pfund gewogen und wenig Gelegenheit gehabt, sich so zu benehmen.

Bis jetzt hatte Emmy sich vor sich selbst damit herausgeredet, daß sie Will nur sehen wollte, damit sie jemandem erzählen konnte, was sie für die Fenns getan hatte. Jetzt mußte sie sich gestehen, daß noch etwas anderes dabei war. Es war ein Flirt; ein harmloser Flirt, selbstverständlich. So etwas taten viele verheiratete Frauen; Emmy hatte sie ja auf Partys beobachtet. Sie hatte es doch selbst schon ein paarmal nicht sehr erfolgreich versucht.

Wenn sie sich träfen, würde Will vielleicht wieder versuchen, sie zu küssen. Aber diesmal wäre sie ja darauf vorbereitet und würde dem ausweichen, ihn mit einem freundlichen Scherz abweisen.

»Hurra!« hatte er gesagt. Auch er flirtete. Emmy hatte das ganz sichere Gefühl, daß er sie mochte, daß sie ihm gefiel. Aber daran war ja nichts Unrechtes. Jede Frau gefiel gern, und die meisten Männer hatten es gern, wenn ihre Frauen anderen Männern gefielen. »Er ist regelrecht in dich vernarrt«, hatte Holman schon öfter als einmal gutgelaunt von mehr als einem seiner Bekannten zu ihr gesagt. Es war völlig harmlos. Mit versonnenem Lächeln stellte sie langsam den Apparat hin und mußte feststellen, daß sie sich so in die Telefonschnur verwickelt hatte, daß sie den Hörer wieder abnehmen und sich mühsam daraus befreien mußte.

Das Mobiliar in Professor Oswald McBanes Dienstzimmer hatte etwas Dunkles, Modriges an sich: schwarzes Roßhaar, schwarzes Holz. Das Zimmer war früher einmal der vordere Salon der Villa Gibson gewesen, als das Haus noch einem Mr. Gibson gehört hatte; es hatte Fenster nach Norden und Osten. Die Tapete war dunkelbraun, und ein Sepiafoto von

Mr. Gibson hing über dem zugemauerten Kamin. Durch die Fenster, vor denen sich Fichtenzweige drängten, fiel kaum Licht herein.

»Ich mag Sie, Mr. Fenn, aber ich bin es langsam müde, immer zwischen Ihnen und dem Rektorat zu stehen«, sagte Professor McBane. Er stand hinter seinem Schreibtisch und stützte sich mit knotiger Faust darauf. Julian schoß der Gedanke durch den Kopf, daß McBanes Behauptung nach Hum-C-Begriffen stimmte: McBane stand, wenn schon nicht im übertragenen Sinne, so doch körperlich zwischen ihm und dem Rektorat. »Also?«

»Es tut mir leid.«

»Warum passiert denn so etwas immer wieder, Mr. Fenn?« fragte McBane.

»Ich weiß es nicht«, antwortete Julian offen und ehrlich.

»Sie wissen es nicht.« Es war derselbe Ton, in dem McBane mit einem Studenten sprach, der ihn enttäuschte. »Was hatte es mit diesem Vorfall letztes Frühjahr auf sich?«

»Sie meinen die Nachtexkursion?«

»Ja, ich meine die Nachtexkursion.« McBane spielte mit einer Schere herum. »Das war doch wohl eine ziemlich gemerkwürdige Geschichte, wie? Warum haben Sie das gemacht?« McBane stellte diese Frage vielleicht schon zum drittenmal innerhalb von neun Monaten, diesmal aber im Ton reiner Neugier.

»Ich weiß es nicht. Ich glaube, das war nur, weil Tom Kimball es vorgeschlagen hat. Was würden Sie denn tun, wenn ein Student zu Ihnen käme und sagte, er werde jetzt weggehen und im Wald leben, weil Thoreau ihm das gesagt habe?« McBane gab darauf keine Antwort, und das Zimmer war zu düster, als daß Julian seinen Gesichtsausdruck hätte sehen können. »Mir erschien diese Idee gut«, fuhr er fort. »Schließlich lasen wir gerade ›Walden‹.«

»Reine Propaganda.« McBane sah Julian durch seine Brille an wie eine Eule. »Wir befassen uns in Hum C nicht mit Propaganda, sondern mit Stil.«

»Stil *ist* Propaganda«, sagte Julian mit seiner reinsten Dozierstimme, der Stimme eines exzentrischen Bilderstürmers.

»Aber nur für Stil.«

In dem schummrigen Zimmer musterten die beiden Hochschullehrer einander mit einer gewissen Selbstzufriedenheit ob dieses Diskurses. »Dem kann ich nicht zustimmen; es sei denn, Sie wollen sagen, daß *alles* Stil ist«, schloß Julian.

»Ich könnte das sagen. Und ich könnte sagen, daß es durchaus möglich ist, sich mit Thoreaus Stil zu befassen, ohne die Nacht draußen im Schlafsack zu verbringen.«

»Vielleicht«, sagte Julian. »Vielleicht ist Ihnen das möglich, aber nicht Tom Kimball.«

»Hm.« McBane nahm seine Brille ab, putzte sie mit dem Taschentuch und setzte sie wieder auf, während Julian auf den erneuten Angriff wartete, der diesem Manöver immer folgte.

»Und Sie behaupten allen Ernstes, daß Mr. Kimball durch diese Nacht im Schlafsack etwas über Thoreau gelernt hat?« Julian beschloß, das zu bejahen, fand jedoch nicht schnell genug den Mut dazu. »Auf dieser Grundlage würden Sie dann vermutlich auch sagen, daß mittelmäßige Studenten auf Walfang gehen sollten, wenn sie gerade Melville durchnehmen, oder daß mittelmäßige Studenten, die gerade Emily Dickinson durchnehmen, sich in einer Dachstube einmauern sollten.«

»Warum nicht?«

McBane stieß einen vernichtenden Seufzer aus. »Wirklich, Mr. Fenn, diese intellektuelle Verwirrung schockiert mich. Und das, nachdem Sie schon drei Jahre hier sind. Ist Ihnen noch nicht klar, daß es nicht Sache des Lehrers ist, seinen Schülern Handlungen nahezulegen? Wir hier in Convers befassen uns ausschließlich mit *Ideen*.« Julian sah ruckartig auf; er hatte schon das eine oder andere Mal erlebt, wie McBane seine Ironie in dieser Art nach innen richtete. Er wußte nicht, ob McBane seinen Blick erwiderte – er sah nur das Licht auf den Brillengläsern funkeln, als er leicht den Kopf drehte.

»Ich bin ein alter Mann«, nahm McBane seinen Vortrag wieder auf. Dabei senkte er den Kopf, wie um das zu illustrieren, und nun spiegelte das Licht auf seiner kahlen, knochigen Stirn. »Ich möchte meine letzten Jahre hier in Frieden verbringen. Nicht damit, dem Rektorat erklären zu müssen, warum Angehörige meines Instituts collegeeigene Häuser niederbrennen und das Leichtathletikteam entführen und in Hampton wegen Trunkenheit aus Bars verwiesen werden.« Julian zuckte zusammen. »O ja, davon wissen die auch. Wir leben hier in einer kleinen, altmodischen Neuengland-Gemeinde.«

»Mein Gott!« sagte Julian und fing an zu lachen. McBane schloß sich nicht an.

»Es freut mich, daß Sie der Situation Heiterkeit abgewinnen können«, sagte er. Julian hörte auf zu lachen. McBane räusperte sich. »Ich hoffe, ich habe mich klar ausgedrückt.«

»Ja«, sagte Julian. »Sie möchten keinen Ärger haben. Es tut mir leid, Ihnen soviel Ärger gemacht zu haben.«

»Nicht mir. Dem Rektorat. Ich habe getan, was ich konnte, glauben Sie mir. Aber Sie wissen, daß die letzte Entscheidung in solchen Angelegenheiten bei Rektor King liegt.«

McBane beendete diese Feststellung mit fragend gehobener Stimme, aber Julian antwortete nicht darauf. Er glaubte

McBane nicht; es fiel ihm schwer, sich vorzustellen, daß Rektor King, der sich notorisch wenig um die Angelegenheiten der Institute kümmerte, irgend jemandes Beförderung verweigern würde, der die starke Unterstützung eines einflußreichen Mannes hatte.

»Ich hatte immer eine gute Meinung von Ihnen, Julian«, fuhr McBane fort, wobei er mit einem Stapel Prüfungshefte hantierte.

McBane pflegte selbst den jüngsten Studienanfänger nie mit dem Vornamen anzureden. »Ich hatte auch immer eine gute Meinung von Ihnen«, entgegnete Julian kühl und fügte im Geiste »Oswald« hinzu.

»Sie haben in diesem letzten Jahr einen wirklichen Beitrag zu Hum C geleistet.« In diesem letzten Jahr, dachte Julian; ich habe für diesen Kurs geschuftet, seit ich hier bin.

»Danke«, sagte er; wenn McBane seine Bemerkung ironisch verstanden haben wollte, konnte er auch das ironisch verstehen. »Vielen Dank.«

»Sie haben einen sehr ungewöhnlichen, originellen Intellekt.« Der übliche Sarkasmus in McBanes Stimme war zu einem Schatten seiner selbst verblaßt. »Ich wünschte aufrichtig, Sie könnten für immer in Convers bleiben.« Er sah auf und ertappte Julian bei einem Zucken der Mundwinkel und einem Gesicht, dem man ansehen mußte, daß er dieser Aussage nicht glaubte. Julian hoffte sogar, daß man es ihm ansah. Trotzdem sagte er nichts, sondern setzte so rasch wie möglich wieder eine normale Miene auf, es schien Minuten zu dauern.

McBane nahm seine Brille ab. Nackt wirkten seine Augen rot und blind. Er hielt sein Taschentuch hoch, putzte aber in Wirklichkeit nichts damit; statt dessen setzte er die Brille wieder auf. Dann drehte er sich um und sah zum Fenster hinaus in die nahen, dunklen Äste der Nadelbäume. Julian erkannte darin das Signal an ihn, er solle jetzt gehen. McBane mied alle »symbolischen Hohlheiten des Diskurses«, wie er sie nannte. Man hörte ihn selten zu irgend jemandem guten Tag oder auf Wiedersehen sagen (gewöhnlich begrüßte er Leute damit, daß er ihren Namen nannte, wie wenn er irgendein neutrales Objekt identifiziert hätte).

»Also«, sagte Julian, für seine Begriffe hohl. Er ging auf die Tür zu. Als er sie erreichte, kam ihm der Gedanke, McBanes letzte Bemerkung könnte vielleicht doch ernst gemeint gewesen sein. »Ich wünschte auch, ich könnte bleiben«, sagte er zu McBanes Rücken.

Der Institutsdirektor räusperte sich, sagte aber nichts und drehte sich auch nicht um. Julian blieb wartend bei der Tür stehen. Eine Minute lang standen beide stumm da und blickten in entgegengesetzte Richtungen. Dann drehte sich Julian wütend, verlegen und enttäuscht um, schnappte nach der Türkante, ging hinaus und knallte die Tür hinter sich zu. Bumm!

Das ganze Haus Gibson schien zu erzittern; oben hielt jemand mit Maschineschreiben inne, um zu lauschen. Natürlich, jetzt erinnerte er sich, daß McBane seine Tür nie ganz schloß, wenn er im Zimmer war, sondern sie immer eine gute Handbreit offenstehen ließ, um sehen zu können, wer vorbeiging. Da sein Dienstzimmer gleich neben dem Hauseingang lag, konnte er die Bewegungen aller, die das Haus betraten oder verließen, beobachten. Julian warf einen Blick zur Tür zurück und ließ sie zu.

»Das war wirklich sehr nett von Ihnen«, sagte Will.

»O ja, und wie!« Emmy kicherte. Es war früher Freitagvormittag, und sie saßen in einem Rasthaus namens Mae's East an der Straße, die von Convers nach Norden führte. Emmy war ihr Lebtag noch nie in so einer Bude gewesen.

Sie saß ganz vorn auf ihrer Stuhlkante, die Hände auf dem Schoß. Sie brachte es nicht über sich, aus der dicken weißen Tasse mit den braunen Sprüngen zu trinken oder auch nur den Kaffee mit dem schmierig aussehenden Aluminiumlöffel umzurühren.

»Im Ernst, ich bewundere Sie.« Will trank. »Ich würde mir gern einbilden, daß ich auch so etwas Großzügiges tun würde, wenn ich das Geld hätte, aber ich weiß, daß ich es nicht täte. Ich bin viel zu egoistisch.«

»Aber nein – immerhin sind Sie für die Fenns zu einem Anwalt gegangen.«

»Das hat ja nichts gekostet.«

»Immerhin sind Sie hingegangen –«

»Na ja, das bin ich. Vielleicht bin ich doch irgendwo ein guter Mensch. Was meinen Sie?«

Wäre Emmy etwas gewitzter oder weniger gewitzt gewesen, hätte sie auf diese Frage geantwortet. So aber sagte sie: »Ich weiß nicht. Ich habe mir noch keine Meinung gebildet.«

Will rührte seinen Kaffee um. »Sie sind aber hoffentlich dabei, sich eine zu bilden«, meinte er.

»Natürlich.«

Will sagte nichts mehr dazu, und sie konnte seinen Gesichtsausdruck nicht erkennen. Draußen strahlte zwar die Sonne auf den Schnee, aber hier in dieser Bude, hinter dem Ständer mit Comic- und Ansichtskarten, war es düster. Die Frau, die den Kaffee brachte, hatte kein Licht gemacht, und Wills Kopf stand wie eine Silhouette vor der funkelnden Helle draußen. Sie waren die einzigen Gäste.

»Miranda meint, es sei der alte Mr. Higginson gewesen«, bemerkte er plötzlich.

»Ich weiß.«

»So?«

»Das hat sie mir gesagt, als ich heute morgen mit ihr sprach.« Ein Schatten ging über Emmys Gesicht. Es machte ja Spaß, die anonyme gute Fee zu spielen, aber ein Teil von diesem Spaß wurde einem ganz entschieden verdorben, wenn die guten Gaben jemand anderem zugeschrieben wurden. Mr. Higginson war ein inzwischen emeritierter Professor für Biologie, ein exzentrischer Junggeselle, der Drachen steigen ließ und sich Ziegen und Frösche und andere ungewöhnliche Haustiere hielt. Es war bekannt, daß er würdigen Studenten schon finanzielle Hilfe hatte zukommen lassen, manchmal anonym. Emmy hatte sich schon viele Anekdoten über ihn und seine Schrullen von Dad und ihren Brüdern anhören müssen, und weitere nun von Miranda. »Sie haben vom alten Mr. Higginson gesprochen, was?« hatte Mrs. Rabbage gesagt und gleich zu einem Schwätzchen das Bügeleisen hochkant gestellt, nachdem Emmy aufgelegt hatte. (Einer der größten Nachteile am Turnerschen Telefon war, daß es vorn in der Diele installiert war, wo jeder alles mithören konnte, was dort gesprochen wurde.) »Ein Spinner ist das. Hat das ganze Haus von vorn bis hinten voll Vogeldreck und was weiß ich. Sallie Hutchinson sagt ihr ist richtig schlecht geworden vom Angukken geschweige vom Wegputzen als sie mal bei ihm saubergemacht hat und Sie wissen ja daß sie selbst nicht die sauberste ist. Einen Teil von dem Dreck hat er Sallie nicht mal anrühren lassen weil es die Vögel stören könnte oder diese blinde alte Katze auf die er so versessen ist. So was ist nichts für mich wer Tiere liebt der liebt keine Menschen sage ich immer.«

»Sie machen so ein finsteres Gesicht«, meinte Will.

»Ja?« Emmy setzte sich aufrecht. »Ich habe wohl wieder an die Fenns gedacht.« Wegen der Lüge legte sie unterm Tisch die Finger über Kreuz. »Es ist so absolut gräßlich, herumsitzen und warten zu müssen, wie die nun entscheiden werden. Meinen Sie wirklich, man wird Julian nicht behalten?«

Will zuckte die Achseln.

»Ich bin ja so sauer auf meinen Vater«, fuhr sie fort, obwohl ihr klar war, daß sie zuviel redete. »Ich hatte wirklich gedacht, er würde etwas unternehmen. Er sagt doch immer, wieviel ihm Convers bedeutet.« Emmy spürte, wie etwas gegen ihren linken Knöchel drückte. »Und so weiter«, endete sie etwas lahm und holte tief Luft.

»Ja, so hat mein Vater es mit der Kongregationskirche gehalten. Tönte immer laut herum, wieviel sie ihm bedeute und was er ihrem Einfluß alles verdanke. Bei genauerem Hinsehen ging er nur noch in die Kirche, wenn es sich einfach nicht vermeiden ließ, und von praktiziertem Christentum habe ich bei ihm nie etwas gesehen. Er hat ihr aber bei seinem Tod viel Geld hinterlassen, mehr als mir.«

»Das läßt wohl doch tief blicken«, kommentierte Emmy und hütete sich, einen Blick unter den Tisch zu tun oder das Bein zu bewegen, an dem sie immer noch den Druck fühlte. »Geld ist schließlich Geld.«

»Wo er hinging, brauchte er kein Geld mehr«, sagte Will. Dann fuhr er in leichterem Ton fort: »Ich denke eigentlich, sie haben beide gekriegt, was sie haben wollten. Mein Vater hätte den Pfarrer aus dem Haus geworfen, wenn er gekommen wäre und ihm geraten hätte, dem oder jenem von seinen Feinden zu vergeben oder aufzuhören, seinen Reichtum durch Wucher zu mehren. Und ich nehme an, der Pfarrer war genauso froh, daß er sich nicht in Kirchenangelegenheiten einmischte, wie die meisten Gemeindemitglieder es taten.«

»Und Ihre Mutter?« fragte Emmy, nur um etwas zu sagen.

»Ach, die ist auch tot. Ich hab sie getötet. Das war später, als ich aufs College ging. ›Willie, dein Benehmen bricht mir das Herz‹, sagte sie immer. Ich hab's ihr nicht geglaubt, da hat sie es mir bewiesen, indem sie am Herzinfarkt starb. Ich bin nur ein armer Waisenjunge, Gott sei Dank.«

Emmy sagte darauf nichts, und Will sah zu ihr auf. »Entschuldigung«, sagte er. »Ich wollte Sie nicht kränken. Manchmal vergesse ich, daß es Leute gibt, die ihre Eltern wirklich lieben.«

»Ach was, Sie haben mich nicht gekränkt«, sagte Emmy, abgelenkt von dem Kribbeln, das ihr am linken Bein hinauflief. »Wahrscheinlich haben Sie recht.« Womit eigentlich? überlegte sie.

»Sie haben Ihren Kaffee nicht getrunken. Wollen Sie das noch? Oder schmeckt er Ihnen nicht?«

»Ich glaube, nicht besonders.«

»Dann sollten wir mal gehen, ja?«

»O ja, gehen wir«, pflichtete Emmy ihm bei. Will stand auf, aber komischerweise blieb der Druck an ihrem Bein bestehen. Im Aufstehen bewerkstelligte sie es, ihren Schal fallen zu lassen und bei der Gelegenheit einen Blick unter den Tisch zu werfen, wo sie außer jeder Menge altem Kaugummi eine hölzerne Querstrebe entdeckte.

Sie gingen hinaus in den funkelnden Sonnenschein. Emmy atmete so tief auf, daß es schon fast ein Seufzer war. Will hielt ihr die Tür seines MG auf, und sie stieg ein, wobei sie bewußt keinen Blick mehr zu der schmuddeligen kleinen Raststätte zurückwarf.

»Möchten Sie gern ein bißchen in der Gegend herumkutschieren? Hier gibt es einige schöne Ausblicke, wenn Sie so was mögen.«

»Gut. Ich meine ja, gern.«

Der Wagen holperte grollend über Eis und Asche die Fernstraße aufwärts. Durch die Ritzen im Verdeck pfiff laut der Wind. Emmy kam sich in dem Schalensitz vor, als säße sie direkt auf der Straße.

»Arra arra mmm«, sagte Will.

»Wie bitte?« Sie konnte ihn bei dem Motorlärm nicht richtig hören. Er nahm darauf keine Rücksicht und redete so leise wie eh und je.

»Drüben, das Arra-Reservoir.« Er ließ die Hände am Lenkrad und deutete mit dem Kopf hinüber. Seine kurze, etwas gekrümmte Nase und der kräftige Bogen zwischen Mund und Kinn hoben sich scherenschnittartig vor dem offenen Fenster ab.

»Oh!«

Will bog auf eine ungestreute, schmale Bergstraße ab. Das Auto lärmte beim Anstieg.

»Arra mmm arra.«

»Wie bitte?«

»Ich sagte, hoffentlich packen wir's.«

»Ach so.« Das hoffte Emmy auch. Die Vorstellung, der Wagen könne auf dem Eis ins Schleudern geraten, den steilen Abhang auf ihrer Seite hinunterstürzen und in Schnee und Felsbrocken und Bäumen zerschellen, machte ihr nicht so große Sorgen wie die Frage, wie sie nach dem Unfall Holman und allen anderen erklären sollte, was sie hier zu suchen hatte. Sie wünschte, sie wäre nicht mitgekommen.

Oben angekommen, fuhr Will an den Straßenrand und stellte den Motor ab. »Da sind wir«, sagte er.

Durch die Windschutzscheibe sah Emmy Hügel um schneebedeckten Hügel einen hinter dem andern aus einem zugefrorenen weißen See in den blendenden weißen Himmel emporwachsen. Auf den unteren Hängen standen kahle graue Bäume wie ein zartes Fischgrätmuster, weiter oben Nadelbäume. Kein Haus, kein Weg, kein Mensch zu sehen.

»Nun?« fragte Will. Er lächelte Emmy an, rührte sich aber nicht. Sie überlegte, was sie sagen könnte, kramte nervös in ihrem Gehirn und brachte endlich heraus:

»Breughel. So ähnlich.«

»O ja, sehr.«

»Wie ›Die Jäger im Schnee‹, nur ohne die Menschen und Häuser.«

Will sagte dazu nichts. Endlich meinte er: »Erzählen Sie mir mal von Ihren Eltern. Sie haben sie gern, ja?«

»O ja, sehr«, hörte sie sich antworten.

»Was sind sie für Leute? Uralte Familie, Hüter der Stockwell-Tradition?«

»Ach was. Da haben Sie ganz falsche Vorstellungen. Die Stockwells sind nichts Besonderes; wirklich.«

»Wirklich? Also *nouveau riche*?«

»Anzunehmen. Nicht so schrecklich *nouveau*; seit 1920. Das soll nicht heißen, daß sie nicht immer angesehene Leute waren. Dads Großvater war ein Kleinstadtanwalt in Ohio. Mit Mama ist das natürlich anders. Sie war eine Evert.«

»Oho? Was ist eine Evert?«

Emmy kicherte. »Na ja, das ist gewissermaßen eine bedeutende New-Jersey-Familie, allerdings haben die meisten ihr Geld verloren und sind gestorben.«

Will lachte, und Emmy, ein wenig überrascht, sich vor einem relativ Fremden in diesem Ton von ihrer Verwandtschaft reden zu hören, lachte mit. Heute fühlte sie sich überhaupt nicht normal. Sie mußte, wie man auf dem St. Kit's sagte, die Situation in den Griff kriegen. Sie setzte sich, die Hand auf der Armlehne, aufrecht und sagte:

»Erzählen Sie mir mal von *Ihren* Eltern. Was hat Ihr Vater gemacht?«

»Schreckliche Sachen!« Er stöhnte tragikomisch und legte wie in Gedanken seine Hand auf die ihre, dann fuhr er in normalem Ton fort: »Er hat für eine Briefkastenfirma in Tennessee gearbeitet. Unternehmensberatung, und nebenher ein bißchen in Immobilien. Spießig-provinzielle Obermittelklasse. Natürlich ist im Süden jeder, der Schuhe trägt, alte Familie. Meine Mutter vor allem... Das hat mir arg zugesetzt. Es war wohl alles, was sie hatte.« Er sah Emmy verschmitzt-traurig an und zog seine Hand fort.

»Waren Sie sehr arm?« fragte Emmy aufs Geratewohl; sie hatte nicht so genau zugehört. Ihr hämmerte das Herz in der Hand.

»Ach ja, etwa ein Jahr lang, während der Depression. Nicht richtig arm. Wir mußten unser farbiges Dienstmädchen entlassen. Aber das war tragisch.« Er lachte vor sich hin. »Mutter ist in dieser ganzen Zeit immer morgens um fünf aufgestanden, um die Veranda zu fegen und den Müll nach draußen zu tragen, damit die Nachbarn sie nicht sahen. Sie müssen nämlich wissen, daß eine Südstaatenlady keine körperliche Arbeit verrichten darf. Es war eigentlich meine Aufgabe, aber ich hab's immer vergessen; mit Absicht, um sie zu demütigen, meinte sie.« Will saß zusammengesunken in seiner Sitzschale und starrte nach draußen. »Ladys«, sagte er. »Ich hasse Ladys.«

Ich bin wahrscheinlich eine Lady, dachte Emmy und sagte nichts.

»Das war ja auch der ganze Ärger mit Rosemary; sie hielt sich für eine Lady. Meine Frau«, fügte er hinzu, wobei er Emmy ansah.

»Ihre Frau? Haben Sie eine Frau?«

»Nicht mehr.« Er lachte. »Nur keine Aufregung. Das ist schon Jahre her. Fünf, um genau zu sein. Wundert mich, daß Miranda Ihnen noch nichts davon gesagt hat.«

Emmy wußte nicht, was sie antworten sollte, und fragte: »Wie war sie denn?«

Will überlegte. »Sie war schön und gut«, sagte er endlich. »Sie war sogar so gut, wie sie schön war. Gerade wie im Märchen.«

»Oh.«

»Konventionell schön, konventionell gut, versteht sich. In dem Büro, in dem sie arbeitete, haben die Männer sie zu der Frau erkoren, mit der sie am liebsten auf eine einsame Insel verschlagen würden, weil sie so eßbar aussah. Wie ein Korb frisches, reifes Obst. Pfirsich mit Schlagsahne.«

»Oh.«

»Außerdem war sie eigensinnig, ignorant und spießig. Ihre Lieblingslektüre war das ›Ladies Home Journal‹, ›die Zeitschrift, an die Frauen glauben‹, und Rosemary glaubte ganz entschieden an sie.«

Stille.

»W–«

»Ja? Weiter.«

»Ach, nichts«, sagte Emmy.

»Bitte. Ich möchte sehr gerne wissen, was Sie denken.«

»Hm. Ich wollte fragen, warum Sie sie geheiratet haben.«

Ein verschlossener Ausdruck trat in Wills Gesicht, und Emmy wünschte, sie hätte es nicht gesagt.

»Warum heiratet man? Ich weiß es nicht. Ich nehme an, weil ich mußte. Das ›Ladies Home Journal‹ hatte Rosemary gesagt, sie würde ihre Selbstachtung und ich meine Achtung vor ihr verlieren, wenn sie sich mir außerehelich hingäbe. Und sie war doch so gut und so schön. Und sie sang so schön ... Ich war wohl in sie verliebt.«

Wieder Stille. »Hatte sie eine gute Stimme?« fragte Emmy endlich.

»Sie war der ideale Sonntagsschulsopran. Gottes Traum

von einem Sonntagsschulsopran. Sie hätte durch eine Ausbildung viel besser werden können, aber das wollte sie einfach nicht. Sie war mit dem ›Journal‹ der Ansicht, für eine Frau seien Ehe und Familie wichtiger als eine Karriere.«

»Und schließlich hatte sie keins von beidem«, bemerkte Emmy.

»Sie brauchen mit Rosemary kein Mitleid zu haben«, sagte Will. »Es war hart für sie, als wir auseinandergingen, das gebe ich zu; aber inzwischen hat sie sich einen erfolgreichen Arzt geangelt und drei Bälger und ein Haus mit kreisförmiger Zufahrt in Florida, alles, was sie sich je gewünscht hat, und ich verkomme hier. Haben Sie kein Mitleid mit ihr, lieber mit mir.«

Das brachte Emmy nicht ganz fertig, nicht einmal zum Spaß. Sie hatte Mitleid mit sich selbst und war verlegen. Sie hätte gern mehr über Wills Ehe gehört und wollte es doch wieder nicht. Will hatte sie kaum einmal angesehen, seit sie aus dem Rasthaus waren, und jetzt schien er überhaupt vergessen zu haben, daß sie da war, denn er starrte nach draußen auf die kalten Hügel. Höflich war das sicher nicht. Sie hatte schon immer die freie Natur geliebt, aber in dieser farblosen, reglosen Landschaft entdeckte sie wirklich nichts, was das Ansehen lohnte.

»Will?« meinte sie endlich.

Er drehte sich um und sah sie an, als ob sie gerade erst gekommen wäre. Dann rückte er, ohne zu lächeln, näher. Emmy rief sich ins Gedächtnis, daß sie sich vorgenommen hatte, abzurücken, falls Will sie wieder zu küssen versuchte. Aber so eingezwängt in ihren Schalensitz hatte sie zum Abrücken keinen Platz. Sie ließ es geschehen.

Es war ein langer, aber behutsamer Kuß; irgendwann beteiligte sich Emmy daran. Wills Mund war heiß in der kalten Luft; seine Zunge noch heißer. Emmy schob langsam ihre Hände um seinen Rücken; dann besann sie sich, legte ihm die Hände gegen die Brust, drückte dagegen und riß sich los. Will nahm einfach ihren Kopf und zog ihn gewaltsam wieder zu sich. Einen Moment gab sie nach, dann nahm sie einen neuen Anlauf und schob ihn wieder von sich weg. Sie mußte recht energisch werden.

Beide sahen ein bißchen benommen aus, als sie sich voneinander lösten.

»Wirklich!« sagte Emmy.

»Wirklich?« Will lächelte.

»Also. Wirklich. Ich meine schließlich.«

»Was schließlich?«

»Ich meine, so etwas tue ich nicht. Ich fahre nicht einfach morgens mit einem Mann im Auto weg und fange einfach so eine Küsserei an.«

»Nein?« Will grinste.

»Nein.«

»Dann vielleicht so?« Ehe sie ihn hindern konnte, gab Will ihr ein kurzes Küßchen auf die Wange. »Das macht keinen besonderen Spaß, finde ich«, meinte er mit Kennerstimme.

Emmy lachte. »Ich meine, ich pflege gar nicht erst –«, begann sie.

»Oder lieber so?« unterbrach er sie. Ganz zart küßte er ihren Augenwinkel, ihr Lid. »Mmm, hmm. Das kommt der Sache schon näher… Salzig«, meinte er, während er über ihre Wimpern leckte. »Hast du geweint?«

»Natürlich nicht.«

»Deine Augen schmecken nach Tränen.«

Wie kann ich das einfach so geschehen lassen?, dachte Emmy. Ich muß das schnell in eine andere Bahn lenken.

Erzählen, scherzen. Sie rückte so weit weg, wie es eben ging. Will ließ sie los.

»Wissen Sie, als ich Sie zum erstenmal traf, bei Miranda, wissen Sie, da dachte ich, Sie wären ein Einbrecher.« Will hörte höflich zu. »Ich glaube, das war dieser Pullover. Ich meine, ich kam da rein, und da waren Sie, in dem leeren Haus, das gerade so gut wie abgebrannt war, und da dachte ich, Sie suchten vielleicht etwas zum Mitnehmen, wie ein Plünderer, verstehen Sie?«

»Aber ich bin ja auch ein Einbrecher«, sagte Will. »O ja. Ein Fassadenkletterer, wie ein Freund von mir einmal gesagt hat. Einer der immer in die oberen Etagen einsteigt. Deswegen trage ich ja Turnschuhe.«

Emmy kam kurz in den Sinn, daß auch er nervös sein könnte. Das gab ihr ein bißchen von ihrem Selbstvertrauen wieder, und sie fragte: »Sind Sie ein guter Kletterer?«

»O ja, ausgezeichnet.«

»Gewiß auch gesellschaftlich.«

»Das schon weniger. Aber in letzter Zeit scheine ich besser darin zu werden. Finden Sie nicht?«

Emmy fiel darauf keine Antwort ein, darum lächelte sie nur. Auch Will lächelte und legte ihre Hand auf die seine, die zwischen ihnen auf der Armlehne ruhte. Sie dachte, er wolle sie wieder zu küssen versuchen, und machte sich steif, doch er streichelte nur langsam ihre Hand. »Du bist eine merkwürdige Frau«, sagte er. »Aber ich mag dich – ich mag dich wirklich«, fügte er hinzu, als sei das für ihn selbst überraschend.

»Ich mag Sie auch«, erwiderte sie gutgelaunt.

»Ich höre, du hast ein hübsches Haus an der Hampton Road.«

»Es ist ganz hübsch, glaube ich. Jedenfalls ist es schön, draußen auf dem Land zu wohnen.«

»Ich würde es gern mal sehen.« Wills Arm war aufwärts gewandert – er streichelte sanft ihr Handgelenk, fuhr mit dem Zeigefinger unter die Manschette ihres Pullovers.

»Dann müssen Sie mal zum Abendessen kommen. Ich wollte Sie schon mit den Fenns einladen.«

»Warum hast du es nicht getan?«

»Ach, ich weiß nicht. Es ist mir einfach entfallen. Würden Sie gern mal zum Essen kommen?«

Will schob Emmys Pulloverärmel höher, unter den Mantelärmel. »Zum Essen gehe ich immer gern«, sagte er, wobei er zärtlich die Fingernägel über die weiche Haut unterhalb ihres Ellbogens gleiten ließ. Und wieder. »Dann könnte ich mal deinen Mann kennenlernen.« Und wieder. Emmy wußte, daß sie ihren Arm hätte wegziehen müssen.

»Kennen Sie ihn noch nicht?« fragte sie statt dessen.

»Nein.«

»Natürlich müßt ihr euch kennenlernen. Es ist doch lachhaft, daß ihr euch nicht kennt.«

»Meinst du, wir würden uns vertragen?« Will schob seine Hand noch weiter hinauf und faßte Emmy oberhalb des Ellbogens. Unwillkürlich beugte sie kräftig den Arm.

»Das hoffe ich«, antwortete sie, sich kaum bewußt, was sie sagte. »An den Fenns liegt ihm eigentlich nicht viel. Na ja, gegen Julian hat er nichts, aber mit Miranda weiß er einfach nichts anzufangen, er –«

»Pst.« Diesmal näherte Will sich so langsam und überlegt, daß sie reichlich Zeit gehabt hätte, sich wegzudrehen, doch sie lehnte sich statt dessen nach vorn, kam ihm entgegen; diesmal hatte sie ihre Zunge zuerst in seinem Mund. So küßte sie Holman nie. Mit seiner freien Hand begann Will ihr Gesicht zu streicheln, dann ihren Hals. Laß das, rück ab, hör auf damit, befahl sie sich energisch, konnte sich aber keinen Zentimeter rühren. Behutsam schob Will ihren Mantel zurück und faßte mit der offenen Hand unter ihre rechte Brust.

»Meine Güte!« sagte er. Er schloß die Hand, dann küßte er sie wieder, fester und kürzer. Emmy stieß einen lauten Seufzer aus, als er losließ.

»Mein Gott!« sagte Will. »Wir werden es so schön haben miteinander ... hmm ... komm, wir ziehen dir den Mantel aus.«

In der Enge kämpfte Emmy sich mit seiner Hilfe ganz benommen aus dem Ärmel. »So ... leg ihn einfach da hinten auf den Sitz ... und jetzt den Pullover.«

»Den Pullover?« Emmy sah sich durch die Fenster nervös nach allen Seiten um.

»Kein Mensch sieht dich. Komm schon.«

»Gefällt dir mein Pullover nicht?«»

»Doch, sehr«, antwortete Will, während er ihr den Pullover aus dem Rock zu ziehen begann.

»Aber das ist hier eine öffentliche Straße! Außerdem ist das sowieso schrecklich! Warum tun wir das? Weißt du nicht, daß ich verheiratet bin?«

»Hm.« Zuerst zog Will auf der einen Seite noch weiter am Pullover, während Emmy ihn auf der anderen Seite aufgeregt wieder hineinstopfte. Dann hielt er inne und ergriff ihre Hände.

»Ach, Emmy!« sagte er. »Hier kommt um diese Jahreszeit nie ein Mensch vorbei. Tu doch nicht so *nouveau riche*. Du kannst dir ja nachher den Mantel umlegen.«

»Gut«, sagte Emmy mit zaghaftem Stimmchen. Halb passiv ließ sie sich von ihm den Pullover über den Kopf ziehen. Eine Sekunde lang war sie geblendet von einem

Nebel roter Wolle. »Das ist schrecklich«, sagte sie von drinnen. »Warum mache ich das?« Den Pullover in den Händen, die Luft kalt auf der nackten braunen Haut, starrte sie Will an.

»Weiß ich nicht. Weil du möchtest, denke ich.«

Emmy zitterte, doch statt sich den Pullover wieder anzuziehen, ließ sie sich nach vorn gegen Will fallen und schloß die Augen. Während sie sich küßten, faßte Will um sie herum und legte ihr den Mantel um die Schultern.

Drei Minuten vergingen ohne ein Wort. Dann schob Will die Hand, die Emmys Rücken streichelte, unter ihren Rock. Bei jeder Streichbewegung drang er tiefer vor, dehnte den Bund, bis –

»Nein, nein, nein!« Ganz erhitzt und verwirrt riß Emmy sich los. Ihre Augen waren groß, ihr verschmierter Mund weit geöffnet. Eine Brust hing ihr aus dem weißen baumwollenen Büstenhalter, die hellbraune Warze war spitz und steif.

»Was ist los?«

»Das ist *fürchterlich*! Ich bin ganz durcheinander.«

»Emmy. Bitte nicht durcheinander sein. Es ist doch alles in Ordnung.«

»O nein, überhaupt nicht. Wie kann ich so etwas nur tun? Wie spät ist es?«

»Viertel vor zwölf.«

»Viertel vor zwölf! Aber um zwölf muß ich doch Freddy vom Kindergarten holen! Das ist ja schrecklich. Er macht so ein Theater, wenn ich zu spät komme.« Emmy zog sich mühsam den Pullover wieder an, dann den Mantel.

»Das schaffen wir schon. Wir haben jede Menge Zeit. Emmy. Nun gerate nicht in Panik.« Er legte die Hand an ihr Gesicht.

»Nein. Ich muß zurück. Laß bitte den Motor an.«

Im ersten Moment dachte sie, Will wolle nicht; dann griff er zum Schlüssel und drehte ihn. Sie sah aus dem Fenster; Sonne, Schatten und Hügel begannen sich im Kreis zu drehen, eins hinter dem anderen. Will wendete den Wagen und fuhr wortlos die Straße hinunter. Er fuhr ein bißchen zu schnell und hielt am Stoppschild vor der Fernstraße ruckartig an.

»Freddy macht furchtbares Theater, wenn ich auch nur ein bißchen zu spät komme«, sagte Emmy unter nervösem Kichern. »Einmal hat er einen richtigen Koller gekriegt, und da war ich nicht einmal schuld, der Wagen war nicht angesprungen.« Will wechselte geräuschvoll die Gänge. »Du bist böse«, sagte sie.

»Nein.« Aber sein Gesicht hinter dem Lammfellkragen war von ihr abgewandt. In dem kleinen Spiegel, der zwischen ihnen auf das Armaturenbrett geschraubt war, sah sie seine Hände, weiß, sommersprossig, die Finger krampfhaft ums Lenkrad gespannt.

»Es tut mir leid«, sagte sie. »Außerdem hatte ich plötzlich das Gefühl, es würde etwas ganz Gefährliches passieren. Ich bekam es einfach mit der Angst zu tun.«

»Du bist ein Unschuldslamm, wie?« meinte er, aber freundlich.

»Ich glaube, ja.« Sie wechselten ein schüchternes Lächeln.

»Du brauchst keine Angst zu haben. In einem MG hat's noch nie einer gemacht. Es geht einfach nicht.«

»Also wirklich!« Emmy errötete, lachte aber.

»So ein Auto bauen natürlich nur die Engländer.«

»Ich habe so etwas überhaupt noch nie getan«, sagte Emmy. »Ich weiß nicht, wie das passiert ist. Natürlich war es ebenso meine Schuld wie deine. Ich glaube, ich habe mich einfach hinreißen lassen. Weißt du, solche Dinge passieren wahrscheinlich immerzu«, endete sie ganz ernst.

»Du bist wirklich komisch«, meinte Will nach einer Pause. »Komisch und köstlich. Aber es hat dich erwischt.«

»Es hat mich nicht erwischt. Ich gebe zu, daß ich mich habe hinreißen lassen, aber das wird nicht wieder passieren.«

»Nein?«

»Nein.«

Sie fuhren noch ein Stück weiter. Will pfiff gelegentlich durch die Zähne, sagte aber nichts. Emmy fühlte sich scheußlich.

»Es ist ja eigentlich nicht schlimm, solange es niemand erfährt«, sagte sie endlich. »Du wirst es doch keinem erzählen, oder?«

»Ein Gentleman redet nie.«

»Wirklich. Es wäre so peinlich und schrecklich.«

Schweigend fuhren sie in die Stadt ein, und Will setzte Emmy bei ihrem Auto ab, das hinter der Bibliothek um die Ecke geparkt war. Hier mitten in Convers war der Winter nicht so schön; die Seitenstraße war voll Asche, Abfallkübeln und zusammengeschaufeltem schmutzigem Schnee.

»Auf Wiedersehen«, sagte Emmy. »Und danke für den Kaffee.«

»Den hast du doch gar nicht getrunken.«

»Nein, gut; trotzdem danke.«

»Das nächstemal versuchen wir's woanders. Ich weiß schon, wo es dir gefallen würde. Hm. Hast du Montag morgen Zeit?«

»Ja, aber ich sagte schon, daß ich mich nicht mehr mit dir treffen werde.«

»Wirklich? Nicht einmal freundschaftlich?«

»Also, hm –«

»Aber ich will dir mal was sagen, wir treffen uns besser nicht in der Bibliothek. Die ist mir zu öffentlich. Auch wenn kein Mensch da ist, diese Bibliothekarinnen sind die größten Klatschbasen in der Stadt. Ich weiß was, komm doch einfach um zehn Uhr hinter das Musikalische Institut. Dort ist Platz zum Parken, und da kommt so gut wie nie jemand hin. Komm, bitte. Ich möchte dich gern wiedersehen.«

Er wartete auf ihre Antwort, während er ihr die Wagentür aufhielt. Am Marktplatz, einen Häuserblock weiter, begann die Rathausuhr laut den Mittag in die kalte Luft hinauszuschlagen.

»Also gut«, sagte Emmy matt.

Allen Ingram an Francis Noyes

13. Januar

Ich habe endlich den Wagen wieder, aber Du machst Dir keine Vorstellung *(keine Angst, ich werde es Dir* erzählen*), was das für ein Kampf war. In Convers einen kranken Renault am Hals zu haben ist so etwas Ähnliches wie eine kranke Kuh mitten in Manhattan – es spielt nicht die allermindeste Rolle, daß es sich nur um ein kleines Wehwehchen handelt, wenn im Hundertkilometer-Umkreis keiner da ist, der es heilen kann. Die hiesige Werkstatt hat versucht, ihn mit Bindfaden oder so was Ähnlichem zusammenzuflikken, aber was er brauchte, war irgendein kleines Teil, das nach dem metrischen System hergestellt ist, also mußten wir zwei Stunden lang durch Eis und Schnee zu einer Stadt jenseits der Berge kriechen, wo es so etwas angeblich gab. Nein, ich kann es dir nicht sagen. Das Schlimmste ist, er ist noch immer nicht wieder wohlauf. Ich höre seiner Stimme an, daß dem Ärmsten in dieser Werkstatt jenseits der Berge etwas Unsägliches angetan worden sein muß.*

Zwei Vorteile hatte die Krise: 1.) Da ich die halbe Zeit nicht aus dem Haus konnte, habe ich eineinhalb Kapitel geschrieben, und 2.) wie es in einer Krise immer so geht, habe ich einiges über den wahren Charakter meiner Bekannten erfahren. Julian Fenn, den ich mag, war mir keinerlei Hilfe, denn er hat kein Auto; er hat mir immer wieder versprochen, daß sein Freund Mr. Thomas vom Musikalischen Institut mich hierhin oder dorthin oder überallhin fahren würde, wohin ich nur wollte, aber irgendwie tauchte Mr. Thomas niemals auf. Der dicke Professor Baker und der kleine Charley Green haben mich jeder ein paarmal zum College und zurück gefahren, aber mein eigentlicher Freund-in-der-Not war dieser andere neue Dozent, Holman Turner, den ich nicht mag und der mich auch nicht mag, aber er hat ein stark ausgeprägtes soziales Verantwortungsgefühl. Oder vielleicht sind es nur die kollegialen Gefühle seines Volkswagens für meinen Renault; er wäre genauso hilflos, wenn der VW eine Panne hätte, und dann wäre ich wahrscheinlich nicht so schofel, kleine Gefälligkeiten nicht zu erwidern. Zu den Lumkins muß ich sagen, daß Betsy, als sie es schließlich erfuhr, alle meine Probleme auf höchst königliche Weise löste, indem sie mir ihren höchsteigenen Pontiac lieh – in Verbindung mit einem höchst zickigen Vortrag, wie schwachsinnig es sei, einen alten ausländischen Wagen hierher mitzubringen.

Da wir gerade bei den Lumkins sind: Man hat Julian offiziell gefeuert – oder wie man hier lieber sagt: Man trennt sich von ihm. Der Euphemismus ist auch wirklich zutreffender. Bei feuern denkt man an Zirkus und Kanonen; aber man bekommt ein viel besseres Bild von dem Geschehen, wenn man sich vorstellt, wie einer am Ende eines Seils an einer Klippe hängt und die am anderen Ende sich achselzukkend von ihm trennen. Man ist hier durchaus bereit, darüber *zu reden, wenn ich in meiner höflich-unschuldigen Art danach frage. »Er ist kein Convers-Typ«, erklärte mir Bakerdum. »Vielleicht fehlt ihm in seiner Einstellung zum Unterrichten der volle Ernst«, sagte Knighteldei. Und alle, bis hinunter zu Green und Turner, plappern McBanes Worte nach, bis sie durch die Luft schallen wie ein Gong: »Er ist ein Wirbelmacher« – als wäre das eine angeborene Berufung wie Regenmacher oder ein Beruf wie Werkzeugmacher – oder beides, was natürlich am ärgsten wäre. Nicht einer hat für ihn gesprochen, obwohl ein paar so tun als ob. Offenbar entläßt man ihn kurzerhand (oder langerhand) wegen der Geschichte mit seinem Haus. Zwar unschuldig im juristischen Sinne (er war ja nicht einmal zu Hause, als der Brand ausbrach), wird Fenn zum Opfer seines Lebensstils. Gott weiß, was nun aus ihm wird – er ist natürlich bettelarm und hat drei kleine Kinder – und ansonsten kümmert's keinen, aber* interessiert *sind sie natürlich alle sehr.*

Ich höre Dich, Francis: »Nanu, ich dachte, du wolltest dich nicht engagieren«, sagst Du; so bist Du doch immer noch mein Gewissen, jetzt allerdings nur in künstlerischen Fragen. Aber ich widerspreche, ich bin nicht engagiert; oder wenn ich engagiert bin, dann nur als Beobachter. Und soll ein Schriftsteller nicht genau das sein? Ich habe hier in Convers einen kompletten Mikrokosmos zur Beobachtung, ohne ihn erst erschaffen zu müssen. Außerdem tut das hier jeder. Es gibt in der Stadt kein Kino und, wenn nicht genau das richtige Wetter ist, kein Fernsehen. Da bleibt den Leuten, wie in der guten alten Zeit, nichts anderes, als die Nachbarn zu beobachten.

Apropos Nachbarn, da ist noch etwas passiert, was ich Dir wirklich ungern gestehe. Nach all meinen Einwänden gegen Tiere und meiner in Deinen Augen (soviel ich weiß) ziemlich übertriebenen Reaktion damals in England, als Jimmy uns seine Katze in Pflege geben wollte – also, seit heute wohnt hier ein häßlicher Köter. Ich habe ihn aber in die hintere Vorratskammer gesperrt, und bleiben wird er auch nicht lange, und erst recht gehört er mir nicht. Allerdings bekenne ich mich zu einem Augenblick der Schwäche. Passiert ist, daß ich gestern früh einen Anruf bekam. Ich meine FRÜH. *Noch nicht acht. Ich schlief natürlich noch, habe mich aber trotzdem zum Telefon geschleppt. »Ist da Mr. Ingram? Hör'n Sie mal, Mr. Ingram, ich kann den Hund nicht noch 'nen Tag länger behalten. Ich hab mir von dem Tier jetzt genug bieten lassen und mein Mann auch.« Es war eine Frau hier aus der Straße, etwas weiter unten. Dort wohnt der Häusermaler und Kleinbauer Hutchins; hörbar aufgebracht. Wieso rufen Sie mich an, brummle ich, was heißt hier Hund? Ich habe keinen Hund.*

»Ich meine den Hund hier, den von Ihrem Haus«, sagt sie. Es stellt sich bald heraus, daß die Leutchen schon die ganze Zeit den Hund der Williams in Pflege haben. »Hör'n Sie sich mal das Geheul an«, heult sie und streckt dabei anscheinend den Hörer aus. Es klang entsetzlich; noch entsetzlicher aber war, daß ich die Töne wiedererkannte: Ich hatte sie seit meiner Ankunft hier schon öfter aus ihrem Haus gehört, jetzt nur lauter. Sie und ihr Mann könnten das Geheul nicht noch einen Tag ertragen, und wenn ich nicht käme und sie von dem Hund erlöste, werde sie ihn nach Hamp ins Tierheim bringen. Ich wollte sie überreden, sich mit den Williams in Verbindung zu setzen – sie sind auf Fortbildungsurlaub in Italien –, habe sogar angeboten, ihr den Brief aufzusetzen, denn sie klang mir sehr nach Analphabetin. Nichts half, und ich kam zu dem Schluß, daß ich das Tier wohl zu mir nehmen müsse, bis ich etwas von den Williams hörte. Ich habe mich erkundigt. Der Tierarzt in Hampton nimmt Hunde in Pflege, also habe ich ihnen

geschrieben und diese Lösung vorgeschlagen. Ich nehme an, sie wollen sich das Vieh erhalten; keine Ahnung warum. Er ist ein großer, gefräßiger, häßlicher Köter, eine Art Schäferhund, glaube ich, und hört auf den Namen Beowulf – die W's müssen einen dunklen Drang haben. (Aber den haben hier alle; sogar die Fenns halten sich eine Katze namens Hecate, sprich »Hier-Kitty«. Sollte ich je einen Hund haben, wird er Rover heißen.) Und wie er heult!

8

Draußen vor den Fenstern des Fennschen Wohnzimmers war es kalt, dunkel und feucht, Tauwetter in einer Januarnacht. Kalt, dunkel und feucht war es auch drinnen. Julian saß auf dem Kaminvorleger und stocherte mit einem Haken im Feuer herum.

»Es ist feucht, darum brennt's nicht«, sagte Will vom Sofa her, auf dem er mit einem Glas in der Hand lag und in der ›Hudson Review‹ las.

»Laß mich in Ruhe.« Julian wuchtete das größte Scheit mit einem lauten Plumps herum. Eine Wolke von Asche puffte heraus, und Julian zuckte zurück und nieste jämmerlich.

»Warum trinkst du nichts? Nimm einen Schluck von meinem Brandy. Ersäuf deinen Kummer.«

»Ich kann nicht trinken, wenn ich mich nicht wohl fühle. Und wie ich mich jetzt fühle, mit dieser Grippe, würde mir nur schlecht, und dann verderbe ich allen die Laune.«

»Das tust du jetzt auch schon.« Will rutschte auf dem Sofa noch weiter nach unten und legte die langen Beine auf die Lehne am anderen Ende. »Du läßt dich so hängen mit deiner psychosomatischen Erkältung.«

»Ich habe keine psychosomatische Erkältung«, sagte Julian. »Die ist rein somatisch. Ich habe sie von Richard gefangen.« Er nieste.

»Kann sein. Aber ich wette, wenn du morgen früh eine Stelle bekämst, ginge es dir morgen nachmittag schon besser.«

»Eine Wette, die wohl nicht läuft«, meinte Julian, dem schon drei Englisch-Institute geantwortet hatten, im Augenblick sei für einen Mann seiner Qualifikation keine Stelle in ihrem Lehrkörper frei.

»Ach, verdammt, du kriegst schon was. Du hast deinen Doktor, hast Artikel veröffentlicht und alles; du bist ja kein Versager wie ich.«

»Sagen wir, ich bin ein Versager anderer Art.« (Will nahm einen Schluck Brandy und verzog das Gesicht; auch wer sich selbst erniedrigt, bekommt es nicht gern so bereitwillig von anderen bestätigt.) »Ich bin gewissermaßen der Typ 1929. Eine Zeitlang wirke ich ganz normal, sogar gescheit, aber dann kommt der Krach, und alles geht schief. Bei genauerem Hinsehen ist das wohl, wie du einmal gesagt hast, ein Todeswunsch.«

»Dann solltest du froh sein, daß er sich in dieser Form äußert. Viel angenehmer als meine täppische Methode des verspäteten beruflichen Selbstmords.«

Julian lachte, schneuzte sich in ein Taschentuch und starrte ins Feuer.

»So ein Pech aber auch, das Versager zur Zeit nicht in Mode sind«, meinte er nach einer Pause. »Ich glaube, in der Mitte eines Jahrhunderts sind sie das nie. Da ist Erfolg auf der ganzen Linie gefragt, von der Windel bis zum Krematorium. Man muß geistig gesund sein und wohlgerundet dazu. Webster, Marlowe, Keats, Gissing, Beddoes, die sind natürlich alle passé. Kein Wunder, daß keiner meine Dissertation druckt.« Julians Dissertation »Spaßmacher des Todes: Die Welten des Thomas Lovell Beddoes« war schon von vier wissenschaftlichen Verlagen abgelehnt worden. Zwei daraus zusammengestückelte Aufsätze waren dagegen in wissenschaftlichen Journalen erschienen, einer in der ›Yale Review‹.

»Jedenfalls hatten die alle mal ihre große Zeit. Auf meinem Gebiet sind Versager immer passé. Du kannst dir wenigstens sagen, daß du in der verkehrten Epoche geboren bist. Stell dir nur mal vor, was du im Frankreich des neunzehnten oder im England des siebzehnten Jahrhunderts für ein Erfolg gewesen wärst. Überhaupt in jeder nicht so organisierten Gesellschaft. Wenn sie die Bombe auf New York schmeißen und alles in Trümmern liegt, kommst du wahrscheinlich bestens zurecht.«

»Weißt du was, das habe ich mir auch schon zusammenphantasiert. Schon oft. Ich glaube, ich fände mich wirklich gut zurecht – Läden plündern und so. Ich bin kein schlechter Schütze – ich glaube, man würde in diesem Fall hier in der Gegend bleiben wollen. Die vielen Farmen, recht viel Wild in den Wäldern. Das wäre sogar ganz lustig.«

»Eine Weile. Dann würd's verdammt langweilig – aber was ist schließlich nicht langweilig?«

»Was nicht?« pflichtete Julian bei.

»Charles verlangt nach dir, Schatz.« Miranda kam ins Zimmer geschwebt. Sie hatte einen alten Bademantel an, der einstmals brauner Samt mit Fransen gewesen war. »Er sagt, du hast versprochen, ihm die Geschichte von dem Löwenjungen weiter zu erzählen.«

»Jetzt?«

»Jetzt. Ich möchte, daß er endlich schläft.«

»Na schön.« Julian stand auf, schneuzte sich die Nase und ging hinaus.

Miranda ging im Zimmer umher, drückte erfolglos an ihrer Frisur herum und ließ sich endlich in einen Sessel neben dem Kamin fallen.

»Ich wünschte, er wäre diese Erkältung endlich los«, sagte sie. »Die hat er jetzt schon zwei Wochen. Er sollte zu Hause im Bett bleiben und nicht weiter unterrichten gehen.

Schließlich ist er denen doch nichts schuldig ... Findest du nicht, daß er fürchterlich aussieht?«

»Na ja. Du selbst siehst auch nicht besonders gesund aus.« Das war untertrieben. Mirandas spitze Nase war gerötet, ihre Augen blau umringt; sie hatte diesen Familienschnupfen auch und hätte mindestens zehn Stunden Schlaf gebraucht.

»Ich fühle mich auch nicht besonders.«

»Trink einen Brandy. Bitte.«

»Nein, danke. Na ja, gut.«

Will erhob sich vom Sofa, fand in der Küche im Spülbekken ein Glas, wusch es aus, trocknete es ab und schenkte Miranda einen Drink ein.

»Danke. Das ist lieb von dir.« Sie trank ein Schlückchen und mußte husten.

»Gut gegen Erkältungen.«

»Hoffentlich. Schmecken tut's jedenfalls scheußlich.«

Will widmete sich dem Feuer. Mit einiger Mühe und Zeitungspapier brachte er eine halbherzige Flamme zustande.

»Oh, das ist schön.« Miranda streckte die Hände aus. »Du bist so lieb zu uns.«

»Kunststück.« Will setzte sich auf den Kaminvorleger und lächelte sie an. Er mochte die Fenns gut leiden, weil sie ihn leiden konnten und ihre eigene Exzentrizität es nicht zuließ, das sie konventionelle Maßstäbe an ihn anlegten; besonders mochte er Miranda, weil sie gescheit und mitfühlend war, allerdings tat sie ihm wegen ihres Aussehens leid.

»Der wärmt einen wirklich«, sagte Miranda und trank noch ein Schlückchen Brandy. »Ich glaube, mir ist heute den ganzen Tag zum erstenmal warm. Dieses Haus ist im Winter unmöglich. Bestimmt ist der Heizkessel verhext. Immerzu setzt er aus und springt wieder an, und das gibt jedesmal so ein Scheppern, wie wenn er Unheil künden wollte. Und warm wird's hier nie.«

»Beschwer dich doch.«

»Bei den Lumkins? Mit denen möchte ich kein Wort mehr reden, solange ich lebe.«

»Ich dachte, es wäre McBane, mit dem du auf Kriegsfuß stehst.« Er legte noch etwas Zeitungspapier nach.

»Mit dem auch. Ah!« Miranda streckte wieder die Hände aus. Mit ihrem wirren roten Haar, dem finster verzogenen, knochigen weißen Gesicht sah sie im Feuerschein wie eine Unterhexe in einem Drama aus dem siebzehnten Jahrhundert aus.

»Meine Güte, mir wird's zu heiß.« Will zog sich aufs Sofa zurück und nahm wieder die Illustrierte zur Hand. »Was hat die ›Hudson Review‹ hier verloren?«

»Die gehört Allen Ingram. Er möchte, daß Julian etwas an einen der Redakteure schickt, mit dem er befreundet ist.«

»Hm. Bezahlen die was?«

»Nicht viel, sagt Allen. Aber das ist immer noch mehr als diese dämlichen Journale, die überhaupt nichts zahlen und die keiner liest.«

Julian steckte den Kopf ins Zimmer. »Ich gehe zu Bett«, sagte er mit heiserer Stimme. »Ich fühle mich scheußlich. Gute Nacht, Will.«

»Ich komme auch gleich rauf«, sagte Miranda. »Nimm ein Aspirin.«

»Hab ich schon.«

»Gute Nacht.« Julian ging. »Möchtest du, daß ich gehe?«

»Nein. Ich könnte jetzt doch nicht schlafen, es ist ja erst neun. Ich würde ihn nur wachhalten. Bleib noch ein bißchen und unterhalte dich mit mir.«

Will machte sich's bequem und schenkte sich noch einen Brandy ein. »Du mußt Julian sagen, er soll sich seine nächste Stelle in einem wärmeren Klima suchen«, meinte er.

»Wenn er doch nur – weißt du, ich war wirklich so froh, als Minnesota absagte. Ich hätte es nicht ertragen, noch weiter nach Norden zu ziehen. Wir würden einfach allesamt verwelken und sterben. Das ist doch nicht natürlich, so ein Wetter. Es ist wie ein böser Zauber. Zur Zeit ist bestimmt die halbe Stadt krank... Du solltest auch lieber hier verschwinden, bevor es dich erwischt.«

»Wohin soll ich denn? Ich habe keinen Beruf mehr. Außerdem ist es, verdammt noch mal, zu bequem hier. So ein gemütliches stilles Örtchen, ich meine Städtchen. Und der Winter hier gefällt mir. Vielleicht kommt es ja nur daher, daß ich aus dem Süden bin, aber ich werde das Gefühl nicht los, daß sie den Schnee hier nur ausgestreut haben, um mir eine Freude zu machen.«

»Das hat Emmy auch gesagt«, bemerkte Miranda nach kurzem Schweigen in unnatürlich neutralem Ton. »Sie sagt, nach jedem neuen Schneefall sieht die Landschaft derart wie ein Geburtstagskuchen aus, daß sie nur noch hinausgehen und darin herumlaufen möchte.«

»Sie liebt die Natur.«

»Vielleicht, weil sie aus dem Süden ist«, sagte Miranda. »Sie kommt aus New Jersey«, fügte sie hinzu. »Letzten Montag«, sagte sie, »war sie sogar bei mir und hat gefragt, ob ich ihr meine Schneestiefel leihe, damit sie im Schnee herumlaufen kann.«

»Hast du sie ihr geliehen?«

Miranda sah Will scharf an; sie war so gut wie sicher, daß er die Antwort auf diese Frage schon kannte.

»Natürlich nicht. Ich habe keine Schneestiefel, nur meine Gummistiefel, und die wären für Emmy viel zu klein. Ich habe ihr gesagt, sie könnte sich Julians alte Gummistiefel ausleihen, wenn sie wollte, die würden ungefähr passen, aber das wollte sie nicht.« Will mußte wider Willen lachen. »Warum geht sie sich nicht ein paar Stiefel kaufen, wenn sie Zwiesprache mit der Natur halten will? Geld hat sie doch genug.«

»Das wird sie wohl noch«, sagte Will.

»Oh?«

Er schaute halb zur Seite und antwortete nicht.

»Es wird also ernst?« fragte sie fast beiläufig.

»Ich weiß nicht.«

»Hab ich mir ja schon gedacht; ich habe gedacht: Als Will es mit Avis von der Bank hatte oder mit dem Mädchen aus dem Büro des Registrators, da ist er immer tagsüber hierhergekommen. Aber neuerdings kommt er nur abends, also, dachte ich, muß er sich mit einer treffen, die nur tagsüber Zeit hat.«

»Sehr schlau«, sagte Will. Miranda verstand es als Kompliment und lächelte den Fußboden an. »Hat sie irgendwas zu dir gesagt?«

»Kein Wort.« Will lächelte. »Sie redet nur unaufhörlich von dir.«

»Was sagt sie denn so?«

»Ach, ich weiß nicht. Nichts Besonderes. Daß du irgendeinen bestimmten Kurs gibst oder irgendeine bestimmte Art Tweedjacke hast. Sie bringt einfach gern deinen Namen ins Gespräch.«

»Weißt du, sie ist eine außergewöhnliche Frau. Eine echte natürliche Schönheit. So etwas sieht man nicht oft, schon gar nicht hier. Viele Frauen sehen hübsch aus, wenn sie sich zurechtmachen; aber sie ist immer schön. Und einen klugen Kopf hat sie auch. Sie versteht erstaunlich viel von Kunstgeschichte.«

»Das hat sie ja auch studiert.«

Stille. Miranda starrte ins Feuer, Will an die Decke.

»Es ist nichts passiert, mußt du wissen«, sagte Will endlich.

»Nein?«

»Nein.«

»Hm. Und was wird passieren?«

»Wahrscheinlich nichts«, sagte Will verdrießlich. »Reden, reden, reden. Ich habe nichts gegen reden, ich tu's sogar gern; aber in vernünftigen Grenzen. Liebe braucht eine Form, wie jede andere Kunst ... Wir kommen einfach nicht vom Fleck; jedesmal, wenn ich sie sehe, geht die ganze Ouvertüre wieder von vorn los. ›Oh, ich hätte nicht kommen sollen, ich dürfte mich nicht mit dir treffen; ich hab dich so gern, aber was würde meine Mutter sagen, wenn sie das wüßte? Was würde mein Mann sagen? Wie kann ich mir selbst noch ins Gesicht sehen?‹«

»Holman weiß nichts?«

»Himmel, nein. Er weiß doch überhaupt nichts außer seiner Arbeit und den Basketballergebnissen. Ich glaube nicht, daß er sie in den letzten beiden Jahren noch einmal richtig angesehen hat. Er ist der typische amerikanische Ehemann. Ein Trottel.«

»Ich mag ihn eigentlich.«

»Ein salbungsvoller Esel. Er hat einen schlechten Einfluß auf sie gehabt. Diese salbungsvolle moralische Selbsterforschung, die hat sie nur von ihm.«

»Kann sein.«

»Es ist so. Das höre ich an ihrer Stimme. Diese verrückten eingebildeten Skrupel und Schuldgefühle. Dabei ist es nicht so, daß sie ihn gern hätte. Und das Verrückteste ist, daß wir überhaupt noch nichts getan haben.« Miranda zog ihre fast unsichbaren Augenbrauen hoch. »Im Ernst.«

»Nur reden, reden, reden?«

»Himmel, so gut wie. Und essen.« Er lachte. »Sie ist eine ziemlich teure Frau, mußt du wissen; sie kann in diesen Schuppen hier in der Gegend nicht einmal Kaffee trinken, und das Collegerestaurant kommt natürlich nicht in Frage, also müssen wir nach Hampton fahren, damit sie dort im Hampton Hotel den Kaffee für zwanzig Cent die Tasse trinken kann, und Kuchen und Putensandwichs und Limonade und Erdbeereis. Sie ißt so gern, wie ich gern trinke.«

Miranda kringelte sich in den Sessel, den Bademantel fester um sich gezogen. Das Feuer war fast wieder aus. »Ihr solltet nicht zu oft in dieses Hotel in Hamp gehen«, meinte sie. »Irgendwann sieht euch dort jemand.«

»Da hast du verdammt recht. Ich wollte, du würdest ihr das mal sagen.«

»Natürlich glaube ich nicht, daß irgendwer vom College dorthin geht.«

»Nein, aber Leute aus der Stadt. Sie hört nicht auf mich, lacht nur. Weißt du, sie hat ein herrliches Lachen. Verrückt. Alle diese moralischen Skrupel, aber ich glaube, sie schert sich einen Dreck darum, wer uns zusammen sieht.«

»Irgendwie ist das auch bewundernswert.«

»Klar«, sagte Will, indem er sich aufsetzte, »und es könnte ganz schön unangenehm werden. Das kommt davon, wenn man sich nicht an die Regeln hält.« Er trank wieder. »Eines Tages kommt Holman dahinter, was los ist, und stellt mir mit einem Schießeisen nach: Peng! Peng! Peng! Er ist der Typ dafür.« Will faßte sich um den Leib und spielte erschossen, indem er sich aufs Sofa fallen ließ, wie Kinder es tun. »Und das alles für nichts und wieder nichts. ... Mein Gott, bin ich betrunken. Entschuldige.«

»Macht nichts.«

»Doch. Ich fahre jetzt nach Hause.« Will stand auf und ging in die Diele, Miranda ihm nach.

»Sei vorsichtig. Vielleicht solltest du lieber nicht fahren.«

»Mir passiert schon nichts. Zwei Dinge kann ich in jedem Zustand, Auto fahren und vögeln. Mein Gott, entschuldige. Wo ist mein Mantel?«

»Hier.«

»Danke.« Will zog seinen Mantel an. »Und danke fürs Zuhören. Ich hätte dir das gar nicht erzählen dürfen.«

»Aber wieso? Ich höre so etwas gern.«

Will sah sie an. »O ja«, meinte er.

»Es interessiert mich eben.«

Sie lächelten einander an. »Gute Nacht«, sagte Will, als er die Tür öffnete, ein schwarzes Rechteck von Winterregen.

»Gute Nacht. Komm mal wieder.«

»Bestimmt.«

Oben putzte Miranda sich die Zähne, sah nach den Kindern und knipste das Licht aus. Vorsichtig tastete sie sich durch das dunkle Schlafzimmer, teils um Julian nicht zu wecken, teils um nicht über irgend etwas zu stolpern. Das Zimmer war immer ein einziges Chaos, denn die Kinder spielten hier gern, und wenn Julian sich auszog, ließ er seine Sachen fallen, wo er gerade stand. Ebenso ließ er auch Bücher aufgeschlagen mit dem Deckel nach oben auf dem Waschbecken liegen, nasse Handtücher auf dem Dielenboden, Apfelstrünke und Brotrinden auf der Sessellehne. Miranda hatte es schon lange aufgegeben, ihm das abgewöhnen zu wollen, denn wenn er sich einmal bequemte, etwas wegzuräumen, verschwand es völlig, manchmal für immer.

Sie fand das Bett und ließ sich vorsichtig darauf nieder.

»Hallo«, sagte Julian.

»Hallo. Schläfst du noch nicht?«

»Katie hat so gehustet.«

»Mein Gott! Das heißt wohl, daß sie es wieder kriegt.«

»He, du hast ganz kalte Füße.«

»Tut mir leid. Mir wird anscheinend überhaupt nicht mehr warm.«

»Wir haben nicht genug Decken. Nimm den Läufer aus dem Flur.«

»Der ist so schmutzig.«

»Er wärmt. Ich hole ihn.« Julian tastete sich auf den Flur und schleifte den Läufer zum Bett. »Da.«

»Du bist ein Kavalier.«

»Mhm.«

»Ich hatte übrigens recht. Will trifft sich mit Emmy.«

»Wirklich?«

»Wirklich. Er fährt mit ihr nach Hamp, spendiert ihr im Hotel etwas zu essen, und sie redet über Kunst. Er versucht natürlich, sie zu verführen, aber sie will nicht, sie hat moralische Skrupel.«

»Sie will nicht? Das ist er nicht gewöhnt. Es wird ihn verdrießen. Was meinst du, wird sie schließlich doch nachgeben, wie die andern, oder wird er aufgeben?«

»Emmy ist nicht wie die andern. Das meine ich wirklich. Ich glaube, es ist ein Fehler von ihm, sich mit der Frau eines Kollegen einzulassen. Niemand hat sich daran gestört, solange er sich an die Mädchen aus der Stadt hielt, aber hiermit könnte er sich den größten Ärger einhandeln. Aber ich glaube natürlich nicht, daß sie sich wirklich auf etwas einläßt. Sie flirtet nur.«

»Sie sieht ja gut aus«, sagte Julian. »Eigentlich eine klassische Schönheit. Gebaut wie eine römische Statue.«

»Zu eckige Schultern.«

»Das ist römisch.«

Miranda drehte sich um, wandte sich von Julian ab. »Warum römisch? Warum nicht griechisch?«

»Dafür ist sie zu barock. Zuviel Busen und so. Griechische Statuen, die meisten jedenfalls, haben keine nennenswerten Brüste, proportional gesehen.«

Stille, etwa drei Minuten lang.

»Woran denkst du?« fragte Miranda.

»Ich dachte an Keats.«

»Keats?«

»Mhm. Ich habe überlegt, ob schon etwas über die vorchristlichen Riten bei ihm geschrieben worden ist. Im ›Endymion‹ ist ja etwas davon, und dann in der ›Griechischen Urne‹.«

»Oh.« Normalerweise hätte Miranda sich nur zu gern mit ihm darüber unterhalten, aber nicht heute nacht. »Ich habe daran gedacht, daß wir alle erkältet sind, daß es noch Monate bis zum Frühjahr sind, daß wir keine Eier zum Frühstück haben, weil ich vergessen habe, welche zu bestellen, daß alle Leute in der Stadt uns hassen, daß wir nie eine neue Stelle bekommen werden und daß die Heizung nicht geht.«

»O Gott!« Julian lachte bitter. Miranda begann zu weinen. »Ach, zum Teufel!« Er legte die Arme um sie.

»Entschuldige. Ich will mich gar nicht so benehmen.« Ihr Schluchzen ließ nach und verebbte. Da lagen sie, die Arme umeinander, in ihren verschlissenen Nachtgewändern. »Es ist nur in letzter Zeit alles so gräßlich, und ich habe Angst, daß es noch schlimmer kommt.«

»Du hättest jemand andern heiraten sollen«, sagte Julian und strich ihr Haar glatt.

»Hätte ich nicht.«

»Du hättest Charlie Robbin heiraten sollen.«

»Ich konnte Charlie Robbin nie ausstehen. Er war fürchterlich. Du weißt, wie fürchterlich er war. Er hatte einen dicken Bauch und Hände wie ein Troll.«

»Deine Mutter mochte ihn.«

»Ja, und wenn ich ihn geheiratet hätte, könnte ich jetzt mit einem dicken presbyterianischen Priestertroll verheiratet sein, und meine Mutter wäre glücklich bis an ihr Ende.«

Julian lachte und küßte Miranda. »Hm.«

»Hm.«

»Ich liebe dich.«

»Ja.«

»Sollen wir?«

»Ja. Ich hol's.« Miranda setzte sich im Bett auf. »O Himmel! Hölle!«

»Fegefeuer. Was ist?«

»Ich habe vergessen, neue Creme zu besorgen. Wie dumm!« Sie ließ sich ins Bett zurückfallen und begann zu schluchzen.

»Fang nicht schon wieder an.«

»Na gut. Ich kaufe morgen welche. Wenn's doch nur eine Möglichkeit gäbe, da heranzukommen, ohne hier in die Drogerie zu müssen. Das ist so *peinlich*. Wie er mich immer anguckt, wie wenn er mitzählte. Und ich kann nicht einmal feststellen, ob er meint, wir verbrauchten sie zu schnell oder zu langsam.«

»Ich bringe einen Vorrat mit, wenn ich Mitte des Quartals nach Cambridge fahre.«

»Ja, tu das. Nein, tu's nicht. Ich weiß nicht. Wenn du das tust, wird er entweder denken, wir hätten Krach, oder wir wollten noch ein Kind haben. Und ich kann nicht ganz und gar aufhören, in die Drogerie zu gehen.« Sie lachte, daß es fast wie ein Heulen klang. »Oh, Kleinstädte!«

»Du darfst dich einfach nicht um die Leute kümmern.«

»Ich weiß. Und ich wollte, ich könnte das. Als wir anfangs hier waren, konnte ich es tatsächlich. Aber jetzt kenne ich die Leute und weiß, was sie denken. Es ist gräßlich! Gräßlich!«

»Wir ziehen ja weg.«

»Gott sei Dank. ... Hoffentlich haben die Kinder genug Decken. Ich habe noch meinen Bademantel auf Richard gelegt, weil er krank ist, aber für Charles und Katie konnte ich gar nichts tun.«

»Hm. Komm, wir schlafen.«

Elf Uhr nachts in den Hütten. Im Schlafzimmer von Hütte 3C lagen Charley und Lucy Green wach, eine Wärmflasche zwischen sich. Zum zwanzigstenmal drehte Lucy sich mit einem matten, traurigen Seufzer von der rechten auf die linke Seite.

»Was ist los, Schatz? Kannst du nicht einschlafen?«

»Nein«, seufzte sie. »Ich will mich immerzu auf den Bauch legen, weil ich schon als Kind immer so eingeschlafen bin, aber ich kann nicht mehr auf dem Bauch liegen, ich rolle immer runter.« Lucy war im siebten Monat ihrer ersten Schwangerschaft und schlimm erkältet.

»Ach Schatz!«

»Und wie soll man außerdem bei dem Krach von allen Seiten schlafen? Hör dir das doch mal an.« Aus Hütte 3A unter ihnen (die Butlers, Geschichte) kam das Geschrei eines Babys; aus Hütte 3B nebenan (die Heaths, Mathematik) hörte man Monteverdi von der Schallplatte; und in 3D (die Hogans, Leibeserziehung) stritten eine Männer- und eine Frauenstimme. »Es hat keinen Zweck. Ich nehme jetzt etwas.« Sie setzte sich im Bett auf, knipste das Licht an und blinzelte. Lucy war mit einundzwanzig Jahren die jüngste

Dozentenfrau in Convers, sah aber mit ihrem rosenwangigen Babygesicht und dem strohblonden Pferdeschwanz noch jünger aus.

Die Schranktür klemmte wieder; sie riß daran, bis sie mit einem Krach aufflog, der das ganze Haus erzittern ließ. »Und guck dir das an«, sagte sie, als sie wiederkam. »In dieser Wohnung funktioniert nichts, der Wandschrank geht nicht auf, die Küchentür geht nicht zu, der Kühlschrank läßt sich nicht abtauen, und dann der Herd.«

»Wir müssen ja nicht mehr lange hier wohnen. Das ist nur im ersten Jahr.«

»Falls wir ein Collegehaus bekommen. Das kriegt nicht jeder. Guck dir die Butlers an, die wohnen schon zwei Jahre hier, und die Moynahans auch.« Sie löschte das Licht.

»Ach Schatz.«

»Entschuldige. Ich weiß, daß ich gräßlich bin, Schatz. Das kommt nur, weil ich diese Erkältung habe, und überhaupt bin ich in letzter Zeit so durcheinander.« Um sich zu trösten, begann Lucy ihrem Mann den Rücken zu reiben.

»Durch die Hütten muß jeder.«

»Mhm. Ich weiß. Aber nein, das stimmt gar nicht. Guck dir die Turners an.« Charles und Lucy guckten sich oft die Turners an. »Emmy mußte nie in den Hütten wohnen. Es ist ungerecht, daß sie soviel Geld haben, oder ist das gerecht, Charley?«

»Einerseits nein, andererseits ja«, sagte Charley. Er war Lucys Englischlehrer gewesen, als sie zu studieren anfing, und sowohl aus Gewohnheit wie aus Neigung behandelte er ihre Fragen nie als rein rhetorisch. »Das ist das System des freien Unternehmertums, Schatz. Wenn einer fleißig ist und Erfolg hat, kann er sich, wenn er will, unter anderem auch ein angenehmeres Leben für seine Kinder kaufen.«

»Dann ist es wohl gerecht«, meinte sie skeptisch.

»Das ist nicht nur in diesem System so, sondern überall, sogar in Rußland. Es ist einer der stärksten Antriebe auf der Welt. Ich weiß, wenn ich viel Geld hätte, würde ich einen Teil davon auch für meine Kinder ausgeben wollen.« Charley tätschelte die in rosa Flanell gehüllte, kugelförmige Gestalt, die im Moment alles war, was er besaß.

»Charley«, flüsterte Lucy zärtlich. »Ja, du hast recht. Das täte ich auch. Ich möchte mir so gern vorstellen, wir hätten so viel, daß unser Kind nie in den Hütten wohnen muß. Du bist so klug.«

»Nach abstrakten moralischen Begriffen ist es natürlich auch wieder ungerecht, daß Holman und Emmy soviel mehr haben als wir.«

»Bei Holman stört es mich ja nicht«, sagte Lucy. »Aber bei ihr. Sie bildet sich soviel darauf ein.«

»Ach was, Emmy ist doch nicht eingebildet. Sie ist die natürlichste Frau, die ich je kennengelernt habe.«

»Sie ist eingebildet. Du magst sie nur, weil sie hübsch ist. Zu dir ist sie nett, aber mich behandelt sie von oben herab. Neulich, als sie mit ihrem Söhnchen hier bei Flo Butler zu Besuch war, habe ich ihr mein neues Umstandskleid gezeigt, worauf sie meinte: ›Was, das haben Sie wirklich selbst genäht, mit all den Langetten? Das finde ich einfach toll. Ich wünschte, ich könnte so nähen.‹« Lucy machte aus Emmys Tonfall affektiertes Bühnenenglisch. »Nur daß sie es überhaupt nicht toll fand; in Wirklichkeit gefiel es ihr gar nicht.«

»Ach Schatz. Das ist nur ihr Ton. Wahrscheinlich wünscht sie sich wirklich, sie könnte sich ihre Kleider selbst nähen, so wie du.«

»O nein. Sie findet es armselig, sich seine Kleider selber machen zu müssen wie eine kleine Weißnäherin, statt sie in New York zu kaufen. Ihr Wettermantel ist von Saks in der Fifth Avenue, ich hab das Etikett gesehen; wahrscheinlich hat er an die hundert Dollar gekostet. Es gehört sich nicht, so mit dem Geld um sich zu werfen.«

»Du bist eine richtige kleine Puritanerin aus dem Mittelwesten«, sagte Charley und strich seiner Frau übers Gesicht. »Im Grunde ist es schlimmer, daß Holman Geld hat, denn in seiner Familie hat nie einer dafür gearbeitet.«

»Ich mag Holman«, sagte Lucy. »Er ist nicht so sarkastisch wie so viele andere hier. Egal wieviel er hätte, er würde es einen nie fühlen lassen. Weißt du, am Dienstag, als es so kalt war, hat er Liz Moynahan gesehen, die gerade mit Biddy und ihren Einkäufen im Kinderwagen vom Supermarkt kam, und da hat er angehalten und sie nach Hause gefahren, obwohl er sie doch kaum kennt, und sie sagt, er sei so nett gewesen. Du magst ihn nur nicht«, fügte sie hinzu, als Charley es versäumte, zu dieser großherzigen Tat einen Kommentar abzugeben.

»Ich mag ihn schon«, sagte Charley. »Ich kann nur nicht so ohne weiteres vergessen, daß wir Konkurrenten sind. Wir haben zusammen hier angefangen, und er ist mir eine Nasenlänge voraus.«

»Ich wüßte nicht, wieso. Er hat seine Dissertation noch nicht fertig, und er ist genauso alt wie du.«

»Das ist nicht seine Schuld, er war ja beim Militär. Außerdem können sie ihn hier gut leiden. Er ist ein Convers-Typ.«

»Warum bist du kein Convers-Typ?«

»Das habe ich ja nicht gesagt. Vielleicht bin ich tatsächlich einer. Von sich selbst kann man das schlecht sagen. Mein größter Nachteil ist, daß ich zu jung aussehe. Wenn ich größer oder breiter wäre, würde es nicht so auffallen. Ich wollte, ich hätte daran gedacht, mir einen Schnurrbart wachsen zu lassen, bevor ich hierherkam, der würde was nützen.«

»Einen Schnurrbart?« meinte Lucy skeptisch und fuhr im Dunkeln mit dem Finger über die Stelle zwischen der Stupsnase ihres Mannes und seinem entschlossenen Mund. Für sie war er so, wie er war, genau richtig; diese Mischung aus jungenhaftem Aussehen und reifem, umsichtigem Verhalten freute sie immer wieder aufs neue, wenn sie zusammen irgendwo an einem Spiegel vorbeikamen.

»Ich könnte es diesen Sommer mal versuchen«, sagte Charley. »Wenn er dann nicht gut aussieht, kann ich ihn immer noch abrasieren.«

»Was für einen Schnurrbart denn?«

»Ach – mittlere Größe. Die Gefahr ist nur, daß er rot ausfallen könnte. Das wäre schlimmer als gar keiner.«

»Dein Haar ist sowieso ein kleines bißchen rötlich. Das sähe ja vielleicht albern aus, braune Haare und roter Schnurrbart!« Lucy lachte; Charley lachte nicht mit und versprach auch nicht, sich keinen Schnurrbart wachsen zu lassen. »Du solltest dir keine Sorgen machen, Schatz. Du bist so intelligent, das begreifen die ganz bestimmt, und außerdem hast du deinen Doktor schon und Holman nicht.«

»Schon, aber wenn er seinen Doktor bekommt, ist er von Princeton, meiner nur von Wisconsin.«

»Was ist denn an Wisconsin verkehrt? Sagst du nicht, das Englische Institut dort ist eines der besten im ganzen Land?«

»Intellektuell gesehen ja. Sogar besser als Princeton. Aber das allein zählt nicht, jedenfalls nicht hier. Da gibt es noch so etwas wie Prestige und Tradition und so.«

»Ich finde, Madison ist die schönste Stadt auf der Welt. Ich wünschte, ich wäre jetzt wieder da. Die Leute sind so freundlich und geradeheraus in Madison, da gibt es nicht soviel Dünkel und Sarkasmus und Konkurrenzdenken.«

»Ach, Lucy –«, unterbrach Charles sie, aber sie redete weiter.

»Dort schneit es im Winter, wenn es soll, und es regnet, wenn es soll. Aber guck dir das hier mal an heute nacht, diesen gräßlichen Regen mitten im Januar.«

»Das ist das Tauwetter, jeden Januar.«

»Ist mir egal, was das ist, es ist jedenfalls gräßlich. Die Fensterrahmen sind alle undicht, und bei den Heaths regnet's in die Küche rein, genau über dem Herd.«

»Wenigstens nicht in unsere Küche.«

Lucy brach in Tränen aus. »Genau das meine ich ja«, sagte sie. »Genau diese sarkastische Art, wie sie hier alle reden. So was hättest du zu Hause nie gesagt, von niemandem, es sei denn, du hättest ihn gehaßt. Bill Heath ist dein bester Freund in Convers, aber du redest, als ob es dich freute, daß es bei ihm und Mary Lou in die Küche regnet«, schloß sie schluchzend und schneuzte sich die Nase.

»Aber Schatz, ich wollte doch nur einen Scherz machen.«

»Ich weiß. Entschuldige, Schatz. Ich weiß auch nicht, was in letzter Zeit mit mir los ist, ich bestehe nur noch aus Nerven.«

»*Ich* weiß, was mit dir los ist.«

»Hm. Na ja. Vielleicht.«

»Natürlich. Dein Hormonspiegel ist völlig durcheinander.«

»Du wirst wohl recht haben.« Lucy gähnte. »Hm. Dann gute Nacht.« Sie drehte sich zum letztenmal von der linken auf die rechte Seite.

»Gute Nacht.«

Gegen Mitternacht wurde es kälter. Der Wind drehte nach Nordwesten und ließ den feinen Nieselregen zu Schneeflocken gefrieren, bevor er die Wolkendecke aufriß. Als

Emmy um halb drei aufstand, um noch eine Decke über Freddy zu legen und das Fenster zu schließen, sah sie Sterne zwischen den Wolkenfetzen. Wieder im Bett, lag sie noch lange wach. Der Wind wurde währenddessen immer stärker, rüttelte am Fenster und zwängte sich durch die Ritzen. Bei jeder Bö blähte sich der Vorhang, und das Rollo rüttelte und klapperte. Als sie nach einer schlecht durchträumten Nacht morgens voll guter Vorsätze aufwachte, lag innen auf der ganzen Fensterbank eine kleine Schneewehe.

»Wir können so nicht weitermachen«, sprudelte es aus Emmy heraus, als sie an einer verschneiten Straßenkreuzung, drei Kilometer außerhalb der Stadt, für Will die Tür ihres Kombi öffnete.

»Er weiß es.« Will erstarrte, die Hand an der Wagentür.

»Nein, das nicht, aber –«

»Dem Himmel sei Dank.« Sein Atem ließ das Fenster beschlagen, als er sich bückte, um einzusteigen; draußen war es heute morgen bitterkalt, zehn Grad minus, obwohl die Sonne strahlte. Emmy rutschte auf die andere Seite, um ihn ans Steuer zu lassen. Sie ließen in letzter Zeit Wills Wagen stehen und nahmen den Kombi, der bequemer und besser isoliert war.

»Jesses, hast du mir einen Schrecken eingejagt!« sagte er, indem er sich zu ihr umdrehte. Sein Gesicht war ganz rot von Wind und Kälte, sein Mantelkragen hochgeschlagen.

»Wirklich, ich habe gründlich darüber nachgedacht.«

»Aha.« Er drehte den Zündschlüssel um. »Hunger?«

»Ein bißchen.«

»Englische Muffins?«

»Ich meine es ernst, Will. Es kann so nicht weitergehen.«

»Also keine englischen Muffins.«

»Das habe ich nicht gesagt.« Sie kicherte.

»Weil's das letztemal ist, hm?« Er bog auf die Straße ein und lenkte nach Süden, zum Hampton Hotel.

»Ich möchte ganz und gar ernst mit dir reden.«

»Gut. Dann rede ganz und gar ernst mit mir.«

»Nicht so. Nicht beim Fahren.« Plötzlich hätte Emmy am liebsten geheult; Will sah es.

»Gut. Sollen wir zum Baum fahren? Oder zur Duck Marsh?« Von diesen beiden Stellen, an denen sie immer parkten, war es am Baum landschaftlich schöner, aber die Duck Marsh lag näher und war abgeschiedener.

»Zur Duck Marsh«, sagte Emmy.

Trotz der Federung hüpfte und rüttelte der Kombi auf dem unebenen Weg durch die Marsch, und die scharfen Krallen der Büsche kratzten an den Türen. An wärmeren Tagen war die Marsch naß und sumpfig, aber heute starrten alle Pfützen von Eis.

»Also los«, sagte Will, als er die Handbremse anzog.

»Es kann einfach nicht so weitergehen, das ist alles«, sagte Emmy. »Es ist zuviel.«

»Gut.«

»Für dich ist es einfacher, du führst keine zwei Leben, die nicht zueinander passen, aber für mich ist es absolut unmöglich. Es ist schizophren. Hier bei dir bin ich eine Person, und dann fahre ich zurück zu Freddy und Holman und muß mich auf der Stelle in eine völlig andere Person verwandeln. Ich weiß nicht einmal mehr, wer ich bin.« Sie lachte nervös, mit weit geöffneten Augen.

»Das hängt wahrscheinlich davon ab, wer du sein möchtest«, meinte er.

»Ich weiß nicht. Ich weiß es nicht! Es ist so unerquicklich. Ich bin so durcheinander.«

»Tut mir leid, daß du in meiner Gesellschaft unerquickliche Gefühle hast«, sagte Will verschlagen.

»Nein, nein, die habe ich nicht bei dir! Das ist es doch, daß ich mich einfach viel zu wohl fühle, wenn ich mit dir zusammen bin, da vergesse ich alles andere, und alles sieht einfach wunderschön aus, und dann komme ich nach Hause und denke, war das wirklich Emmy Stockwell, die heute morgen hinter einer Scheune in Neuengland solche Sachen gemacht hat, mit einem Mann im Auto, irgendwo mitten im Niemandsland, war sie das wirklich? Wenn mir das einer erzählte, ich würd's nicht glauben, und wenn meine Mutter es jemanden erzählen hörte, würde sie denken, da erfindet einer schmutzige Geschichten.«

»Ich dachte, wir hätten uns darauf geeinigt, nicht mehr von deiner Mutter zu sprechen.«

»Jetzt bist du böse.«

»Nein.«

»Doch. Du bist wütend. Komm, sei nicht beleidigt! Warum soll ich nicht von meiner Mutter reden, wenn es mir gerade so einfällt? Sie ist immerhin meine Mutter.«

»Emmy, mich interessiert, was *du* denkst, nicht was deine Mutter denken könnte. Ich möchte sehr, sehr gern wissen, wie du zu mir stehst, aber ich pfeife darauf, wie deine Mutter zu mir stehen würde. Ich bin nicht in deine Mutter verliebt.«

Emmy schnappte nach Luft. Noch nie hatte Will etwas gesagt, was so nah an einer Liebeserklärung war. Er hatte das übrigens bisher nicht aus Versehen unterlassen. In dieser Frage befolgte er seit vielen Jahren einen strengen Ehrenkodex: nicht wahllos mit großen Worten um sich zu werfen. Er unterschied drei Stufen der erotischen Zuneigung: »gern haben«, »lieb haben«, »verliebt sein«; die dritte Stufe hatten bisher nur seine Frau und zwei andere Mädchen erreicht, die jetzt schon lange aus den Augen und aus dem Sinn waren.

Emmy lächelte ihn an. Sie fühlte sich schon wieder etwas wohler. »Ich bin so froh, daß du mich verstehst. Was ich getan habe, ist alles schon schlimm genug, und ich werde damit bis ans Ende meiner Tage leben müssen und es nie mehr loswerden.«

»›Wenn alle Zeit immer gegenwärtig ist, ist alle Zeit untilgbar.‹«

»Was ist denn das?«

»›Little Gidding‹. Ein Überbleibsel aus meiner anglothomistischen Phase.«

»Hattest du eine anglothomistische Phase?«

»O ja. Hat die nicht jeder? Auf dem College. Ich muß unerträglich gewesen sein; ich habe ›St. John of the Cross‹ gelesen und eine atonale Messe geschrieben.«

»Ich glaube, ich hatte die meine im Internat. Die hatten wir nämlich alle. Am St. Kit's war das der große Schrei. Wir waren alle furchtbar fromm. Gebetet haben wir und alles. Wir haben unsere Seelen nach heimlichen Sünden erforscht, um sie sonntagabends in der Kapelle beichten zu können. Öffentlich, versteht sich.«

»Jeden Sonntag?«

»Nein, jeden Abend. Aber Sonntag war der große Tag, denn da wurden wir dazu angehalten, Dinge zu erzählen, mit denen wir die Woche über nicht herauszurücken gewagt hatten. Wenn man dann aufstand und alles sagte, war das natürlich um so dramatischer, und die Bußen waren auch nicht schlimmer.«

Will lachte erstaunt. »Und was hast du gebeichtet?«

»Ach, ich hatte nie viel. Ich war ja wirklich ein braves Mädchen. Ich habe immer gesagt, ich hätte zornige Gedanken gegen andere gehegt oder noch gesprochen, nachdem das Licht aus war. Das Schlimmste, was ich einmal zu beichten hatte, war, daß ich unter der Schultracht bestickte seidene Unterwäsche getragen hatte. Lach nicht, das war fürchterlich.«

»Jesses, die reine Inquisition! Hat man euch auch dazu angehalten, eure Freundinnen zu verpetzen?«

»Natürlich nicht. Das heißt, man konnte, wenn man wollte, aber das war nicht F, für Fein. Ein Mädchen aus meinem Haus hat in dem Jahr, als ich hinkam, eine Zimmergenossin wegen Rauchens verpetzt, worauf die von der Schule gewiesen wurde, und dafür wurde sie ein ganzes Tertial unters Handtuch gestellt.«

»Unter was?«

»Unters Handtuch. Also, das war so etwas wie Verbannung, nur schlimmer. Wenn man etwas richtig Schändliches getan hatte, kamen nachts die anderen Mädchen und wikkelten einem ein nasses Handtuch um die Türklinke, und wenn man das am nächsten Morgen sah, wußte man Bescheid. Die ganze Zeit sprach dann niemand mit einem, sah und hörte einen nicht und tat einfach so, als ob man nicht vorhanden wäre.«

»Herr im Himmel! Wie sind deine Eltern nur auf die Idee gekommen, dich in so einen Laden zu stecken?«

»St. Catherine's ist kein *Laden*«, sagte Emmy. »Es ist eine der drei besten Mädchenschulen an der Ostküste. Absolut. Leute wie die Fords und Rockefellers schicken ihre Töchter dahin. Sie ist wahnsinnig teuer, und man kommt kaum hinein.«

»Und wenn man einmal drin ist, verhält man sich sehr, sehr loyal.«

Emmy runzelte die Stirn und ignorierte seinen Ton. »Ich glaube, St. Kit's war eine gute Schule. Im Grunde glaube ich das. Natürlich waren einige von den Schulregeln lachhaft altmodisch, das muß ich wirklich zugeben. Aber ich bin froh, daß ich dort war.«

»Wie lange warst du denn da?«

»Fünf Jahre. Im ersten Jahr *habe* ich mich elend gefühlt. Aber das ging uns allen so. Mit der Zeit gefiel es uns.«

»Vielleicht wäre das überall so gewesen. Um es mit Shaw zu sagen: ›Du bekommst, was du liebst, oder du lernst zu lieben, was du bekommst.‹«

Emmy lachte. »Das ist nett.«

»Ja. Es war einmal mein Motto.« Er sah auf seine Armbanduhr.

»Du hast ein sehr gutes Gedächtnis für Zitate.«

»Eigentlich gar nicht. Ich merke mir den Sinn, aber den Wortlaut verdrehe ich immer ein bißchen. In Massachusetts habe ich mal ein Mädchen gekannt, das ich damit regelrecht um den Verstand gebracht habe. Sie konnte nicht glauben, daß ich es nicht lernen würde, wenn sie mich nur oft genug verbesserte.«

»Das muß ja eine pedantische Zicke gewesen sein.«

»Pedantisch vielleicht; eine Zicke würde ich sie aber kaum nennen.« Will lächelte, aber es galt nicht Emmy. »Na ja«, sagte er und beugte sich nach vorn. Emmy ging in Alarmstellung, weil sie erwartete, daß er versuchen würde, sie zu küssen, aber er griff mit der einen Hand zum Zündschlüssel, mit der andern ans Lenkrad.

»Ich bin gern mit dir zusammen«, sagte er, indem er den Motor anließ. »Es tut mir wirklich leid, daß es vorbei ist.«

»Oh, sag das nicht. Ich hoffe doch, daß wir uns weiter sehen werden, als Freunde.«

Will schnitt eine Grimasse. »Wir werden uns zweifellos hin und wieder in Gesellschaft begegnen«, sagte er. »Wenn man bedenkt, wie klein Convers ist.«

»Ach, sei doch nicht so böse«, bat Emmy mit nervös affektierter Stimme.

»Ich bin nicht böse«, antwortete Will böse.

»Ach du meine Güte. Wollten wir nicht noch englische Muffins essen gehen?« Wider Willen mußte sie hysterisch kichern.

»Ich meine, wir fahren besser zurück.«

»Aber es ist doch eigentlich erst zehn. Was soll ich denn den ganzen restlichen Vormittag anfangen?«

»Deine Sache«, sagte Will und schaltete auf FAHRT.

»Du bist also doch böse!« rief Emmy.

»Na schön, dann bin ich eben böse«, sagte Will. »Was erwartest du denn von mir?« Er ließ den Motor aufheulen.

»Sei nicht böse!« überschrie Emmy den Lärm, mehr gebieterisch als bittend. »Bitte fahr nicht. Laß uns noch hierbleiben und reden.« Will nahm den Fuß von der Kupplung; der Wagen setzte sich in Bewegung. Mit gleicher Entschiedenheit griff Emmy hinüber und drehte den Zündschlüssel um. Sie wechselten einen störrischen Blick, als der Motor abstarb; dann begann Emmys Mund zu zittern. Sie hatte das häßliche Gefühl, sie werde gleich zu schluchzen anfangen, doch ehe es dazu kommen konnte, legte Will die Arme um sie und küßte sie, erst sanft, dann fester.

»O Emmy«, sagte er.

»Mhm.«

»Blöder Name, Emmy. Wie diese albernen Fernsehbienen ... ihr habt doch sicher Fernsehen?«

»Ja«, flüsterte sie, den Kopf an seinem, »aber wir können hier oben nicht viel damit anfangen. Der Empfang ist so schlecht ... die Berge. Wir kriegen kaum etwas, nur einen Sender, und der ist meist so schwach, daß es außer Freddy niemand erträgt hinzusehen.«

»Emily klingt besser. Vielleicht nenne ich dich Emily. Wenn du nichts dagegen hast.«

»Natürlich nicht.« Sie küßten sich. »Ich weiß auch nicht, wieso mich alle Welt noch Emmy nennt. Das ist ein

Babyname. Aber ich wurde nie Emily genannt, außer wenn ich Schelte bekam. Ich bekomme sogar jetzt noch Angst, wenn einer ›Emily‹ zu mir sagt, weil ich denke, jetzt kommt was Ernstes.«

»Ich will auch etwas Ernstes.«

Emmy fühlte sich unter seinem Blick dahinsinken und wehrte sich dagegen. »Möchtest du, daß ich dich William nenne?« fragte sie.

»Igitt! Im Leben nicht. Mein Vater heißt William. Hieß. Du siehst, ich denke immer noch, er sei am Leben. Und nenn mich bitte auch nicht Bill. Den Namen hat Rosemary auf Grund gesetzt. ›Bill, mein Mann‹, war ihre ständige Redensart. ›Will‹ fand sie affektiert oder unkonventionell oder zu südstaatlich oder sonstwas, und sie dachte wohl auch, wenn sie mich oft genug ›Bill‹ nannte, würde ich mich ändern. Magie für den Hausgebrauch. Es ist immer verräterisch, wenn Leute anfangen, einander besondere Namen zu geben. Ich sollte dich eigentlich auch nicht Emily nennen. Jemand könnte die Zeichen verstehen.«

Und ich sollte es ihm auch ausreden, dachte sie.

Will küßte sie wieder, kurz und zart. Ihr Haar, ihre Stirn, ihre Augen. Sie tat dasselbe, dann ließ sie ab und fragte: »Hältst du mich für schlecht?«

Will seufzte. »Wenn du wüßtest, wie sehr mich diese Frage nicht interessiert«, meinte er.

Er zog Emmy wieder an sich und machte weiter, wo er aufgehört hatte, neben ihrer Nase, wanderte weiter ihr Gesicht hinunter und über den Hals. Trotz der Kälte draußen wurde es im Wagen heiß. Will fuhr mit den Lippen ihre Schulter entlang, über das Schlüsselbein, dann schob er ihre Bluse auseinander und näherte sich dem Hügel ihrer linken Brust. Kurz bevor er den Gipfel erreichte, riß sie sich mit einem Ruck los. »Nein!« sagte sie. »Wirklich, Will! Damit ist es vorbei.«

Er hörte sofort auf, lehnte sich zurück und starrte wieder aus dem Fenster, die Hände am Lenkrad; aber er startete nicht den Motor und sagte auch nichts. Es verging einige Zeit.

»Was denkst du, Will?« fragte sie endlich.

»Weiß der Himmel«, antwortete er, ohne sich zu rühren. »Und was denkst du, Emily?«

»Ich weiß es nicht.«

»Aber ich. Du denkst, wie ärgerlich es ist, daß ich meine Lektion nicht gelernt habe, nachdem du dir solche Mühe gemacht hast, sie mir zu erteilen. Du willst nicht aufhören, dich mit mir zu treffen, nein; du willst dich vielmehr weiter mit mir treffen und so tun, als ob du eine Affäre mit mir hättest, und dich zum Lunch und Tee und Cocktail ausführen lassen und, wenn dir danach ist, ein bißchen jugendfrei schmusen, aber nur ja nichts tun, was man am St. Kit's nicht gutheißen würde.«

»Ich dachte, für dich wäre es auch schön«, sagte Emmy indigniert.

»Ich liebe keine Kinderspielchen. Dafür bin ich zu alt. Ich kann so etwas nicht einfach an- und ausknipsen wie du anscheinend. Ich kann das nicht. Was glaubst du eigentlich, was ich bin? Ein Teddybär, den du auf den Arm nehmen und wieder weglegen kannst, je nachdem, wie dir gerade ist?«

So aufgewühlt sie war, mußte Emmy einen kurzen Augenblick denken, daß Will in der Tat eine gewisse Ähnlichkeit mit einem Teddybär hatte, vor allem um Haaransatz und Augenbrauen herum. »Natürlich nicht«, sagte sie.

»Sollen wir fahren? Es liegt ganz bei dir. Oder bleiben wir?«

Emmy zögerte und sah hinaus auf den Schnee und die toten Äste, dann wieder zu Will. Ich kann ihn nicht aufgeben, dachte sie, aber natürlich muß ich. Sie öffnete den Mund, um »Nein« zu sagen, und sagte: »Ja.«

Als sie sich diesmal küßten, setzte Will sein ganzes Gewicht ein, so daß er sie langsam auf dem Sitz hinunterdrückte. Die Kulisse hinter seinem Kopf, Büsche und kalter Himmel, verwandelte sich in das Autodach. Ihr Atmen wurde zum Keuchen. Na ja, wir können es wenigstens nicht jetzt und hier im Auto tun, war ihr letzter unklarer, irriger Gedanke.

Allen Ingram an Francis Noyes

3. Februar

... und bin wieder ganz genesen, danke, das kannst Du auch Ginny mitteilen; aber sag es ihr mit Deiner kühlsten Laienspielerstimme, denn ich möchte ihre Sorge um mich nicht herausfordern. Ich mag mich von so einer Frau (gut, von einer Frau überhaupt) nicht bemuttern und betanten lassen; wie Tommy und Alf das gern haben können, ist mir unbegreiflich. Wenn du ihr schon etwas sagen mußt, dann sag, ich bin so an die schlichte, gesunde Landkost und frühe Morgenstunden gewöhnt, daß mir der Luxus der Großstadt einfach zuviel geworden ist. Entschuldige Dich nicht *für mich. Ich war nicht schuld, daß das Aquarium zu Bruch gegangen ist, das war Alf. Und schlimmer noch, ich weiß, daß er sich jahrelang danach verzehrt hat, das zu tun (Du siehst, ich schaue mit den Drillbohreraugen des Schriftstellers geradewegs durch ihn hindurch), und es war ihm bestimmt ein ungeheurer Kitzel, als er sah, wie Tommys exotische kleine Spermien gelb und rot und schwarz alle miteinander auf dem Teppich ihr Leben verhauchten ...*

Das neue Semester hat angefangen, und ich habe eine

brandneue Kollektion kleiner »kreativer Schreiberlinge« am Hals – zwanzig diesmal. Ich mußte doch tatsächlich die Einschreibungen limitieren, was einem hier ungeheures Prestige verleiht; und, *was noch besser ist, ich konnte meine drei hoffnungslosesten Aspiranten rausschmeißen. Allerdings bleiben noch genug hoffnungslose Fälle übrig, und ich habe den schrecklichen Verdacht, daß ich hier nur so populär bin, weil mein Kurs in dem Ruf steht, ein Klacks zu sein (man denkt an die kleinen Aufmerksamkeiten beim Kindergeburtstag).*

Ich habe weitere Konferenzen des berühmten Convers-Einstiegskurses besucht, Humanistische Bildung C, den McBär erfunden hat und leitet. Alle sind übereinstimmend der Meinung, er sei der Eckpfeiler der Convers-Bildung, weshalb ich fand, ich sollte meine Schraubenzieheraugen einmal in diese Richtung drehen. Soweit ich den löblichen Sinn des Unterfangens verstehe, besteht er darin, die Hirne der Studienanfänger vollständig zu leeren (»ihre Voreingenommenheiten zu brechen und ihr Vertrauen auf alles, was sie zu wissen meinen, zu zerstören«) und auf diese Weise lauter vermeintlich saubere weiße Blätter zu erhalten, damit die Professoren sie beschriften können. Aber das spielt sich alles in so hohen metaphysischen Sphären ab, daß ich mich frage, ob es auch wirklich klappt. Meine älteren Semester erscheinen mir jedenfalls nicht besonders wiedergeboren – es sei denn, McBär und seine Jünger hätten deren Gehirne zuerst mit Wasser und Seife ausgeschrubbt und dann wieder mit den alten Ideen vollgestopft.

Wirklich, kann denn irgendeine *intellektuelle Erörterung oder Beweisführung mehr als nur die alleroberflächlichste Wirkung haben? Manchmal bin ich versucht, den ganzen Laden so zu betrachten, wie es die Eingeborenen wohl tun: mit unermeßlicher Gleichgültigkeit. »Da oben im College, da reden sie viel«, aber das wahre Leben spielt sich ganz woanders ab.*

Daran erinnerte mich ein einzigartiger Augenblick, der sich mir gestern bot. Ich war mit dem Hund von den Williams spazierengegangen (das ist GESUND, *rede ich mir unablässig ein, während mir die Füße gefrieren, und hinterher heult das Vieh eine Zeitlang viel weniger). Wir gingen von hier aus die Straße hinterm Haus hinauf in den Wald, und als ich einmal zufällig zwischen den Bäumen hindurch nach unten sah, lag da ein Pärchen mitten im Schnee und liebte sich. Die Gesichter konnte ich nicht sehen – sie waren etwa hundert Meter weiter weg. Die Frau war, wie es aussah, trotz der Kälte oben ohne und recht braun – ich denke, es gibt hier in der Gegend noch ziemlich viel Indianerblut. Hinter ihnen dehnten sich bis zum Fluß hinunter die Felder, auf denen bei meiner Ankunft im Herbst noch Getreide, Kürbisse und Tabak gediehen (und wohl auch dieses Jahr wieder gedeihen werden). Da kam es mir so in den Sinn, daß wir Universitätsmenschen hier nur so etwas sind wie der Schnee, eine kalte weiße Schicht auf warmer Erde, oberflächlich und zu guter Letzt wohl ebenso vergänglich.*

Zweiter Teil

9

Eis«, sagte Holman. »Ob das reicht, was wir im Haus haben?«

»Mhm.« Emmy arrangierte am Küchentisch die Blumen für ihre Party heute abend. »Was hast du gesagt?«

»Ich überlege, ob ich noch mal wegfahren und mehr Eis besorgen soll.«

»Haben wir nicht genug Eis?«

»Das wollte ich ja gerade wissen«, antwortete er ohne Ungeduld.

»Ach, es sind doch sicher Unmengen da«, erwiderte Emmy, ohne zu überlegen oder nachzusehen. Aber als er sie in ihrem roten Seidenkleid so dastehen sah, in jeder Hand eine Blume, verzieh er ihr, daß sie so unpraktisch war. Seine Frau war nämlich endlich wieder sie selbst. Ein bißchen nachlässig im Haushalt, das schon (er hatte erst neulich im Scherz gemeint, mit den Fenns habe wohl auch deren Lebensstil bei ihnen Einzug gehalten). Im übrigen schien sie sich aber jetzt ganz gut in Convers eingelebt zu haben. Ihre Launen und Depressionen waren wie weggeblasen; sie plagte ihn nicht mehr mit Hum C, lag ihm nicht mehr in den Ohren, er solle mehr zu Hause sein, beklagte sich auch nicht mehr über das Klima. Seit der Rückkehr aus den Ferien war sie die meiste Zeit zufrieden, sogar fröhlich.

Er warf einen Blick ins Gefrierfach.

»Ist ja egal. Wenn uns das Eis ausgeht, brauchen wir nur die Hintertür aufzumachen und einen Zapfen vom Dach zu brechen. Keine Sorge, mein Schatz, es wird schon alles klappen.«

Ja, auch Holman hatte das Gefühl, daß der Abend ein Erfolg würde. Fast vierzig Leute waren eingeladen, und sie boten außer Punsch noch allerlei andere Getränke an. Für einen Dozenten im ersten Jahr war es eine recht anspruchsvolle Party, aus der Sicht einer Stockwell allerdings nichts Besonderes. »Was glaubst du, wer zuerst hier ist?« fragte er.

»Meine Güte, das weiß doch ich nicht.« Jedenfalls nicht Will, dachte Emmy, denn er hatte gesagt, er komme erst später. Sie füllte noch eine Schale am Spülbecken, wo die roten und weißen Blumen im Wasser lagen. »Die McBanes?«

»Nein; wir haben ihm doch gesagt, daß wir um halb neun anfangen.« Es war McBanes unverrückbare Gewohnheit, zu jeder Zusammenkunft, sei es beruflich oder gesellig, auf die Minute pünktlich zu erscheinen. Mit den Jahren waren fast alle Fakultätsangehörigen von Convers auf die gleiche Lösung für dieses Problem verfallen, die auch Holman und Emmy sich unabhängig voneinander ausgedacht hatten: Man lud Mr. und Mrs. McBane zu einer späteren Zeit ein als die anderen Gäste.

»Ob er weiß, welches Spiel wir da treiben?« fragte Holman. »Ich meine, selbst wenn er es nicht weiß, wird er es doch spätestens merken, wenn er hier ankommt.«

»Wenn er es merkt, geschieht's ihm nur recht«, sagte Emmy wegwerfend, aber nicht unfreundlich. Sie hatte nicht die mindeste Ehrfurcht vor McBane; Holman sah sie bewundernd an. In ihren ersten Ehejahren hatte sie, weil noch unerfahren, die gesellschaftlichen Formen, in denen sie erzogen worden war, nur befolgt; jetzt machte sie von ihnen Gebrauch. Eines Tages würde sie die Gastgeberin sein, auf die ein Institutsleiter, ein Dekan, sogar ein Collegerektor stolz sein könnte.

»Vielleicht kommt er ja doch als erster, wenn er uns durchschaut hat. Er ist zu allem fähig.«

»Macht nichts. Dann kann er sich mit den Fenns unterhalten.« Sie tauschte eine rote Nelke gegen eine weiße aus.

»Mit den Fenns? Die kommen doch garantiert nicht vor zehn.«

»O nein. Miranda hat mir versprochen, früh zu kommen und mir beim Auftragen zu helfen.«

Holman stöhnte; die Zeichen der Freundschaft zwischen seiner Frau und den Fenns erstaunten und irritierten ihn nach wie vor. »Ich wollte, darauf hättest du dich nicht eingelassen.«

»Aber warum denn nicht, Darling?«

Emmy hatte ganz unschuldig gefragt; dabei weiß sie es sehr genau, dachte er. Sie hatte die Idee gehabt, Mrs. Rabbage zu bitten, bei der Party zu bedienen, aber dagegen hatte er sein Veto eingelegt. Es konnte im Moment zu großkotzig aussehen; außerdem hatte er das Gefühl, Mrs. Rabbage könne das Ansinnen, als Dienstmädchen aufzutreten, übelnehmen. Nächstes oder übernächstes Jahr, wenn sie seine Beförderung feierten (die heutige Party war gewissermaßen zur Feier seines erneuerten Lehrauftrags), könnten sie vielleicht eine seiner Studentinnen als Aushilfe engagieren.

»Weißt du, Schatz«, sagte er, »seit diesem Brand bilden die Fenns sich ein, sozusagen hier zu wohnen. Sie essen bei uns, leihen sich von uns Sachen zum Anziehen und vergessen, sie zurückzugeben. Sie kommen und schleppen unsere Zeitungen und Zeitschriften fort, bevor ich auch nur einen Blick hineinwerfen konnte. Und dauernd wollen sie irgendwohin gefahren werden.«

»Ich weiß. Aber denk doch mal daran, was sie für eine schreckliche Zeit hinter sich haben. Zuerst ist ihnen ihr Haus fast niedergebrannt, dann hat Julian seine Stelle verloren und bisher noch keine neue gefunden, und Geld hatten sie überhaupt noch nie. Und dann die vielen Kinder. Es gibt Monate, da kann Miranda beim besten Willen ihre Rechnungen nicht bezahlen.«

»Egal wieviel Geld sie hätte, sie würde auch dann die meiste Zeit ihre Rechnungen nicht bezahlen können. Wer ihr diese zweihundert Dollar geschenkt haben mag, hat einen großen Fehler gemacht; jetzt bildet sie sich ein, die guten Feen würden allezeit für Miranda Fenn sorgen. Und vielleicht hat sie sogar recht. Solche hilflosen, verschrobenen Familien scheinen die Nächstenliebe nur so auf sich zu ziehen. Das habe ich schon als Kind mitbekommen. Hat man je von einem Menschenfreund gehört, der Leuten wie den Greens, die mindestens genau so arm sind, sein Geld schenkt? Und schau mal, was sie damit gemacht hat. Bisher vier Paar Schlittschuhe und ein Tisch aus Seemuscheln.«

»Ja, das war total verrückt«, mußte Emmy zugeben. Nachdem sie gesehen hatte, daß Miranda nicht beabsichtigte, etwas für die Reparaturen im Haus anzulegen, hatte sie sich vorgestellt, sie werde sich wenigstens etwas Größeres von bleibendem Wert anschaffen – vielleicht eine Waschmaschine –, was sie noch jahrelang an das Geschenk erinnern würde. Holman hatte zu einem Gebrauchtwagen geraten. »Ich weiß. Wenn Julian eine Stelle im Süden findet, sind die Schlittschuhe zu nichts mehr gut. Und egal, wohin sie ziehen, dieser alberne Tisch geht wahrscheinlich schon im Möbelwagen kaputt.«

Holman stellte Gläser auf ein Tablett. Sie hatten von allem noch immer das Hochzeitsdutzend, alles auf Hochglanz poliert. »Ich habe heute auch den Mann vom Musikalischen Institut gesehen, den wir zur Party eingeladen haben«, sagte er. »Bill Thomas.«

»So?«

»Scheint ein ganz intelligenter Mensch zu sein.«

»Mhm.«

»Gesehen hatte ich ihn ja schon ein paarmal, auch schon mit ihm gesprochen, ich hatte nur keine Ahnung, daß er im Musikalischen Institut war.«

»Ich weiß, was du meinst«, sagte Emmy nach kurzer Pause. »Er sieht nicht aus wie ein Musiker. Er sieht aus wie irgendwer.« In ihrem Sprachgebrauch bedeutete »irgendwer« nicht etwa »alle Welt«. Es war vielmehr die Kurzform für »irgendwer, der im Country Club von Rabbit Hills auftauchen könnte«.

»Er scheint mir aber nicht direkt aus ersten Kreisen zu kommen, oder findest du?«

»O nein! Eher eine Art verarmter Adel. Er ist in Tennessee auf eine staatliche Schule gegangen; hat Miranda gesagt, glaube ich.« Sehr gut gemacht, lobte sie sich selbst; vielleicht hätte ich ja nicht unbedingt wissen müssen, wo er zur Schule gegangen ist.

»Bei Südstaatlern ist das immer schwer zu sagen«, meinte Holman. »Die haben nun mal solche Manieren. Man muß sie erst besser kennen, bevor man das beurteilen kann.«

»Mhm.« Und ich habe kein bißchen gekichert, dachte Emmy. Aber mehr darf ich jetzt nicht sagen. Um sicherzugehen, nahm sie eine Vase mit Blumen und trug sie hinaus.

Als sie in der Diele am Spiegel vorbeikam, dachte sie: Ich bin hübsch heute abend. Und das Haus sieht so hübsch aus; diese alten neuenglischen Bauernhäuser sind richtig zauberhaft, wenn sie erst in Ordnung gebracht sind. Alle Lampen an, die Aschenbecher an ihrem Platz, frische Chintzvorhänge, Blumenschalen, Nüsse, Cracker, Zigaretten. Was bin ich doch glücklich! Dabei müßte ich ein schlechtes Gewissen haben, wenn ich an den armen Holman denke.

Es mußte zum Teil an der St. Kit's-Erziehung liegen, daß Emmy wohl wegen des moralischen Ehebruchs Gewissensbisse hatte, nicht aber wegen des körperlichen. Wenn sie gelegentlich Reue verspürte, so nur, weil sie Holman täuschte, weil sie ihn nicht mehr lieben konnte, weil sie einen anderen liebte. Wenn sie mit Will zusammen war, fragte sie nicht danach; dann war sie trunken, ließ sich davontragen. Am schlimmsten war es immer vorher, wenn sie sich bei abgeschlossener Tür im Bad fertig machte; dann dachte sie: Ich könnte/sollte jetzt Schluß machen, ich könnte/sollte Schluß damit machen. Schlimm war es auch hinterher, aber nicht so schlimm. Sie glaubte noch immer an die Regeln, hatte aber irgendwie nicht das Gefühl, daß sie auf sie zutrafen; ihr war ganz schwindlig vor Glück.

Mehr Blumen; sie ging sie holen. Blumen auf den Tischen, dem Kaminsims, den Bücherregalen. Und nun, zuletzt, der größte Strauß: lauter langstielige Rosen, rot und weiß, und natürlich war Valentinstag. Aufs Klavier damit. War das zuviel? Würde es jemandem auffallen? Würde Will selbst überhaupt merken, daß die ganze Party ein Valentinsfest für ihn war?

»Was für ein allerliebstes Häuschen, Emmy!« rief Mrs. Lumkin, sich umschauend. Emmys Lächeln erstarrte; welches Recht hatte Betsy, so gönnerhaft mit ihr zu reden? »Und was für ein zauberhaftes Zimmer hier!« fuhr Mrs. Lumkin fort, indem sie eine Tür öffnete, die sie eigentlich zugelassen hatten.

»Freddys Spielzimmer«, erklärte Emmy. »Leider nicht sehr aufgeräumt.« Es war aufgeräumt, nur nicht so gut wie bei den Lumkins. »Eigentlich sollte es ein Arbeitszimmer werden, aber dann habe ich doch beschlossen, es Freddy zu geben. Wenn man ein Kind hat, ist so ein Zimmer etwas Schönes.« Was bin ich doch für ein Biest geworden, dachte sie; ihr das mit dem Kinderhaben so reinzureiben, wo Will mir doch gesagt hat, daß sie da so empfindlich ist. (Er ist noch nicht da.) Sie warf Betsy einen ängstlichen Blick zu, aber Mrs. Lumkin trug noch dieselbe selbstzufriedene Miene zur Schau, mit der sie schon ins Haus gekommen war. Um es wiedergutzumachen, sagte sie: »Sie sehen heute abend einfach wundervoll aus, Betsy.« Es stimmte, Mrs. Lumkin sah – für ihre Verhältnisse – gut aus.

»Danke.« Betsy akzeptierte das Kompliment, ohne es jedoch zu erwidern. »So fühle ich mich auch.« So selbstgefällig. Bill Lumkin hatte wohl eine Gehaltserhöhung bekommen oder so etwas. (Er ist noch immer nicht da.)

»Ach, Mrs. Rabbage; die konnte ich ja noch nie ausstehen«, sagte Miranda zu Flo Butler und Lucy Green. »Da putze ich noch lieber selbst. Dauernd kam sie mit irgendwelchen noch völlig einwandfreien Sachen zu mir und fragte in ihrem barschen Ton: ›Soll ich das nicht vielleicht mal wegschmeißen?‹ Und so neugierig! Ich weiß genau, daß sie immer in meinen Schubladen gewühlt und wahrscheinlich sogar im Kühlschrank nachgeguckt hat, was es bei uns wohl zum Abendessen gab.«

»Fremde Leute im Haus sind immer lästig«, sagte Flo. »Und richtig ordentlich arbeiten Putzfrauen ja nie. Das ist mir voriges Jahr klargeworden, und da habe ich beschlossen, mir das Geld zu sparen, und als ich genug zusammen hatte, habe ich mir einen von diesen neuen Staubsaugern mit allem Drum und Dran gekauft. Das ist wirklich viel vernünftiger, findest du nicht?« Flo hatte sich umgedreht und die Frage an Lucy Green gerichtet, die neben ihr saß. Seit

Lucy über ihr eingezogen war, versuchte Flo sie unter ihre Fittiche zu nehmen, denn es war doch weiß Gott hart, so jung zu sein, so weit von zu Hause fort, und sein erstes Baby zu erwarten. Auch Miranda sah Lucy an und wollte ihre Meinung hören, aber Lucy, die sich weder Putzfrau noch Staubsauger leisten konnte, hüllte sich störrisch oder schüchtern in Schweigen.

»Und was macht die Dissertation?« wandte McBane sich gutgelaunt dröhnend an Holman. Man hätte glauben können, er sei betrunken, doch es war allgemein bekannt, daß McBane zwar gelegentlich die mildernden Umstände der Trunkenheit für sich in Anspruch nahm, aber höchstens einmal einen Cremelikör trank. Für den heutigen Abend hatten Holman und Emmy eigens sein Lieblingsgetränk namens Fizz besorgt. (Der Werbespruch: »Du liebst Fizz, Fizz liebt dich«, war in Hum C einmal Gegenstand der Erörterung gewesen, gefolgt von der Frage: »Aber wenn Fizz dich nun nicht liebt? Wenn Fizz dich haßt? Wenn dir die Flasche – peng – um die Ohren fliegt?«)

»Es geht ganz gut voran«, antwortete Holman und sah sich um, wer alles zuhörte. Mindestens drei entdeckte er, die eindeutig die Ohren spitzten.

»Gut, das ist gut«, tönte McBane. »Das lobe ich mir!« Das Publikum vermehrte sich auf fünf. »Ihr sollt euch nicht Schätze sammeln in Universitäten, wo Dekane nachgraben und stehlen; vertrauet vielmehr auf Bibliographien.« Hatte sich Bill Lumkins Rücken bei dem Wort »Dekane« gestrafft? »Haltet eure Verbindungen nach draußen, sammelt Macht. Was dich nicht heiß macht, weißt du nicht.« So laut McBane auch redete, Lumkin drehte sich noch immer nicht um. Er und McBane hatten den ganzen Abend noch kein Wort gewechselt. Die übrigen Zuhörer lachten; eine der größten Tugenden McBancs war, daß man ihn nie einen Witz wiederholen hörte – das überließ er getrost seinen Vasallen im Institut, die ihn schon nicht im Stich lassen würden. Und es war denn auch noch keine halbe Stunde vergangen, da kannten alle Partygäste sein neuestes *mot*, ausgenommen Kittie McBane, seine Frau.

Emmy kam mit einer Platte garnierter Cracker aus der Küche und blieb kurz stehen, um einen Blick in die Runde zu werfen. Die Party war voll in Schwung, laut und lebhaft. Viertel vor zehn. Er hatte gesagt, er komme später, aber bis jetzt war er noch immer nicht da. Alle anderen waren da und redeten und lachten; eigentlich über nichts, obwohl sie alle sehr interessiert und überrascht taten. Emmy hätte sie überraschen können, wenn sie gewollt hätte. Angenommen, sie träte jetzt mitten ins Zimmer, stiege auf den Stuhl, der dort stand, und klatschte in die Hände, um sich Gehör zu verschaffen, wie es die Lehrerinnen am St. Kit's taten. »Herhören, alle mal herhören, ich habe etwas Wichtiges mitzuteilen!« Oh, sie wußten es nicht, keiner wußte es, sie alle wußten überhaupt nichts!

Es war einfach unfaßbar, welch große Lust sie dazu gehabt hätte. Ja, genau wie manchmal im Theater oder Konzert, besonders wenn sie auf dem ersten Rang ganz vorn saß, da stellte sie sich gern vor, wie sie aufstehen und reden würde, schreien, sich sogar hinunterstürzen. Alle würden verstummen und zu ihr hersehen, sogar die Musiker im Orchester, die Schauspieler auf der Bühne.

Aber Stürzen täte weh. Also blieb sie sitzen, auch wenn es die vorderste Reihe war, und ließ höchstens wie unabsichtlich ein paar abgerissene Schnipsel ihres Programms (oder das ganze, zu einem Flugzeug oder Fächer gefaltete

Programm) auf die dunklen Frisuren und Glatzen der Leute unter ihr hinunterfallen.

Die Tür. Will. Er war gekommen.

»Du siehst gut aus«, sagte Will zu Miranda. »Ist das ein neues Kleid?«

»Nein, aber meine Schuhe und Strümpfe sind neu. Wie gefallen sie dir?« Alles, was Miranda heute anhatte, war in verschiedenen dunklen Gelbgrüntönen gehalten; darüber stand ihr dünnes, blaßrotes Haar frischgewaschen nach allen Richtungen ab.

»Über alle Maßen. Du siehst aus wie in Trauer um eine Pflanze.«

»Du!« Miranda holte aus, als wollte sie Will eine kleben, wie sie es manchmal tat, ohne ihn dabei zu berühren. »Du hast ja an allem was auszusetzen.«

»Ist ja nicht wahr. Kaum ein anderer hält die Gesellschaft so wacker hoch wie ich.«

»Tatsächlich.«

»Tatsächlich.«

»Welche Gesellschaft?«

»Diese hier. Ich tue immer, was man von mir erwartet. Ich spiele meinen Part. Ich bin der Versager vom Dienst, der nichtsnutzige Künstler, der Verführer kleiner Mädchen. Leute wie ich halten die Gesellschaft in Gang.« Im Sprechen sah er an Miranda vorbei. Als sie sich umdrehte und seinem Blick folgte, sah sie auf der anderen Seite Emmy mit einer Karaffe in der Hand stehen.

»Schön«, sagte Will. »Ist sie nicht schön? Sieh mal, sie weiß, daß ich zu ihr hingucke, läßt sich aber nichts anmerken, schaut nicht her.« Er lachte.

»Sie hat dich vorhin beobachtet«, sagte Miranda.

»Ich weiß.«

»Und bevor du kamst, hat sie immer zur Tür gesehen, als ob die verhext wäre. Will –«

»Hm?«

»Sei vorsichtig.« Miranda sprach leiser. »Ich meine nicht wegen der Leute. Du darfst ihr nicht weh tun. Ich glaube, sie ist ernsthaft in dich verliebt.«

Um ihre Worte zu betonen, stellte Miranda ihr Glas auf den Bücherschrank. Will nahm aus demselben Grund das seine und trank es aus. »Ich sag dir mal was, das ist noch schlimmer«, meinte er. »Ich glaube, ich bin in sie verliebt. Es ist eher damit zu rechnen, daß sie *mir* weh tut.« Miranda lächelte. »Du glaubst mir nicht?«

»Nein.«

»Es ist aber mein Ernst. Ich sag dir was, vor ein paar Nächten, nachdem ich mich mit ihr getroffen hatte, war ich so glücklich, daß ich nicht einschlafen konnte. Ich bin aufgestanden und ein bißchen spazierengegangen. An die zehn Kilometer weit muß ich gelaufen sein, die Straße nach Greensbury hinaus und zurück, und kaum war ich aus der Stadt, habe ich laut gelacht und ihren Namen gebrüllt. Mitten im Nirgendwo, und es war kalt wie die Hölle und nicht einmal ein Mond am Himmel, aber ich habe gebrüllt: ›Emily! Emily!‹ und bin wie ein Irrer in der Dunkelheit herumgerannt.«

Als Holman in die Küche ging, um ein paar leere Gläser wegzubringen, traf er dort Julian Fenn, der sich aus einer der in Reserve gehaltenen Flaschen gerade einen Whisky einschenkte.

»Kann ich dir etwas anbieten?«

»Danke. Ich bediene mich schon selbst.« Julian sah heute noch sonderbarer aus als sonst. Er trug ein hellgrünes Hemd mit roter Krawatte, beides nicht besonders gut gebügelt, und sein verklebtes schwarzes Haar schien seit Monaten nicht mehr geschnitten worden zu sein.

»Das sehe ich«, sagte Holman, nur zu Hälfte freundlich. Die andere Hälfte kam offenbar nicht an, denn Julian lächelte nur kurz und drehte sich zum Spülbecken um, wo er sich mit Wasser und Eis versorgte.

»Ich habe gerade einen Blick in deine ›Times‹ geworfen«, sagte er, ohne jede Entschuldigung, und nahm Holmans Zeitung erneut zur Hand.

Holman beschloß zu bleiben, damit Julian sich, allein in der Küche, nicht noch weiter an seinem Eigentum vergriff. Er nutzte die Gelegenheit, um sich nach einem seiner Studenten zu erkundigen, der früher Julians Student gewesen war.

»Ach ja, Dicky Smith«, meinte Julian. »Der war voriges Quartal oft bei mir. Der Kurs hat ihn völlig verwirrt. Ziemlich muffige bürgerliche Verhältnisse, aus dem Westen von New York State oder so. Er brachte mir immer seine Kurzgeschichten. Vielleicht hat er's aber jetzt aufgegeben. In letzter Zeit war er nicht mehr hier.«

»Klar, dafür kommt er ja jetzt zu mir.«

»Ach! Mit Kurzgeschichten?«

»Wenn du sie so nennen willst. Hundsmiserable kafkaeske Phantasien.«

»Bei mir war's hundsmiserabler Hemingway. Man könnte, kulturell gesehen, von einem Fortschritt sprechen.«

»Mein Gott«, sagte Holman, der es als einen Rückschritt ansah. »Ich versuche ihn davon abzubringen, aber er kommt immer wieder.«

»Wie beurteilst du ihn als Studenten? Ich fand ihn gar nicht schlecht. Für das letzte Quartal konnte ich ihm nur eine Zwei geben, weil er die Abschlußarbeit nicht fertig gemacht hat. Er hätte Besseres leisten können, hat sich aber verheddert. Aber im Unterricht hat's Spaß gemacht mit ihm; er war so begeistert dabei.«

»Mir liegt er nicht«, sagte Holman. »Er mag begeistert dabei sein, ist aber nicht ernstzunehmen. Nach meinem Eindruck ist er der Typ, der sich mit Feuereifer auf alles stürzt, aber sofort die Finger davon läßt, wenn es anfängt, schwer zu werden. Er wirkt so formbar, aber auf lange Sicht bleibt absolut nichts bei ihm hängen.« Da Julians Gesicht keine Zustimmung verriet, kam es Holman in den Sinn, daß Julian der gleiche Typ war. »Ich habe seine Arbeiten mit Drei und Drei plus bewertet. Nach meiner Einschätzung hat er nicht mehr verdient.«

»Es ist aber wichtig für ihn, einen Schnitt von mindestens Zwei minus zu halten; sonst kann er nicht hierbleiben. Er hat doch ein Stipendium.«

»Ja, ich weiß. Das sagt er mir ja dauernd.«

»Man darf uns nicht so beieinander stehen sehen«, sagte Emmy heute abend schon zum zweitenmal zu Will. »Aber geh noch nicht. Bleib hier, bleib bis zum Schluß.« Sie legte Will die Hand auf den Arm, zog sie zurück, legte sie wieder darauf und sah zu ihm auf. Ihre vollen Wimpern waren mit Tusche noch voller gemacht, ihr einladender Mund war ein bißchen verschmiert, ihr Gesicht glühte; sie war zu zwei Drittel betrunken.

»Wenn du findest, daß sich das gehört.«

»Aber ja, du bist doch auch sehr spät gekommen. Außerdem habe ich dich gern um mich, auch wenn ich nicht mit dir reden kann. Und außerdem möchte ich dich mit Holman bekannt machen.«

»Ich kenne ihn schon.«

»Aber du sollst dich mit ihm unterhalten.«

»Unterhalten? Worüber?«

»Mein Gott, ich weiß nicht; über Politik oder Sport oder so. Worüber Männer sich eben unterhalten.«

»Um keinen Verdacht aufkommen zu lassen, meinst du?«

»Nein, nein, das meine ich überhaupt nicht. Ich möchte, daß ihr Freunde werdet. Wirklich, ich weiß, daß ihr euch blendend verstehen würdet.«

»O ja, eine Gemeinsamkeit haben wir ja schon«, sagte Will und lehnte sich dabei an die Wand zurück, so daß Emmys Hand von seinem Arm glitt. Sie verzog den Mund zu einem Lächeln, dann verstand sie, und es wurde ein Schmollen daraus. »Ich finde die Idee nicht gut, Emily. In so einer Freundschaftssituation war ich schon einmal, und das geht nicht. Es ist gemein.«

»Holman mag dich aber«, sagte Emmy, die nicht zugehört hatte. »Er mag dich jetzt schon; er hat mir heute erst gesagt, daß er dich intelligent findet.« Will antwortete nicht. »Außerdem hast du versprochen, uns etwas vorzuspielen.«

»Dir.«

»Gut, dann eben mir.« Sie tauschten einen Blick. »Schließlich habe ich dich noch nie spielen hören.«

»Er meinte, Hum C sei so etwas wie Zen«, sagte Charley Green. »Nach dem Unterricht kam er zu mir, um mir das zu sagen. Ich finde das aber gar nicht.«

»Nein«, pflichtete Julian ihm bei. »Es ist eigentlich sogar das genaue Gegenteil. McBane spielt zwar manchmal den Guru mit seinen kryptischen Äußerungen, und wir machen es ihm natürlich nach. Aber Zen versucht etwas zu vermitteln, was sich mit Worten nicht ausdrücken läßt. Es befaßt sich mit dem Unbenennbaren. Hum C befaßt sich nur mit dem Benennbaren.«

»Ja, genau«, sagte Charley und schwenkte sein Glas.

»Wir befassen uns mit nichts als Worten, nichts, was man nicht in Worte fassen kann. ›Definiere deine Begriffe!‹«

»Es ist schon halb zwölf«, sagte Lucy Green und hob die Hand, um ihrem Mann die kleinen goldenen Ziffern auf ihrer Armbanduhr zu zeigen. Charley achtete nicht darauf.

»Es geht ja nicht anders«, fuhr er fort. »Sonst würden wir alle immerzu verschiedene Sprachen sprechen; außerhalb des Kurses tun wir das ja auch.«

»Und innerhalb genauso«, sagte Julian. »Sie definieren Ihre Begriffe, schön, dann definieren Sie die Begriffe Ihrer Definition, wo wollen Sie damit aufhören?«

»Ich bin so müde, Charley.« Lucy lehnte sich, den Bauch voran, gegen ihn.

»Aber man einigt sich auf die Begriffe«, sagte Charley, indem er seine Frau halbherzig unterhakte. »Das habe ich festgestellt. Und dann kann man sich miteinander verständigen.«

»Sie glauben sich zu einigen, weil Sie dieselben Wörter benutzen. Das beweist noch nicht, daß Sie von denselben Dingen reden. Ihre ›Verständigung‹ findet zwischen Träumen statt, nicht zwischen Taten. Zwischen Träumenden, nicht Handelnden.«

»O nein, das finde ich nicht«, rief Charley und schwenkte die Hand mit dem Glas durch die Luft, so daß der größere Teil seines vierten Drinks auf dem Teppich landete. Die Hälfte der zehn bis fünfzehn Leute, die auf der Party waren, hörte ihn nicht, die andere Hälfte aber doch.

»Charley, ich finde, wir sollten nach Hause gehen«, sagte Lucy. »Wirklich.«

»Ach nein, gehen Sie noch nicht«, sagte Emmy zu den Lumkins. »Bleiben Sie noch. Will wird uns noch etwas auf dem Klavier vorspielen.« Ihre Party schmolz rasch zusammen; alle, die Kinder zu Hause hatten und folglich Babysitter, die wie Taxameter tickten, waren schon gegangen.

»Nein, wir müssen jetzt unbedingt«, sagte Betsy, selbst für ihre Verhältnisse steif. Emmy wunderte sich im ersten Moment, aber dann verstand sie: Betsy war einfach eifersüchtig, weil Will woanders als in ihrem Haus spielen würde; heute abend verstand sie alles, war alles in so leuchtenden Farben und klar. Die Greens gingen jetzt auch, und Allen Ingram – sie sah zu Will, ob er sein Versprechen wohl halten werde. Ja, denn als die Tür zuging, setzte er sich wieder hin und nahm sein Glas zur Hand.

»Will hat versprochen, uns etwas vorzuspielen«, klärte sie Holman auf.

»Aha, das ist schön«, sagte Holman großmütig und setzte sich ebenfalls. Eigentlich hätte er sich gewünscht, daß jetzt alle gingen, damit er mit Emmy über den Erfolg der Party reden konnte, aber was machten die wenigen Minuten schon? Wenn es bei wenigen blieb, denn es war schon nach ein Uhr. Er war ein bißchen müde, und Emmy sah ziemlich gerupft aus; ihr Make-up war fast völlig verwischt, ihre Frisur in Auflösung begriffen, ihr knalliges Kleid zerknittert.

»McBane war heute abend groß in Form, wie?« meinte Will.

»Das ist er immer.«

Sie begannen miteinander zu reden, wie es Emmys Absicht gewesen war. Emmy schaute zu, hörte aber nicht zu. Will war so ungemein attraktiv; die Art, wie seine Hand das Glas umfaßt hielt; und Holman, natürlich war Holman manchmal absolut unausstehlich, aber jetzt war er ganz ernst bei der Sache und versuchte nett zu sein, das hörte sie seiner Stimme an. Er redete und Will hörte zu, und sie verstanden sich gut.

»Ich hatte ja inzwischen zu wissen geglaubt, wer im Institut auf McBanes Seite steht und wer nicht«, sagte Holman soeben. »Jetzt habe ich mehr und mehr das Gefühl, daß er selbst ganz bewußt dauernd die Seiten wechselt, damit nur ja keiner lange genug auf der seinen stehen kann. Oder auf der anderen. Vorige Woche hat Baker in der Kurskonferenz seine große Protestrede gehalten, und man sah ihm an, wie aufgeregt er war und wie mutig er sich vorkam und was für eine Heidenangst er hatte, weiß der Himmel warum, denn er hat eine Dauerstellung. Und da drehte McBane sich um und sagte: ›Ich bin völlig Ihrer Meinung, Jay.‹«

Sie reden über McBane, dachte Emmy; das tun sie immer in Convers, und dabei ist er ein Langweiler und ein Fiesling. Er benimmt sich schlechter als Freddy, und dann diese entsetzlich fusselnden Tweedanzüge; und die arme kleine Kittie McBane, die immer so unscheinbar und blaß wirkt, warum hat sie ihn nur geheiratet? Sicher nicht mangels anderer Chancen, denn sie muß einmal recht hübsch gewesen sein.

Holmans Kinn verkrampfte sich, deutlich ein unterdrücktes Gähnen; Will war in die Kissen gesunken.

»Jetzt müssen Sie uns aber etwas spielen«, bestimmte sie.

»Also gut.« Will erhob sich langsam vom Sofa und lächelte Emmy an; er fand sie jetzt so wunderschön, so sanft und schläfrig mit dem im Nacken aufgelösten, schweren weichen Haar. Er setzte sich auf den Klavierstuhl und schlug ein paar Tasten an, um das Instrument, ein altes Hamilton, zu testen. Es war verstimmt, aber nicht schlimm, und fast nur in den oberen Oktaven.

»Eine sehr gelungene Party, fand ich«, sagte hinter ihm Holman zu Emmy. »Ich finde, es hat alles bestens geklappt, du nicht?« Will, der es nicht leiden konnte, beim Spielen gestört zu werden, nahm die Hände von den Tasten und wartete.

»Mhm, ja«, stimmte Emmy ihm zu.

»Das Eis hat gerade gereicht. Nur zu, spielen Sie uns etwas«, forderte er Will auf. »Ich verstehe nicht viel von Musik, aber was ich verstehe, das gefällt mir.«

Banause, dachte Will. Am liebsten wäre er gegangen. Statt dessen rutschte er aber nur ein Stückchen auf dem Klavierstuhl nach vorn, und anstelle des Stücks, das er für Emmy hatte spielen wollen, spielte er Purcells Trompetenvorspiel, parodierte das Stück, spielte es so laut wie eben möglich. Offenbar war es genau das Richtige für Holman Turner, ein Triumphmarsch voll pompöser Überzeugungen.

»Sie wecken Freddy auf!« flüsterte Emmy.

»Pst!« befahl Holman, der jetzt lauschte. Will spielte in unverminderter Lautstärke weiter, veralberte immer schamloser das Stück. Emmy wußte, daß etwas nicht stimmte, und kniff die Augen zusammen.

Schrumm, schrumm, schrumm! beendete Will das Vorspiel mit einem schwülstigen Ritardando überladener Akkorde und drehte sich um.

»Großartig, wunderbar«, sagte Holman und stand auf. »Das war schön. Sie können ja wirklich spielen!« Er klatschte mit hohlen Händen laut Beifall.

Dabei sah er Emmy aufmunternd an, erwartungsvoll.

»Ja, danke, Will«, brachte Emmy schließlich ein bißchen lahm heraus. »Das war schön.«

»Ah, das war schön!« sagte Emmy.

»Mhm ... im Bett ist es immer am besten«, flüsterte Will, den Mund in ihren Haaren und ohne sich zu rühren.

»Oh, du. Aber das weißt du doch gar nicht.«

»Aber du.« Will hob lächelnd den Kopf und stemmte sich langsam auf einem Ellbogen hoch.

»Nicht weggehen.«

»Ich gehe nirgends hin.« Er griff über sie hinweg nach dem Glas Bourbon auf Eis, das neben dem Bett stand. »Du auch?«

»Nein, danke. Ich würd's nur verschütten. Ich mag mich gar nicht rühren.«

Will trank und stellte das Glas wieder fort. Er lag auf ihr, das Kinn auf die Fäuste gestützt, und sah in Emmys Gesicht, die wirre Haarfülle auf dem wirren Laken. Sie lagen schräg auf dem Bett, Kleider und Decken bis in alle Ecken von Emmys Schlafzimmer verstreut.

»Was ich gesagt habe, war übrigens mein Ernst.«

»Was hast du denn gesagt?« fragte Emmy.

»Daß ich in dich verliebt bin.«

»Hm, ich glaube, ich bin auch verliebt in dich«, sagte Emmy.

»Ich meine ja nur, du hättest vielleicht denken können, ich hätte das nur so in der Hitze des Augenblicks gesagt.«

»Nein.«

Will ließ sich wieder hinuntersinken, die Augen geschlossen, die dichten blonden Wimpern fest zusammengepreßt. An seinem Hals pulsierte es leicht und gleichmäßig unter der rasierten, geröteten Haut, unmittelbar neben Emmys brauner Haut. Im Sonnenlicht, das in einzelnen Rechtecken schräg auf das Bett fiel, konnte sie jedes einzelne Haar, einige blonder, einige brauner, aus seiner Kopfhaut wachsen sehen.

»Geh nicht weg. Du fühlst dich so – ich weiß nicht – so schön an, so schwer und warm.«

»Kann nichts dafür, ich bin schon weg.« Will wälzte sich auf die Seite.

»Sag mal.« Emmy, die flach auf dem Rücken lag, tastete um sich, dann auf den Boden.

»Ja?«

»Ich finde das Kissen nirgends... oh, danke. Wo war's denn?«

»Auf dem Boden.«

»Aber wie ist es da hingekommen?«

»Weiß *ich* doch nicht. Ich hab's nicht beobachtet.«

»Ich auch nicht.« Sie mußten beide lachen.

»Es ist so schön hier. Ich weiß gar nicht, warum wir das nicht schon früher versucht haben«, sagte Emmy, aber indem sie es sagte, wußte sie warum; es war weniger wegen der Gefahr, ertappt zu werden, als weil dies auch Holmans Bett war. Sie löschte den Gedanken wieder aus.

»Will«, sagte sie, »ist es nicht ulkig, sich vorzustellen, daß alle Leute in der Stadt jetzt bei der Arbeit oder beim Einkaufen sind oder durch den Schnee zur Schule laufen, weil es zehn Uhr morgens ist, und wir hier herumliegen? Komisch, ich habe überhaupt kein schlechtes Gewissen, nur dieses komische Gefühl. Ich denke: Kein Mensch außer mir weiß davon, also ist es vielleicht gar nicht wirklich wahr.«

»Oder die anderen Leute sind alle gar nicht wahr.«

»Doch.« Emmy legte sich auf die Seite. »Dafür sind's zu viele. Ich meine das nur so ähnlich wie in Hum C – wenn man es nicht in Worten ausdrückt, existiert es dann überhaupt?«

»Wie meinst du das, es nicht in Worten ausdrücken?«

»Nun ja.« Sie lachte und wälzte sich weiter auf die Seite, zu ihm hin. »Hm. Du fühlst dich immer noch so warm an.«

»Du auch.«

Ein paar Minuten vergingen.

»Und dann denke ich, wenn alle es wüßten, würde ich mich dann schuldig fühlen?« fragte Emmy.

»Du hast es gut. Ich fühle mich immer schuldig, schon seit ich sechs war oder so; selbst wenn ich ganz und gar brav bin. Da hab ich mir letzten Endes gedacht, Himmel noch mal, dann kann ich meinem Gewissen ja auch gleich einen Grund zur Klage geben.«

»Ich weiß nicht so recht, was ich von Hum C halten soll«, sagte Emmy nach einer Weile. »Wahrscheinlich verstehe ich es ja nur nicht. Zum Beispiel, daß man sich alles daraufhin ansehen soll, was es im Grunde eigentlich ist, und daß man auf seine innere Stimme lauschen soll, um herauszufinden, was man wirklich empfindet. Wenn ich auf meine inneren Stimmen lausche, sagen die immer nur so was wie: ›Ich glaube, ich rufe jetzt mal Will an‹, oder: ›Nun geben wir Emmy mal das größte und schönste Stück vom Kuchen.‹«

Will lachte.

»Doch, das ist wahr. Sieh mal, seit ich verheiratet bin, habe ich Holman immer von allem das beste Stück gegeben, jahrelang. Das war dumm, denn er hat es bestimmt nie gemerkt, aber ich hab's nun mal gern getan. Und letzten Herbst habe ich dann damit aufgehört, aber ich versuchte immer noch fair zu sein und alles gerecht aufzuteilen. Nur kann ich jetzt anscheinend nicht einmal mehr das. Manchmal versuche ich bewußt, ihm den besseren Teil zu geben, und wenn wir dann sitzen, sehe ich, daß ich ihm irgendwie unbewußt den schlechteren gegeben habe, das angebrannte Stück oder was auch immer. Das ist so gemein. Und manchmal sagt meine innere Stimme auch so etwas: ›Stell dir vor, Holman würde sich erkälten, ganz schlimm erkälten, eine Grippe bekommen, Lungenentzündung, und daran sterben?‹«

»Was verlangst du denn von deinem Unterbewußtsein?

Hast du gedacht, es würde sagen: ›Schönheit ist Wahrheit, Wahrheit ist Schönheit‹?«

Emmy lachte, aber es klang nervös.

»Das sagt es nicht. Nein. Oder wenn du so willst, sagt es auch nur das. Zumindest wäre das vielleicht die Wahrheit. Du liebst Emily und haßt Holman.«

»Ich hasse ihn nicht.« Sie richtete sich auf und sah auf Will hinunter, der quer über dem ganzen Bett lag, betrachtete den skeptischen Schwung seiner Augenbrauen, den kräftigen Schwung seines sommersprossigen Rückens. In kunstgeschichtlichen Begriffen gesehen, war er nicht nach dem Prinzip von Würfel und Kugel gebaut wie Holman, sondern zusammengefügt aus lauter langen, kräftigen, an den Ecken abgerundeten rechten Winkeln. »Ich empfinde für ihn eigentlich gar nichts. Ich stehe ihm gleichgültig gegenüber.«

Elf Uhr. Will saß mit einem Glas in der Hand auf dem Klavierstuhl, Emmy mit einem Erdnußbuttersandwich neben ihm, aber mit Blick zum Fenster. Sie war barfuß und trug Bluejeans und einen alten Pullover. Auf dem Klavier stand die große Vase mit den von der Party übriggebliebenen, verblühten Rosen, die ihre roten und weißen Blütenblätter verloren, als Will ein paar Molldissonanzen anschlug.

»Was ist? Du bist traurig«, sagte Emmy.

»Ich weiß nicht. *Toutes les bêtes sont tristes après*... Rein physiologisch, denke ich. Verlust lebenswichtiger Flüssigkeiten.«

»Ich bin aber nicht traurig.«

»Ha, du hast ja auch nichts verloren.« Er spielte ein paar Töne im Diskant, wo die Saiten verstimmt waren.

»Nur meine Tugend.«

»Machst du dir darüber immer noch Gedanken?«

»Ich weiß nicht. Es macht mir ein bißchen angst. Ich denke, wie sie alle wütend auf mich wären und mich verachten würden, wenn sie es wüßten, und dann habe ich Angst, daß du mich im Grunde verachtest.«

»Emily!« Drei Akkorde Bartok, dann brach er wieder ab. »Du mußt nämlich wissen, daß auch ich Angst habe. Das ist am Anfang eines ernsthaften Liebesverhältnisses immer so, da haben beide ein bißchen Angst voreinander. ›Denen die Macht gegeben, zu verletzen –‹«

»Du hast doch nicht wirklich Angst vor mir, oder?«

»›Sag das noch einmal‹, meinst du.«

»Aber ich stehe doch zu dir, ich bin ganz und gar auf deiner Seite.« Emmys Worte und Tonfall stammten geradewegs vom St. Kit's.

»Ich liebe deine Stimme, diese Melodie«, sagte Will und spielte sie mit einem Finger auf dem Klavier nach. »›Ich stehe doch zu dir, ich bin ganz und gar auf deiner Seite.‹«

»Es ist aber mein Ernst.«

»Inwiefern stehst du auf meiner Seite?«

»Ich will dir helfen. Ich will einen guten Einfluß auf dich haben und dir Mut machen, wieder zu komponieren.«

Will zog abrupt die Hände von den Tasten. »Nein«, sagte er. »So ist das doch immer mit den Frauen«, fuhr er fort. »Sie schwören dir, dich zu lieben, aber in Wahrheit lieben sie gar nicht dich, wie du bist, sie wollen dich erst mal ändern und *dann* erst richtig lieben.«

»Ich habe nicht gemeint, daß du dich ändern sollst«, protestierte Emmy. »Ich habe nur gemeint, gedacht, du selbst wärst viel glücklicher, wenn du wieder komponiertest.«

Will drehte sich um und sah sie an. »So einfach, wie du dir das vorstellst, ist es nicht«, sagte er endlich und legte ihr die Hand auf den Arm.

»Und ich liebe dich wirklich«, sagte Emmy. »Ich liebe dich ich liebe dich ich liebe dich.«

»Schon gut.« Sie küßten sich.

»Laß uns nach oben gehen«, sagte Will.

»Aber ich habe eben erst das Bett frisch gemacht.«

»Das war ein Fehler. Jetzt mußt du es wieder unfrisch machen.«

»Meinst du das ernst?«

»Warum nicht? Es ist erst elf.« Er stand auf und streckte ihr die Hände hin.

»Ich weiß nicht.« Emmy stand ebenfalls auf. Bei Holman lag immer mindestens ein Tag dazwischen, und die Umstände hatten Emmy und Will bisher das gleiche Schema aufgezwungen.

»Es sei denn, du magst nicht.«

»O doch! Ich mag.« Sie holte einmal Luft und sank ihm in die Arme.

Allen Ingram an Francis Noyes

18. Februar

... Ich war letztes Wochenende auch auf einer Party, also. Es war schon ein Ereignis für Convers: das ganze Englische Institut nebst Abgesandten einiger anderer, und alle tranken und lachten und spielten mit (bis auf den armen Julian Fenn, der noch immer keine neue Stelle hat und sich in der Küche versteckte). Gewöhnlich hält man hier mehr von steifen kleinen Dinnerpartys.

Ich sollte wahrscheinlich zugeben, daß ich weniger als Gast und mehr als Beobachter hingegangen war, als Spion, wenn man so will (und das will man doch?). Also, es knisterte vor amüsanten Spannungen, Rangeleien um Bewunderung oder Macht, und alles ganz offen, wenn man die Zeichen erst kennt. Es ist ein richtiges kleines Mini-Universum – womit ich nicht Universum en miniature *meine. Zwar denken einige der intellektuelleren Professoren es insgeheim, und die weniger intellektuellen sprechen es offen aus, aber dennoch ist Convers* kein *Mikrokosmos dieser Welt. Die Welt ist (und das sollten zumindest wir wissen, wenn schon nicht sie) eine dreckige wilde Müllkippe. Convers ist hingegen ein botanischer oder zoologischer Garten, wo jede Blume ihren Käfig, jedes Tierchen sein blechernes Steckschild hat. Als ich zuerst hier ankam, waren alle nervös und hatten Angst vor mir, aber jetzt, nachdem auch ich mein Steckschild habe und zu erkennen gebe, daß ich friedlich stehen bleibe, wo ich bin, gehöre auch ich zum Inventar, wie der trinkfeste Pförtner und Oswald der böse McBär.*

Der war am Samstagabend allgegenwärtig mit seinen bäurischen Bonmots und seinem lümmeligen Lachen. Die einzige Person, die es schaffte, ihn absolut nicht zu beachten, war seine Frau Kittie. Sie saß den ganzen Abend nur still in einer Sofaecke, die zierlichen Füßchen übereinandergeschlagen, ganz das liebe kleine grauhaarige Schulmädchen, und miaute leise zu dem ganzen Tratsch, den ihr die anderen Dozentenfrauen unablässig in die Ohren bliesen. Dabei hat sie die Augen überall.

Die Party wurde von Holman Turner gegeben, dem Freund vom Fremden Auto (nicht aber des Besitzers Freund), und seiner Frau Emmy, der ich dort zum erstenmal begegnet bin. Sie ist eine große, laute, hübsche Provinztukke. Wie alle Welt hat sie Sardinen *und sonst nichts von mir gelesen, und wie alle Welt wollte sie von mir »den Symbolismus erklärt« haben. Ganz gekränkt, als ich nicht wollte; hat mir dann aber verziehen, als ich mit Erklärung 1b aufwartete – daß ich mir vor Jahren und Jahren geschworen hätte, ihn niemals preiszugeben, »weil Erklärungen in der Kunst wie in der Liebe die Wirklichkeit eher verzerren als erhellen,* *finden Sie nicht auch?« Sie war geschmeichelt, und man sah ihr an, daß sie darüber noch ausgiebig nachdenken würde. Eine feierlich-schwärmerische Bryn-Mawr-Tucke. Ein bißchen wie Kusine Martha – die mir den Vergleich allerdings nicht danken würde, weil sie Mrs. Turner unheilbar spießig fände. Aber sehr hübsch – soviel Glück hat Mr. Turner gar nicht verdient, besonders wenn man weiß, daß sie ihm einiges an $$ gebracht haben muß: die Getränke lagen um Klassen über dem Convers-Standard, Gläser von Jensen und so fort. Er gab sich sehr weltmännisch-gelassen, aber trotzdem (oder deswegen) habe ich das sichere Gefühl, daß er aus dem absoluten Nirgends kommt. Ich kann mich einer gewissen Sympathie für Mrs. T. nicht erwehren – vielleicht ist es ein Verwandtschaftsgefühl, weil sie und ich aus irgendwie ähnlichen Verhältnissen kommen und uns beide zur falschen Sorte Mann hinabbegeben haben? Nur ahne ich dunkel, daß sie solches noch nicht ahnt. Sie erschien mir von geradezu hysterischer Fröhlichkeit. Vielleicht manisch-depressiv – ein Erbe zweifellos; Hausse und Baisse, wenn Du verstehst – ihr Vater ist hier ein großes Tier im Stiftungsrat und hat sein Säckel an der Wall Street gemacht.*

10

Erzähl mir mal, wie du komponierst«, sagte Emmy, wohlig an Will gelehnt, der fuhr. Sie hatten den Nachmittag eine halbe Autostunde südlich von Convers auf einem Brachfeld zugebracht, jenseits der Berge, wo das Land flacher und der Boden weicher war, die Sonne wärmer auf das kalte, trockene Laub schien und höchstens jemand vorbeikommen konnte, der sie nicht kannte.

»Du meinst, wie ich früher komponiert habe.«

Emmy antwortete nicht; sie hatte schon gelernt, sich in derlei Diskussionen nicht verwickeln zu lassen.

»Also gut«, sagte er nach einer Weile. »Erzähl du mir mal, wie du einen Kuchen backst.«

»Oh.«

»Es ist dasselbe. Erzähl's mir, von Anfang an. Wie du dich dazu entschließt und alles.«

»Na schön.« Sie lachte. »Natürlich bin ich in letzter Zeit meist ziemlich in Eile, also fahre ich zum Supermarkt, kaufe mir eine Packung Kuchenmix und halte mich an die Anleitung.«

»Nein. Das ist Vaughan Williams. Dabei kann nichts Gutes herauskommen. Erzähl mir, wie du es machst, wenn du Zeit genug hast, und stell dir dabei am besten vor, ich wollte einen Kuchen backen.«

»Gut. Bitte sehr. Zuerst überlege ich, was für einen Kuchen. Bei Kälte ist mir vielleicht nach etwas Schwerem, Mächtigem, mit Rosinen. Oder vielleicht hat jemand Geburtstag. An einem Tag wie heute würde ich wohl lieber etwas Leichtes backen, weiß, sehr locker, mit viel Zuckerguß.«

»Ja.«

»Ich würde mir also zuerst meine ›Fanny Farmer‹ hervorholen oder das ›Settlement Cookbook‹, das einen besonders guten Backteil hat, und mir Rezepte ansehen. Ich würde mich zwar nicht streng an ein Rezept halten, aber es gäbe mir fürs erste eine Idee. Und dann habe ich noch viele Zettel und eigene Rezepte in einem Notizbuch.«

Will lachte. »Ja, ja, genauso hatte ich ein Strawinsky-Kochbuch und ein Tschaikowsky-Kochbuch, und ein Notizbuch auch.« Sie waren jetzt in den Bergen und fuhren aufwärts, Richtung Convers. Schatten von Nadelbäumen huschten über das Auto.

»Dann entscheide ich, welche Zutaten ich nehmen will, und besorge sie mir«, fuhr Emmy fort. »Mehl, Zucker, Eier und – na, du weißt schon.«

»Die Instrumente«, sagte Will. »Streicher und Blech- und Holzbläser.«

»Zieh mich nicht auf.« Sie drehte den Kopf und sah ihn an. »Ich mag es absolut nicht, wenn man mich aufzieht.«

»Ich ziehe dich nicht auf. Es ist wirklich das gleiche. Man beginnt meist mit einem Thema. Vielleicht hängt das mit einem bestimmten Akkord oder einer bestimmten Akkordfolge zusammen. Dann überlegt man sich, was für eine Art Musikstück es werden soll, kurz oder lang, welches Tempo und so weiter. Und dann, oder vielleicht schon vorher, welche Instrumente es spielen sollen. Eine Notenfolge klingt mit verschiedenen Instrumenten oder Stimmen eben auch verschieden. Die halbe Arbeit ist schon getan, bevor man überhaupt zu schreiben anfängt. Ich meine zu backen.« Jetzt ging es bergab. Die Nadelwälder wurden dünner und wichen winterlich-kahlen

Obstgärten, bis schließlich Convers unter ihnen in seinem engen Tal lag.

»Ich fahre so ungern zurück«, sagte Emmy.

»Ja. Und dann die Orchestrierung«, fuhr Will fort. »Die ist wie das Anrühren des Kuchenteigs. Das ist zum Teil Routine. Aber ein Amateurkoch kann die Sache jederzeit verpfuschen, während der Profi eine Reihe von Tricks kennt, die den großen Unterschied ausmachen – da kommt ein Auto, duck dich!« Er legte im Fahren die Hand auf Emmys Schulter und drückte sie vor dem Armaturenbrett nach unten.

»Laß mich hoch!« protestierte sie.

»Chuck Walsh«, sagte Will, als der Wagen vorbeifuhr. »Hab ich mir gedacht. Alles klar.« Er ließ Emmy wieder hoch. Helle Empörung stand ihrem Gesicht.

»Das tun wir nie, nie wieder«, sagte sie.

»Was?«

»Uns verstecken. Das mag ich nicht.«

Will sah sie an. »Möchtest du von Chuck Walsh gesehen werden?«

»Wer ist Chuck Walsh?«

»Der Mann, der eben hier vorbeifuhr. Der Polizeichef von Convers.«

»Ein Polizist? Was tut's denn, wenn der uns sieht? Mein Gott, ich dachte, es müsse mindestens Betsy Lumkin oder sonstwer sein, so panisch erschrocken hast du reagiert. Ein *Polizist*!« Will sagte nichts. »Mach das bitte nicht noch einmal mit mir«, sagte sie. »So etwas Vulgäres. Pfui! Sich vor einem Polizisten zu verstecken, wie Verbrecher.«

»Aber das sind wir ja.«

»Sind wir nicht.«

»O doch. Ehebruch ist in diesem Bundesstaat ein Verbrechen.«

Emmys Gesicht zuckte; das Wort Ehebruch hörte sie nicht gern. Sie hatte zwar gelacht, es aber auch nicht gern gehört, als Will einmal zu ihr gemeint hatte, der Damenclub von Convers werde, wenn man dahinterkäme, am Handarbeitsnachmittag ein großes scharlachrotes H für Emmy sticken.

»Geh bitte«, sagte Will, ohne aufzusehen. Er saß über die Einzelteile von Emmys Toaster gebeugt, die vor ihm auf dem Küchentisch lagen.

»Ja, Schatz«, sagte auch Emmy. »Laß die Finger von diesen technischen Sachen und stör Mr. Thomas nicht, sonst kann er unsern Toaster nicht wieder ganz machen.«

Freddy Turner ging nicht und ließ auch die Finger nicht von den technischen Sachen. Störrisch hielt er in seiner roten Kordlatzhose die Stellung und hing halb über dem Tisch, als hätte er kein Wort gehört. »Kannst du nicht ein Weilchen draußen spielen, Freddy?« fragte Will.

»Nach draußen kann er heute nicht«, sagte Emmy. »Er ist erkältet.«

»Ich bin *erkältet*. Hatschi, hatschi!« Und er nieste Will künstlich ins Gesicht.

»Richtig schlimm ist es nicht«, erklärte Emmy. »Ich glaube nicht, daß er einen noch anstecken kann, aber er hat noch etwas Schnupfen, und an einem Tag wie heute...« Keiner antwortete.

»Leg bitte den Schraubenzieher hin«, sagte Will etwas später.

»Muß ich nicht. Du machst ja gar nichts damit.«

»Ich muß aber gleich etwas damit machen.« Will streckte die Hand aus. Freddy war fraglos einer der unangenehmsten kleinen Jungen, die er je gekannt hatte: störrisch, eigensüchtig und ungehorsam.

Freddy, den Schraubenzieher in beiden Patschhänden, erwiderte Wills Blick nicht minder unfreundlich.

»Freddymaus, gib doch Mr. Thomas bitte den Schraubenzieher«, sagte Emmy, indem sie die Übergabe zugleich unter Einsatz überlegener Muskelkraft durchführte. »So ist es lieb.« Und als Freddys Gesicht in Brüllstellung ging, aber noch ehe der Schrei ertönte, zog sie eine Schublade auf und gab ihm eine silberne Spargelzange. »Hier, bitte!«

Freddy begann, verdrossen mit der Spargelzange zu spielen. »Na also«, fuhr Emmy fort. »Kaffee oder Whisky?«

»Könnte ich Kaffee mit einem Schuß Whisky haben?«

»Natürlich.« Emmy ging ins Eßzimmer, und Will flickte weiter Drähte zusammen. Plötzlich fühlte er einen heftigen Schmerz in der rechten Seite.

»Au!« Er sprang auf, daß die Teile des Toasters durch die Gegend flogen, und drehte sich zu Freddy um. »Wenn du das noch einmal tust, hau ich dir eine runter.«

»Tust du nicht.«

»O doch!«

Betont langsam wandte er sich wieder ab; Freddy, die Spargelzange in der Hand, betrachtete zehn Sekunden lang nachdenklich seinen Rücken, dann kniff er wieder zu, diesmal noch kräftiger. Ohne Aufschrei drehte Will sich um, und wortlos schlug er dem Vierjährigen so hart auf den Arm, daß er taumelte.

»Aua! Aua!« Brüllend stürzte Freddy sich auf Will, schlug mit allen vieren um sich, während Will ihn sich vom Leib hielt.

»Freddy, Freddy!« Emmy kam in die Küche gerannt.

»Er hat mich geschlagen«, erklärten die Kampfhähne wie aus einem Mund.

»Freddy, wie kannst du nur!« Freddy gab keine Antwort; stocksteif stand er in den Armen seiner Mutter da.

»Ich mag dich nicht«, sagte er über ihre Schulter zu Will. »Ich will, daß du totgehst.«

Und ich wollte, du würdest totgehen, dachte Will. Noch besser, du wärst überhaupt nie geboren. Er wandte sich wieder dem Toaster zu. Eine der unerfreulichsten Seiten des Ehebruchs, dachte er beim Arbeiten, sind die vielen Kniffe und Schliche, zu denen man greifen muß, um ihn zu bewerkstelligen. Er und Emmy konnten sich dienstags und donnerstags vormittags nicht treffen, weil er da unterrichten mußte. Montags und mittwochs vormittags konnte er Emmy zu Hause besuchen, nicht aber freitags, denn dann war ihre Putzfrau da. Dafür konnte Emmy jedoch freitags Freddy bei der Putzfrau lassen; dann hatten sie einen ganzen Tag füreinander, konnten aber nirgends hin. Es war die schlechteste Jahreszeit: alle Blätter von den Bäumen, der Boden kalt und naß. Convers war meilenweit nach allen Seiten von kahlen, patschnassen Hügeln und Feldern umgeben, dazwischen hier und dort ein mißtrauisches Bauerndörfchen oder eine schmutzige, halbverfallene Industriesiedlung.

In den Stunden, in denen sich normale Liebesaffären abspielten – abends und an Wochenenden –, konnten sie sich überhaupt nicht treffen, höchstens in aller Öffentlichkeit. Und jeden Nachmittag sowie den ganzen Samstag, wenn Holman freundlicherweise arbeitete und das Haus warm und sturmfrei war, hatten sie Freddy am Hals, der mit seinen Forderungen, Störungen, Geschrei und Theater sogar jede Unterhaltung unmöglich machte.

Anfangs hatte Will sich mit dem Jungen anzufreunden versucht, aber vergebens. Sie waren natürliche Feinde. Will brachte Freddy um die Stunden, die er Emily sonst für sich allein hatte. Es war ein ungleicher Kampf, denn Freddy hatte alle Vorteile auf seiner Seite. Er brauchte nicht einmal so zu tun, als ob er Will gern hätte, brauchte sich an keine Regeln zu halten. Er durfte brüllen und toben und seinen Gegner schlagen, treten und sogar beißen.

Will war überzeugt, daß Freddy im Innersten wußte, was gespielt wurde: Er »wußte«, daß seine Mutter und Will ein Liebesverhältnis hatten, auch wenn er von irgendwelchen physischen Vorgängen in diesem Zusammenhang nichts ahnte. (Sie waren immer sehr vorsichtig, und seines Wissens hatte Freddy sie bisher noch nicht einmal bei einem Kuß ertappt.) Nur Emmy wollte das nicht wahrhaben; sie schockierte schon der bloße Gedanke, Freddy könnte wissen, daß sie Will liebte. Sie war moralisch leicht zu schockieren, wenn auch nicht sexuell. Als moderne Mutter hätte sie nicht im Traum daran gedacht, ihr Kind vor der Wirklichkeit des Lebens – oder des Todes, was noch schwieriger war – abzuschirmen, aber über die sie begleitenden Leidenschaften hätte sie ihn gern noch eine Weile in Unwissenheit gelassen. Sie wollte Freddy an eine Welt glauben lassen, in der alle Obrigkeiten gütig und alle Familien glücklich waren. Sie hatte sich sehr über Richard Fenn geärgert, als er Freddy darüber aufklärte, was das Tierheim mit überzähligen Katzen machte, und war böse auf Will gewesen, als er sie deswegen auslachte.

»Hier, bitte.« Lächelnd stellte Emily ihm schwungvoll eine dampfende Tasse Kaffee hin.

»Was ist das?« fragte Freddy mißtrauisch.

»Nur eine Tasse Kaffee für Will, mein Schatz.«

»Ich will auch was trinken, Mami. Ich will was essen. Ich will Futter.«

»Schrecklich, was er von Mrs. Rabbage für eine Ausdruckweise lernt«, sagte Emmy. »Es gibt bald Abendessen, Freddymaus.«

»Ich will Futter, Mami, ich will Futter, Futter!«

»Es gibt bald Abendessen.«

»Ich will aber jetzt was! Uhuuh! Ich will Futter haben!«

»Du kannst ein Plätzchen haben, eins und nicht mehr.«

»Mit Marmelade.«

»Die mit Marmelade sind schon alle weg, Freddylein.«

»Aber ich will eins mit Marmelade. Marmelade! Ich will eins mit Marmelade!«

Will legte den Kopf in die Hände und stöhnte unverhüllt.

»Wir haben keine mehr mit Marmelade, Freddy, im ganzen Haus nicht. Möchtest du ein Stück Brot mit Marmelade?« Freddy machte ein finsteres Gesicht. »Du kannst ein Stück Brot mit Marmelade haben, wenn du damit ins Arbeitszimmer gehst. Will muß bald gehen und braucht ein paar Minuten Ruhe, um unsern Toaster wieder ganz zu machen. Du darfst ein bißchen fernsehen.«

»Na gut«, sagte Freddy endlich.

»Meine Güte!« seufzte Emmy, als sie aus dem Arbeitszimmer kam, wo jetzt der Fernseher lief. Will sagte nichts; er fand, sie hätte Freddy früher wegschicken können, wenn sie gewollt hätte.

»Was macht der Toaster? Kriegst du ihn wieder hin?«

»Er ist schon fertig.«

»Ehrlich? Das ist ja toll. Du bist ja so klug, Will.« Sie bückte sich und schlang die Arme um seinen Hals. »Und wie du letzte Woche die Hintertür so prima in Ordnung gebracht hast! Du kannst aber auch wirklich alles.«

»Klar, ich bin ein Allroundpfuscher.« Will konnte nie ein Lob akzeptieren; es machte ihn abergläubisch nervös, als könnte irgend etwas die Lüge hören und sich rächen.

Ebensowenig ließ er sich Kritik gefallen, jedenfalls von niemandem in Convers; seine gedachte oder ausgesprochene Reaktion darauf lautete ungefähr: »Wer bist du, daß du über mich Gericht hältst, du Idiot (oder Schwein oder beides)?«

»Nun sei bitte nicht albern«, sagte Emmy und rieb ihren Kopf an seinem.

»O ja, doch, solch kleinen Firlefanz mache ich schon. Das verdammt Ärgerliche ist bloß, daß ich nie etwas Großes hinkriege. Es ist so. Ich nehme irgendein größeres Projekt in Angriff und – ich weiß nicht – wie in Arlington mit dem Treppenvorhaus für meine Frau.«

Emmy gab Wills Hals wieder frei und setzte sich auf den Küchenhocker. »Ja?«

»Das war halb verfallen, als wir in das Haus einzogen, und sie wollte den Zimmermann bestellen – du kannst dir denken, was das gekostet hätte, also hab ich gesagt, ich mache es selbst. Das war noch der Schwung der Flitterwochen. Ich besorgte mir also Zement und Werkzeug, um ein neues Fundament zu legen. Ich wollte das Vorhaus vergrößern und auf der einen Seite eine Art Terrasse anbauen, auf der wir dann draußen sitzen könnten. Es sollte ja so herrlich werden! Ich goß das Fundament, setzte die Pfosten und Streben und besorgte Holz. Irgendwie ist dann was passiert, ich weiß gar nicht mehr was. Die Streitereien hatten da noch nicht angefangen; Rosemary war ja noch der Meinung, eine Lady erhebe nie die Stimme im Zorn. Ich wollte das Ding fertig machen, hab's aber nie gemacht, weil ich irgendwie das Interesse verloren hatte. Rosemary war schließlich so wütend, daß sie es in die Scheidungsregelung aufnehmen wollte. Sie klagte, ich hätte das Vorhaus in einem Zustand zurückgelassen, daß niemand das Haus betreten oder verlassen könne. Wahrscheinlich hatte ich genau das gewollt.

Könnte ich hier noch einen Schuß Whisky hineinbekommen?«

»Natürlich.«

»Ich liebe dich«, sagte er, als sie ihm die Flasche brachte.

»Warum liebst du mich?«

»Weiß ich nicht. Weil du so schön bist und so guten Whisky hast.«

Emmy lächelte und legte ihren Handrücken an seinen.

»Ich wollte dich etwas fragen«, sagte sie. »Wegen Miranda.«

»Wegen Miranda?« Will schob seine Finger zwischen die ihren.

Emmy zögerte. »Du weißt ja, wie wunderlich sie ist«, begann sie. »Ich war gestern nachmittag bei ihr, und als ich gerade oben war und hinunterrief, ich brauchte etwas, um Freddy das Gesicht abzuwischen, rief sie zurück, ich solle mal in der obersten Schublade nachsehen. Die war natürlich ein einziges Chaos, einfach fürchterlich. Aber was mich richtig erschreckt hat – erinnerst du dich noch an die Wachspuppe, die sie von Betsy Lumkin gemacht hat? Also, die war noch *da*, zwischen den Taschentüchern, mit einer ganz langen Hutnadel im Bauch.« Will lachte. »Aber das ist doch schrecklich, findest du nicht? So rachsüchtig!«

»Kindisch.« Will streichelte ihre Hand, ihren Unterarm.

»Natürlich, du bist ja zum Glück nicht abergläubisch.«

»Und das wolltest du mich fragen?«

»Nein«, gab sie zu. »Aber sie hat dann etwas über North Greensbury gesagt. Ich hatte gesagt, das sei ja so ein komisch einsames Nest mit seiner Papierfabrik, das Eis auf dem Fluß ganz gelb von den Farbstoffen, und die Leute in den Geschäften sähen sich alle so ähnlich, so nach Inzucht, als wenn sie alle schon seit Generationen nicht mehr aus ihrem Dorf herausgekommen wären; du weißt doch noch, was wir gedacht haben. Aber darauf meinte sie, das sei gar nicht so, und ein paar von den Leuten, die dort in der Papierfabrik arbeiteten, wohnten hier in der Gegend oder hätten hier Verwandte, und alles, was man in North Greensbury tue, werde bald nach Convers getragen und mache früher oder später überall die Runde. Es klang, als ob sie über das Motel und alles Bescheid wüßte, Will. Du hast ihr von uns erzählt, ja?«

Will mochte nicht lügen und sagte gar nichts. Sie sahen sich ein paar Sekunden an.

»Du hast es Miranda erzählt«, sagte Emmy, indem sie ihre Hand von der seinen löste wie von einem toten Gegenstand.

»Emily. Sie wußte es doch schon. Sie hat's geraten.«

»Wie konntest du nur!«

Will fand sie noch viel schöner, wenn sie wütend war. »Sie hat es erraten«, wiederholte er.

»Ach, rede doch nicht drumherum!«

»Du hast dich ja nun auch nicht gerade sehr bemüht, es ihr zu verheimlichen«, meinte er freundlich. »Nach einigem, was du ihr erzählt hast, hatte sie sogar den Eindruck, du wüßtest, daß sie es weiß.«

Es stimmte ja, daß Emmy, um möglichst oft mit Miranda über Will reden zu können, ihr gegenüber zugegeben hatte, sich ein paarmal mit ihm getroffen zu haben; sie hatte sogar Bemerkungen von ihm wiedergegeben, aus denen zu schließen war, daß sich zumindest ein Flirt zwischen ihnen abspielte.

»Dann habe ich ihr also die ganze Zeit Sachen gesagt, die sie schon wußte.«

Will stritt es nicht ab. »Macht es dir soviel aus?« fragte er zärtlich und streckte die Hand aus, was heißen sollte: Mußt du dich dessen, was du getan hast, so sehr schämen?

»Ich weiß nicht. Es ist so peinlich.« Am meisten stört mich, daß ihr hinter meinem Rücken über mich gesprochen habt, wollte sie sagen, traute sich aber aus irgendeinem Grund nicht. »Und sie wird es Julian erzählt haben und diesem Allen Ingram und allen ihren Freunden und jedem«, sagte sie statt dessen.

»Nein, sie hat es keinem erzählt.« Will stand auf. Sein Instinkt sagte ihm, ebenso wie die Uhr, daß es Zeit zum Gehen war.

»Ich glaube dir nicht... ach ja, gut, ich glaube dir.«

»Ich habe dich noch nie belogen«, sagte Will. Hab ich doch auch nicht, dachte er, während er sich mit gekränkter Miene seinen langen Wollschal um den Hals zu schlingen begann.

Emmy sah von ihm zur Uhr. »Du mußt gehen«, sagte sie. »Jetzt gleich.«

»Ich weiß.«

»Fahr lieber über die Baird Road nach Hause, damit du ihm nicht begegnest.«

»Sei nicht böse«, sagte Will. »Du bist doch nicht böse?«

»Ich weiß nicht.«

»Sei bitte nicht böse. Ich rufe dich morgen vormittag nach der ersten Stunde an.« Will steckte eine Hand in den Jackenärmel, die andere legte er auf Emmys Arm. »Dann sprechen wir darüber.«

»Gut.« Sie lächelte fast wider Willen.

»Ich mache mich jetzt sehr ungern davon.«

»Und ich lasse dich ungern wegfahren.« Das stimmte nicht; in Wirklichkeit konnte Emmy es kaum erwarten, Will aus dem Haus zu haben, bevor Holman kam, und sie wollte auch gern ein bißchen allein sein und über die soeben gemachte Entdeckung nachdenken.

»Ich meine, du hättest einmal zu mir gesagt, du gäbst nie

ein Geheimnis preis«, fuhr sie mit verlegenem Lachen fort, als sie ihn zur Hintertür begleitete. »Du hast gesagt, ein Gentleman redet nie. Warst das nicht du?«

»Ich habe nie behauptet, ein Gentleman zu sein.« Will öffnete die Tür, ging hinaus und war schon bald im kalten grauen Nebel verschwunden.

Emmys Lächeln verwelkte, aber sie blieb noch in der offenen Tür stehen und horchte seinem davonfahrenden Wagen nach; sie war verstört und unglücklich, und bald wurde ihr auch kalt. Als sie schließlich nur noch die Musik und das Geballer aus dem Fernsehapparat im Arbeitszimmer hörte, eilte sie ins Haus und schaltete das Gerät gerade in dem Moment aus, als zwei Bösewichte mit Kugeln im Bauch zusammenbrachen. Sie ließen Freddy eigentlich nur Kindersendungen und Zeichentrickfilme sehen; der Tod schrumpfte zur Bildschirmmitte und verlosch.

»So, jetzt hast du aber mehr als genug ferngesehen«, sagte sie. »Komm in die Küche und hilf Mami, das Abendessen zu machen.«

»Gut.« Freddy blickte mit dem unschuldigen Charme, den Will noch nie zu sehen bekommen hatte, zu seiner Mutter auf. Wie schnell so ein Kind doch vergißt, dachte sie, wie schnell es einem vergibt. Natürlich lebte sie schon siebenmal so lange wie Freddy; für seine Begriffe war fast ein Tag vergangen, seit Will ihn geschlagen hatte.

»Recht so«, sagte sie, während er sich Milch in die Suppe rührte. »So bist du ein braver Junge.«

»Ich bin dir eine große Hilfe, Mami.«

»Du bist eine große Hilfe, Freddy.«

»Ich helfe dir immerdauernd. Ich bin ein großer Junge.«

»Du wirst einmal ein großer Junge sein. Aber richtig

große Jungen kneifen keine Leute mit der Spargelzange. Du mußt noch brav werden, Freddy, wenn du ein richtig großer Junge sein willst.«

»Ist gut.« Freddy ließ den Löffel los, der prompt in die Suppe glitt. »Dann werde ich brav«, fuhr er fort und sah sie mit runden Augen an. »Du weißt ja, was passiert, wenn ich böse Sachen tue.«

»Nein, was denn?«

»Dann kommt der liebe Gott«, sagte Freddy.

Emmy erstarrte mit dem Kessel in den Händen. Sie war im Glauben an eine ferne, abstrakte, aber gütige Gottheit aufgewachsen, ein Gutes Prinzip gewissermaßen, dem mehr an der Erschaffung und Bewahrung ganzer Völker und Tugenden an sich gelegen war als an Individuen. Diese Vorstellung hoffte sie auch Freddy zu vermitteln, wenn er einmal älter wäre.

»Kennst du den lieben Gott?« fragte Freddy.

»Nein.«

»Er hat große Flügel. Und er ist halb Mann und halb Frau. Ganz, ganz große Flügel, Mami!«

»Wer hat dir denn das erzählt?« Emmy verkniff sich mit Mühe ein Kichern.

»Keiner.«

»Hast du es vielleicht von Charles oder Richard oder Katie Fenn gehört, das mit dem lieben Gott?«

»Nö.« Aber Freddy sah zu Boden; seine langen dunklen Wimpern (fast das einzige, was er von seiner Mutter hatte) lagen wie ein dichter, verhüllender Vorhang auf seinen Wangen. »Ich weiß es bloß, denn ich hab ihn ja gesehen. Er wohnt auf dem Friedhof.«

»Auf dem Friedhof?«

»Ja!« Glücklich, daß seine Mutter wieder ganz für ihn da war, lächelte Freddy sie strahlend an. »Und wenn der liebe

Gott zornig ist, weißt du, was dann? Dann läßt er es regnen und regnen und regnen. Weißt du wie?«

»Nein, wie denn?«

»Er spritzt mit seinen Wasserpistolen in die Luft. Spritz, spritz!« Freddy machte es ihr mit beiden Händen vor. »Er hat ganz, ganz viele Wasserpistolen, vierzehn.«

Endlich lachte Emmy aus vollem Hals und nahm Freddy in die Arme, und er lachte vor Freude mit. »O Freddy – Freddy, mein lieber kleiner Teddybär!« rief sie und drückte ihn an sich. »Hmm, ich hab dich ja so lieb.« Weil Emmy vor Freddys Augen Will nicht küssen konnte, hatte sie auch irgendwie Hemmungen, Freddy vor Wills Augen zu küssen. So verbrachte sie ganze Nachmittage in unschöner, widernatürlicher Enthaltsamkeit.

»Ich hab dich ja auch so lieb, Mami.«

Dienstagmorgen. Emmy ging die nasse Außentreppe (sie roch nach Asche und Laub) und die trockene Innentreppe (Bohnerwachs und Weihrauch) des episkopalischen Gemeindehauses hinauf und öffnete die Tür zur Dienstags-Tauschboutique (Staub, Kaffee und Mottenkugeln), wo sie ehrenamtlich zwei Stunden die Woche arbeitete: Waren sortieren, Bestandsbuch führen und den Frauen helfen, die hier gebrauchte Kleider kauften und verkauften.

Meist war die Tauschboutique bei ihrer Ankunft voll von Helferinnen und Kundinnen, aber heute saß nur Kittie McBane hinter ihrer Kasse und strickte (und trug) irgend etwas Undefinierbares aus blauer Wolle. Trotz des ungewöhnlich düsteren Morgens hatte sie sich nur eine einzige Lampe genehmigt; ansonsten lag der langgestreckte Raum im Halbdunkel. Die Regale und Tische mit Gebrauchtkleidung waren noch so aufgeräumt und unberührt, wie sie vorigen Dienstagabend verlassen worden waren. Draußen regnete und graupelte es gegen die Fensterscheiben, aber drinnen war es warm, fast stickig. Mrs. McBane stellte die Heizung immer hoch.

»Schönen guten Morgen«, sagte Emmy.

»Guten Morgen, Emmy. Schön ist der Morgen ja nun nicht gerade. Hoffentlich hatten Sie heute nicht zuviel Ärger auf der Fahrt hierher.«

»Nicht direkt«, antwortete Emmy, während sie ihren Mantel ins Spind hängte, damit er nicht versehentlich ein Preisschildchen bekam und verkauft wurde. »Nachdem ich einmal aus der Einfahrt war; der Schneepflug –« Sie redeten ein bißchen über die hiesigen Wetter- und Straßenverhältnisse; Mrs. McBane wußte zu berichten, daß solches Wetter hier gar nicht ungewöhnlich für die Jahreszeit sei und wir (Emmy) noch mindestens zwei Monate Geduld haben müßten, bis richtig Frühling werde.

»Soll ich Licht machen?« fragte Emmy.

»Ich weiß nicht; ja, vielleicht«, sagte Mrs. McBane. »Rebecca ist zu Randall's gegangen, um neue Preisschildchen zu besorgen, und will um zehn wieder hier sein, und Mrs. Manning wird wohl auch bald kommen. Rebecca sagt, sie rechnet bei dem Wetter nicht mit viel Kundschaft.« Rebecca Scott, Frau des College- und Stadtarztes Dr. Scott, stand der Tauschboutique und vielen anderen Vereinigungen in Convers vor; Polly Manning (Frau des Milchhändlers) arbeitete hier regelmäßig. Daß Mrs. McBane die eine beim Vornamen, die andere beim Nachnamen nannte, ließ nicht auf Mrs. Scotts geringeres Alter oder Ansehen schließen, eher umgekehrt.

Ehrenamtlich in der Tauschboutique arbeiten durfte längst nicht jede; es war ein großes Privileg, das Emmy von Mrs. Scott gewährt worden war; ein Privileg, das mancher Frau in Convers immer verwehrt sein würde, mochte ihr

Gatte in Akademiker- oder Geschäftskreisen noch so gut dastehen. So war denn Emmy hier die jüngste, und nie fühlte sie sich jünger als dienstags; sie war das Hätschelkind, das süße kleine Mädchen, was Emmy nicht störte, denn sie fühlte sich in der Tauschboutique wohl und heimisch. Den lockeren Umgangston, den die Frauen hier pflegten, vermißte man sonst schmerzlich unter den Akademikerfrauen, und schließlich war das hier nicht die wirkliche Welt, es war ein Spiel, ein kleines Städtchen in Neuengland.

»Also! Ist das nicht schrecklich draußen!« rief Polly Manning, die soeben in Schals und Pelzbesätzen hereingeplatzt kam. »Hallo, alle miteinander!« Sie ließ sich etwas schwerfällig, denn sie war dick, auf einen Stuhl fallen und begann, sich die pelzbesetzten Gummischuhe auszuziehen. »Aber wißt ihr was, ich *habe* das Gefühl, es läßt ein bißchen nach.«

»Und wo ist Mrs. Lumkin?« fragte sie wenig später.

»Oh, die kommt heute gar nicht«, sagte Mrs. McBane. »Sie fühlt sich nicht besonders.«

»Die Grippe«, erklärte Polly Manning mit einer gewissen Befriedigung. Zu Betsys aufreizendsten Eigenschaften gehörte, daß sie nie krank war. Sie glaubte – und erklärte dies häufig in der Tauschboutique –, man habe Kranksein nicht nötig, sofern man nicht von schwacher Konstitution sei.

»O nein, das glaube ich nicht«, meinte Kittie McBane in ihrem Tonfall schüchterner Autorität. »Es ist sicher etwas anderes.«

»Möchte wissen, was«, sagte Polly, nun mit gedämpfter Stimme, damit die beiden Bäuerinnen, die eben hereingekommen waren, nicht mithören konnten. »Sie sah mir letzte Woche eindeutig so aus, als wenn bei ihr etwas im Anzug wäre; fanden Sie das denn nicht?«

»Gut sah sie nicht aus«, pflichtete Kittie ihr bei.

»Und so gereizt war sie«, fuhr Polly fort, indem sie das Bestandsbuch aufklappte, um ein paar von ihren eigenen alten Sachen einzutragen – sie hatte eine große, gutgekleidete Familie und brachte immer irgend etwas mit. »Wirklich, wie sie mit der armen kleinen Mrs. Green vom College geredet hat, die doch nur wollte, daß wir ihr die Babysachen zurücklegen; sie *konnte* doch nun nicht wissen, daß wir nie etwas länger als eine Woche zurücklegen. Ich meine, es war ja nicht so sehr, *was* sie gesagt hat, aber man kann die Kundschaft auch mit seinem Ton vertreiben.«

»Ich weiß, daß Betsy letzte Woche schlimme Kopfschmerzen hatte«, sagte Emmy mit der Stimme des kleinen Mädchens in der Tauschboutique.

»Und die Woche davor doch auch, oder?«

»Ja, stimmt«, bestätigte Kittie und legte eine Masche auf.

»Launisch. Und zugenommen hat sie auch. Die Wechseljahre«, flüsterte Polly vernehmlich.

»Oh, das glaube ich nicht«, zwitscherte Kittie. »Kann ich Ihnen behilflich sein, Mrs. Sturak?« Eine der beiden Kundinnen lud gerade ein Bündel Sachen auf dem Kassentisch ab.

»Ich hätte ja nie gedacht, daß wir diesen Hut von Mrs. Baker je loswürden«, rief Kittie erfreut, kaum daß die Tür zu war. »Ich frage mich ja immer, wie eine Frau nur einen Hut tragen kann, den eine andere abgelegt hat, denn die Leute erinnern sich an Hüte, zumindest ich. O Gott, wenn doch Rebecca bald wiederkäme! Mir ist so nach einer Tasse Tee.«

»Ich setze schon mal Wasser auf«, sagte Emmy.

Draußen wurde es etwas heller, und es kamen noch ein paar Kundinnen mit Tüten und Kartons voll alter Sachen zum Verkaufen. Polly und Emmy machten sich daran, sie mit Preisen auszuzeichnen. Gerade fing der Kessel zu sieden an, als Mrs. Scott kam, schwungvoll die Tür hinter sich zumachte, gleichzeitig mit geübtem Blick den ganzen Raum erfaßte und den Anwesenden fröhlich einen guten Morgen wünschte. »Gütiger Himmel«, rief sie. »Hier kommt man ja um vor Hitze; wie haltet ihr das nur aus?«

Niemand antwortete, und mit einem flinken Schritt war sie am Thermostaten neben der Kasse und stellte ihn niedriger. Kittie McBane ließ nur den Hauch eines Seufzers vernehmen. Seit Jahren focht sie diesen Kampf um die Heizung jeden Dienstag mit Rebecca aus. Es kam nie zum offenen Krieg, da Kittie ihren Teil auf die denkbar diskreteste und unschuldigste Weise beitrug. Bald würde Rebecca einmal nicht hinsehen, und dann würde sie zum Thermostaten greifen und ihn wieder höher stellen, jedesmal ein bißchen.

»Ihr habt Sachen hereingenommen. Ah, und wie ich sehe, habt ihr auch schon Wasser aufgesetzt, das ist *gut*«, sagte Rebecca zu Emmy und Polly. Zu ihren besten Seiten gehörte, daß sie nie ironisch wurde – sie lobte oft und von ganzem Herzen. Rebecca war eine Führernatur; in der Großstadt hätte sie es beruflich wie gesellschaftlich weit gebracht. Sie war freundlich, praktisch und intelligent. Ihr einziger Fehler war, daß sie zu grundlosem Mißtrauen neigte (in der Tauschboutique hielt sie stets nach Ladendieben Ausschau, zu Hause nach Zeichen von Untreue); ihr einziger Spleen, daß sie mit über Fünfzig immer noch Tiroler Dirndl trug. Sie hatte breite Schultern, einen vollen Busen, ein ebenmäßiges Gesicht und einen frischen Teint; das graublonde Haar trug sie in einem Tiroler Knoten, so daß sie aussah wie die Oberkellnerin eines Schweizer Restaurants. Das einzig Unpassende daran war ihre Hornbrille.

»Emmy«, sagte sie wenig später, »ich möchte gern einmal

mit Ihnen über die Sachen reden, die Miranda Fenn uns vorige Woche gebracht hat.« Emmy sah auf. »Sie gehen einfach nicht. Ich dachte mir das gleich, als ich sie sah, aber da hoffte ich noch, wir könnten wenigstens ein paar davon annehmen. Ich weiß, wie gern sie das Geld hätte, aber ich habe mir die Sachen angesehen und wirklich nichts darunter gefunden, was eventuell jemand kaufen möchte.« Nach den Regeln der Tauschboutique mußten alle gebrauchten Kleidungsstücke sauber und in gutem Zustand sein. Wenn nicht, wanderten sie unter die Treppe, wo der Karton für die Afrikahilfe stand, desgleichen alles, was nicht binnen sechs Wochen verkauft oder zurückgeholt worden war. »Da sind die Sachen«, fuhr Rebecca fort und zeigte auf einen großen, schmutzigen Karton. »Ich dachte, Sie könnten ihr vielleicht Bescheid sagen.«

Emmy sah bestürzt den Karton an. Sie hatte die Sachen darin schon gesehen und hätte mit Mrs. Scott kaum noch mehr einer Meinung sein können. Aber es war ihr schrecklich unangenehm, dies Miranda mitteilen zu sollen, die im Geiste schon mindestens zehn Dollar an der Transaktion verdient hatte.

Der Wasserkessel begann zu pfeifen. Emmy brühte den Tee auf, und Polly Manning kramte aus ihrer großen Tasche etwas Zucker und fette Sahne aus der Manning's Creamery hervor.

»Ah!«

»Stark und heiß.«

»Könnten Sie mal bitte den Zucker weiterreichen?«

Jetzt schob Rebecca einen Stapel Bestandsbücher von sich und wandte sich an die Mitarbeiterinnen. »Ich habe etwas Aufregendes über Betsy Lumkin erfahren«, sagte sie, »und ich weiß, daß sie gewiß nichts dagegen hat, wenn ich es Ihnen weitersage, denn es steht jetzt fest.« Ihre Stimme wurde leiser, und alle beugten sich zu ihr vor. »Sie erwartet ein Baby.«

»Nein!« sagte Polly. »Nicht zu fassen!«

»Wie schön«, rief Kittie, nicht sonderlich überrascht.

»Das ist ja wunderbar!« rief Emmy automatisch. Sie stellte ihre Tasse hin. Natürlich war das eine wunderbare, aufregende Neuigkeit, aber irgend etwas daran beunruhigte sie auch, etwas Unerfreuliches.

»Das hätte ich mir nicht *träumen* lassen, ich hatte sogar gedacht –«, begann Polly.

Ja. Dieser Klumpen Kerzenwachs in Mirandas Schublade, zu einer Puppe geformt und mit einer Hutnadel im Bauch. Magie! Sie stand auf. Natürlich war das absolut unsinnig, unmöglich, reiner Zufall. Nur war es andererseits, wie jetzt diskret geflüstert wurde, wirklich ein Wunder in Betsys Alter, nachdem sie und der Dekan die Hoffnung längst aufgegeben hatten. Sogar Dr. Scott sei überrascht gewesen, bekannte Rebecca jetzt im Ton der Allwissenden, die den Gläubigen die Botschaft in kleinen Bröckchen vorsetzte.

»Könnten Sie mir bitte helfen, Mrs. Turner?«

Emmy drehte sich um und sah Sally Hutchins, ihre ehemalige Putzfrau, die soeben in die Tauschboutique gekommen war, begleitet von vier schmutzigen kleinen Kindern, von denen das im Oktober geborene Jüngste der Grund dafür gewesen war, daß sie nach nur drei Wochen wieder bei Emmy aufgehört hatte.

»Könnten Sie wohl mal einen Moment das Kleine halten, Mrs. Turner, nur ganz kurz, damit ich Margie diesen Mantel anprobieren kann?«

»Natürlich, Sally.«

Emmy nahm lächelnd das schwere Babybündel und strich mit der freien Hand sogar noch dem nächstältesten

Kind über den Kopf. Sie wollte freundlich zu den Kindern sein, denn daß sie so schmierig und schmutzig waren, lag offenkundig an Sallys und ihres Mannes Schlampigkeit und nicht an einem widernatürlichen äußeren Einfluß.

Das Kleine auf dem Arm, folgte Emmy der Mutter durch den Raum und hörte sich deren Reden über Erkältungen und Kleider an. Sie waren gerade an den mit BABYSACHEN beschilderten Tisch gekommen, als am anderen Ende die Tür aufging und Will eintrat. Er sah sie, kam aber keinen Schritt näher, sondern wandte sich an die anderen Damen.

»Nanu, hallo!« rief Rebecca. Männerbesuch in der Tauschboutique war selten und immer ein interessantes Ereignis.

»Sie kommen aber heute früh«, sagte Polly.

Will antwortete etwas, aber Emmy bekam es nicht mit. Anders als die Damen des Hauses, Emmy eingeschlossen, hatte er eine Stimme, die nicht weit trug. Sie waren ja nicht etwa laut, kreischten nicht herum, aber mit ihrer klaren, präzisen Aussprache hätten sie in jeder Tonlage jeden Raum durchdrungen; und sie sprachen jederzeit so, als könne alles, was sie von sich gäben, in Ton und Inhalt gar nicht anders als von öffentlichem Interesse und Nutzen sein.

»Du meine Güte!« rief Kittie. Will sagte noch etwas, und alle drei Frauen lachten. Emmy zögerte, hinzugehen. Wenn Will ihr etwas Wichtiges mitzuteilen hatte, blieb sie besser hier und wartete; wenn aber nicht, sähe es dumm aus.

»Nein, wirklich nichts«, sagte Rebecca. »Letzten Dienstag ist später noch eine Tweedjacke hereingekommen, aber die habe ich nicht für Sie aufgehoben; sie war nicht annähernd breit genug in den Schultern.«

Will lächelte und gab etwas Längeres von sich, unhörbar. Wie aufreizend, dachte Emmy; es war, als hörte sie einem Telefongespräch am falschen Ende zu.

»Ach du große Neune!« rief Sally. »Nun guck sich einer an, was du gemacht hast, alles auf Mrs. Turners hübschen Pullover!« Sie entriß Emmy das Baby, das sie inzwischen in einem etwas schwierigen Winkel von sich weghielt. »Alvin, du böser, böser Junge!« Mit einer zerknüllten Serviette tupfte und rieb Sally an dem Flecken halbverdauter Milch an Emmys Schulter herum und entschuldigte sich lauthals. Inzwischen sah Emmy, daß Will zwischen den Ständern mit Herrensachen hindurchschlenderte und näherkam. Mit der Behauptung, es sei nicht weiter schlimm und überhaupt nicht wichtig, eiste sie sich von Sally los. Sie ging um einen Tisch herum und traf Will bei KNABEN.

»Hallo«, sagte sie.

»Hallo, Emily, wie schön, Sie wiederzusehen«, antwortete er laut, um leiser fortzufahren: »Ich habe heute nachmittag den Unterricht ausfallen lassen. Die meisten liegen sowieso mit Grippe im Bett. Wann kannst du hier fort?« Emmy zögerte, denn sie war aus allerlei unwichtigen Gründen verstimmt und nervös.

»Oder kannst du nicht weg?« Will lächelte nicht mehr.

»Ich glaube doch. Ich müßte Freddy nach Hause bringen und Mrs. Rabbage fragen, ob es ihr etwas ausmacht, auf ihn aufzupassen. Allerdings sollte heute nachmittag eigentlich der Wagen in die Werkstatt.«

»Ich habe ja auch ein Auto. Wir könnten zum Lunch nach Hamp fahren, wenn du hier loskommst.« Das war Bestechung, und Will brachte sie typischerweise in kindlich-wegwerfendem Ton vor und schaute dabei zur Seite.

»Hm, ja. Gut.«

»Was ist? Irgend etwas ist heute los mit dir«, sagte Will und strich Emmy, die halb an ihm, halb am Kardantunnel seines Wagens lehnte, übers Haar.

»Nein.« Sie schüttelte den Kopf und zupfte ihren Tweedrock wieder zurecht. »Nichts ist.«

»O doch. Ich weiß es. Und vorhin warst du nicht mit dem Herzen dabei.«

Emmy sah ihm einen Moment in die Augen und senkte dann den Blick. »Doch, das war ich wohl. Aber so hier draußen, in diesem Wagen, und alles so kalt und naß und häßlich; wir haben schon Ende März, und es ist wie Mitte Januar.« Sie parkten hinter einem Geräteschuppen an der Rückseite einer Fundamentalistenkirche nordwestlich von Hampton, umgeben von verrottendem Feuerholz und hartgefrorenem Matsch. Ohne den Kombi hatten Will und Emmy zunächst beschlossen, heute vernünftigerweise auf die Liebe zu verzichten; dann hatten sie zuerst die Tür des Schuppens, dann die der Kirche gewaltsam zu öffnen versucht, waren anschließend auf der Suche nach einem trockenen Flecken zwischen nassem, totem Laub, Steinen und schmelzendem Eis im Wald herumgelaufen, und zuletzt war ihnen dann doch nur der MG geblieben, in dem es, entgegen Wills früherer Behauptung, zwei Menschen von mehr als Durchschnittsgröße doch nicht unmöglich war, sexuelle Beziehungen zu pflegen – nur kompliziert und unbequem. »Ach ja, und Freddy war heute so sauer, als ich sagte, ich wolle ausgehen, und Mrs. Rabbage hatte auch angenommen, ich würde ihn mitnehmen, damit sie die Fußböden machen kann.« Sie zappelte nervös herum. »Und in der Tauschboutique ist es ja manchmal derart – na, das wirst du ja wissen ... Ich wußte übrigens gar nicht, daß du in die Tauschboutique gehst.«

Will lachte. »Haha, aber immer. Wie könnte ich von meinem Gehalt sonst so gut angezogen sein? Hier zum Beispiel – diese Hose kam vorigen Monat herein, von Hal Humphrey, dem Sportlehrer. Sie ist gut erhalten, er war nur zu dick dafür geworden.« Emmy fuhr hoch und rückte möglichst weit von Hal Humphreys Hose ab. »Und meinen Pullover, den habe ich letztes Jahr von einem gutbetuchten Studenten ergattert, der ihn verkaufen mußte, um seine Pokerschulden zu bezahlen. So bekomme ich von allem nur das Beste.«

»Und die Jacke?« Emmy lachte, aber nicht fröhlich.

»Das *stört* dich doch nicht etwa?« Er sah sie an. »Die Sachen waren natürlich in der Reinigung. Es sind doch nur Klamotten!« Emmy betrachtete die wollene Fläche, an der sie schon so oft ihr Gesicht gerieben hatte, ihre nackten Brüste. »Und die Jacke?« wiederholte sie. »Die hast du also nicht von Brooks Brothers?«

»Dummchen, wie könnte ich mir eine maßgeschneiderte Jacke von Brooks Brothers leisten? Nein, die gehörte einmal Professor Whittier, der früher im Historischen Institut war.« Will widerstand der Versuchung, ihr die ganze Wahrheit vorzuenthalten, und fügte hinzu: »Er ist letztes Frühjahr gestorben. Ich mußte sie ein bißchen ändern lassen. Jesses, das kann dich doch nicht wirklich stören, oder?«

»Ich weiß nicht. Es überrascht mich nur. Man geht immer so selbstverständlich davon aus, daß die Sachen, die einer trägt, ihm gehören.« Will schnitt eine Grimasse. »Klar, das ist wahrscheinlich dumm von mir.«

»Natürlich ist es dumm«, sagte er.

»Und wohl auch abergläubisch. Ich bin nämlich furchtbar abergläubisch. Ich bin mit Vorzeichen und so etwas genau so schlimm wie Miranda, und – oh!« Nach einer ganzen Weile drehte sie sich jetzt zum erstenmal wieder um und sah Will voll an. »Weißt du, was ich heute morgen in der Tauschboutique erfahren habe? Es ist kaum zu fassen! Die Lumkins bekommen ein Baby!«

»Na so was!« sagte er.

»Ja. Ist das nicht absolut unglaublich, nach all der Zeit? Na ja, und als ich das hörte, war ich richtig außer mir, ich mußte sofort daran denken, daß Miranda doch eine Hutnadel in diese Wachspuppe von Betsy gesteckt hat und daß sie irgendwie davon schwanger geworden ist. Die ganzen Jahre hat sie es nicht geschafft, ein Kind zu kriegen, und jetzt auf einmal, so plötzlich – ich meine, da denkt man doch, daß irgendwer dafür verantwortlich sein muß.«

Will lachte. »Dafür ist meist irgendwer verantwortlich.«

»Ich meine, jemand anders als Bill Lumkin.«

Will antwortete nicht, sondern verzog nur das Gesicht und nickte. Emmy kicherte. »Aber das denkst du doch nicht wirklich, oder?« Sie kicherte von neuem. »Ulkig wär's ja. Aber das kann nicht sein, Betsy ist so wenig attraktiv. Ich kann mir gar nicht vorstellen, daß jemand mit ihr ins Bett möchte, wenn er nicht muß«, fügte sie mit der Grausamkeit der Schönen hinzu.

»Na, hör mal; sie sieht doch gut aus.«

»Ach was, Will! Und sie ist mindestens vierzig.« Der Gedanke, in und um Convers könnten sich noch andere Liebesaffären außer der ihren abspielen, wollte Emmy gar nicht schmecken. »Das denkst du nur, weil wir –«

Sie stockte. Ein phantastischer Verdacht schoß ihr plötzlich durch den Kopf, oder war er vielleicht schon immer dagewesen? Will unterbrach sie nicht, während sie schweigend darüber nachdachte. »Nein, das tätest du nicht«, sagte sie endlich.

»Was täte ich nicht?« Will holte ein großes Leinentaschentuch (aus der Tauschboutique) hervor und putzte sich die Nase. Er hatte immer noch diesen unangenehmen feuchten Schnupfen, den er vor einer Woche von irgendwem gefangen hatte, höchstwahrscheinlich von Freddy Turner.

»Eine Affäre mit Betsy Lumkin unterhalten.« Will antwortete nicht. »Ich meine – wenn du wirklich finden kannst, daß sie gut aussieht! Wirklich, woher soll ich es wissen? Die vielen Abende, die du diesen Winter bei ihr warst und ihr was auf dem Klavier vorgespielt und bei ihr gegessen hast –«

»Um Himmels willen, Emily!« sagte Will nach einer Weile. »Du hast ja eine fürchterliche Laune heute. Was ist denn? Was hast du bloß?« Er fuhr ihr durchs Haar.

»Ich weiß es nicht. Nichts ist los! Und frag mich nicht, ob ich meine Tage bekomme, wie Holman immer fragt.«

»Das wollte ich nicht fragen. Ich dachte nur, du kriegst vielleicht meinen Schnupfen.«

»Nein. Das glaube ich jedenfalls nicht. Was macht denn dein Schnupfen?«

»So-so.«

»Entschuldige«, lenkte Emmy ein. Sie legte den Kopf an seine Schulter und sah aus dem Fenster. Auf der Motorhaube des MG spiegelten sich tote Äste und toter Himmel, schmutzig rot.

»Wir müssen jetzt zurück, Liebling«, sagte Will sanft. »Es ist schon halb fünf.«

»Ich weiß.«

Er ließ den Motor an. »Vielleicht ist bei dir *doch* etwas im Anzug.«

»Nein.« Sie kuschelte sich in den Lammfellkragen seines Mantels, und sie fuhren über schmale Landsträßchen, die ganz aufgeweicht waren vom schmelzenden Eis, schweigend die sechs Kilometer nach Hampton. Will lenkte mit der linken Hand und hielt mit der rechten die ihre. Doch als sie auf die Fernstraße nach Convers einbogen, wo der Verkehr dichter wurde, setzte sie sich aufrecht und ließ ihn los.

»Ich liebe dich«, sagte Will.

»Ich liebe dich auch. Ehrlich.«

»Ich weiß.« Er lächelte sie an. »Hoppla!« Der Wagen war auf die Straßenmitte geraten, und ein Lastwagen mußte ihnen mit einem scharfen Schlenker nach rechts ausweichen und fuhr unter lautem Hupen an ihnen vorbei. »Da siehst du, wie sehr.«

»Und das mit Betsy ist nicht wahr«, flüsterte sie. »Ich weiß, daß es nicht wahr ist; ich möchte es nur von dir hören.«

»Aber Emily – und wenn es so wäre, würde das so furchtbar viel ändern?«

»Ich weiß nicht. Wahrscheinlich nicht. Aber ich bin froh, daß du es nicht warst ... du warst es doch nicht, oder? Ich weiß, daß ich albern bin. Ich bin ein dummes Ding. Aber sag's mir.«

»Was soll ich dir sagen?«

»Gib mir dein Ehrenwort, daß du nie mit Betsy Lumkin geschlafen hast.«

Will schwieg. Er war von der Fernstraße abgebogen und kurvte die Straße hinauf, die südlich vom College zu der Werkstatt führte, in der Emmy und Holman Kunden waren. Beiderseits sanft ansteigende Stoppelfelder mit verfallenden Scheunen. Der Himmel war weißlichgrau und schwer.

»Nun?«

»Willst du es wirklich wissen?«

»Natürlich will ich es wirklich wissen.«

»Also gut ... ja, ich habe.« Emmy schnaubte. »Aber das war nichts, es hat mir gar nichts bedeutet, Emily.«

»Und das Kind, das ist von dir?«

»Himmel, das weiß ich doch nicht. Es ist lange her, Monate; das war, bevor wir –«

»Aber natürlich ist es von dir. Wie kann dir das egal sein?«

Will zuckte die Achseln. »Es ist mir eben egal, nichts weiter ... Es hat uns beiden nichts bedeutet, Emily, es ist nur so passiert.«

»Aber das macht es ja noch schlimmer! Wie konntest du nur? Wie konntest du so etwas tun? Das ist ja ekelhaft!«

Will stöhnte. »So geht's immer«, sagte er. »Da liegen einem die Frauen in den Ohren, man soll ihnen die Wahrheit sagen; bitte, Liebling, ich will ja nichts als die Wahrheit wissen; und wenn man sie ihnen dann sagt, springen sie einen an wie die Tiger. Du kannst dir gar nicht vorstellen, wie wenig es mir bedeutet hat, Emily.«

»Halt an!«

Wütend, aber gehorsam trat Will auf die Bremse; der Wagen hielt unvermittelt an. Emmy öffnete die Tür, sprang hinaus und lief die Straße hinauf. Will sah ihr nach, beugte sich nach rechts hinüber, um die Tür zu schließen, die sie offen gelassen hatte, setzte sich wieder hinters Steuer, trat aufs Gas und fuhr hinter ihr her.

»Emily«, sagte er, als er mit ihr auf gleicher Höhe war, den Kopf aus dem Fenster.

»Laß mich in Ruhe.« Sie lief weiter vor dem Wagen her. »Sprich mich nicht an.«

»Emily, bitte!«

Emmy sah diesmal gar nicht erst zu ihm her, sondern ging weiter, mitten durch die Pfütze, daß ihr der Schlamm um die nackten Beine spritzte. Sie achtete auch darauf nicht. Es waren jetzt nur noch knapp fünfhundert Meter bis zur Stadt, bis zur Werkstatt noch weniger. Heiliger Jesus, gib, daß jetzt niemand hier vorbeikommt, dachte Will und sah nervös zu einem Bauernhaus auf der linken Seite. Es war noch heller Tag.

»Steig wieder ein, du Dummkopf, bevor uns hier jemand sieht«, rief er, indem er neben Emmy her fuhr.

»Nein.« Sie ging festen Schrittes weiter; er folgte ihr ruckweise und fühlte sich, da er im Wagen so tief unten saß, grotesk benachteiligt.

»Emily, um Himmels willen! Was verlangst du denn von mir?«

»Daß du weiterfährst«, kreischte sie, sich umdrehend. »Hau ab! Verschwinde!« Sie trat an den Straßenrand und machte mit den Händen scheuchende Bewegungen.

»Bitte sehr!« schrie Will zurück. »Wenn du es so haben willst!« Er trat das Gaspedal durch, daß der Wagen einen Satz machte. Sekunden später war er den Berg hinauf. Emmy schrumpfte im Rückspiegel rasch zu einem roten Klecks; und als er um die Kurve in die Stadt hineinfuhr, verschwand sie völlig.

Allen Ingram an Francis Noyes

1. April

Zu Deinem Brief vom 22sten: Nein, nein, NEIN! *Ich wollte nicht im* entferntesten *andeuten, daß Du ein Emporkömmling oder Parasit von der Sorte H. Turner seist. Siehst Du denn nicht, wie lachhaft und beschämend es für uns beide ist, daß ich das überhaupt dementieren muß? »Wenn du das Geld auch nur im mindesten nötig hast« und so weiter und so fort! Was soll ich sagen? Es ist nicht auszuhalten, daß ich Dir jetzt nicht gegenüberstehe! Lieber Francis, weißt Du denn nicht, daß ich mich im Alter an die Riviera zurückzuziehen gedenke vom Erlös des* kleinsten *dieser Bilder, die Du diesen Sommer für mich gemalt hast? Die übrigen behalte ich, um damit meine Großneffen zu inspirieren (oder zu bereichern), daß es ihre wildesten Träume übersteigt. Also laß uns das jetzt für immer als erledigt ansehen.*

Hier passiert nichts, rein absolut gar nichts. Der arme Julian Fenn hat noch immer keine neue Stelle und läßt es sich anmerken – Pech ist immer so unkleidsam – mit Löchern in den Handschuhen und Augen wie blutunterlaufene schwarze Höhlen; seine Frau sieht aus wie ein präraffaelitisches Aquarell, das im Regen gelegen hat.

Ich bin erkältet und habe eine häßliche rote Nase. Aber das ist alles nur zu meinem Besten: Eitelkeit und Angst vor Komplikationen halten mich »zu Hause«, wo ich emsig schreibe. Ich bin sogar schon bis zu der großen Blut-und-Tränen-Szene gekommen, die so voller Probleme steckt. Wie ich mir wünsche, Du wärst jetzt hier und ich könnte mit Dir reden! Die Vorstellung, mich hier jemandem anzuvertrauen, ist undenkbar; in meiner Verzweiflung rede ich schon mit dem Hund. »Beowulf«, sage ich, »meinst du nicht auch, J. würde hysterisch auf die Entdeckung reagieren, daß D. verschwunden ist?« Wenn er wach ist, winselt er freundlich – der vollkommene Kritiker – und klopft mit dem Schwanz auf den Boden neben dem Herd. Ich habe ihn aus der hinteren Vorratskammer herausgelassen, denn da heulte er weiter Tag und Nacht – kein Wunder, wie ich endlich merkte, dort ist überhaupt keine Heizung. Hier in der Küche benimmt er sich erstaunlich wohlerzogen (sie ist der einzige Raum in diesem Zehnzimmerhaus, der beim derzeitigen Wetter Mensch und Vieh beherbergen kann).

Von den Williams habe ich noch immer nicht gehört, was ich mit dem Tier nun anfangen soll. Auch sonst hat noch keiner von ihnen gehört. Diese Neuengland-Typen drehen ja immer völlig durch, wenn sie an die sonnigen südlichen Gestade kommen, wo es keine Grippe gibt. Vor den Fleischtöpfen Roms (warum in aller Welt Fleischtopf *– klingt doch* *wie Hundenapf) haben sie ihres getreuen Vasallen ganz und gar vergessen, geschweige ihres getreuen Mieters. Man kann ja verstehen, daß sie ihre sonnigen Tage und mondhellen Nächte nicht vom kleinsten Gedanken an dieses vereiste Tal verdunkeln lassen möchten: »Nimm mich hin, Harold!« ruft in ebendiesem Augenblick Mrs. Williams vom Balkon ihrer Pension und schält sich aus ihrem Nachtgewand von Hastings Dry Goods and Sundries – aber ich schweife ab. Wenn* wir *nächstes Jahr ins Ausland fahren, weiß ich, daß ich Dich mit meinem ewigen »Wie es jetzt wohl in Convers aussieht« recht erklecklich langweilen werde; aber die Flucht der Williams ist dafür allzu beklagenswert kurz. Ein paar Monate London, ein paar in Rom, und schon wieder für die nächsten sechs Jahre in den Knast.*

Wahrlich, dieser Ort ist Tod. Gedenke unser aller hier in diesem engen kleinen Tal, den endlosen ehernen Monaten des nördlichen Winters, der Kälte, dem Schlamm, dem Eis, den Krankheiten, der Abgeschiedenheit. Inzwischen sind hier alle krank oder verrückt geworden oder beides. Soll denn nie mehr Frühling werden (es ist noch nichts davon zu sehen), und wenn, welche Kapriolen der Erlösung wird er zeugen?

11

Könnten Sie bitte Mr. Turners Zucker in diese Richtung weiterschicken, Mr. Green?« sagte Julian zu Charley. Die drei Juniordozenten des Englischen Instituts tranken ihren Nachmittagskaffee in dem für diesen Zweck vorgesehenen kleinen, kalten, muffigen Zimmer im Haus Gibson.

»Mit Vergnügen.« Charley reichte den Zucker weiter, von dem nur noch sehr wenig übrig war.

»Mit Mr. Turners Erlaubnis«, sagte Julian.

»Bitte, bitte, nehmen Sie ihn ganz, fragen Sie nicht Mr. Turner«, sagte Holman mit dick aufgetragener Ironie. Wie so oft zur Kaffeestunde, musterte er angewidert seine Umgebung. Natürlich konnte man auf dem ganzen Campus nicht nur hier Kaffee trinken. Er und die anderen Dozenten hätten ohne weiteres in den Fakultätsclub gehen können, wo ein Feuer im Kamin prasselte und lederne Sessel auf dicken Teppichen standen. Aber zum Fakultätsclub hätte man an nassen Tagen ziemlich weit über den Campus laufen müssen, und jedes Erscheinen dort hatte etwas von einem öffentlichen Auftritt. Man mußte sich schon stark genug fühlen, die höfliche, neugierige Gastlichkeit der höheren Professorenränge über sich ergehen zu lassen und als Neuling seinen Schlips wie seine Ansichten ihrer kritischen Prüfung auszusetzen. Holman ging dort durchschnittlich einmal die Woche hin, Charley seltener und Julian seit Weihnachten überhaupt nicht mehr. Viel näher war es zu der großen, warmen Kaffeestube, die der Mensa oben auf dem Hügel angegliedert war. Leider wurde aber deren

Besuch von oben nicht gern gesehen; Bill Lumkin fand, die Studenten sollten einen angenehmen Gemeinschaftsraum für sich haben, wo sie von den Lehrern unbehelligt blieben.

»Dr. Flory vom Bowdoin hat mir heute wieder geschrieben«, eröffnete Julian, während er sich reichlich von Holmans Zucker in den Pulverkaffee schüttete. Die anderen warteten. »Er hat sein Angebot um fünfhundert erhöht.«

»Aha«, sagte Holman. »Wie man sieht, zahlt Zögern sich aus.«

»Bar auf die Hand, wie man sieht«, ergänzte Charley.

Julian rührte seinen Kaffee um und sagte nichts weiter. »Du wirst also annehmen?« fragte Charley. Er war immer der erste, der den affektierten, unpersönlichen Konversationston, den sie hier meist pflegten, wieder fallenließ und ihn überhaupt am wenigsten angemessen fand.

»Nördliches Maine kann mich noch immer nicht lokken«, sagte Julian. »Wie man hört, wird dieser Staat nicht besonders gut geheizt. Ich habe das starke Gefühl, nach dem ersten Winter würden sämtliche Fenns an Lungenentzündung gestorben sein.«

Die Blicke, die Charley und Holman ihm zuwarfen, waren identisch. Beide fanden es verrückt von ihm, so spät noch immer auf eine bessere Chance zu warten. Er hatte schon Angebote von der Tufts-Universität (»ein sterbendes Tier«) und einer Großstadtuniversität in Cincinnati (»ich verabscheue städtische Ballungsräume«) abgelehnt. Sein Haus war gekündigt, und wenn am 30. Juni sein Vertrag am Convers College auslief, stand er mit Frau und drei Kindern und ohne sichtbare Geldmittel auf der Straße. Seine Nonchalance in dieser Situation war entweder bösartig oder schwachsinnig (Holman neigte zum ersteren, Charley zum letzteren).

»Da wird Dr. Flory aber enttäuscht sein«, sagte Holman.

»Es klingt doch ganz so, als möchte er seinen Lehrkörper unbedingt durch Mr. Fenn ergänzen.«

»Er hat sich so ähnlich geäußert«, räumte Julian lässig, aber keineswegs bescheiden ein.

»Das hat er wirklich?« fragte Charley in der Hoffnung, Dr. Florys Brief zu Gesicht zu bekommen. Die drei Dozenten, halb Konkurrenten, halb Verbündete, registrierten bei den jeweils anderen jedes kleinste Indiz für Erfolg oder Mißerfolg, ohne sich in beiden Fällen so recht von Herzen darüber freuen zu können. Hatte zum Beispiel eine Gelehrtenzeitschrift den Artikel des einen abgelehnt, so mochten die anderen als Konkurrenten Genugtuung empfinden; andererseits stürzte die Erkenntnis, daß der Beitrag eines Convers-Dozenten überhaupt abgelehnt werden konnte, sie bald in nervöses Grübeln. Mit Julians Entlassung war es Holman und Charley ebenso ergangen, obwohl sie sich dazu beglückwünschten, daß man ihnen solch unverantwortliche Pflichtvergessenheit nie würde nachsagen können.

»Mhm.« Julian nickte, machte aber keine Anstalten, ihnen den Brief vom Bowdoin zu zeigen; er hatte einen starken angeborenen Hang zur Heimlichtuerei.

»Ich fände es schade, ihn zu enttäuschen«, sagte Charley, aber noch deutlicher mochte er Julian keinen Rat erteilen.

»Immerhin«, ergänzte Holman, »würde Mr. Fenn ja nicht ewig dort bleiben müssen. Er könnte es als Sprungbrett ansehen.«

»Es wäre ein Dreijahresvertrag«, ließ Julian sie wissen.

»Ah.« Wieder waren Holmans und Charleys Blicke identisch, doch diesmal zum Boden gerichtet. Beider Verträge in Convers waren fürs nächste Jahr erneuert worden, aber McBane hatte durchblicken lassen, daß die Zukunft ungewiß sei. Charley war davon gar nicht erbaut: nach seiner Ansicht hätte ihm mindestens ein fester Zweijahresvertrag zugestanden. Es war kränkend – hatte er sich vielleicht noch nicht hinreichend bewährt? Glaubten DIE – womit sowohl McBane als auch das Rektorat gemeint sein konnte – denn immer noch, er könne etwas falsch machen? Wenigstens hätte man der Tatsache Rechnung tragen können, daß er seinen Doktor schon hatte und Turner nicht. Holman sah das mit seiner Vertragserneuerung ebenso, nur daß er fand, man hätte berücksichtigen dürfen, daß er ein allseits beliebter und erfolgreicher Lehrer war und Green nicht.

»Warum nicht Dr. Flory ein bißchen nasführen?« meinte er. »Vielleicht könnte Mr. Fenn es einrichten, daß er nach Europa fliegt, wenn es kalt wird, und sich sein Gehalt dorthin nachschicken läßt. Natürlich nach Dublin.«

»Eine grrrooßartige Idee«, fand Charley in nachgemachtem Irisch.

»Genial«, räumte Julian ein.

»Seinen Unterricht könnte er weiterhin per Post erteilen«, fuhr Holman fort. »Als Fernkurs.«

»Heilige Jungfrau Maria, das ist des Himmels Lösung all seiner Probleme«, baute Charley die Flachserei weiter aus. »Er müßte nie pünktlich zur Vorlesung erscheinen. Menschenskinder, er brauchte nicht einmal mehr das Haus zu verlassen, außer zu Vogel- und Kneipenexkursionen. Nur noch ein paar Aufsätze zu korrigieren. Oder womöglich nicht mal das, er könnte das vielleicht telepathisch erledigen.«

»Leider Gottes nein«, gab Julian zurück, »da sehe ich meine Fähigkeiten überfordert. Das ist mehr etwas für Mr. Charley Green, die Gedankenlesemaschine.«

Wieder herzhaftes Gelächter ringsum, dem Charley sich natürlich anschloß; es gehörte zum Spiel, mitzulachen, wenn man selbst verulkt wurde, weil man damit zeigte, daß man diesen rituellen Aggressionsabbau guthieß. Es tat um so weniger weh, als man ja gar nicht selbst der Angegriffene war, sondern ein Popanz. Ihre Kaffeepausenpersönlichkeiten hatten alle einen Bezug zur Realität: Karikaturen dessen, was in jedem von ihnen dem Convers-Ideal, wie sie es sahen, am wenigsten entsprach. So war Julian der bizarre Fremde, der faule, verrückte Ire; lauthals wurde seine amerikanische Staatsbürgerschaft in Frage gestellt, über seine Polizeiakte spekuliert und Zweifel daran geäußert, ob er die Aufsätze seiner Studenten jemals wirklich las et cetera. Holman posierte als der unbelesene Ledernacken aus den Großstadtslums, als Anwalt von Kommißmethoden gegenüber Studienanfängern. Charley war meist der blauäugige Enthusiast, der gläubige Naivling. Man verspottete sein Vertrauen in die menschliche Natur und die verborgenen Talente mancher übereifriger Studenten. Seit vor ein paar Wochen sein Kind zur Welt gekommen war, kam die Rolle des liebevoll vertrottelten Familienvaters hinzu. Diese auf ihre jeweilige Weise so grotesken Popanze hatten eines gemeinsam: Sie waren Geschöpfe des Instinkts, eines primitiven Triebes. Folglich wirkten sie besonders fremdartig in Convers, das für Ordnung, Vernunft und neuenglisch-protestantische Oberklasse stand. Natürlich konnten der Popanz Holman, der Popanz Charley und der Popanz Julian nicht Freunde sein, denn sie hatten nichts miteinander gemein. Um so mehr jedoch die echten Personen: Da sie außerhalb der Kaffeepause damit beschäftigt waren, den Popanz in sich zu verstecken (und somit vielleicht auszumerzen), waren sie Verbündete, wenn nicht Verschworene.

»Übrigens«, sagte Holman, »hatte ich heute ein merkwürdig Ding in meinem Postfach.« Er zückte einen blauen Zettel. »Nun frage ich, ob sonst noch jemand das bekommen hat.« Es war eine rhetorische Frage: Die Postfächer der ganzen Fakultät für Sprachen und Literatur waren heute nachmittag symmetrisch blau verziert worden. Er legte den Zettel auf den Tisch.

BEKANNTMACHUNG BETR. SCHREIBDIENST

Um die Gesamtarbeitsbelastung für das Verwaltungspersonal gleichmäßig zu verteilen und nach Möglichkeit die Verwaltungskosten zu senken oder zumindest auf ein Minimum zu begrenzen, werden die folgenden Vorschriften für die Inanspruchnahme des Schreibdienstes mit Wirkung vom 27. April in Kraft gesetzt:

1. Alle Schreib- und Vervielfältigungsaufträge, welche dem normalen Unterrichtsbetrieb dienen, sind zusammen mit einem rosa Auftragsformular, welches den Namen des anfordernden Dozenten, dessen Fakultät sowie die gewünschte Kopienzahl enthält, an den zentralen Schreibdienst zu richten. Für die Erledigung genannter Aufträge von bis zu fünf Seiten Umfang ist eine Bearbeitungszeit von mindestens 24 Stunden einzuräumen, ausgenommen solche Vorlagen, welche an einem Werktag später als 15.00 Uhr eingereicht werden, deren Bearbeitung, falls durch Arbeitsanfall bedingt, auf den übernächsten Werktag übertragen werden kann.

2. Alle Eilaufträge sowie Schreib- und Vervielfältigungsaufträge von mehr als fünf Seiten Umfang sind an das Verwaltungssekretariat zu richten.

W.W.L.

»Superb«, sagte Julian. »Vier minus. Amtskauderwelsch, Wortwiederholungen, unklarer Ausdruck –«

»Die Grammatik läßt zu wünschen übrig.«

»Am besten gefallen mir die Relativsätze«, fuhr Julian fort. »Stellt euch mal vor, wie McBane die ›welche‹ in der Luft zerreißen würde.«

»Bedeuten soll das Ganze wohl nur dies«, meinte Charley: »›Lassen Sie Ihre Sachen nicht mehr von Dorrie tippen oder kopieren, Mr. Green, sondern schicken Sie alles ans Verwaltungssekretariat, da liegt's dann anderthalb Tage.‹«

»Großer Gott!«

Die Haustür knallte und ließ einen kalten, feuchten Luftschwall ein. Aus dem Sekretariat des Englischen Instituts, wo Miss Cowie und ihre Assistentin Dorrie Hutchins arbeiteten, ließen sich laute Stimmen vernehmen.

»Mr. Lumkin hat das schon früher mal versucht«, sagte Julian. »Ungefähr vor drei Jahren. Es ist aber für das Gibson-Haus nie in Kraft getreten; Mr. McBane hat das irgendwie verhindern können. Die meisten anderen Institute schicken allerdings schon alle ihre Sachen an den zentralen Schreibdienst.«

»Vielleicht dürfen wir hoffen, daß es wieder verhindert wird«, sagte Holman. Julian zuckte die Achseln. Eine Minute verging in trübsinnigem Schweigen.

»Hallo.« Will steckte den Kopf zur Tür herein.

»Hallo.«

»Hallo!«

»Komm doch rein.« Die drei Dozenten sprachen jetzt weniger laut und dafür natürlicher, hatten ihr gewohntes Spielchen mitsamt dem dazugehörigen Ton aufgegeben. Sie freuten sich über Wills Erscheinen: Jeder hielt ihn für seinen echten oder potentiellen Freund.

Will trat ein. »Kalt hier drinnen«, fand er.

»Das brauchst du uns nicht zu sagen.«

»Hier, trink einen Schluck Pulverkaffee.«

»Nein, danke.«

»Wo hast du denn gesteckt?«

»Ach, schrecklich.« Will grinste. »Hab noch immer die Grippe. Eigentlich gehöre ich ins Bett.« Statt dessen klappte er einen Eisenstuhl auseinander und ließ sich, wie gewohnt in halb horizontaler Lage, darauf nieder. »Was gibt's Neues?«

»Nicht viel. Große Botschaft an alle von Bill Lumkin«, sagte Holman und zeigte auf den blauen Zettel.

»Ach ja, das haben Dorrie und Miss Cowie mir schon gezeigt.«

Aus irgendeinem Grund erzählen ihm die Frauen alles, dachte Holman; und wahrscheinlich ist das auf dem ganzen Campus so. Er sagte: »Ich weiß nur überhaupt nicht, was Dorrie den ganzen Tag machen soll, wenn wir anfangen, unsere Sachen an den zentralen Schreibdienst zu schicken.«

»Dorrie? Die zieht dann auch dahin um«, sagte Will.

»Verdammt und zugenäht!«

»Aber ohne Dorrie sind wir hier aufgeschmissen«, begehrte Charley auf. »Wenn wir nur noch Miss Cow haben.« Dorrie Hutchins war zwanzig Jahre alt und kam aus einer der ältesten und schlechtesten Familien von Convers. Die meisten Hutchins-Töchter waren noch vor ihrer Sexualmündigkeit in Umstände gekommen und hatten die Schule verlassen müssen, während Dorrie, vielleicht weil sie aussah wie ein blondes Meerschweinchen, die Handelsschule erfolgreich absolviert hatte. Sie war eine mäßig schnelle und gewissenhafte Stenotypistin und überaus entgegenkommend. Darin unterschied sie sich von Miss Cowie, die nur Professor McBane und, wenn auch schon weniger, den Professoren Knight und Baker entgegenkam. Miss Cowie war schon älter, keiner wußte wie alt; sie hätte vor Jahren in Rente gehen können, war aber lieber geblieben und funktionierte mehr und mehr wie eine alte Schreibmaschine. Seit dreißig Jahren titulierte man sie hinter ihrem Rücken – manchmal aus Versehen auch von Angesicht zu Angesicht – als »Miss Cow«.

»Können wir denn nichts dagegen tun?« fragte Charley. »Kann Dorrie sich nicht beschweren oder so was?«

»Aber Dorrie will ja weg«, sagte Will. »Sie kann es gar nicht erwarten, zu den anderen Schreibdamen nach College Hall zu kommen. Hier, den ganzen Tag Miss Cow ausgeliefert, ist es nicht besonders lustig.«

»Sie hat doch uns«, meinte Holman halb im Scherz. Seit Beginn des Jahres hatten die Dozenten sich angewöhnt, Dorrie mit übertriebener Nettigkeit zu behandeln (»Allerliebste Dorrie, Licht meines Lebens, könnte ich Sie möglicherweise überreden, mir das hier abzutippen, bevor die Post weggeht?«). Sie hatte zunächst verständnislos dreingeschaut und gekichert, später nur noch gekichert, war aber weiter gefällig gewesen – sie blieb nötigenfalls bis sechs, um noch ein Stenogramm zu übertragen, und kam sogar samstags zur Arbeit. Dankbar brachten sie ihr dafür zu Weihnachten und zum Valentinstag Pralinen, meist die kitschigsten Schachteln, die sie auftreiben konnten, und sangen ihr zur Begleitung des Mimeographen Liebesarien.

»Wird sie schon bald versetzt?«

»Nächste Woche, sagt sie.«

»Mein Gott!«

»Hier wird es unmöglich, wenn Dorrie weg ist«, stellte Julian fest.

»Miss Cow rührt doch für uns keinen Finger«, sagte Charley, für den das in besonderem Maße zutraf.

»Nicht nur für uns«, sagte Holman. »Der ganze Kurs bricht zusammen, wenn wir nichts mehr kopiert bekommen, ohne zwei Tage darauf zu warten. Mit Hum C, wie wir es kennen, ist es dann zu Ende.« Er überlegte einen

Moment und meinte: »Wir müssen Dorrie klarmachen, daß sie hierbleiben will.«

»Pralinen und Blumen«, sagte Julian.

»Ihr Gewissen ansprechen«, schlug Charley vor. »Wie kann sie uns nur so verraten?« Er stand auf, um die Kochplatte anzustellen und das Kaffeewasser wieder heiß zu machen. »Ich denke doch, McBane müßte Lumkin die Situation erklären können«, sagte er.

»Erklären!« lachte Holman. »So wird doch jeder Dreck hier geregelt. Nichts als Machtkampf in College Hall. Ehrlich, ist es nicht so?« wandte er sich an Will.

Will zuckte die Achseln und meinte nur: »Wer weiß?«

»Ich habe gehört, McBanes Stern sei im Sinken begriffen«, sagte Charley unerwartet. »Jack Butler hat gemeint, je länger Rektor King dem College fernbleibt, desto schlechter für seine Getreuen von der alten Garde.«

»Das glaube ich nicht. McBane kriegt immer, was er will«, sagte Julian in einem Ton, den Holman als kindische Bitterkeit empfand. Wenn er je eine Stelle verlöre, würde er den Teufel tun und sich anmerken lassen, daß es ihm etwas ausmachte; das war der Anfang vom Ende. Nach Holmans Überzeugung durfte man der Welt nur ja keine Schwäche zeigen, sonst trampelte sie auf einem herum. Wenn einer sagte: »Ich bin kein guter Skifahrer«, brach er sich prompt Beine und Bretter; Krankheitskeime nährten sich von denen, die aufgaben und sich mit ihrer Erkältung ins Bett legten. Außerdem war Schwäche ansteckend. Er fühlte sich von Julian abgestoßen.

»So, vier Uhr«, sagte er und schob seinen Stuhl zurück, der auf dem kalten Boden kratzte. »Ich muß noch ein paar Sachen erledigen, und dann ab nach Hause.«

»Recht so; nur nicht vom gewohnten Pfad abweichen«, meinte Charley.

»So ist es.« Holman stand langsam auf. In Wirklichkeit hatte er es gar nicht eilig, nach Hause zu kommen. In den letzten Wochen war Emmy wieder launisch und schwierig geworden, schlimmer als im Herbst. Sie kochte immer schlechter und tat immer weniger für ihr Aussehen. Der Fußboden war so verstaubt wie seine Anzüge, und die Badewanne hatte einen Dauerrand. Wenn Holman abends nach Hause kam, schlug ihm Kälte entgegen, und gewöhnlich empfing Emmy ihn mit irgendeiner Beschwerde: Freddy hatte sich schlecht benommen, das Telefon war nicht in Ordnung, wann wolle er endlich das Fliegengitter am Badezimmerfenster reparieren? Dann fing sie plötzlich aus dem nichtigsten Grund zu heulen an: wenn er zum Beispiel Milch verschüttete. Am sonderbarsten war, daß sie auf einmal kein zweites Kind mehr wollte. Wenn sich da nur keine Neurose entwickelte! Frauen! Männer waren beherrschter, verläßlicher – Typen wie Fenn und Green vielleicht nicht, aber Männer wie er, McBane und Will Thomas.

»Bis demnächst«, sagte er zu den andern, und zu Will: »Komm doch mal wieder vorbei, ja? Oder besuch uns am Wochenende, darüber würden wir uns beide freuen. Emmy hat erst neulich wieder nach dir gefragt. Komm doch zum –« Er unterbrach sich, weil es ihm plötzlich riskant erschien, jemanden zum Abendessen einzuladen, seit sie immer alles anbrennen ließ. »Wie wär's am Sonntag nachmittag auf einen Drink?«

»Wäre schön, wenn ich könnte«, sagte Will, »aber ich muß dieses Wochenende zu üben anfangen, sonst wird das Konzert noch ein schlimmeres Fiasko, als es sowieso schon wird.«

»Du gibst ein Konzert? Wann?«

»Nächsten Dienstag. Sieh mich nicht so an, es war nicht

meine Idee. Oska hat das arrangiert.« Will grinste. »Er will mich zur Beförderung einreichen und meint, das könnte etwas nützen.«

»Überall hängen doch schon die Plakate dafür«, sagte Charley. »Hast du sie noch nicht gesehen?«

Holman hatte die Plakate für Wills Konzert noch nicht gesehen; oder er hatte vielmehr nicht weiter als bis zu dem Wort KONZERT gelesen, das immer sein automatisches Desinteresse erregte. Aber Emmy hatte sie gelesen. Für ihre entzündete Phantasie war ganz Convers mit diesen Plakaten tapeziert, auf denen in großen Lettern die Unworte WILL THOMAS prangten. Das erste hatte sie in der Bibliothek gesehen, als sie von der Toilette kam, schockierend wie eine Fata Morgana. Sie hatte auf der Treppe gestanden, einen Fuß vorgestreckt, und das Gefühl gehabt, auf der Stelle umzukippen. Sie hatte sich ans Geländer geklammert und den Kopf verzweifelt hin und her geworfen, die Augen geschlossen, dann wieder geöffnet, um zu sehen, ob das Trugbild so zu löschen war. Doch es blieb. Und wenn sie an den darauffolgenden Tagen durch die Stadt und übers Collegegelände ging, schien ihre Heimsuchung allerorten materielle Gestalt anzunehmen.

Seit Will sie auf der Straße nach Convers verlassen hatte, fühlte Emmy sich elender, als sie sich seit ihrem ersten Jahr im Internat je gefühlt hatte. Anfangs war sie ganz sicher gewesen, daß er anrufen und sich entschuldigen würde, sie anflehen, alles erklären oder am besten glaubhaft abstreiten, was er getan hatte. Er rechnete doch gewiß nicht damit, daß *sie ihn* anrief! Oft sah sie das gehässige Telefon an, griff manchmal nach dem Hörer, ging einmal sogar soweit, seine Nummer zu nennen, legte dann aber beim ersten Klingeln eiligst wieder auf. An ihm war es, anzurufen, nicht an ihr.

Als Tag um Tag verging und er nicht anrief, wurde sie immer wütender. Wie hatte Emily Stockwell Turner sich nur mit so einem Mann einlassen können, einem Lügner, einem Schleicher, einem vollkommenen Ekel. »Du bist ein vollkommenes Ekel«, sagte sie in Gedanken schon zu ihm, wenn er anrufen sollte. Sie malte sich viele solcher Telefonate aus, ihre vernichtenden Worte, ihr noch vernichtenderes Schweigen; die Szenen, die es zu spielen galt, falls sie sich je im Kaufladen, in der Bibliothek, in irgend jemandes Haus begegneten; und so weiter und so fort. Manchmal verzieh sie ihm schließlich, aber nicht oft. Stolz, Wut, Sehnsucht und Verzweiflung jagten einander in ihrem Gehirn im Kreis herum; sie konnte hemmungslos schluchzen, wenn sie sich nur schon am Herd die Finger verbrannte; sie wußte um die Sinnlosigkeit einsamer Erkenntnisse, heimlicher Spielchen (»Wenn ich heute mein Dessert nicht esse, ruft er morgen an«), ungeschriebener und unverschickter Briefe; sie dachte jeden Gedanken hundertmal.

Zufällig oder planvoll (von wem geplant?) hatte sie Will seit dem Streit nicht mehr gesehen. Wenn sie durch Convers fuhr, sah sie da und dort seinen Wagen zu den gewohnten Zeiten stehen – als Ehebrecher kannten sie notgedrungen einer des anderen Stundenplan auswendig –, doch niemals Will, und um sich irgendwo auf die Lauer zu legen, war sie zu stolz. Sie schämte sich, wenn sie sich dabei ertappte, wie sie langsam an seinem Haus vorbeifuhr. Zum Ausgleich fuhr sie dann schnell nach Hause und nahm dort irgendeine schwierige Aufgabe in Angriff, zum Beispiel machte sie ein Zitronenbaiser oder versuchte Freddy beizubringen, seinen Namen zu schreiben, verlor die Lust und brachte das Werk, falls überhaupt, wutschäumend zum Abschluß.

Aber sie war nicht oft zu Hause. Eine unergiebige Ruhelosigkeit hielt sie auf Trab, ließ sie mal diese, mal jene

Bekannte besuchen oder zum Einkaufen in die Stadt fahren. Sie machte es sich auch zur schlechten Gewohnheit, in der Gegend herumzufahren und alle die Orte anzusteuern, an denen sie und Will immer gewesen waren. Der Winter war jetzt endgültig besiegt. Es war nicht mehr kalt draußen, aber naß, naß, der Himmel schwer, die Gräben voll Wasser, die kahlen Bäume tränenüberströmt. Während ihre Scheibenwischer in monotonem Rhythmus mühsam das Wasser verdrängten, fuhr sie meilenweit über Nebensträßchen um Convers und Hampton herum, zog ihre Kreise mal enger, mal weiter um den Baum, den verlassenen Friedhof, die Kirche der Treuen (der Name gab Anlaß zu manchem Sarkasmus). Immer spukte ihr dabei halb der Gedanke im Kopf herum, daß auch er dort sein könnte, daß es eine große Szene gäbe: Szenen der Verdammung, Szenen der Versöhnung, des Erklärens und Verzeihens.

Er war nie da. Allein im Wagen, stellte sie den Motor ab und weinte hemmungslos, während ungehemmt der Regen über die Scheiben lief.

Sie phantasierte von Selbstmord; sie stellte sich Wills Gesicht vor, wenn er erfuhr, daß man ihre Leiche an einer bestimmten Nebenstraße gefunden hatte... Aber wann würde man sie finden, und wie würde sie dann aussehen; oder wichtiger noch: wie hätte sie es getan?... Und was würde ihre Familie sagen? Es hatte zweifellos etwas Vulgäres, halbverwest im Auto gefunden zu werden... Die Zeitungsberichte, und wie peinlich für Freddy, wenn er groß wäre; und wer sollte sich überhaupt um Freddy kümmern, bis er groß war?

Heute nachmittag hatte Emmy, weil Dienstag war und Mrs. Rabbage sich um Freddy kümmerte, wieder ihrer schlechten Angewohnheit nachgegeben. Es war schon spät, als sie ihren Kombi in Richtung Convers zurücklenkte, schon etwa halb fünf; der Regen hatte für heute aufgehört, und die endlich hervorkommende Sonne malte einen leuchtenden Streifen über aufgeweichten Feldern an den Horizont. Hübsch anzusehen; doch es machte sie nur wütend; sie wußte inzwischen, daß es Betrug war, ein fauler Trick des Wetters. Morgen würde es wieder regnen, es würde in keiner Weise besser sein.

Noch elender fühlte sie sich, als sie an Mirandas Haus vorbeikam und Wills MG in der Einfahrt stehen sah, schon wieder, schon zum zweitenmal in dieser Woche. Natürlich war sie nicht eifersüchtig auf Miranda; sie erinnerte sich zu gut, mit wieviel Mitleid oder Spott Will immer von Mirandas Aussehen gesprochen hatte. Aber es machte sie wütend, daß er dort war, wütend, daß er sein Leben weiterlebte wie zuvor, während sie so hysterisch, so verzweifelt war. Natürlich hatte auch sie es nicht ganz aufgegeben, Leute zu besuchen, aber es war ja ihre Pflicht, hinzugehen, wenn sie und Holman eingeladen waren, und Freddy zu seinen Freunden zu bringen; es war nicht so, daß es ihr Spaß machte. Nur bei den Fenns war sie nie mehr gewesen. Seit sie herausgefunden hatte, daß Miranda von ihrem Verhältnis wußte, hatte sie angefangen, ihr aus dem Weg zu gehen; und nun, da die Affäre beendet war, verbot ihr der Stolz hinzugehen. Aber Will machte sich aus allem nichts, er saß in Mirandas Küche und betrank sich wie zuvor, erzählte ihr sicher alles (seine Version), fühlte wahrscheinlich gar nicht viel dabei, machte sich nichts daraus, hatte sie wahrscheinlich schon so gut wie vergessen.

»Du kannst es mir auch gleich erzählen«, sagte Miranda.

Will hing auf einem Eßzimmerstuhl, die Hand um ein halbvolles Glas Whisky, und sagte nichts. Doch als Miranda ihn weiter ansah, wandte er sich schließlich ab.

»Komm schon, du weißt, daß du es mir am Ende doch erzählen wirst.« Miranda sprach mit mehr Zuversicht, als sie empfand, denn es war schon drei Wochen her, daß Will mit Emmy Schluß gemacht hatte, und er hatte es fertiggebracht, ihr bis auf diese bloße Tatsache noch nichts zu sagen. Anfangs hatte sie taktvoll geschwiegen, weil es ihm offenbar so elend ging, aber jetzt hielt sie ihre Neugier nicht mehr aus. Ich muß es wissen, muß alles wissen, dachte sie immerzu. Und jetzt war die Zeit gekommen: Stille im Haus, die Kinder irgendwo zu Besuch, das Essen im Backofen. »Also, was war?« fragte sie.

»Sie hat etwas herausbekommen«, sagte Will nach einer ganzen Weile.

»Aha.« Miranda wischte sich die Hände an einem ehemals roten Handtuch ab. »Was denn?«

Will zögerte. »Avis Walsh«, sagte er endlich.

»Die von der Bank?«

»Ja«, log Will; in Wahrheit hatte Emmy nie etwas von Avis Walsh gehört.

»Aber das ist doch vorbei, oder?«

»O ja«, (mit dem lauten Nachdruck der Erleichterung, mit der man zur Abwechslung die volle Wahrheit sagt), »völlig! Das ist schon Monate vorbei, das weißt du doch; da kannte ich Emily noch gar nicht. Aber sie hat das nicht so gesehen.«

Miranda versuchte sich vorzustellen, wie sie reagieren würde, wenn sie je erführe, daß Julian ein Verhältnis mit Avis Walsh gehabt hätte. Überrascht vor allem; ungläubig. Aber gewiß auch verstimmt. »Nun ja«, meinte sie, auf die Stuhllehne gestützt. »Pech, daß sie es herausbekommen hat ... am meisten wird sie natürlich stören, daß es eine ist, die hier in der Stadt arbeitet.« Will antwortete nicht; er legte die Stirn in Falten und sah zum Fenster hinaus, weshalb sie sich beeilte, den Vorwurf des Dünkels wegzuerklären. »Ich meine, es ist ihr sicher peinlich, daß sie jedesmal, wenn sie zur Bank geht, dort Avis sieht. Das kann ich schon verstehen.«

Keine Antwort. Ich rede zuviel, dachte sie. So leise wie möglich ging sie um den Stuhl herum und setzte sich darauf, versuchte jene aufmerksame Stille zu verbreiten, die zu Geständnissen verleitet.

»Sie nimmt immer alles so schwer«, sagte Will endlich. »Das mußt du auch schon gemerkt haben, hinter der großen Dame versteckt. Ha, und wie! Manchmal ist das natürlich herrlich. Aber an dem Tag, da ist sie richtig wild geworden, nachdem sie es erfahren hatte.« Und dann erzählte er, wie Emmy aus dem Wagen gesprungen war und ihn mitten auf der Straße verlassen hatte. »Sie hat nicht ein einziges Mal zurückgeschaut, ist einfach weggegangen, es hat ihr gar nichts ausgemacht, sie hat mich einfach so verlassen«, endete er.

»Hm«, machte Miranda.

»Seitdem kein Lebenszeichen, kein Anruf, kein Wort von ihr, drei verdammte Wochen lang.«

»Wahrscheinlich wartet sie darauf, daß du sie anrufst.«

»Da kennst du Emily nicht. Sie wartet darauf, daß ich sie anrufe, o ja, damit sie gleich wieder auflegen kann ... Ich dachte, ich würde darüber wegkommen. Menschenskind! Du weißt, daß ich gewöhnlich über so etwas hinwegkomme, aber es tut noch so weh wie anfangs. Ich bin ganz zerschlagen.«

»Hm.« Will sah wirklich ein bißchen verprügelt aus: rote, verquollene Nase und Augen, entweder von seiner Erkältung oder vom Trinken; Hemdkragen und Krawatte knittrig, das Gesicht von kleinen Rasierwunden und übriggebliebenen Stoppeln übersät. Das alles zusammen gab ihm so etwas Verwahrlostes, Abenteuerliches, und das gefiel Miranda so besonders an ihm; geschniegelte und gestriegelte Männer, die aussahen wie brave kleine Jungen, konnte sie nicht ausstehen. Menschen sollte man ansehen, daß sie gelebt hatten, auch gelitten.

»Mein Gott, ich war mit Emily so glücklich! Die Welt gehörte mir, mir ganz allein. Ja doch, am Anfang einer Affäre herrscht immer eine gewisse Euphorie, aber diesmal war es ganz anders. Ich hatte sogar das Gefühl, ich könnte wieder zu arbeiten anfangen, hatte sogar Ideen. Na ja, das ist vorbei. Ich gehe vor die Hunde, ich geb's zu. Die Hunde: Zerberus, der Hund von Baskerville.«

Miranda lachte, nicht nur über den Scherz, sondern weil es so schön war, daß er wieder frei und offen mit ihr redete.

»Dieses verdammte Konzert nächste Woche. Ich habe noch gar nicht geübt.«

Sie lachte wieder. »Stimmt doch gar nicht!«

»Nicht ganz. Aber um anständig zu spielen, hätte ich die letzten sechs Monate mindestens zwei Stunden täglich üben müssen... Das Dumme ist, daß ich ein Faultier bin und immer sein werde. Ich lasse mich einfach nicht plagen. Klar, ich werde ihnen schon geben, was sie haben wollen; ich werde weder falsch spielen noch Oska blamieren. Ich habe die Stücke ein bißchen aufgewärmt, aber es ist alles rein mechanisch.«

»Das glaube ich dir nicht.«

»Es stimmt aber.« Will werkelte sich vom Stuhl hoch und ging an das schäbige alte Klavier der Fenns. Er stellte sein Glas auf den Notenständer neben ›John Thompsons Klavierschule für Kinder‹ und spielte ein paar Akkorde. Er klang in der Tat mechanisch – richtig metallisch dank der Alufolie, die Miranda zwischen die Saiten geschoben hatte, damit das Instrument mehr nach Spinett klang und bei

Charles' Überei die Geräusche etwas gedämpft wurden. Blirr, blirr, zirrr. Will begann ein Stück von Schönberg.

»O nein, üb jetzt nicht dieses gräßliche Zeug! Spiel mal richtige Musik.«

Will brach ab und lächelte Miranda zum erstenmal seit seinem Kommen an. »Na gut. Dir zuliebe.« Er begann Haydns Andante mit Variationen zu spielen.

Während die Töne spiegelbildlich aufeinander zu und wieder auseinander liefen, nahm sein Gesicht einen Ausdruck an, der bei ihm selten war: den Ausdruck ganz gewöhnlicher Konzentration. Meist trat er auf wie ein Schauspieler, ein Mann vor dem Spiegel, der seine Gesichtszüge bewußt zu einem Ausdruck des Interesses oder Desinteresses, Vergnügens oder Mißvergnügens, der Ironie, Überraschung oder Resignation kramte. Wills wirkliches Gesicht sah Miranda meist nur dann, wenn er Klavier spielte, und auch dann nur, wenn er für sie allein oder für sie und die Kinder spielte.

Er vertraut mir, dachte sie. Weil er weiß, daß mir ganz uneigennützig an ihm liegt. Ich mag ihn, liebe ihn, wie immer man es nennen will, aber ich will nichts von ihm, versuche ihn im Gegensatz zu anderen nicht zu benutzen, lasse ihn nicht für mich Konzerte geben, Partys unterhalten, Harmonielehre unterrichten, mit mir schlafen.

Ein leichtes Stirnrunzeln begleitete die letztere Verneinung: In Wahrheit benutzte sie Will eben doch dazu, mit ihr zu schlafen. In den Geschichten, die sie sich ausdachte, wenn sie nicht einschlafen konnte, wechselte er sich in der Rolle des romantischen Liebhabers mit einem Jungen ab, den sie auf dem College gekannt hatte, und einem rothaarigen Mann, der ihr im Zug von Boston nach New York einmal von Gespenstern erzählt hatte. Aber genau wie die anderen würde Will die Rolle, diese körperlich in Wirklichkeit recht unschuldige Rolle, die er da spielte, nie erfahren. Und wahrscheinlich hätte er sich auch gar nicht wiedererkannt in den exotischen Kulissen und Kostümen, in die Miranda ihn steckte. Mirandas Phantasien spielten selten in der Gegenwart. Zur Zeit las sie Balzac, und da spielten sie im Paris des neunzehnten Jahrhunderts; früher hatte sie als Kulisse unter anderem den Trojanischen Krieg oder einen Hexensabbat im Schottland Jakobs I. bevorzugt.

Aber das war ein Spiel. Das wahre Leben der romantischen Liebe war nach den ersten Höhenflügen häßlich, brutal und kurz, jedenfalls sah Miranda es so; es hatte mit falschen Bildnissen und falschen Erwartungen zu tun. Die Ehe war freundlicher, aber auch sie lebte von Lügen, kleinen läßlichen Lügen – man machte das Beste aus dem Geschäft. Richtig echt war nur Freundschaft. Nur weil Will Thomas vor ihr alle Verkleidungen fallen ließ, wußte sie (und nur sie), wer er wirklich war. Und Wissen war Macht, die einzige Macht, die zu haben sich lohnte. Macht jeder anderen Art war vulgär, materiell und darum kurzlebig: früher oder später mußte sie wie alle Materie verfaulen und verwesen. Will würde für immer ihr gehören, niemals Emmy und den anderen Frauen, mit denen er zwischen schmutzigen Laken lag, ihnen gab, was sie wollten, für sie der romantische Liebhaber war, den sie sich erfunden hatten. Sie war ihm nicht böse, sie war ihnen nicht böse; nicht einmal das.

Zwischen der dritten und vierten Variation sah Will auf. »Übrigens, du wirst doch Emily nichts davon erzählen, was ich dir über Avis und das alles gesagt habe?«

»Natürlich nicht.«

Er spielte weiter. Miranda, den Kopf auf den Armen, sah jetzt an ihm vorbei zum Fenster hinaus. Der triefende Himmel löste sich von der triefenden Erde, und zwischen den Bäumen verbreiterte sich ein langer Streifen Licht. Wie glücklich ich doch bin, dachte sie. Tropfen übriggebliebenen Regens glitzerten hell und dunkel auf dem Gras.

»Ich liebe Haydn«, sagte sie, als Will fertig war. »Da geht es mir immer gleich viel besser.«

»Ging's dir denn vorher soviel schlechter?«

»Hm, ich weiß nicht. Ein bißchen.«

»Und ich hab dich nicht einmal gefragt. Ich bin ein Ekel.«

»Nein.«

»Ich komme hierher und rede wie ein Wasserfall, langweile dich wahrscheinlich zu Tode.« Will sah sie kurz an.

»Wirklich nicht.«

»Ich glaube, ich leide unter einem Beichtzwang. Ich komme nicht dagegen an.«

»Wenn ja, dann leide ich unter dem Zwang, dir zuzuhören.« Sie lächelte, wollte ihm zeigen, wie ernst sie das meinte, doch statt ihr Lächeln zu erwidern, sah Will sie mit einem Blick an, den sie noch nie gesehen hatte. Die hellen Augen weit aufgerissen, wirbelte er auf dem Klavierstuhl herum.

»Miranda!«

Miranda sank der Magen bis unter den Fußboden. Ohne den Blick von ihr zu wenden, stand Will jetzt auf. Auch sie stand auf, wandte aber nervös den Blick ab und starrte in eine Zimmerecke. Dort war ein Flecken, wie eine Fledermaus geformt, an der Tapete, wo Katie einmal in einem Wutanfall einen Teller Rührei an die Wand geworfen hatte. Will legte ihr die Hand auf den Arm.

»Nein«, hörte sie sich sagen, während sie einen Schritt rückwärts machte. Er hörte nicht. »Wirklich, nein.« Mit einiger Anstrengung riß sie sich los und ging rückwärts um den Eßzimmertisch herum. Will folgte ihr ein paar Schritte und blieb dann stehen. Da standen sie und sahen einander über die lackierte Platte hinweg an, goldglänzendes Eichenholz in der untergehenden Sonne, die von jedem Krümel einen langen Schatten warf.

»Zwölf Uhr«, sagte Will, obwohl es erst fünf war. »Alle deine Mäuse haben sich in Kutscher verwandelt.« Sie lachte nervös. »Miranda – hör doch, Miranda.« Er folgte ihr um den Tisch herum.

»Ich heiße gar nicht Miranda«, sagte sie hastig. »Ich heiße Mary Ann.«

»Mary Ann?« Will blieb stehen.

»Ja. Ich habe meinen Namen geändert, als ich aufs College ging. Sag das niemandem.«

Will starrte sie ein paar Sekunden an, dann begann er zu lachen. »Also, Mary Ann, oder Miranda –« Er lachte weiter, kam aber jetzt nicht mehr näher.

»Bedaure.« Miranda hielt sich weiter an einer Stuhllehne fest. Ihr Magen war noch nicht wieder aus dem Keller zurück.

»Warum nicht?« Er lehnte sich an den Tisch, verwirrt vielleicht, aber weniger als sie. »Wer weiß, vielleicht magst du mich ja wirklich nicht. Im tiefsten Grunde hast du etwas gegen mich«, meinte er.

»Nein, das ist nicht wahr. Das weißt du auch.«

»Vielleicht bist du prinzipiell gegen Ehebruch. Aus moralischen Gründen.«

»Nein.«

»Nur in der Praxis? Du bist das Gegenteil von Emily, sie ist im Prinzip voll und ganz gegen Ehebruch.« Er lachte bitter und ein bißchen theatralisch. »Ich weiß, daß es nicht wegen Julian ist«, fuhr er fort. Tatsächlich hatte Miranda sich schon zu oft bei ihm über Julians Fehler beklagt, um das abstreiten zu können. »Du bist doch gar nicht mehr in ihn verliebt.«

»Ich habe ihn gern«, protestierte sie.

»Mein Gott! Gern habe ich ihn auch.«

Ich habe ihn viel mehr gern, als ich dich liebe, war die paradoxe Antwort, die ihr in den Sinn kam, aber sie sprach sie nicht aus. »Nein, und außerdem«, redete sie rasch und nervös weiter, »wäre es völlig gegen deine eigene Regel, wie du weißt, und das ist eine gute Regel. Ich meine, hast du es dir nicht zu einer wichtigen Regel gemacht, nie etwas mit den Frauen deiner Freunde oder den Freundinnen deiner Frauen anzufangen, wenn du Frauen hättest, ich meine eine Frau?«

Will antwortete nicht. Er sah gekränkt und böse drein.

»Bedaure«, sagte Miranda noch einmal. »Weißt du, ich habe eigentlich immer gedacht, ich würde es tun«, fügte sie plötzlich hinzu. »Wenn du mich je fragen solltest.«

»Aber jetzt willst du nicht.«

»Nein.« Dann sagte sie im selben Ton – oder um denselben Ton bemüht –, in dem sie und Will schon so oft die Motive anderer diskutiert hatten: »Ich weiß nicht warum; zum Teil vielleicht, weil alles so kompliziert wäre mit Julian und den Kindern und so. Und ich glaube, ich habe auch Angst, es könnte etwas Schlimmes passieren, wenn ich, wenn wir –« Statt nach einem Verb zu suchen, verstummte Miranda. »Zum Beispiel, daß ich mich in dich verlieben könnte, oder etwas ähnlich Schreckliches.«

»Wäre das so schrecklich?« Will bedachte Miranda mit seinem Verführerblick; verlogen, dachte sie. Er machte sogar einen Schritt um den Tisch herum auf sie zu.

»Ja – Liebe macht Kummer, sie macht nur Kummer«, fuhr sie fort, krampfhaft nach den Argumenten kramend, die sie sich vor ein paar Augenblicken erst zurechtgelegt hatte.

»Aber sie ist auch schön. Ich glaube, du weißt gar nicht, wie schön sie ist«, sagte er.

»Und du könntest es mir zeigen?« meinte sie, auf Ironie bedacht.

»Ich glaube, ja.«

»Nein danke. Aber das ist nur, weil ich dich gern habe! Ich möchte lieber zehn Jahre deine Freundin sein als zehn Wochen deine Geliebte... Und bei genauem Hinsehen ist das ja wohl die Alternative.«

»Danke.« Will schien jetzt wirklich böse zu sein. Er richtete sich auf und ging zur Tür.

»Will.« Sie folgte ihm in die Diele; sie hatten sich noch nie gestritten.

»Von allen sitzengelassen«, sagte er. »Erst Emily, jetzt du. Sogar Avis ist mit mir fertig.« Er sah sich nach seinem Mantel um.

»Geh nicht. Bleib noch.«

»Wozu?«

Miranda konnte nicht antworten. Will ging ziellos in der Diele umher.

»Also bis demnächst, Mary Ann«, sagte er, indem er die Haustür öffnete, die er sonst nie benutzte – sie benutzte fast keiner. Die Sonne war gerade untergegangen; der Vorgarten war eine Wüste von Schlamm, niedergetrampeltem frischem Gras und nasser Asche. Ehe ihr noch etwas zu sagen einfiel, war er fort.

Allen Ingram an Francis Noyes

22. April

Plötzlich FRÜHLING*! Die ganze Landschaft ist trunken, die Rinnsteine strömen, die Straßen sind aufgeborsten und gewellt, Gärten und Höfe sind weich wie Fließsand unter den Füßen. Vor allen Haustüren blühen sogenannte Forsythien – Sträucher mit langen Zweigen voll magerer kleiner gelber Blütchen –, und die Häuser sehen dadurch alle aus wie alte*

Tunten mit frisch gebleichter Frisur. Beowulf ist wieder ein junges Hündchen und jagt vorm Haus seinen verdreckten Schwanz, springt am Wagen hoch, wenn ich nach Hause komme – ich habe ihm beigebracht, nicht an mir hochzuspringen, aber der arme Renault, der nicht »Platz!« brüllen kann, ist ein einziger Pfotenabdruck mit Schleckspuren.

Hundeliebe – und er ist nicht der einzige. Buhlende Paare überall in Stadt und Campus. Auch ich werde nicht vergessen. Als ich heute am Spätnachmittag nach Hause kam, saß doch dieser schmierige kleine George Wedge aus meiner Schreibklasse mit zweien seiner warmen Freunde bei mir auf der Treppe. Es sollte wohl eine freudige Überraschung für mich sein. Ich hätte die Arme um sie schlingen und sie zum Essen einladen und vielleicht sogar die Nacht mit ihnen verbringen sollen. Ich war aber nur unsäglich höflich, habe ihnen sehr artig für ihr Kommen gedankt und ihnen von dem wahrhaft unbeschreiblichen Sherry angeboten, den mir die Williams hinterlassen haben. Überhörte ihre Anspielungen und bat sie statt dessen, mir aus ihrem Leben zu erzählen, wo sie herkämen und zur Schule gegangen seien. Nach einer Stunde sind sie wutschnaubend abgezogen.

Nein – ich glaube Deine Frage schon zu hören –, ich fand keinen von ihnen attraktiv. Einer tut mir mehr oder weniger leid, ein trauriger kleiner Zweimeterbubi namens Dicky Smith, einsamste Seele auf dem Campus und Achsogernschriftsteller – das wären wir doch alle ach so gern. Voriges Quartal war er in Julian Fenns Klasse und hat ihn monatelang mit selbstverfaßten Kurzgeschichten verfolgt – er trieb sich so lange um sein Haus herum, daß sie ihn hier schon Fido nannten. Jetzt versucht er's mit Poesie, und offenbar haben ihn die finsteren Mächte unter den Erstsemestern, die hier eine klägliche Minderheit bilden, vereinnahmt. Große braune Augen, schwarze Schnürsenkelkrawatten, Sommer-

sprossen und ein Sprachfehler. Armer Junge – ich glaube, er ist nicht mal richtig schwul, mag Wedge es ihm auch eingeredet haben (oder umgekehrt). Er ist nur sexuell noch nicht ausgereift – ein polymorpher Pervertit. Nächstes oder übernächstes Jahr um diese Zeit dürfte er eine stinknormale, sommersprossige kleine Gespielin haben.

Er hat mir einen dicken Packen eselsohriger Manuskripte »zum Reingucken« hiergelassen. Ich habe nach dem Abendessen mal reingeguckt – fast reinrassiger Vachel Sandburg, wie sich herausstellte. Prachtvolle kulturelle Zeitverschiebung, literarische und auch sonst jede erdenkliche Unschuld. Auf eine Art rührend, aber bestürzend. Wie schafft es einer in dieser Welt, 18 Jahre alt zu werden und nichts, aber auch gar nichts an sich rankommen zu lassen? So viele von diesen Convers-Jünglingen sind wie Mr. Smith, absolut unberührt. Wenn ich bedenke, was ich mit sechzehn schon alles mitgemacht hatte, mit fünfzehn – oder sogar oder vor allem schon mit dreizehn, mit Mutters zweiter Scheidung und dieser Geschichte in Newport am Tag der Regatta, die mich doch, obwohl (oder weil) ich hauptsächlich Zuschauer war, auf jeden Fall fürs Leben gezeichnet hat.

12

Elf Uhr vormittags. So sehr sich Holman auch bemüht hatte, die Sonne auszusperren, drang sie doch durch jede Ritze ins Schlafzimmer und zerschnitt es in dunkle, durch hellgelbe Lichtstreifen getrennte Scheiben, wie er es noch nie gesehen hatte, einfach weil er noch nie um diese Morgenstunde noch im Bett gelegen hatte. Wenn er es hätte vermeiden können, läge er auch jetzt nicht darin. Fünf Tage lang hatte er sich gegen die Einsicht gewehrt, daß er krank war – hatte sich täglich zur Arbeit und hin und her und wieder nach Hause geschleppt. Doch als er heute morgen den Kopf vom Kissen hob, hatte sich alles um ihn gedreht. Er war noch zu schwindlig gewesen, um allein stehen zu können. An Wände und Möbel gestützt, war er ins Bad gewankt und hatte seine Temperatur gemessen. Als das Thermometer heiß und rot auf 39,6 stieg, hatte er seine Niederlage eingestanden.

Widerwärtig. Den ganzen Winter überstanden und (nicht ohne auf die Zähne zu beißen und – wie er zugab – nicht ohne innere Befriedigung) keine einzige Unterrichtsstunde versäumt zu haben und sich nun geschlagen geben zu müssen, an so einem Tag, an dem es draußen fast so warm war wie drinnen... Er drehte sich um und versuchte zu schlafen. Selbst in Rückenlage war ihm schwindlig, konnte er nicht atmen, war sein Mund rauh und trocken, schmerzte ihm der Kopf. Das Zimmer schwankte hin und her; Stäubchen wirbelten durch die Sonne, wenn er die Augen öffnete, und wenn er sie schloß, schien sein ganzer Körper sich zu drehen und rückwärts in bodenlose Abgründe zu stürzen. Er fühlte sich schwach und lächerlich und war wütend.

Unter ihm im Erdgeschoß zeugten allerlei Geräusche von Mrs. Rabbages Bewegungen von Zimmer zu Zimmer: das trockene Scharren des Besens, das Schmatzen des Staubsaugers, das Quietschen von Tuch auf Glas. Das Identifizieren dieser Geräusche hielt ihn vom Schlafen ab, und wenn sie einmal für ein paar Sekunden verstummten, war es so still im Haus, daß er den Wasserhahn am anderen Ende des Flurs tropfen hörte (wann wollte er den endlich in Ordnung bringen?), das feine elektrische Summen des Weckers auf der anderen Seite des Zimmers, seinen eigenen Puls. Dann setzte die ärgerliche Vorstellung sich in ihm fest, daß Mrs. Rabbage unten mucksmäuschenstill in einem der Zimmer stand und aus irgendeinem Grunde überhaupt nichts tat, und das allein schon hielt ihn wach, bis die Geräusche wieder einsetzten.

Entschlossen, die Grippe wie den Tag zu verschlafen, baute er aus Emmys Kopfkissen eine Barrikade zwischen sich und dem Licht und schloß die Augen. Sekunden vergingen. Er hörte, wie Mrs. Rabbage sich mit Handfeger und Schaufel die Treppe heraufarbeitete. Bum, klack, husch, tapp. Seufzend öffnete Holman die Augen. Mrs. Rabbages Kopf und Rumpf tauchten über der Treppe auf; sie sah ihn an.

»Hallo«, sagte er.

»Hallo Sie. Hab ich mir doch *gedacht* daß Sie wach sind.« Sie kam die letzten Stufen hoch. »Hier ist Ihre Post. Scheint 'ne Karte von Ihrer Mutter dabei zu sein.«

»Danke«, sagte Holman. Briefe und Rechnungen sowie die gestrige ›Times‹ plumpsten als schwerer Packen auf sein Bett.

»Sagen Sie mal Sie sehn ja richtig schlimm aus. Diesmal hat die Grippe Sie aber erwischt was?« Sie grinste ihn an.

»Scheint so.«

»Mrs. Turner hat gesagt ich soll Ihnen was zum Lunch machen was hätten Sie denn gern? Es ist noch kalter Braten für'n Sandwich da oder soll ich lieber 'ne Dose Suppe aufmachen?«

»Ist mir egal, Mrs. Rabbage. Irgendwas. Nichts.« Holman drehte sich ächzend auf die Seite.

»Sie müssen aber bei Kräften bleiben.« Mrs. Rabbage musterte ihn, die Kehrschaufel in die Hüfte gestemmt. »Erkältung muß man füttern und Fieber aushungern«, meditierte sie.

»Sie können sich's aussuchen, ich habe beides.«

»Schon gut. Wollen Sie daß ich das Zimmer für heute mal lasse oder soll ich es machen?«

»Weiß ich nicht.« Holman stemmte sich auf einem Ellbogen hoch. »Was hat meine Frau denn gesagt?«

»Nichts hat sie gesagt. Meistens mach ich's ja dienstags. Nötig wär's. Ich will Sie ja bloß nicht stören.«

»Nein, machen Sie nur.«

»Gut.« Mrs. Rabbage schleifte den käferförmigen Staubsauger am Hals herein. »Muß aber das Rollo hochziehen ja? Damit ich seh was ich mache«, sagte sie, »und hinterher laß ich es wieder runter.«

»Ja, gut.« Holman legte sich wieder hin; Mrs. Rabbage zog das Rollo hoch, ratsch, ratsch. Sonnenlicht flutete blendend ins Zimmer; ihre breite, knochige Gestalt ging darin hin und her.

»Sie brausen ja ziemlich viel im Postwagen durch die Gegend«, bemerkte er. »Gibt's da bei der Post nicht irgendwelche Vorschriften gegen unbefugte Personen? Oder hat der Postbote ein Auge auf Sie geworfen?«

»Haha!« lachte sie vergnügt und laut. »Nee. Ed Walsh das ist mein Vetter.«

»Aha. Sie haben aber viele Vettern.«

»Ja das kann man wohl sagen. Die meisten Leute hier in der Gegend sind verwandt.« Stimmt nicht, dachte Holman; er und Emmy waren mit niemandem außer Freddy verwandt, und Entsprechendes galt für die meisten Dozenten und die Mehrzahl der zwölfhundert Studenten. Es kam natürlich darauf an, was man unter »Leute« verstand.

»Aber mein Mann der war ein Fremder. Rabbage. Den Namen hört man hier nicht. Kam von Rhode Island.« Holman hörte nur noch halb zu und schloß halb die Augen, als sie zum Monolog ansetzte. »...schwere Bronchitis und Komplikationen vor denen hatten sie Angst... dann haben sie ihm in der Werkstatt gekündigt und von irgendwoher hat er die Idee aufgeschnappt nach Florida umzuziehen weil's da gesünder ist dachte er. Du spinnst hab ich gesagt von wegen gesund da ist es nicht gesund diese Hitze schwächt nur die Widerstandskraft und anfangs merkst du es ja vielleicht aber was denkst du was passiert wenn du das erstemal wieder den Fuß aus Florida raussetzt?« Krankheit, Sorgen, Wandel, Tod. Aber so war das Leben. Und nicht nur *was* Mrs. Rabbage sagte, auch wie sie es sagte, war so frei von Anmaßung, so anders als die Gespräche seiner Kollegen. Und mochte ihre Ausdrucksweise noch so ungehobelt sein, er fand sie erholsam, sogar schlaffördernd. »Dickschädel sind manche Leute. Hat nicht auf seinen Chef gehört und nicht auf den Doktor...« Holman hatte in den ersten fünfundzwanzig Jahren seines Lebens auch immer »Doktor« gesagt und sich erst in den letzten fünf Jahren die Bezeichnung »Arzt« angewöhnt. Immer wieder döste er zwischen ihren Sätzen ein und schlief schon fast, als er plötzlich wieder aufmerksam wurde, weil er sie jetzt von Dekan Lumkin reden hörte.

»... seinen Pontiac in Zahlung gegeben und sich so einen neuen Valiant zugelegt himmelblau mit Weißwandreifen und Gepäckträger. Ziemlich sportlich für'n Mann in seinem Alter hat Ed gemeint aber er hat ja sozusagen auch was zu feiern sag ich wo doch seine Frau nach all den Jahren endlich was Kleines erwartet. Guck ihn dir bei nächster Gelegenheit mal an hab ich zu Ed gesagt der sieht aus wie der frischgebackene Bowlingkönig von Hamp und verübeln kann man's ihm ja nicht denn das geht einem Mann schon an den Stolz wenn er keine Kinder machen kann. Wer hätte das gedacht sagt Betty Walsh und mich tät's nicht wundern wenn er n'bißchen Hilfe von woanders hatte man soll's ja nicht meinen aber wissen kann man's auch nie. Da muß man mal abwarten und sehen aber meistens kann man dann auch noch nichts sagen nur manchmal wie bei Annie Hutchins ihrem dritten das zur Welt kam wie Ed gerade beim Militär war. Zuerst war der Bengel natürlich noch ganz kahl aber wie er so'n Jahr erst mal alt war da hatte er auf einmal ganz rote Haare und dieses Asthma das sich anhört wie 'ne Dampfheizung genau wie's die meisten Cowies haben. Na ja wenn die Katze zuviel aus dem Haus ist tanzen die Mäuse ...« Mrs. Rabbage hörte auf, auch nur scheinbar abzustauben, und lehnte steif wie ein Besenstiel an der Kommode; Holman wollte wieder eindösen. »... will ja auf nichts anspielen aber es ist doch immer so daß es der Ehemann zuletzt erfährt und wo dieser Bob Cowie doch die ganze Zeit immer zu ihr hin ist um irgendwas zu reparieren. Wie's ja Leute gibt die immer mal wieder hier reingucken. Ich denke immer man tut den Leuten was Gutes wenn man hier und da mal was fallen läßt bevor's zu spät ist aber Sie würden staunen wie langsam die meisten kapieren die sehen und hören nichts ... Sogar die Schlauen wie Sie. Die Studierten.«

Stirnrunzelnd öffnete Holman die Augen jetzt ganz und sah Mrs. Rabbage an, versuchte ihren Gesichtsausdruck zu lesen, aber sie hatte sich abgewandt und zeigte ihm nur ihr scharfes Profil. »Also ich muß jetzt mal weitermachen«, sagte sie. Damit sammelte sie ihr Putzzeug ein und verließ, den Staubsauger nachschleifend, das Zimmer. Zuletzt verschwand das Kabel wie ein langer schwarzer Schwanz.

Holman hatte kaum Zeit, sich unerfreulichen Spekulationen hinzugeben, bevor die Geräusche von unten Emmys Ankunft verkündeten. Sie ließ den Motor ihres Wagens laufen (er hatte sie schon oft gebeten, das nicht zu tun) und kam gleich die Treppe heraufgestürzt und in sein Zimmer.

»Wie geht's denn, Darling?« fragte sie uninteressiert und mit einer Stimme, die ihm in den Ohren weh tat.

»Ganz gut.«

»Das ist schön, Darling. Ich hole nur gerade Freddy und fahre mit ihm zu Flo zum Lunch und bleibe eine Weile.«

»Flo?«

»Flo Butler, du weißt doch, Darling«, sagte Emmy, Schubladen aufziehend. »Da kann er mit Davy Butler spielen, und du wirst nicht gestört. Ich bin wieder zurück, bevor Mrs. Rabbage geht. Hier ist es so stickig. Soll ich nicht das Fenster mal ein bißchen öffnen?«

»Nein.«

»Wie fühlst du dich denn so, Darling?« Sie begann sich eilig umzuziehen.

»Ganz gut«, wiederholte Holman.

»Und was macht dein Fieber?« Emmy ließ Rock, Strümpfe und Schuhe einfach auf den Boden fallen, wo sie liegen blieben. Sie war in letzter Zeit sehr schlampig geworden, was ihr ganz unähnlich sah. Und wie er feststellte, als sie sich jetzt eine Freizeithose anzog, hatte sie auch an die fünf unnötige Pfunde zugelegt.

»Noch immer über neununddreißig.«

»Ach, das ist ja schlimm. Mit so einem Fieber gehörst du unbedingt ins Bett.«

»Ich liege ja schon drin.«

»Soll ich den Arzt für dich rufen? ... Ich könnte ihn jetzt anrufen«, redete sie aus dem Pullover weiter, »und wenn er dir etwas verschreibt, kann ich es in der Stadt abholen. Soll ich?«

»Nein.«

»Ich komme am College vorbei«, fuhr sie fort, während sie sich über die Kommode beugte und der Grimasse im Spiegel rasch ein bißchen neuen Lippenstift verpaßte. »Soll ich dir irgendwas zu arbeiten aus deinem Zimmer mitbringen? Oder ist dir nicht nach Arbeit?« (Puder.) »Ich könnte versuchen, dir aus der Bibliothek etwas zum Lesen mitzubringen –«

»Laß mich nur in Ruhe!«

»Bitte sehr!«

Holman schloß die Augen, um Emmys wütendes Gesicht nicht sehen zu müssen. Sie sagte nichts weiter, und bald hörte er sie die Treppe hinuntergehen, die Tür zuschlagen und im Wagen wegfahren.

Er lag im Bett und mußte zugeben, daß er ein wenig unvernünftig gewesen war. Er konnte es nicht leiden, von seiner Frau bemuttert zu werden, er haßte das sogar und vermied es darum, ihr irgendeine Schwäche zu zeigen, geistig wie körperlich. Auch nach fünf Jahren war sie noch immer eine von Denen, von der zahlreichen Feindesschar, vor der man sich zusammenreißen mußte, das Gesicht wahren. Wenn er sich mies fühlte, hatte er es viel lieber mit einer Mrs. Rabbage zu tun.

Aber hol's der Teufel, es war doch auch die Art, wie Emmy hier hereingerauscht und wieder abgehauen war, wie sie ihn mit leeren Ratschlägen überschüttet und dabei kaum angesehen hatte! Gewiß, ihre Fürsorglichkeit konnte ihn ebenso aufregen wie ihr Desinteresse, aber in solchen Momenten wie vorhin schaffte sie es, von beidem die schlimmsten Seiten zu kombinieren.

Na ja. Ob Mrs. Rabbage gemeint hatte, was er glaubte? Oder war das ein Abfallprodukt seiner Grippe, eine »Fieberphantasie«? Seine Frau benahm sich seit Wochen wirklich recht merkwürdig, ganz anders als sonst, zerwirrt und verstreut. Zerwirrt? Verstreut? Er hatte Fieber, und wie! Aber sie war seit Wochen ganz konfus, ließ alles in die Binsen gehen. Dabei verlangte er doch weiß Gott nicht viel, nur daß der Haushalt reibungslos funktionierte und zu vernünftigen Zeiten etwas Vernünftiges zu essen auf den Tisch kam. Sie hatte doch sonst nichts zu tun, keine berufliche Verpflichtung, nur ein Kind, eine Putzhilfe zweimal die Woche... gestern hatte er sie erst wieder daran mahnen müssen, daß sie genug saubere Hemden für ihn bereitzuhalten habe; das bedeutete nur gelegentliche Besuche in der Wäscherei, aber Emmy war hochgegangen wie eine Neujahrsrakete – an die Wolken stößt sie schon, und der Hut fliegt auch davon. Ob er sie vielleicht für seine Waschfrau halte, hatte sie gefragt und das Zimmer verlassen, bevor er antworten konnte. Ihm tat der Kopf weh.

Er war ihr nicht nachgegangen, hatte ihr nicht gesagt, daß seine Mutter zwanzig Jahre lang seine Hemden gewaschen und gebügelt und dazu noch in der Schule unterrichtet habe; er hatte es nach besten Kräften ignoriert. Frauen hatten nun einmal solche launischen Phasen, das wußte er aus Erfahrung, und nach seiner Erfahrung ging man ihnen dann am besten aus dem Weg. Vielleicht war er ihr ein bißchen zuviel aus dem Weg gegangen, und Emmy… Aber das war unwahrscheinlich; unmöglich.

Holman hatte noch nie eine Frau gesehen, konnte sich nicht einmal eine vorstellen, die ihm lieber gewesen wäre als seine. Jung, reich, schön, freundlich, wohlgeboren und wohlerzogen – als er zum erstenmal gemerkt hatte, daß sie ihn mochte, hatte er an sein Glück kaum glauben können. Es war natürlich reiner Zufall gewesen, daß er sie überhaupt kennengelernt hatte. Wenn er nicht bei diesem zweiten New-York-Besuch seines Lebens, damals in den Herbstferien, zufällig eines Nachmittags über die Fifth Avenue geschlendert wäre und in den Schaufenstern die mit künstlichem Schnee bestreuten Waren angeschaut hätte, die er sich nicht leisten konnte, wäre er dort auch nicht Douglas Richards in die Arme gelaufen; und wenn Doug Richards nicht schon ein bißchen betrunken gewesen wäre, hätte er Holman nicht aufgefordert, mit ihm zu irgendeiner Cocktailparty zu gehen, denn so gut kannte er Holman auch wieder nicht, und damals in seinem ersten Studienjahr in Princeton war Holman gewiß nicht der Mann für Cocktailpartys nach Art eines Doug Richards gewesen.

Aber nun war er in diese Wohnung an der East 65th Street gekommen, und kaum war er fünf Minuten da, wurde er auch schon Emmy vorgestellt. Daß er sich auf den ersten Blick in sie verliebt hätte, war nicht zuviel behauptet. Er liebte sogar ihre Fehler. Es störte ihn nicht, daß sie keine umschwärmte Schöne in diesem Kreis war. Ihr kindlich unbeholfener, unschuldiger Blick zog ihn an; sie saß exakt in der Mitte eines brokatbespannten Sessels, ein braves, pummeliges, umhegtes kleines Mädchen, wie sie gewöhnlich im Samtkleid mit weißem Kragen und weißen Handschuhen, fertig zur Tanzstunde, für ›Vogue‹ fotografiert wurden. Er hatte die Mädchen so satt, die er bis dahin gekannt hatte: die aufgedonnerten *semivierges* im College, die mit achtzehn schon alles kannten; die überheblichen Zahnarzt- und Steuerberaterstöchter; die *bohémiens* mit den dick ummalten Augen; die Partypüppchen mit den knallroten Lippen. Emmys sichtliche Unerfahrenheit, sogar Unwissenheit über den Lauf der Welt war nur zu ihrem Vorteil. Sie war intelligent und lernwillig, und er konnte ihren Geist formen. In solchen Dingen war ihm, wie den meisten Männern, der Tonklumpen lieber als die Ming-Vase.

Er war nicht enttäuscht worden. Im großen und ganzen war Emmy heute vollkommen; und was sie war, hatte sie großenteils ihm zu danken. Unmöglich, daß so eine Frau untreu sein könnte.

»... will ja auf nichts anspielen.« Zumindest war es sehr unwahrscheinlich.

»Sie würden staunen, wie langsam die meisten kapieren, sogar die Studierten wie *Sie*.« Ach, zum Teufel! Auch sexuell war Emmy ihm neulich erst ziemlich lauwarm gekommen. Mit seiner Grippe war er ja selbst nicht besonders aufgelegt gewesen, aber – beim letztenmal war sie nicht nur lauwarm gewesen, sondern geradezu eiskalt. Eiskalt. Kalt wie der Tod. Geradezu.

> John Browns Leiche liegt verschimmelt schon im Grab;
> Da sinkt McGinty auf den Meeresgrund hinab;
> Sie ist meine Frau, und ich bin ihr Mann;
> Nun hört euch meinen Jammer an.
>
> WEHE!
>
> Kein Eis für die Dame?
>
> NEIN!

Eisiges Meer, aha. Mein Kopf ist heute abend völlig aus den Fugen, dachte Holman, ich meine heute morgen; gegen seinen Willen hatte er nämlich angefangen, das Lied einer neokritischen Analyse zu unterziehen. Unwirsch unterbrach er sich und gab sich der meist sehr erholsamen Übung hin, sich die nächste Fragenstellung für Hum C auszudenken. Aber immer wieder geriet ihm da irgendwelcher Nonsens hinein, und die Sätze, die er zusammenfügte, jagten nach kurzem Stillhalten in eine Umlaufbahn davon. Die Zwischenprüfungsarbeit, die er gerade fertig korrigiert hatte, stand ihm klar wie eine Landkarte im Gedächtnis, aber jetzt schien sich alles darin auf ihn zu beziehen.

Sie sehen hier eine optische Täuschung. Was tun Sie, um die Striche nicht nur als Striche, sondern als optische Täuschung wahrzunehmen? Was für andere Täuschungen haben Sie schon kennengelernt?

Sie ist meine Frau, und ich bin ihr Mann.

Je länger er darüber nachdachte, desto möglicher erschien es ihm. Gleichzeitig glaubte er aber überhaupt nicht daran.

»Der Einzelne schafft sich sein eigenes Universum, indem er den Dingen, die er sieht, Namen gibt.« Was ist mit diesem Satz gemeint? Nennen Sie Beispiele dafür aus Ihrer eigenen Erfahrung.

»... immer zu ihr hin ist...?«

Die Standardformulierungen des Hum-C-Kurses bekamen doppelte Bedeutungen. Es war sinnlos. Er gab sich dem Grübeln hin.

Emmy würde nicht in Wills Konzert gehen. Sie hatte

beschlossen, nicht einmal daran zu denken; überhaupt auch an Will nicht mehr zu denken. Mancher kann verzeihen, mancher muß warten, bis er vergißt, hatte er einmal gesagt; niemand kann beides. Und sie konnte weder das eine noch das andere. Mein Leben ist ruiniert, sagte sie oft unter bitterem Lachen zu sich selbst. Der alte Witz, das alte Klischee: »von einem Schuft betrogen« – aber das machte es schlimmer, nicht besser. Ihr einziger Trost war, daß niemand etwas wußte. Aber sie durfte sich nicht mehr so aufführen, sonst würde man doch noch Verdacht schöpfen. Statt Trübsal zu blasen, mußte sie sich beschäftigen, sich mit guten Werken nützlich machen. Also hatte sie heute den ganzen Vormittag Besorgungen gemacht, die dem Haushalt zugute kamen, und nachmittags war sie mit Freddy bei Flo gewesen, was Freddy zugute kam. Sie wollte aktiv sein und, so gut es ging, heiter und fröhlich.

Leicht war das nicht durchzuhalten. Als sie zum Beispiel heute mittag nach Hause kam und Holman in ihrem Bett fand (gut, ja, es war auch sein Bett), krank, schlapp, elend, unrasiert, in stickiger Luft, die Laken halb auf dem Boden, da war eine Welle von Ekel und Mitleid über sie geschwappt. Sie mußte denken, daß von ihrer Affäre mit Will nichts übriggeblieben war als dieser Widerwille gegen ihren Mann, den sie sich, dumm und boshaft, drei Monate lang eingeredet hatte. Und als sie diesen Widerwillen unterdrükken und nett zu Holman sein, etwas für ihn tun wollte, war er ungezogen und eklig gewesen; absolut unmöglich.

Aber Will war noch schlimmer als unmöglich. Vor drei Tagen hatte sie sich vorgenommen, sich von allen Orten fernzuhalten, an denen er sein konnte, und statt dessen zum Einkaufen nach Hampton zu fahren. Das hatte zuerst auch geklappt. Sie war dort weniger nervös, weniger hysterisch, nicht mehr jeden Moment darauf gefaßt, sein Auto zu sehen, seinen Namen zu hören, einen Anruf von ihm zu bekommen und so weiter. Sie fühlte sich besser als in den ganzen letzten Wochen: nicht wohl, aber so, als könne sie sich eines Tages wieder wohl fühlen. Sie genoß das Einkaufen; sie kaufte eine Spritzdüse für den Gartenschlauch, ein halbes Dutzend leinene Geschirrtücher, eine ›Vogue‹.

Am Spätnachmittag stand sie in einer Bäckerei und mußte warten, während ihre Einkäufe eingepackt wurden. Es regnete wieder, ein feiner Sprühregen an der Schaufensterscheibe hinter den Hochzeitskuchen aus Pappmaché. Plötzlich sah sie Will die Straße heraufkommen. Er war es wirklich. Er hatte einen Regenmantel an, aber nichts auf dem Kopf, und sein Gesicht war naß; und an seinem Arm hing, widerwärtig angeklammert, eine Blondine im rosa Plastik-Cape. Ein ordinäres, billiges Mädchen mit Pfennigabsätzen und schlechter Dauerwelle. Lachend und redend gingen sie an ihr vorbei. Emmys Fingernägel bohrten Löcher in die Papiertüte; in dieser Nacht träumte sie schlecht, und in der nächsten und übernächsten auch.

Natürlich würde sie nicht zum Konzert gehen. Aber nachdem sie allein zu Abend gegessen hatte (Holman war noch krank und lag oben im Dunkeln), was sollte sie tun? Es war niemand im Haus zum Reden, nichts zu lesen. Sie beschloß, in die Bibliothek zu fahren und sich ein Buch zu holen.

Sie ging nach oben. »Bist du wach?« fragte sie Holman.

»Dss.« Im Zimmer roch es muffig, nach Grippe.

»Ich fahre zur Bibliothek.«

»Dss.«

Er drehte sich um, von ihr weg. Emmy ging hinunter, nahm ihren Mantel und öffnete die Haustür.

Den ganzen Tag über war es wärmer geworden, und jetzt war es ein Abend wie im Sommer, dunkel und still. Sie hörte

Frösche in dem Graben hinterm Haus, ein Auto auf der Straße vorbeifahren, Wasser rauschen. Als sie die Einfahrt verließ, wandte sie sich weg von Convers und der Bibliothek und fuhr schnell nach Süden. Fünf Minuten später hielt sie hinter einer Scheune am Rand der Duck Marsh an, wo all ihr Elend angefangen hatte. Hier war sie schon lange nicht mehr gewesen, auch vor dem Streit schon, denn tagsüber lärmten jetzt Männer und Maschinen auf den Feldern oberhalb der Marsch und pflügten und pflanzten. Aber im Dunkeln war es hier ganz einsam, ganz sicher.

Emmy stieg aus dem Kombi und stellte sich daneben. Über Convers lag ein dunstiger Schimmer, aber sonst war es stockdunkel. Das ganze Tal war jetzt ein sicherer Ort für Liebende: Freundlich belaubten sich die Bäume, um sie vor Blicken zu verstecken, auf den Wiesen wuchs das Gras in die Höhe, die Luft war warm, der Fluß aufgetaut und voll Wasser. Sie legte den Kopf an das kalte Blech des Wagens und wollte weinen. Aber es war so eintönig, wieder zu weinen, so sinnlos und unnütz. Sie unterdrückte es und stieg wieder ein. Jetzt würde das Auditorium erhellt sein, die Türen offen stehen, das Publikum hereinströmen. Sie wollte nicht mehr in die Bibliothek. Ebensogut konnte sie auch nach Hause fahren.

Emmy trat aufs Gaspedal. Der Motor startete, der Gang knirschte, aber der Wagen rührte sich nicht. Nach ein paar weiteren Versuchen stieg sie aus und sah, daß ihre beiden Hinterräder zwei Handbreit tief in Schlamm und Sand steckten.

Es folgte eine halbe Stunde der Hysterie. Zuerst lachte Emmy, dann fluchte sie, und schließlich gebrauchte sie Worte, die (aus ihrem Mund) Holman schockiert und ihre Mutter in eine Ohnmacht gestürzt hätten. Was sollte sie nun machen? Das nächste Haus von hier war ihr eigenes. Wenn sie den Wagen nicht aus dem Matsch bekäme, würde sie zu Fuß durch die Dunkelheit nach Hause gehen müssen, etwa drei Kilometer weit, und von dort die Werkstatt anrufen. Und was in aller Welt sollte sie Holman sagen, was sie hier getan hatte?

Sie mußte hier allein herauskommen. Sie lief im Licht der Scheinwerfer hin und her und suchte nach Ästen und Zweigen, die sie unter ein Rad schieben könnte, stieg wieder ein, versuchte den Wagen in Bewegung zu setzen, stieg wieder aus. Ein paarmal trat sie neben den Weg und sank knöcheltief im Sumpf ein. Aus Angst, die Batterie könne sich entleeren, machte sie schließlich die Scheinwerfer aus, und nun stand sie da in der finsteren Stille. Sie legte den Kopf auf die Wagentür und brach in Tränen aus, nicht mit der rührseligen Leichtigkeit, mit der sie um Will geweint hatte, sondern laut und halberstickt wie ein trotziges Kind. Wie bin ich bloß hierher geraten, dachte sie, wie ist mir das nur passiert?

Wenn sie doch irgend etwas Großes, Flaches hätte, und trocken, um es unter ein Rad zu schieben! Aber alles, was sie in Reichweite fand, war naß und weich: nasses Gras, Schlamm, Äste voller Saft; und im Auto lagen auch nur ein paar Straßenkarten, mit denen sie es schon versucht hatte. Plötzlich ein Geistesblitz, und sie zog ihren Mantel aus und drückte ihn mit Hilfe eines Stocks um das Rad herum in den Schlamm. Zum Glück war es so dunkel, daß sie nicht sah, was dabei aus dem Mantel wurde. Unter das andere Rad klemmte sie weitere Äste und Zweige.

Sie stieg ein, ließ den Motor an, legte den Gang ein und löste die Bremse. Das Rad drehte einmal durch und griff. Ehe Emmy es richtig wußte, war sie aus dem Matsch heraus. Sie legte den Rückwärtsgang ein und verließ die Marsch.

Als sie an ihrem Haus vorbeifuhr, seufzte Emmy erleichtert auf, lachte sogar. Ihr war fast schwindlig. Die Gefahr war ausgestanden: Niemand würde es je erfahren. Und wenn es niemand erfuhr, war es doch, als wäre es nie gewesen, oder? Schließlich war nach Hum-C-Begriffen ein Erlebnis oder Gefühl, das man nicht mitteilen konnte, bedeutungslos. Diese Regel konnte Emmy, aufgewachsen in einer Gesellschaft, in der jedes bedeutende – und manches unbedeutende – Ereignis von der Taufe bis zum Begräbnis öffentlich bekanntgemacht und registriert wurde, leicht verstehen. Eigentlich hätte ihr deswegen nun wohler sein müssen, doch ihr war statt dessen unwohler; es war ein Gefühl, als ob ganze Abschnitte aus ihrem Leben gestrichen und weggeworfen würden.

»Nein, nein, es *ist* geschehen«, sagte sie laut. »Ich erinnere mich genau.« Aber Erinnerung allein ist wenig überzeugend; zum Beispiel war es jetzt, obwohl Stunden vergangen schienen, gerade erst neun Uhr. Emmy fuhr weiter, Richtung Stadt. Sie parkte am Stadtpark und ging geradewegs den Pfad zum Auditorium hinauf. Die Türen waren geschlossen, aber aus den Bogenfenstern darüber fiel gelbes Licht in die Bäume. Emmy hörte leise die Töne des Flügels. Sie drückte die Tür auf. Applaus brandete auf, als sie durch das leere Foyer ging, schwoll auf und ab, während sie die Treppe zum Balkon hinaufstieg. Als er verstummte, ging sie hinein.

Der Balkon war schmal und steil und nur spärlich besetzt. Wenn Emmy hinten stand, konnte sie fast das ganze Auditorium überblicken, bis hin zur leeren Bühne. Sie fühlte sich ganz außer Atem und setzte sich abrupt auf einen Platz im Gang. Unter ihr unterhielten sich Leute, drehten sich um, standen auf, strebten den Gängen zu. Alle, die sie in Convers kannte, schienen hier zu sein: die Fenns, die Lumkins, die Butlers, die Greens ... Alle gingen sie hinaus, ohne nach oben zu sehen, alle außer Allen Ingram. Der blickte in seiner typischen Art in die Runde, sah sie und lächelte; aber er starrte lange und lächelte nur kurz. Emmy kam sich auf einmal schrecklich exponiert vor. Was tat sie so allein hier oben, mit alten Sachen an und schlammbespritzt? Ja, ihre Füße waren ganz verkrustet, bis zu den Knöcheln, ihr Rock verschmiert und noch feucht, und natürlich hatte sie keinen Mantel. Sie öffnete ihre Puderdose, ohne sie aus der Handtasche zu nehmen (eine Dame betrachtet sich nicht in aller Öffentlichkeit im Spiegel). Ein Schmutzstreifen verlief quer über ihre Stirn, ihr Lippenstift war ab, ihre Frisur glich einem Vogelnest. Aber sie konnte jetzt nicht vor aller Augen gehen; außerdem wollte sie gar nicht gehen.

Die Lämpchen blinkten, das Publikum kehrte auf die Plätze zurück, alles wie sich's gehörte. Emmy saß steif da und wartete. Plötzlich trat Will auf die Bühne, viel größer und näher, als sie erwartet hatte. Er trug einen dunklen Anzug und wirkte ernst. Emmy hatte das Gefühl, daß sie und er allein im Auditorium waren, daß er gar nicht anders konnte als sie sehen. Ihr wurde schwindlig, als begänne der Balkon sich noch stärker nach vorn zu neigen, um sie auf die Bühne zu kippen; sie klammerte sich an die Rückenlehne vor ihr und hielt den Atem an.

Entweder sah Will sie nicht, oder es war ihm egal. Das Publikum klatschte, er setzte sich; der Junge, der ihm die Noten umblättern sollte, rückte näher heran. Er begann zu spielen. Zuerst dachte Emmy, sie sei nun wohl vom Kummer und den Anspannungen der letzten vier Wochen endgültig verrückt geworden, denn ihr war, als packte Will den Flügel und schüttelte ihn, daß ihm die Zähne klapperten. Anstelle von Musik brandeten sonderbare Geräusche ins Publikum, Mißtöne und xylophonartige Dissonanzen, unterbrochen von unregelmäßigen Phasen völliger Stille.

Nach und nach ging ihr auf, daß er eine moderne Komposition spielte. Als sie ins Auditorium hinunterblickte, sah sie, daß alle anderen Zuhörer ebenso verwirrt waren wie sie. Köpfe drehten sich, es wurde getuschelt.

Ein Student drei Plätze weiter bot ihr sein Programm an. Sie nahm es automatisch, lächelte automatisch und las:

PAUSE

Sonate in C-Dur (1956) . . . . . Louis Fuchs
Opus 78 Fis-Dur . . . Ludwig van Beethoven

Der ohrenbetäubende Lärm ging weiter, steigerte sich noch. Bei einem Blick auf den Flügel wunderte sie sich, daß er nach wie vor fest auf dem Boden stand. Gerade als der Krach wieder anschwoll und sich in einem lauteren Scheppern denn je zu entladen drohte, ging er plötzlich in ein fast klassisches Menuett voll orientalischer Klänge über. Will warf beim Spielen plötzlich über die Schulter einen Blick ins Publikum, und es dämmerte Emmy, daß er sich das Ganze als einen Scherz ausgedacht hatte. Ein paar Minuten später war sie sich dessen noch gewisser, als die Klänge des zweiten Themas bei jeder Wiederholung dichter aneinanderrückten, rasch anschwollen und in einer scheppernden Dissonanz gipfelten. Es folgten ein paar Minuten in der anfänglichen Weise, nur nicht so laut, dann wieder das Menuett, der Krach, das Menuett – alles in immer schnellerem Tempo und immer höher und umeinander kreisend, bis das Stück in einem – man konnte es nicht anders nennen – brillanten Chaos endete. Will nahm die Hände von den Tasten und sah wieder ins Publikum, fast als wollte er sagen: Untersteht euch, nicht zu klatschen! Sie unterstanden sich nicht, außer Emmy.

Und nun bekommen sie als Wiedergutmachung eine Portion Eiscreme zum Dessert, dachte sie, als er mit der Beethoven-Sonate begann. Sie kannte das Stück und hörte nicht mehr bewußt zu, sondern beobachtete ihn beim Spielen. Sie sah, wie er bei Beginn jedes neuen Abschnitts seine Finger ganz bedachtsam, fast heimlich, den Tasten näherte, um sie im Gegensatz dazu am Ende wegzureißen, als hätte er sich verbrannt.

Er spielte, wie er liebte: mit dem ganzen Körper; nicht nur mit den Fingern wie ein Kind. Jeder Akkord stieg ihm, bevor er ihn anschlug, den ganzen Rücken hinauf bis in die Schultern, dann die Arme hinunter. Jede Taste schlug er, als hätte er sie eigens erwählt, mit einer Zärtlichkeit und Kraft an, die nur sie je gefühlt zu haben glaubte. Ein Gefühl irrationaler, aber realer Eifersucht auf den Flügel überkam sie. Mit seinem künstlichen Ebenholzglanz, dem Zahnpastalächeln, den junoesken Kurven, kam er ihr vor wie eine vulgär geschnürte Schauspielerin. Als sie die Musik wieder hörte, das romantische Pulsieren, war es zuviel für sie; sie hätte nicht kommen sollen.

Tränen, verwirrend heiß und prickelnd, stiegen ihr in die Augen. Sie stand auf, eilte die Stufen empor und zur Balkontür hinaus, dann fast im Laufschritt die Treppe hinunter, durchs Foyer und hinaus in die Frühlingsnacht.

Zu Hause angekommen, löschte Emmy das Licht und schlich leise, um Holman nicht zu wecken, die Treppe hinauf; ein kurzes Gefühl des Widerwillens überkam sie bei dem Gedanken, sich zu ihm und der Grippe ins Bett zu legen, doch eigentlich war sie zu erschöpft, um sich etwas daraus zu machen. Sie begann sich im Dunkeln auszuziehen.

»Emmy.«

Erschrocken fuhr sie zusammen. »Du bist wach?«

»Du kommst spät zurück.«

»Mhm.« Sie war zu müde, um eine Ausrede zu erfinden. »Wie geht's dir?«

»Es ist schon halb elf.«

»Mhm.«

»Die Bibliothek macht um neun zu.«

»Ich war noch in Will Thomas' Konzert«, sagte Emmy, des sinnlosen Kreuzverhörs müde.

»Wirklich?«

»Natürlich wirklich.«

Stille. Emmy zog ihr Nachthemd über und setzte sich auf die Bettkante.

»Emmy.«

»Mhmm?« Sie gähnte vielsagend und legte sich hin. Die Bettücher waren feucht und zerknüllt, und es fühlte sich an, als hätte Holman mindestens zwei überflüssige Decken aufgelegt. Ärgerlich setzte sie sich wieder auf und schob sie zu einem Klumpen zwischen sich und ihrem Mann zusammen.

»Ich möchte dich etwas fragen.«

»Bitte.«

»Ich wollte dich fragen, ob du dich auf etwas eingelassen hast... zum Beispiel mit einem andern Mann...?«

»›Eingelassen‹?« versetzte Emmy steif. Holman schnitt im Dunkeln eine Grimasse, denn er glaubte aus ihrem Ton Verachtung für seine ordinäre Ausdrucksweise zu hören.

»Also gut. Hast du ein Verhältnis?«

»Darling!« Noch nie hatte das abgedroschene Kosewort liebloser geklungen. »Nein. Natürlich nicht! Was meinst du damit?« Ihre Stimme klang nicht ruhig, aber so bestimmt, daß sie sich selbst darüber wunderte. Sie sagte natürlich nichts als die volle Wahrheit.

»Es ist nur – wie du dich in letzter Zeit benimmst«, sagte Holman, und seine Stimme bekam so etwas wie einen abbittenden Klang. Emmy sagte nichts. »Wie du alles, na ja, alles im Haus so herunterkommen läßt, das Essen und die Wäsche und – verdammt noch mal! Du weißt, was ich meine.«

»Ich glaube, ja«, sagte Emmy. Ihre Stimme schien irgendwoher von einem kalten, fernen Ort zu kommen. »Du meinst, daß du noch immer böse auf mich bist, weil ich nicht daran gedacht habe, deine Hemden rechtzeitig aus der Wäscherei zu holen, und darum wirfst du mir vor, ich hätte ein Verhältnis.«

»Nein, ich –«

»Ich nehme an, für dich ist das so ziemlich ein und dasselbe.« Es war charakteristisch für Emmys Familie, vielleicht für ihre ganze Schicht, nach dem Grundsatz zu handeln, daß Angriff die beste Verteidigung ist. So erschöpft und aufgewühlt wie sie war, tat Emmy das automatisch. »Ich nehme an, für dich ist eine Ehefrau nichts weiter als ein – ein – ein Bügelbrett.« Die an diesem Abend schon zweimal unterdrückten Tränen brachen jetzt mit Leichtigkeit aus ihr heraus.

»Keineswegs.« Holman war mit einer anderen Verteidigungstheorie aufgewachsen. »Du weißt, daß ich nicht so denke«, fuhr er fort, ihr Schluchzen überhörend. »Es ist nur, weil mir so viel an dir liegt, daß ich ganz natürlich – ach, Emmy, um Himmels willen!«

»O ja, dir liegt sehr viel an mir; das einzige, w-woran dir liegt, ist mein K-körper!« Nachdem Emmy jetzt richtig zu weinen angefangen hatte, konnte sie gar nicht mehr aufhören. »W-wenn ich unglücklich bin, ist das allererste, w-was dir dazu einfällt, natürlich –«

»Also, nun hör mal.« Etwas ungeschickt (teils weil er im

Bett lag, teils weil er es nicht gewöhnt war, Mitgefühl und Zärtlichkeit zu zeigen) legte Holman den Arm um Emmys Schultern. »Das ist doch natürlich, Schatz ... Männer sind anders als Frauen, Darling. Wir sind allesamt Materialisten; bei uns dreht sich alles um die physischen Fakten.« Emmy schluchzte leiser.

»Bei Frauen geht es mehr um Gefühle«, fuhr er fort. »Also, ich weiß noch, wie du einmal zu mir gesagt hast, es würde dich gar nicht so sehr stören, wenn ich sexuelle Beziehungen zu einer anderen Frau hätte, solange ich mich nur nicht in sie verliebte.«

»Ja«, sagte Emmy, »das ist natürlich so ... Und du findest das dumm, vermute ich?«

»Ganz und gar nicht. Es gefällt mir, daß du so denkst«, sagte Holman, der Emmy seit der Heirat tatsächlich schon zweieinhalbmal untreu gewesen war. Aber zweieinhalbmal ist nicht viel in fünf bis sechs Jahren, sagte er sich, und es war immer in zweifelhafter Gesellschaft und unter zweifelhaften Umständen gewesen, so daß es so gut wie ausgeschlossen war, daß Emmy es je erfahren würde. So etwas wie Liebe war dabei nie im Spiel gewesen.

»Aber würde es dir nicht auch etwas ausmachen, würdest du nicht wütend sein, wenn ich in jemand anderen verliebt wäre?«

»Nein«, sagte Holman nach einigem Nachdenken. »Ich wäre wahrscheinlich gekränkt, aber es wäre mir auf jeden Fall lieber, du würdest es mir sagen. Ich könnte alles ertragen, solange ich nicht wissen müßte, daß du mit einem anderen Mann geschlafen hast. Wenn du nur in ihn verknallt wärst –«

»Ja.« An dieser Stelle hatte Emmy schon den Mund geöffnet, um Holman die halbe Wahrheit zu sagen. Zweierlei hinderte sie daran: zum einen sein unschmeichelhafter

Ausdruck *verknallt*, zum zweiten, daß Holman, während er sprach, ein Papiertaschentuch aus der Schachtel nahm und sich laut, naß und trompetend die Nase schneuzte. Emmy hatte im Laufe ihrer Erziehung gelernt, daß ein wohlerzogener Erwachsener sich vor anderen die Nase höchstens abtupfte. Wenn sie Schnupfen hatte, was selten vorkam, ging sie ins Bad und schloß die Tür, bevor sie sich derart die Nase schneuzte. Einige Male hatte sie Holman während der ersten Erkältungen ihrer Ehe darauf angesprochen, aber so sehr er sonst bereit war, solch kleine Benimmregeln von ihr zu lernen, hatte er diese als nur für Frauen gültig abgetan.

»Ist es das?« fragte er. »Hast du dich in irgend jemanden verguckt?«

»Nein.« Es ging Emmy wider die Natur, zu lügen; sie kreuzte die Finger und sagte bei sich: Von *Vergucken* kann keine Rede sein. »Es ist nur, ich weiß nicht, die ganze Umgebung hier. Convers. Als wir hierherkamen, dachte ich, es würde mir so sehr gefallen, aber es gefällt mir nicht. Es ist so furchtbar klein und langweilig, und es passiert nie etwas; und die Leute sind so über die Maßen provinziell. Ich wollte, wir könnten wegziehen.«

»Also«, meinte Holman ins Leere hinein.

»Findest du nicht? Wünschst du nicht, wir könnten hier wegziehen?«

»Nein«, sagte Holman. »Mir gefällt es hier ... dir gefällt es auch«, fügte er hinzu. »Sieh mal, du hast mir doch erst vor ein paar Wochen gesagt, wie gut es dir hier gefällt.« Er lachte, als amüsierte ihn die Unbeständigkeit der Frauen.

Emmy fühlte keine Neigung, sich auf eine Diskussion darüber einzulassen. »Kann schon sein«, sagte sie.

»Du hast es gesagt.« Er klopfte ihr lachend auf die Schulter.

»Laß uns jetzt schlafen, Darling. Ich bin einfach tot.«

»Gut.«

Sie drehte sich auf den Rücken, seufzte einmal und begann einzudösen. Ein paar Minuten vergingen.

»Emmy. Warst du wirklich im Konzert?«

»Wie?«

»Warst du wirklich im Konzert?«

»Ja, Darling.«

»Ich frage nur, weil du vorher gesagt hattest, du wolltest nicht hingehen, denn einen ganzen Abend Klaviermusik könntest du nicht ertragen. Ich bin froh, daß du da warst. Es wäre ungehörig gegenüber Will gewesen, wenn wir nicht hingegangen wären. Du hast ihm hoffentlich gesagt, daß ich krank bin.«

»Mhm.«

»Im Grunde geht's mir jetzt schon besser. Ich glaube, ich kann morgen wieder aufstehen.«

»Laß uns jetzt schlafen, Darling.«

Fünf Minuten vergingen.

»Das muß ein sehr kurzes Konzert gewesen sein«, sagte Holman. »So kurz nach zehn schon zu Ende.«

»Mhm.«

»Wenn du nicht da warst, wäre es mir lieb, du würdest mir das sagen. Du brauchst mich doch nicht anzulügen, Schatz.«

»Ich war da.«

Zwei Minuten vergingen.

»Was hat Will denn in dem Konzert gespielt?« fragte Holman plötzlich. Emmy setzte sich im Bett auf.

»So machen wir aber jetzt nicht weiter«, sagte sie. »Ich war im Konzert, ich war im Konzert, ich war im Konzert! Wieso führst du dich so komisch auf?«

»Ich führe mich nicht komisch auf«, sagte Holman, der

lieber nicht zugeben wollte, daß Mrs. Rabbage ihn mißtrauisch gemacht hatte.

»Also, warum glaubst du mir dann nicht?«

»Ich glaube dir doch«, sagte Holman ungläubig.

Allen Ingram an Francis Noyes

7. Mai

Du darfst aufhören, mit den Zähnen zu knirschen und die Krallen in den leeren Briefkasten zu schlagen. Alles wird erklärt und, ich hoffe sehr, vergeben werden.

Daß ich Dir nicht geschrieben habe, kommt daher, daß Beowulf von einem Auto angefahren wurde. Ganz ruhig bleiben: Er hat's überlebt. Um die kurze Geschichte lang zu machen: Eines zauberhaften Frühlingstages gegen die Mittagsstunde sitzt Barde Ingram auf seiner Veranda, der Zeitung zugetan. Zu seinen Füßen tollt auf dem Rasen Beowulf. Des Weges kommt mit fünfzig Sächelchen per horam *ein Kombiwagen, Mrs. Holman Turner beinhaltend. Beowulf springet, bellet, jaget. Eine Minute später kommt des Weges mit achtzig Sächelchen* per horam *ein* VW, *Mr. Holman Turner beinhaltend. Beowulf springet, bellet. Zusammenstoß.* B *und* VW *schleudern zur Seite, beide verbeult,* B *jault. Barde springt jaulend von Veranda. Turner, oder Grendels Vater, wie wir ihn von jetzt an nennen, hält mürrisch an, entsteigt Automobil. Böse Worte her und hin. Schnitt. Zwei erwachsene Männer versuchen großen, jaulenden, blutenden Hund auf Rücksitz kleinen Volkswagens zu verfrachten. Versuch schlägt fehl. Schnitt. Kleiner Volkswagen auf rasender Fahrt zum Tierarzt, beinhaltend Barden Ingram mit Beowulf auf dem Schoße.*

Ein echtes Drama; Du hättest Deinen Spaß daran gehabt! Aber ich war, ehrlich gesagt, zu wütend dafür. Mein Gefühl war reiner, frühmittelenglischer Haß auf Turner, der auch nicht nachließ, als der Tierarzt meinte, Beowulf werde es wahrscheinlich überstehen. Man hat in dieser Welt schließlich selten Gelegenheit zu echtem, selbstgerechtem Zorn – allzuoft werden der Wut, die man hat, oder dem Ausdruck derselben Fesseln angelegt durch Schuldgefühle oder andere mildernde Umstände. Zweifellos gibt es solche Umstände auch hier, aber ich will sie gar nicht wissen. Ich lehne es ab, mich mit der Frage zu befassen, warum Grendels Vater seiner Angetrauten im VW *über Nebenstraßen nachjagte; ich frage mich nicht, jedenfalls nicht öfter als zweimal täglich, warum sie letzte Woche allein und verspätet, das Gesicht voll Schmutz, im Konzert erschien.*

Natürlich zeigt die einheimische Bevölkerung lebhaftes Interesse an diesem Lokalereignis. Ich verzeichne einen ungeheuren Popularitätszuwachs. Mein Tatortbericht erbrachte eine Einladung zum Abendessen (nächste Woche ist zweifellos Turner mit seiner Version dran). Und das bei den Lumkins, bei denen ich all meinen Kredit verspielt zu haben glaubte, nachdem ich nie eine Einladung erwiderte. Ich weiß, das ist ungehörig, aber ich kann der Rolle als Gastgeber oder Gastgeberin nichts für mich abgewinnen. Und es war nicht einmal ein schlechtes Essen, obwohl es mit sehr viel lästigem Feiertagssilber et cetera serviert wurde. Sie bewohnen ein größeres Haus direkt auf dem Campus, voll Möbelpolitur und Chintz – ein Muster eitlen Scheins. Habe ich Dir schon erzählt, daß Betsy L. neuerdings schwanger ist? Sie trägt ganz überflüssigerweise weite Umstandskleider – vermutlich als eine Art Talisman. Billyboy war so recht väterlich und trug gewissermaßen Vaterschaftskleidung – feierliche Socken und Weste statt der gewohnten Campusuniform. Zugenommen hat er auch – vielleicht gestärkt durch seinen (etwas verspäteten) physischen Tauglichkeitsnachweis. Wie ich höre, hat er sich auch auf beruflichem Sektor in letzter

Zeit als recht tauglich erwiesen und ein paar lang anstehende kleine Schlachten gewonnen. Man fühlt sich hier manchmal ins Mittelalter zurückversetzt: jeder Institutsleiter sein kleiner Feudalherr im Kreise einer Schar unredlicher, um das Besitzrecht an Leibeigenen streitender Recken, ständig in Fehde mit seinesgleichen, und König King mehr oder weniger treulos ergeben.

Jedenfalls war die Atmosphäre im Lumkinschen Rittersaal unerträglich fröhlich. Ich konnte mich leider nicht so recht anstecken lassen, weil ich immerzu Beowulf vor Augen hatte, heulend in seinem häßlichen kleinen Zwinger beim Tierarzt; und die konventionelle Begeisterung für die Fortpflanzung der Spezies konnte ich ja noch nie verstehen. Die Bereicherung dieser übervölkerten Welt um einen weiteren formlosen, hirnlosen Homunculus scheint mir kaum ein Grund zum Feiern.

Den einzigen Schatten auf die Lumkinsche Feierstimmung warf die Nachricht, daß Julian Fenn eine sehr gute Stelle in Princeton bekommen hat. Kopfschütteln. Ein entschieden unkluger Schritt von Princeton (man sieht die ganze Stadt unsicher auf der Landkarte umhertreten). Natürlich wollten wir alle hoffen, daß Julian seine Lektion gelernt habe und sein unglückseliges Verhalten nicht wiederholen werde, aber stand das denn wirklich zu erwarten? Und so fort. Ich war versucht zu widersprechen, aber was hätte es für einen Sinn gehabt? Das Glück eines Freundes ist schon schwer genug zu schlucken, wieviel schwerer das eines Feindes! Auch die es gut mit Fenn meinten, fühlen sich ein wenig vor den Kopf gestoßen – so gut hatten sie's auch wieder nicht mit ihm gemeint.*

** Die Metaphern ihres Gewerbes. Alle tun sie das unaufhörlich – sehr amüsant. Ich will mir noch immer eine Sammlung anlegen.*

13

Emmy! Wie schön, dich mal wiederzusehen!« rief Miranda, nicht ohne eine Prise Ironie in ihrer Begeisterung. Wenn man allzuviel Pech hat, machen die Freunde einen Bogen ums Haus, dachte sie, als ob sie Pech für ansteckend hielten; ist es vielleicht ja auch. Seitdem aber Julian seine neue Stelle hatte, und so eine gute, rief ganz Convers bei ihnen an oder kam sie besuchen.

»Darf ich reinkommen?«

»Natürlich.« Miranda trat zur Seite. »Ich bin beim Frühjahrsputz. Ein einziges Chaos, aber das herrscht ja hier immer.«

»Du siehst unglaublich gut aus«, sagte Emmy, als sie ihr in die Küche folgte. Das stimmte auch, obwohl Miranda Sachen anhatte, die aussahen wie eine Kollektion Putzlumpen.

Ein Monat, seit sie zuletzt hier war, vielleicht länger, dachte Miranda. »Nimm dir einen Kaffee«, sagte sie. »Ich muß noch die Wäsche einfüllen, bin aber gleich wieder da.«

Emmy, alleingelassen, saß am Küchentisch und starrte ihr Spiegelbild im Toaster an: chromgrün und verzerrt, über einem Tweedkleid, das für den Tag zu warm war.

»Tag.« Richard Fenn im Schlafanzug.

»Tag«, sagte sie müde.

»Ich hab die Windpocken.«

Das sah man. »Gehörst du damit nicht ins Bett?«

»Charles hat auch die Windpocken, aber ich hab viel mehr Flecken als er. Ich zeig sie dir mal.«

»Ich sehe schon, daß du Flecken hast.«

Richard zog trotzdem den Schlafanzug aus. »Laß das, Richard«, sagte Charles, der jetzt dazukam. »Man zieht sich nicht vor einer Frau aus, mit der man nicht verwandt ist.«

»Ich muß aber, um ihr meine Flecken zu zeigen. Guck mal. Seh ich nicht aus wie ein wilder Leopard?«

»Richard, zieh deinen Schlafanzug an. Geh zurück ins Bett. Charles, geh zurück ins Bett«, sagte Miranda.

»Ööh.«

»Geh zurück ins Bett!«

»Ööh. Ich *geh* ja schon.«

Miranda setzte sich und begann zu erzählen, von Julians Stelle, der Wohnungssituation im nördlichen New Jersey, Windpocken, Frühjahrsputz und dem Unfall Beowulfs, des Hundes der Williams. Sie hatte den Eindruck, daß Emmy für alle diese Themen nur mageres Interesse zeigte und bedrückt war. Um sie aufzumuntern, erzählte Miranda ein paar Anekdötchen von Julian und den Kindern, endend mit der Geschichte, wie Katie von der Sonntagsschule nach Hause gekommen sei und gebetet habe: »Vater unser, der du bist im Himmel, geheiligt werde dein Name, und gib uns unsere täglichen Übel.« Emmy mußte lachen, begann hysterisch zu japsen und brach in Tränen aus.

»Emmy, was ist?«

»N-nichts.« Emmy konnte nicht mehr aufhören. »Alles.«

»Was ist denn los? Sag's mir.«

»Uhuu! Es ist Holman. Er ist – so absolut unmöglich – ich weiß nicht was – mit ihm los ist«, sagte Emmy, von Schluchzern unterbrochen. »Er kriegt immer so Zustände, beschwert sich über alles, das Essen. Und die Wäscherei und Freddy, und dann dieser Tick, daß er mich immerzu fragt, wo ich war und – was ich da getan habe. Und dann hat er die fixe Idee, daß ich mit irgendwem ein Verhältnis habe.«

»Oh.« Die beiden Frauen sahen einander an, und Emmy kicherte vernehmlich; ihre Augen waren groß und feucht und rotgerändert.

»Es stimmt natürlich überhaupt nicht, das weißt du doch«, sagte sie.

Sie weiß, daß ich Bescheid weiß, dachte Miranda. »Und mit wem, glaubt er, hast du ein Verhältnis?« fragte sie.

»Das weiß er nicht. Mit irgendwem. Mit allen. Er ist einfach wahnsinnig mißtrauisch. Wirklich, es ist *zuviel!*« Sie sprach nervös und in unpassend übertriebener Leutseligkeit. »Er spioniert mir sogar nach. An dem Tag, als er Allen Ingrams Hund angefahren hat, war er nämlich hinter mir her... Nein, es ist einfach zuviel. Und wenn ich ihm sage, ich war da und da, dann glaubt er mir nicht. Und immer wieder kauen wir dieses schreckliche Thema durch, ob ich nun an dem Abend in Wills Konzert war. Das ist wahrscheinlich furchtbar komisch.«

»Aber du warst ja nicht in Wills Konzert«, sagte Miranda.

»Doch. Ich habe auf dem Balkon gesessen. In der Pause bin ich nicht nach unten gegangen«, sagte Emmy mit der toten Stimme einer Zeugin im Berufungsprozeß. »Ich war zu spät gekommen, und dann konnte ich es nicht ertragen und bin früher weggegangen.«

»Aha.«

»Du glaubst mir doch, ja?«

»Ja, ich glaube dir.« Er irrt sich, sie liebt ihn immer noch, dachte Miranda.

»Entschuldige, aber ich erwarte allmählich schon nicht mehr, daß man mir glaubt.« Sie erzählte Miranda jetzt alles, was Holman ihr in den letzten Monaten zugemutet hatte: sein Mißtrauen bei jedem ihrer Schritte, seine wiederholten

Kreuzverhöre, seine hinterhältigen Erkundigungen bei Freunden. (»Ich weiß, daß du nicht im Konzert warst, denn Will hat dich dort nicht gesehen. Ich habe ihn heute gefragt ... Charley Green hat dich auch nicht gesehen, und auch Bill und Betsy Lumkin ... Soll ich dir vielleicht glauben, daß du in Wills Konzert gehen und dann weggehen würdest, ohne mit irgend jemandem zu reden, ohne ihm zu gratulieren? Zum Teufel noch mal, Emmy!«)

»Er kommt einem ja vor wie behext«, sagte Miranda. »Oder eher besessen. Das ist doch gar nicht seine Art.«

»Er ist besessen.« Emmy lachte, teils hysterisch, teils erleichtert, daß sie mit jemandem reden konnte. »Weißt du, daß er mich einmal mitten in der Nacht aus dem Bett geholt hat, um mich auf die große Bibel schwören zu lassen, daß ich ihn nicht betrüge? Wir konnten sie nur nicht finden; wir sind im ganzen Haus herumgerannt, aber sie war nirgends. Schließlich ist mir eingefallen, daß ich sie vor ein paar Monaten euch geliehen habe, als Julian gerade irgendeinen Artikel schrieb. Und da hat Holman gemeint, ich hätte das mit Bedacht getan. Ich habe ihm angeboten, auf irgend etwas anderes zu schwören, seinen gesammelten Shakespeare oder mein Jahrbuch vom St. Kit's, aber die genügten nicht.« Sie brach in wildes Gelächter aus, dem Miranda sich gar nicht erst zu entziehen versuchte.

»Aber er wird das sicher überwinden«, keuchte sie endlich, »wenn er sieht, daß du nicht ...«

»Aber wann? Er treibt das jetzt schon eine Woche so, und es scheint immer schlimmer zu werden.«

»Wirklich«, meinte Miranda bedächtig, das Eis testend, »dann könnte es ja ebensogut auch wahr sein. Ich meine, ob man für ein Schaf gehängt wird oder ...« Emmy lachte, antwortete aber nicht.

Ein Gefühl von Macht überkam Miranda; sie hielt den

Atem an. Längst war sie es gewöhnt (und förderte es), daß ihre Kinder sich zur Beilegung ihrer Probleme und Konflikte an sie wandten; auch ihre Verwandten und Freunde legten ihr gelegentlich – mal persönlich, mal brieflich – kleine Ausschnitte ihres Lebens zu Füßen. Sie hörte zu, interpretierte – setzte Steinchen und Splitter, die sie brachten, neu zusammen. Ihnen zu raten, wie sie denken und handeln sollten, und dann zuzusehen, wie ihre Worte Fleisch wurden, gab ihr tiefste Befriedigung. Eine Chance wie diese – ich könnte es zwischen ihnen wieder einrenken, dachte sie. Alles könnte wieder sein wie vorher: Will würde sich mit Emmy treffen und hinterher zu ihr kommen und mit ihr darüber reden. (Während der letzten Wochen war Will nur zweimal bei den Fenns gewesen, und beide Male hatte er nur trübsinnig vor sich hin geschwiegen.) Ich könnte sie auch auseinander halten, indem ich sage – oder indem ich einfach gar nichts sage. Holman ist so mißtrauisch, es könnte regelrecht gefährlich werden, wenn das wieder anfinge. Aber Will war doch so unglücklich. Julian hatte eine wunderbare neue Stelle in einem wärmeren Klima, Charles war der beste Leser in seiner Klasse, Allen Ingram würde nach Europa reisen und die Butlers in ein Haus mit Apfelbäumen ziehen. Da sollte Will sich auch nicht mehr so quälen in dem Glauben, Emmy habe ihn endgültig fallengelassen, nicht mehr so unglücklich herumlaufen. Und Emmy sah ja auch nicht eben glücklich aus. Auch ihre Art war es nicht, so lange zu schweigen.

»Will vermißt dich sehr«, sagte sie unvermittelt.

»Das bezweifle ich.«

»Doch.«

»Er findet sicher eine, die ihn tröstet.«

Miranda verstand das als Frage. »Das hat er nicht«, sagte sie. Emmy widersprach nicht; sie brachte es nicht fertig, den

Beweis für Wills Tröstbarkeit anzuführen, den sie in Hampton selbst gesehen hatte.

»Ich weiß, daß er sehr unglücklich ist«, fuhr Miranda fort. »Er möchte dich sehen, traut sich aber nicht anzurufen; er meint, du wolltest nicht mit ihm reden. Es tut ihm sehr weh.«

Es tat Emmy gar nicht weh, das zu hören, aber es machte sie kribbelig, daß Miranda so vertraut von ihm sprach, sich in ihr Leben drängte. Sie schob ihren Stuhl ein Stückchen zurück. »Ich nehme an, du weißt, weswegen wir Streit bekommen haben«, sagte sie nach einer Weile.

»Ja«, sagte Miranda. »Das heißt, ich weiß es teilweise«, verbesserte sie sich in der Hoffnung, nun auch Emmys Version zu hören. »Viel weiß ich eigentlich nicht.« Ihre Hoffnung wurde enttäuscht; Emmy saß nur da und starrte das Spülbecken an. »Du nimmst solche Dinge zu ernst«, sagte sie. »Schließlich ist das alles Vergangenheit. Ihm bedeutet es heute nichts mehr, warum sollte es also dir etwas bedeuten?«

Jetzt sah Emmy sie an, aber irgendwie entsetzt. Miranda ahnte die ganze Wahrheit nicht, aber es kam ihr in den Sinn, daß Will vielleicht gelogen hatte, als er sagte, er habe mit Avis Walsh schon lange Schluß gemacht, bevor er Emmy kennenlernte. Vielleicht war er dumm genug gewesen, sich noch danach mit Avis zu treffen.

»Ich versuche ihn ja gar nicht zu entschuldigen«, sagte sie rasch. »Weiß der Himmel, Will hat bestimmt ein paar ganz unmögliche Sachen gemacht. Und er weiß das sicher selbst. Es tut ihm nur so weh, zu denken, daß du gar nicht mehr mit ihm reden willst. Noch einen Kaffee?«

»Ich habe nie gesagt, ich will nicht mit ihm reden«, sagte Emmy.

Es war warm unter den Bäumen; die Sonne rutschte von Ast zu Ast hinunter auf einen Teppich von welkem Laub und Nadeln, die sich dort seit den ersten Tagen dieses Waldes angesammelt hatten. Auf den Lichtungen wuchsen dünnes grünes Gras und Natterzunge mit ihren leopardenfleckigen Blättern. Einen Meter rechts von Emmy standen am Hang ein paar von jenen wilden rosa Orchideen, die man ›Frauenschuh‹ nennt. Daneben lagen Emmys Schuhe unter einem Kleiderhaufen, ihren und Wills Sachen.

Will hatte die Augen geschlossen. Er gab Töne von sich, die nicht ganz ein Schnarchen waren und nicht ganz ein Schnurren – oder allenfalls das tiefe Schnurren eines Löwen oder einer anderen Großkatze. Er sah auch ein bißchen wie ein Löwe aus, wie er da am Berghang lag, gelblichbraun auf einem Haufen gelblichbrauner Blätter vom letzten Jahr, den Mund verzogen zu einem leichten Lächeln, über allem wie ein Tarnnetz die Schatten des diesjährigen Laubs.

Sie gähnte, und er öffnete die Augen.

»Woran hast du gedacht?«

»An nichts. Ich habe geschlafen. Und woran hast du gedacht?«

»Hm, an dein Konzert. Bist du auch wirklich absolut sicher, daß du mich dort nicht gesehen hast?«

»Absolut.« Will streckte sich, drehte sich auf die Seite und legte den Arm leicht über sie.

»Du hast aber direkt zu mir hergesehen.«

»Ich habe gespielt.«

»Und das sehr gut; das haben alle gesagt. Vor allem den Beethoven. Paul Knight sagt, du hättest eine ausgezeichnete Technik und eine ungewöhnliche dingsda Phrasierung. Die Bakers fanden das auch.«

Will gab ein paar schnalzende Töne von sich. »Amateurexperten«, meinte er. »Besucher aus einer anderen Welt.

Hören überhaupt nichts. Sprechblasen. Haben alle eine große Sprechblase über dem Kopf. Halten sich für Raumbewohner. ›Ich kann auch eine Meinung haben‹, meinen sie.«

Emmy lachte.

»Die sind dämlich. Den Beethoven habe ich kaum passabel gespielt. Den letzten Satz hatte ich nicht annähernd so schnell drauf, wie er gespielt gehört... Dagegen war das Ding von Lou wirklich nicht schlecht.«

»Das hast du mit Absicht ausgesucht, um sie zu ärgern«, sagte Emmy. »Stimmt's?« Sie strich ihm träge mit der Hand über den Kopf, schnippte ein Stückchen welkes Laub weg. Will lächelte, sagte aber nichts. »Wer ist Lou? Ein Freund von dir?«

»Mhm. Ein Komponist... Ich denke, man kann ihn mein künstlerisches Gewissen nennen. Wenn ich arbeite, schreibe ich ihm immer und berichte darüber.«

»Ich würde ihn gern mal kennenlernen.«

»Er würde dir nicht gefallen.«

»Warum nicht?«

»Er ist nicht dein Typ. Ein kleiner Dicker, lebt in Kalifornien und trägt grelle Sporthemden.«

Pause. Will zog mit einem Finger langsam Emmys Umrisse nach. »Ich muß dir was erzählen«, sagte er plötzlich. »Ich habe wieder zu arbeiten angefangen.«

»Das ist ja herrlich! Wann?«

»Noch vor unserm Krach. Ich glaube, das war vielleicht dein Einfluß. Miranda sagt, ich hätte unter einem bösen Zauber gestanden, und irgend etwas habe den Bann gebrochen – ich habe dir nichts gesagt, weil ich nicht sicher war, ob es vorhielt.« Er ließ sich ins trockene Laub zurücksinken. »Nach dem Krach habe ich wieder aufgehört. Komisch ist nur, daß ich dann vor dem Konzert wieder angefangen habe.«

»Himmel, das freut mich aber«, sagte Emmy. Sie drehte sich auf den Bauch und stützte das Gesicht auf die Hände, um Will anzusehen. »Ich hoffe, es *war* mein Einfluß. Was komponierst du denn?«

»Eine Serenade für Flöte und Klavier; aber die ist schon fertig. Ich hab sie gestern Lou geschickt. Sie ist kurz; nur etwa sechs Minuten lang. Jetzt fange ich etwas Längeres an; am liebsten möchte ich ja –«

»Spielst du sie mir einmal vor?« unterbrach ihn Emmy. »Ich meine, auf dem Klavier?«

»Natürlich. Ich widme sie dir sogar, wenn du willst.«

»Wirklich?« Sie öffnete die schwarzseidig umfransten Augen. »Ich habe noch nie etwas gewidmet bekommen.«

»Dann wird es Zeit.« Will setzte sich auf, beugte sich über Emmy und küßte sie auf die braune Schulter, erst sanft, dann fester. »Du schmeckst salzig.« Er streckte die Zunge heraus und leckte einen Kreis um den Kuß herum. »Fast überall«, sagte er Sekunden später.

»Mhm.«

»Komm, dreh dich um. ... Oh, guck dich mal an.« Das Laub, auf dem sie lag, hatte ihr von den Brüsten bis zu den Knien ein Muster aufgedrückt. »Menschenskind, Emily, was bist du schön!« sagte er, ohne dabei ihr Gesicht anzusehen, dann küßte er weiter.

»O ja, ja!« Sie drehte sich ihm zu.

Für ein »nettes« Mädchen war Emmy in vieler Hinsicht erstaunlich schwer zu schockieren. Von den meisten Spielarten der Liebe hatte sie, als sie zu Will kam, keine Ahnung gehabt. Nicht nur, daß gewisse Praktiken niedrig und schmutzig seien, hatte sie nie gehört, sie hatte von den Praktiken selbst noch nie gehört und sich folglich keine Meinung darüber gebildet, ehe sie erfuhr, welchen Spaß sie machten. Die Mädchen am St. Kit's, die gern über Sex redeten, gehörten einer Clique an, die weder im Sport noch im Unterricht glänzte und von Emmys Clique nur mit Verachtung gestraft wurde. Die Ehe mit Holman hatte nicht viel zu ihrer Aufklärung beigetragen; mit seiner Frau zu schlafen war für ihn eine Routinehandlung, kurz und schmerzlos, die selten variierte und kaum einmal den Versuch enthielt, auch den andern Teil zu erregen und zu befriedigen.

»Ahh«, sagte sie endlich, als sie wieder reden konnte. »Ich liebe dich.«

»Ich liebe dich«, sagte Will im selben Moment; sie lachten vergnügt.

»Das will ich dir schon die ganze Zeit sagen«, meinte sie, immer noch lachend.

»Ja, das ist ein Nachteil an dieser Methode, daß man dabei nicht reden kann. Man will ja nicht immer lange Reden schwingen, aber dabei kann man nicht mal einen Schrei loslassen oder sagen, wann es besonders gut tut. Und ich rede eigentlich gern dabei. Das hast du sicher schon gemerkt. Wenn es nicht geht, komme ich mir vor wie ein Taubstummer.«

Holman sagt im Bett nie etwas, dachte Emmy und schwieg, während sie den Berg hinunter in ein Netz von Ästen, Zweigen und Nadeln starrte. Sie hatte ein schlechtes Gewissen, nicht weil sie sich mit Will geliebt hatte, sondern wegen ihrer Beziehungen zu ihrem Mann. Andererseits hatte Will sich ja auch nicht seine Unschuld bewahrt. »Ich habe dich einmal in Hampton gesehen«, sagte sie plötzlich. »Vor ungefähr drei Wochen.«

»Ja? Ich dich aber nicht... Und du hast mich nicht angesprochen«, fügte er vorwurfsvoll hinzu.

»Ich stand in einem Laden, und du gingst auf der Straße vorbei.« Emmy setzte sich auf, um sein Gesicht zu sehen.

»Es regnete, und du warst in Begleitung einer Blondine im Plastikmantel, die ich noch nie gesehen hatte.«

»Aber Emily! Du hast sie schon hundertmal gesehen.«

»Hab ich nicht.«

»Und sogar schon mit ihr gesprochen.« Er sah zu ihr auf, ob sie vielleicht Spaß machte. »Das war doch Sheila May vom Hampton Hotel.« Emmy sah immer noch verständnislos drein. »Jesses, sie hat uns fast jedesmal, wenn wir dort waren, bedient.«

»Ach, die Kellnerin? Die habe ich gar nicht erkannt. Was hast du denn mit der gemacht?«

»Ich hab sie nach Hause begleitet. Ich war nämlich dauernd in diesem Hotel, nachdem wir uns verkracht hatten. Weiß der Himmel, wozu; wahrscheinlich zog es mich zu den Stätten früheren Glücks. Und betrinken konnte ich mich dort genausogut wie anderswo. Ich hatte gehofft, du würdest irgendwann mal reinkommen, bist du aber nie.«

Der einzige Ort, der Emmy nicht in den Sinn gekommen wäre, um dort nach Will zu suchen. »Ich hätte doch nicht allein in eine Hotelbar gehen können! Wie denn das?«

»Das tut man am St. Kit's nicht«, meinte Will resigniert.

»Um Gottes willen, nein!« Emmy lachte. »Ich bin immer zum Baum gefahren«, sagte sie dann, »und hab dort im Auto gesessen. Und sonst überallhin.«

»O Emily!« Will griff nach oben und zog sie neben sich. »Hätte ich das bloß gewußt!« sagte er, den Mund an ihrem Gesicht. Sie küßten sich.

»Weißt du«, sagte sie, »als ich dich dort sah, war ich so absolut wütend, daß ich gedacht habe: Hier stehe ich in meinem Elend, und er hat schon mit irgendeinem billigen Mädchen etwas Neues angefangen.«

»Nicht mal in Gedanken! Sheila ist schon verheiratet.«

»Das hat dich nicht immer gehindert.«

»Ich meine –« Er lachte und fuhr fort: »Sie ist glücklich verheiratet. Sie liebt ihren Mann und finanziert ihm die Ausbildung zum Steuerberater.« Emmy fühlte sich zurechtgewiesen, ein Gefühl wie ein feuchtkalter Wind durchlief sie. »Du weißt doch hoffentlich, daß du auf Sheila nicht eifersüchtig zu sein brauchst«, sagte er, denn auf die kurze Entfernung mißdeutete er ihren Gesichtsausdruck. »Sie war ganz auf deiner Seite. Sie fand, ich hätte mich abscheulich benommen.«

Emmy fuhr hoch. »Heißt das, du hast ihr die ganze Geschichte erzählt, dieser Kellnerin?«

»Nein! Mein Gott, natürlich nicht. Aber zum Teufel, das konnte sich doch jeder zusammenreimen, als ich plötzlich allein hinkam und trank und aussah wie der aufgewärmte Tod. Sie hat mich gefragt, wo denn meine Freundin ist, und ich habe ihr gesagt, wir hätten uns verkracht. Da hat sie gemeint, es sei bestimmt meine Schuld, und so oder so sei es meine Sache, zu dir zu gehen und es wieder in Ordnung zu bringen. Du brauchst also nicht eifersüchtig auf sie zu sein.«

»Hm«, machte Emmy nach einer Weile.

»Was heißt ›hm‹?«

»›Hm‹ heiß, ich bin nicht eifersüchtig auf sie.«

»Gut.« Er zog sie wieder zu sich herunter, und sie ließ sich hingleiten, nicht ohne vorher beschlossen zu haben, das Hampton Hotel nie mehr zu betreten.

»Du weißt, auf wen ich eifersüchtig bin«, flüsterte sie etwas später.

»Nein.«

»Auf Betsy Lumkin.«

»Ach, Emily.« Er seufzte und rieb seine Nase an ihrer, aber sie ließ nicht locker.

»Und außerdem tut sie mir schrecklich leid.«

»Leid? Weswegen?«

»Nun, weil du sie verlassen hast.« Emmy rückte von Will ab, um ihn besser zu sehen.

»Glaub mir, das war in gegenseitigem Einvernehmen«, sagte er.

Emmy glaubte es nicht. »Wollte sie dich denn nicht heiraten? Du bist schließlich der Vater ihres Kindes.«

»Mich heiraten? Doch nicht Betsy! Wozu sollte sie das denn wollen? Sie ist die Frau des Dekans am Convers College. Das würde sie doch nicht alles aufgeben wollen, um die Frau eines zweitklassigen Musikers zu werden, der sechs Jahre jünger ist als sie. Himmel, was würden denn ihre Freunde dazu sagen? Da könnte sie ja gleich den Gärtner heiraten.«

»Aber war sie denn nicht in dich verliebt?«

»Das weiß ich nicht. Vielleicht hat sie es sich eine Zeitlang eingebildet. Manche Frauen müssen sich selbst ja so etwas vormachen... Sie wollte etwas, und ich war ihr zu Diensten, nichts weiter.«

»Wie selbstlos von dir!« Emmy verstand sich nicht gut auf Sarkasmus, und dieser kam heraus wie ein erstickter Schrei.

»Ach, zum Teufel! Natürlich hatte ich auch ein bißchen Spaß dabei«, sagte er, langsam etwas ärgerlich.

Emmy sagte nichts. Damit er ihr Gesicht nicht sah, drehte sie sich von ihm weg.

»Emily?« Er setzte sich auf. »Entschuldige. Vergessen wir's.«

»Und hast du dir auch eingebildet, in sie verliebt zu sein?« fragte Emily mit einer Stimme, die Knoten hatte, in den Boden hinein.

»Nein. Und ich hab ihr so etwas auch nie gesagt. Das ist

doch, wie du weißt, ein Prinzip von mir, Emily.« Er begann ihr über Schultern und Arme zu streicheln, wie man ein Pferd beruhigt.

»Hat sie gesagt, daß sie dich liebt?«

»Hm. Das eine oder andere Mal vielleicht. Du weißt, es gibt Momente, da läßt man sich einfach hinreißen.«

»Und du hast darauf nicht geantwortet: ›Ich liebe dich‹?« Sie drehte sich um und sah ihn an, zu ernst bei der Sache, um die dicken Strähnen wegzustreichen, die ihr ins Gesicht gefallen waren. Will schüttelte den Kopf. »Meinst du, sie war deswegen böse?«

»Ich weiß nicht.« Er lachte ungehalten.

»Ich wäre böse.« Sie setzte sich auf. »Ich wäre furchtbar, furchtbar böse.«

»Aber Emily! Dich liebe ich doch.«

»Sag's noch mal.« Leise lachend ließ sie sich wieder zurücksinken.

»Ich liebe dich, ich liebe dich.« Ebenfalls lachend rückte er näher. »Ich liebe dich. Siehst du, wie sehr?«

»Aber Will! Wir haben keine Zeit mehr.« Emmy hob den Kopf; jenseits des Bergs war die Sonne schon halb unten, sank in ein Netz von Zweigen und Laub. »O wie schön – herrlich.«

Eines Abends saß Will nach dem Essen am Klavier und klimperte ein paar Akkorde vor sich hin. Er hatte seine Arbeit für heute getan und ein gutes Gefühl. Morgens hatte er einen Brief von Lou Fuchs bekommen, der sich lobend über die Serenade für Flöte und Klavier äußerte. Lou hatte geschrieben, er wolle das Stück mit Wills Erlaubnis ein paar Leuten zeigen, die in der südkalifornischen Musikszene etwas zu sagen hätten, und versuchen, es im kommenden Winter – oder was in diesen Breiten so als Winter gilt – in einem Konzert aufführen zu lassen. »Warum fliehst du nicht aus diesem Höllenloch und kommst selbst hierher?« hatte Lou auch noch geschrieben. Ein gutgemeinter Vorschlag, wenn auch nicht sehr praktikabel. Es war ein warmer Frühlingsabend, noch nicht ganz Nacht. Will hätte am liebsten Emmy angerufen, aber auch das war nicht praktikabel.

Ein lautes Klopfen an der Tür, ungeduldig wiederholt, während er zum Öffnen durchs Zimmer ging. Er machte auf. In der Diele stand Holman Turner, das Licht im Rücken, das Gesicht im Dunkeln.

Großer Gott, er ist dahintergekommen, war Wills erster Gedanke; sein erster Instinkt, die Tür gleich wieder zuzumachen.

»Ich dachte, es wird Zeit, daß ich dich mal besuchen komme«, sagte Holman in etwas gequältem Ton. »Hast du zu tun?«

»Nein, nein«, sagte Will und sah an seinem Besucher hinunter, ob er bewaffnet war. PROFESSOR ERSCHIESST (ERSTICHT, ERSCHLÄGT?) LIEBHABER SEINER FRAU.

Aber Holman schien unbewaffnet. »Komm rein«, hörte Will sich sagen. Holman trat ein. Ich bin ein paar Zentimeter größer als er, dachte Will, während er ihn im schummrigen Licht musterte, aber wir sind ungefähr gleich schwer.

»Praktisch hast du's hier.«

»Danke.« Praktisch wofür? Vielleicht hat er nur einen Verdacht. Er ist gekommen, um mir auf den Zahn zu fühlen. »Kann ich dir was zu trinken anbieten?« fragte er so beiläufig wie möglich.

»Danke, das könnte ich brauchen.«

Aber wie er mich anstarrt. In der Kochecke seines länglichen Mansardenzimmers zog Will eine Schublade auf und nahm ein Brotmesser heraus. »Bourbon?« fragte er.

Das Messer war nicht besonders scharf. Außerdem fiel es so ins Auge. Sein Pfadfindermesser wäre besser gewesen, aber das hatte er Henry Oska, dem Pfadfinder, geliehen.

»Egal was.«

Man ermordet keinen, von dem man gerade erst einen Drink angenommen hat, oder? Will legte das Messer wieder weg. Aber er traute sich nicht ganz, Holman den Rücken zu kehren, und sah sich immer wieder um, während er Eis und Wasser ins Glas tat.

»Jack Daniels, hm?« bemerkte Holman.

»Warum nicht?« Andererseits konnte Holman es mit Somerset Maugham halten und es stilvoll finden, mit seinem Rivalen erst einen zu trinken, bevor er ihn umbrachte. Er zog die Schublade wieder auf.

»Zum Wohl«, sagte er, indem er Holman das Glas reichte, und deponierte das Messer in Reichweite auf dem Kaffeetischchen, zusammen mit einem Laib Brot, den er aber dummerweise schon beim Bäcker hatte aufschneiden lassen. Schweigend tranken sie. Na los, dachte Will, du erwartest doch wohl nicht, daß ich das Thema von mir aus anschneide, oder?

»Hübsches Zimmer«, stellte Holman noch einmal fest. Will merkte jetzt, daß er schon leicht angetrunken war.

»Danke.«

»Ich hab mir so was immer gewünscht, allein zu leben, und man kann soviel anfangen in so einer Bude.« Ganz langsam begann Holman etwas Großes, Schweres, Metallisches aus der Tasche zu ziehen. Unter Alkohol schoß er vielleicht eher im Affekt, aber dafür vielleicht nicht so treffsicher. Will beugte sich vor und legte die Hand ans Heft des Brotmessers.

»Doch, man schafft was, wenn man so eine Bude hat und keine Pflichten«, sagte Holman. Aus der Tasche kam ein großes, schweres Feuerzeug zum Vorschein. »Rauchst du?«

»Nein, danke.« Will lehnte sich wieder zurück und atmete vernehmlich aus. Und um das zu erklären, sagte er: »Vielleicht. Aber ich habe in diesem Zimmer nur herumgelottert –« (die Doppeldeutigkeit ließ ihn kurz stocken), »drei Jahre lang.«

»Klar, aber wenn man was Bestimmtes zu tun hat... meine Dissertation.« Holman sprach das Wort pathetisch laut. »Das ganze Jahr war's gut, als ich bloß rumlief und mir Notizen machte, aber jetzt soll ich zu schreiben anfangen und kann einfach nicht.« Er sah Will an und wartete, wie er auf dieses Geständnis reagierte, vielleicht mit der gleichen verwunderten Mißbilligung wie er selbst; dann sah er sichtlich zufrieden wieder fort. »Wenn ich im College arbeiten will«, sagte er, »steht dauernd dieser dämliche Charley Green hinter mir und bläst mir in den Nacken, und versuch ich's zu Hause, hängen meine Frau und der Junge an mir rum und quälen mich, ich soll mit ihnen Cowboy spielen oder den Wasserhahn im Bad reparieren oder sagen, wen wir zum Dinner einladen sollen. Du weißt gar nicht, wie gut du's hast.«

»Ich war auch zwei Jahre verheiratet«, sagte Will. »Amtlich sogar drei.« Unwillkürlich fühlte er mit Holman, verstand ihn. Er mußte sich erst daran erinnern, daß der Plagegeist, von dem Holman da sprach, seine schöne Geliebte war. Holman war ein Feind, der möglicherweise versuchen würde, ihn umzubringen, wenn er die Wahrheit erführe. Aber er konnte wenigstens versuchen, ihn von diesem Thema abzubringen. Als Gentleman.

»Es macht mich ganz fertig«, sagte Holman. »Ich kann nicht mehr schlafen und weiß, daß ich auch als Lehrer nichts mehr wert bin.«

Aber offenbar bin ich kein Gentleman. Nicht mal ein ehrlicher Trampel, der nur die Regeln nicht kennt. Ich bin, wie Emmy mich einmal im stillen genannt hat, ein Miststück. Er leerte sein Glas. »Noch einen Whisky?«

»Danke. Nehm ich gerne an. Sie sind ein anständiger Kerl, Thomas.« Trotz der Kaffeepausenironie, mit der Holman das sagte, war es eindeutig ernst gemeint.

»Ach was. Ich bin nur ein Feigling, der sich dem Leben nicht stellen kann.« Will stellte sein Glas hin. Normalerweise vertrug er einiges, aber die Anspannung dieses Besuchs oder irgend etwas anderes stieg ihm jetzt in den Kopf.

»Sag das nicht. Klar, die Gesellschaft erwartet von jedem, daß er heiratet und eine Familie gründet. Recht hat sie, natürlich. Der kategorische Imperativ. Die Zivilisation muß weiterleben, die Art erhalten bleiben. Aber gerade darum ist deine Haltung ja so mutig.«

»Nun ja«, sagte Will, »gedacht habe ich das auch schon manchmal, aber du bist der erste, der es mir sagt. Andere Male sag ich mir dann, selbst wenn du kein Feigling bist, bist du ein Parasit, wohnst in anderer Leute Häusern, ißt anderer Leute Dinner, schl...« (er besann sich), »spielst mit anderer Leute Kinder.« Er wußte genau, daß er sich nur selbst bezichtigte, um anderen Bezichtigungen auszuweichen. Und es war auch, wie wenn er zu Holman sagte: Du siehst, was für eine Laus ich bin. Wenn du mir vertraust, bist du verdammt noch mal selber schuld.

»Ach, hör auf.« Wie schon manch anderer vor ihm, war Holman ob dieser ehrlichen Selbstentblößung beruhigt, sogar gerührt; und wie schon manch anderer vor ihm, begann er Will auf der Stelle klarzumachen, daß er so schlecht nicht sei, wie er von sich behauptete. Will dachte: Das ist der Erfolg deiner faulen Tricks, dieser Irreführungstechnik, die du gewohnheitsmäßig anwendest. Gleichzeitig konnte er es sich nicht verkneifen, sich von Holmans guter Meinung über ihn ganz albern geschmeichelt zu fühlen.

»Du überschätzt mich«, sagte er ein paarmal zwischendurch. Holman bestritt das und gab des weiteren, langsam und nicht besonders klar, ein paar allgemeine Gedanken über Charakter als solchen von sich. Will hatte beim Zuhören das Gefühl, seine Gehirntätigkeit habe sich enorm beschleunigt, wie vor Jahren einmal vom Haschisch – »Tee« nannten sie es damals; ein Gefühl, als könne sein Verstand bei jedem Wort, das Holman sprach, einmal die Wand hinauflaufen, zum Fenster hinausfliegen, eine Runde ums Haus drehen und sich derweil eine lange Rede ausdenken. Zugleich fiel ihm das Sprechen immer schwerer.

»Warum heiratet ein Mann, wozu?« fragte Holman.

»Weiß der Himmel! Er verliebt sich vielleicht«, brachte Will mit Mühe heraus.

»Ach was.« Holman wischte diese Möglichkeit mit einer Handbewegung weg. »Ich meine, warum heiratet ein Mann zu einem bestimmten Zeitpunkt, zu diesem und nicht zu einem anderen? Ich sag's dir. Ein Mann will etwas haben, was ihm gehört. Er hat es satt, sich durch die Gegend zu vögeln. Du kennst doch den Witz von dem Schotten und der Nutte?«

Sprachlos schüttelte Will den Kopf.

»Dann erzähl ich ihn dir mal.« Holman erzählte den Witz; dabei fielen ihm noch ein paar andere ein, weniger einschlägig, aber von gleicher Art, und die erzählte er auch, einen nach dem andern. Will, der für diese Literaturgattung nicht viel übrig hatte, lachte trotzdem bei jedem, lachte so laut, daß er sich am Ende sogar aufs Bett fallen ließ. Mein Gott, gleich bin ich richtig besoffen, dachte er. Er setzte sich auf und schob die Whiskyflasche weit von sich weg. Ich muß ihn loswerden.

»Danke, mein Freund.« Holman ließ Whisky in sein Glas plätschern. »Da muß ich an einen Kumpel aus meiner Verbindung denken. Tommy Gould. War'n prima Kerl. ... Schmuddelnacht.«

»Schmuddelnacht?«

»Ja. Das war so'n Brauch bei uns, hatten wir jedes Jahr. Große Fete, Sauferei. Jeder brachte das willigste Mädchen mit, das er auftreiben konnte. War 'ne Art Wettbewerb. Gott, was da zusammenkam. Alle aufgedonnert, billiger Schmuck und falsche Pelze. Schmuddeln. Aber mach das Licht aus, und du siehst nichts mehr davon... Solche Weiber machen alles mit. Macht ihnen sogar Spaß. Na komm, das weißt du doch selber.«

Will ging darauf nicht ein, obwohl jetzt offensichtlich die Reihe an ihm sein sollte. Holman wartete. Ein Schluckauf brachte sein schon halb aufgesetztes Lächeln durcheinander, es war aber sogleich wieder da. Mein Gott, wenn er mir hier zu kotzen anfängt, dachte Will. Das wäre das Letzte. Er riß sich zusammen und sah auf die Uhr. »Jesses, schon elf«, flunkerte er ein bißchen.

»So spät?«

»Muß morgen früh unterrichten«, sagte Will mit fester Stimme und stand auf.

»Klar. Will dich ja nicht vom Schlafen abhalten.« Holman stand ebenfalls auf und ging zur Tür, die Will ihm öffnete. »War schön, mal mit dir zu reden«, sagte er, die Hand am Türknauf. »Mein Gott, war ich durcheinander die letzten Wochen. Nicht bloß wegen der Dissertation. Irgendwer hat mir doch mit 'ner dummen Bemerkung den Floh ins Ohr gesetzt, daß meine Frau mich betrügt.«

»Emily?« Will legte alles Erstaunen, dessen er fähig war, in das eine Wort.

»Mhm. Hab schon jeden verdächtigt. Hast du so was

schon mal durchgemacht?« Holman wartete keine Antwort ab. »Meine Kollegen, Charley, Joe Baker, meine Studenten, den Postboten, jeden. Sogar an dich hab ich gedacht.« Will mußte schlucken. »'tschuldige, aber 'n Moment hab ich das wirklich gedacht. Verrückt. Weiß doch jeder Bescheid über deine Biene bei der Bank.« Holman gehörte zu denen, die allen Klatsch mit mindestens halbjähriger Verspätung mitbekamen, falls überhaupt.

»Du bist wirklich verrückt«, sagte Will.

»Bin ich nicht.« Holman schwankte auf Will zu und mußte sich an der offenen Tür festhalten. »Zugegehm, is' nich' grade mein Beruf, die Frauen zu verstehn.« (Er sagte es mit einem gewissen Stolz.) »Aber ich weiß. Da läuft was. Und ich sag dir, wer ich glaub, dasses is.«

»Wen.«

»Wen.« Wenn Will betrunken genug war, ihn zu verbessern, war Holman betrunken genug, es zu akzeptieren. »Es ist Julian Fenn, das Schwein, der isses. Hätt ich von Anfang an sehen müssen. Der mit sein' Vögelexkursionen.« Er schwankte mit der Tür wieder zurück, so heftig, daß sie zuknallte.

Will starrte einen Moment die Holzfläche an; dann ging sie wieder auf, und Holmans Kopf erschien noch einmal.

»Gu'nacht«, sagte Holman. »Danke vielmals.«

»Hör mal, fahr vorsichtig nach Hause«, sagte Will und hielt ihm von neuem die Tür auf. »In deinem Zustand könntest du einen Unfall bauen.« Im selben Augenblick stand ihm das Bild von einem völlig zerquetschten Holman in dem an einem Baum zerschellten vw deutlich vor Augen. Das würde alle seine Probleme lösen. Zusammengequetscht wie ein Akkordeon. Und doppelt so viele neue schaffen.

»Keine Bange, ich lauf erst noch'n bißchen rum«, sagte Holman. »Gu'nacht.«

»Gute Nacht.«

Holman knallte die Tür wieder zu, und man hörte ihn die Treppe hinuntergehen. Will drehte sich um. »Jesses!« sagte er. Er ging durchs Zimmer und setzte sich aufs Bett.

»Jesses«, sagte er noch einmal. »Jesses. Jesses-Maria.« Er nahm das Telefon vom Boden und wählte Emmys Nummer.

Allen Ingram an Francis Noyes

17. Mai

Ginny und Tommy wollen also wirklich heiraten! Ich habe deinen Worten ja nicht getraut, als ich sie las, aber heute sehe ich, daß sie (oder er) es wirklich in die ›Times‹ gesetzt hat, so daß er (oder sie – wer ist überhaupt was?) sich nicht mehr aus der Affäre ziehen kann. Saisonbedingte Hysterie. Sicher sehen beide ein Mittel zu ihrer jeweils eigenen Rettung darin. Wie die meisten Paare sind sie wie zwei Leute, die engumschlungen aus dem Flugzeug springen, weil jeder den anderen für einen Fallschirm hält.

Auch hier grassiert das Frühjahrsfieber: das Neueste ist die Studentenkampagne gegen das neue Religionshaus. Der Aufruhr begann vorige Woche, als die Pläne offengelegt wurden. Die Studentenzeitung brachte einen Leitartikel, der sich darüber beschwerte und die Frage aufwarf, warum man damit nicht einen guten modernen Architekten beauftragt habe, sondern statt dessen eine Firma, an der einer der Stiftungsräte beteiligt sei. Der Entwurf zeigt natürlich einen Ziegelkuchen, garniert mit weißen Fensterläden, Säulen und Giebeln im schönsten traditionellen Kolonialmonumentalwesternranchstil. (Die Alternative wäre wahrscheinlich so eine triste Fabrik mit Mondrianfassade und einem Turm aus Edelstahlschüsseln. »Moderne öffentliche Gebäude sehen immer so billig aus«, wie

Betsy Lumkin sagt. Sie findet wahrscheinlich, sie sollten teuer aussehen.)

Die Jünglinge nahmen sich der Sache mit Begeisterung an – um diese Jahreszeit begeistern sie sich immer gern für irgendwas. Bevorzugte Gebiete sind Religion und Sex. Sie rotten sich zusammen und demonstrieren gegen Pflichtgottesdienst oder Mädchenbesuchsverbot. Eines Abends nach dem Essen haben sie zu ihrer Hundert einen Protestmarsch veranstaltet, mit Sprüchen auf Papptafeln wie NIEDER MIT HOWARD JOHNSON'S *– diesen Namen hatte die Studentenzeitung in Verbindung mit dem geplanten Gebäude erwähnt. Sie hatten alle ihre Abfallkörbe bei sich, damit sind sie um Rektor Kings Haus und die Bibliothek herum marschiert und haben die Körbe anschließend in die Baugrube entleert. Zu meinem großen Leidwesen muß ich vermelden, daß ich die ganze Chose verpaßt habe. Als ich am nächsten Tag hinkam, gab es schon nichts mehr zu besichtigen als ein paar Arbeiter, die geduldig den Müll herausschaufelten. Aber wie ich von George Wedge gehört habe, ist noch eine größere Demonstration für den Gedenktag am 30. Mai geplant, wenn ein Aufgebot von Honoratioren hier zur Grundsteinlegung erwartet wird, und da will ich auf jeden Fall zur Stelle sein. Ich glaube ja nicht, daß wirklich was passiert – hier passiert doch nie etwas (aber wie würde man es sich wünschen)!*

Beowulf ist vom Tierarzt zurück. Offenbar sind seine Nerven noch zerrüttet: Er zittert schon, wenn er ein Auto auch nur hört, und versucht mir auf den Schoß zu klettern, um sich zu verstecken; ein anmutiges Bild, denn er wiegt einen guten halben Zentner. Aber körperlich ist er genesen.

Die Tierarztrechnung wurde prompt und sehr zu Recht von Grendels Vater beglichen. Übrigens höre ich, daß er und Grendels Mutter in letzter Zeit nicht besonders miteinander auskommen. In der Stadt pfeifen es anscheinend alle Spatzen von den Dächern (zum Mitpfeifen). Ich höre es aufrichtig bedauert von Frau Professor Oska (Musikalisches Institut) und Frau Professor Baker; schamhaft getuschelt von der Sekretärin des Englischen Instituts; ich höre es sogar von meiner Nachbarin, Mrs. Hutchins, die es von ihrer Schwägerin im Kaufladen gehört hat, die es von ihrer Tante gehört hat, die bei den Turners putzt, falls du mir noch folgen kannst. Dieses College mag von Männern für Männer geführt werden – die Stadt wird von Frauen für Frauen regiert. Und nicht das kleinste Ereignis (oder Nichtereignis) geht hier unbemerkt vonstatten. Draußen in der Welt breitet ein Skandal sich rasch aus und verschwindet, wie die Ringe von einem in den Fluß geworfenen Stein immer größer und schwächer werden und zum Meer davontreiben. In diesem Tümpel hier – dieser Pfütze – werden die Wellen vom Rand zurückgeworfen und überlappen einander, bis die ganze Wasserfläche ein einziges Rubbelmuster ist.

14

Aah!« machte Emmy, als Will sie verließ. Sie streckte sich auf der steilen, überwachsenen Uferböschung aus, voll in der Sonne, nackt zwischen zerdrücktem Gras und Laub und Kräutern. »O Gott, bin ich naß!«

»Hier.« Will reichte ihr über die Schulter eine Handvoll Blätter.

»Danke. Meine Güte! Er ist doch nicht geplatzt?«

»Nein, das warst du ganz allein.« In jüngster Zeit hatte Holman sich angewöhnt, Emmys Pessar zu kontrollieren. Sie wagte es nicht mehr zu oft, es aus dem Badezimmerschränkchen zu nehmen, und ein zweites besaß sie nicht.

»Warum ›Trojans‹?« fragte sie, indem sie das Schächtelchen aufhob.

»Wer weiß?« Wenn hier einer verlegen war, dann Will.

»Die Trojaner haben schließlich den Krieg verloren.« Sie ließ gähnend das Schächtelchen fallen. Will stieß es mit dem Fuß unter einen Strauch, um die Gegend nicht zu verschandeln.

»Eine verlorene Sache ist sexuell anregender«, meinte er, indem er sich neben sie legte. »Denk an den Bürgerkrieg – oder die französische Revolution. Frauen tun es gern im Schatten des Untergangs, da kommen sie sich gut vor. Ich habe noch nie eine kennengelernt, die mich nicht schon deshalb mochte, weil ich so eine verlorene Sache war.«

»Das bist du nicht. Jedenfalls nicht mehr.«

»Ich vergesse es immer wieder.« Will lachte. »Und außerdem«, fuhr er fort, »hatte Paris die schönste Frau der

Welt. Vielleicht soll es ein Kompliment an die Frau sein, wenn man die Dinger benutzt. Ich hatte sie immer. Viel Auswahl gibt's ja auch nicht. Die andere Sorte heißt Ramses. Wahrscheinlich für Männer, die gern ägyptische Mumie spielen. Pyramiden, Sklaven, Unsterblichkeit und so.«

Emmy lachte und verstummte wieder. »Es ist so hübsch hier«, sagte sie nach einer Weile. »Überhaupt nicht nur hier, überall. Als wenn die ganze Natur ein großes schönes Haus für uns wäre und wir uns in allen Zimmern lieben könnten. Ich bin so glücklich, so glücklich. Du nicht?« Will antwortete nicht. »Was ist los?«

»Ach, nichts.«

»Ach, doch.« Es war sehr still, sehr warm. Insekten summten, und gleich vor ihren Füßen strömte hinter einem Vorhang von Büschen der Fluß vorbei.

»Ich glaube, ich mußte an Holman denken. Egal was wir tun, wie weit wir wegfahren, früher oder später fährst du zurück und schläfst mit ihm.«

»Nicht oft.«

»Oft genug.«

»Ich habe mit ihm jetzt schon seit –« Sie hielt inne, um nachzurechnen.

»Und er liegt bei dir im Bett, jede Nacht, die ganze Nacht lang.«

Emmy schwieg und schloß die Augen, den Verstand.

»Was macht Holman eigentlich zur Zeit?«

»Immer noch dasselbe. Eigentlich nicht mehr so schlimm. Ich glaube, seit er mit dir gesprochen hat, geht's ihm besser.«

»Danke.« Will gähnte und zog sie wieder zu sich.

»Du hast lauter kleine weiße Striche in den Augenwinkeln«, sagte Emmy, indem sie den Kopf hob. »Ich kann sie zählen: eins, zwei, drei.«

»Alter und Verfall.«

»Das wird es wohl kaum sein. Du bist doch nicht alt.«

»Dreiunddreißig. Aus der Blüte heraus.«

»Du siehst nicht aus wie dreiunddreißig«, versicherte sie loyal.

»Du siehst auch nicht aus wie achtundzwanzig. Was natürlich kein Wunder ist; du hast achtundzwanzig Jahre lang nichts getan, was dich hätte alt machen können. In meinem Fall ist das schon seltsamer. Ich glaube, ich wache eines Tages auf, und dann ist plötzlich alles auf einmal da. Wie bei Dorian Gray. Dann wissen es alle.« Er streichelte ihr Gesicht, küßte sie, dann zog er den Kopf zurück. »Du siehst traurig aus«, sagte er. »Du siehst aus, als ob du gleich weinen wolltest.«

»Das hast du schon mal gesagt. Willst du, daß ich weine?«

»Ich weiß nicht. Vielleicht ja. Um mich zu entschädigen.«

»Entschädigen, wofür?«

»Ich weiß nicht.«

»Das Haus der Fenns? Aber ich möchte nicht ins Haus der Fenns ziehen«, protestierte Lucy Green. »Es ist so groß und dunkel und schrecklich und trübsinnig.«

»Aber Lucy –«

»Es würde ganz bestimmt einen schlechten Einfluß auf Petey haben, in so einem Haus zu wohnen.«

»Aber Lucy –«

»Hab ich nicht recht, Petey?« Lucy legte ihre dicken rosa Arme um das dicke rosa Baby auf ihrem Schoß; es antwortete mit einem feuchten, vergnüglichen »Grruuh«.

»Wir können sicher hier wohnen bleiben, wenn wir sagen, daß wir das wollen. Aber alle würden uns für verrückt halten.«

»Ich will nicht hier wohnen bleiben. Warum können wir kein Haus bekommen wie die Butlers? Mit Garten? Grruuh!«

»Grruuh!«

»Man hat es uns eben nicht zugewiesen.«

»Und mit einem schönen Rasen für das Baby. Kannst du sie nicht mal fragen?«

»Grruuh, grruuh!«

»Das wäre wahrscheinlich ein sehr großer Fehler. Du weißt, die haben es nicht gern, wenn einer wegen seiner Collegewohnung Umstände macht.«

»Müssen wir denn wirklich eine Collegewohnung haben? Können wir uns nicht was anderes suchen?«

»Wovon sollten wir das bezahlen? Sei mal vernünftig, Darling. Das Haus der Fenns kostet nur fünfundsiebzig Dollar im Monat, einschließlich Heizung. Außerhalb finden wir nichts für den Preis.«

»Die Turners haben was gefunden.«

»Die Turners zahlen mindestens zweihundert.«

»Das ist ungerecht«, jammerte Lucy so laut, daß Petey zu weinen anfing. »Pscht, Schätzchen, pscht!«

»Die haben auch ihren Ärger«, sagte Charley.

»Gutes Baby. Ich weiß. Aber den machen sie sich selber. Sie zumindest. Auf Dekan Lumkins Party einfach so wegzugehen und ihn vor aller Augen stehenzulassen und sich rundheraus zu weigern, mit ihm zu der Wilbur-Lesung zu gehen. Pscht. Grruuh!«

»Vielleicht hat *er* sich geweigert, mit *ihr* zur Wilbur-Lesung zu gehen.« Lucy machte ein ungläubiges Gesicht. »Wir wissen doch nur, daß sie irgendwelchen Ärger miteinander haben, aber nicht warum.«

»Ich kann's mir denken.«

»Also ich wette, mit Holman lebt sich's auch nicht gerade

sehr leicht«, sagte Charley. »In letzter Zeit war er im College richtig eklig. Zappelig. Und grob. Richtig grob.«

»Sag was du willst, ich glaube nie, daß es nicht ganz allein ihre Schuld ist, egal was. Grruuh!«

»Es ist etwas absolut Schreckliches passiert«, sagte Emmy, als sie Will die Küchentür öffnete. »Ich habe irgendwo im Giftsumach gesessen.«

Er fing an zu lachen.

»Was ist daran so komisch?«

»Ich auch.«

»Ach du liebes bißchen!«

»Zeig mal.«

Emmy hob ihr Kleid. Sie hatte nichts darunter an und war über und über mit rotem Ausschlag bedeckt.

»Das war der Tag am Fluß. Menschenskind! Eine regelrechte Volkskrankheit. Warte mal, bis du meinen siehst.«

»Wenn nun jemand merkt, daß wir das beide haben?«

»Wir müssen öffentliche Auftritte vermeiden.« Er kam näher und küßte sie.

»Mm.«

»Freut mich aber, daß du's auch hast. Ich dachte schon, ich müßte dir mindestens eine Woche lang vom Leib bleiben, dir zuliebe.«

»Das wäre mir aber nicht lieb gewesen.«

»Mir auch nicht.«

»Freddy ist ja gar nicht hier«, meinte Will eine Minute später hoffnungsvoll.

»Doch. Er spielt draußen, kann aber jeden Moment hereinkommen.«

Will stöhnte.

Freddys Benehmen wurde immer schlimmer, das mußte sogar Emmy zugeben. Sein Eigensinn nahm böse Formen an: er war uneinsichtig und zerstörungswütig. Wenn Will kam, geriet er außer sich und machte Sachen kaputt. Dann wollte er sich nicht dafür entschuldigen; manchmal stand er zwischen den Trümmern und bestritt so heftig jede Schuld, daß Emmy sich schon unwillkürlich nach einem unsichtbaren anderen Täter umschaute. So konnte es nicht mehr lange weitergehen; sie ertrug das nicht. Will durfte nicht mehr zu ihr kommen, und das hieß, daß sie ihn nicht mehr alle Tage sehen konnte; das ertrug sie aber auch nicht.

»Ich sehe ihn nicht«, sagte Will, als er den Vorhang wieder vors Küchenfenster fallen ließ.

»Dann ist er wahrscheinlich auf der anderen Seite. Nicht! Komm in das andere Zimmer. Erzähl mir, wie's dir geht. Wie kommst du mit dem neuen Stück weiter?«

Will lachte grimmig, folgte ihr aber. »Ganz gut«, sagte er. »Und ich habe was anderes angefangen. Das heißt, es ist so gut wie fertig.« Er setzte sich auf den Klavierstuhl. »Weißt du, vor vier Jahren, als ich herkam, hab ich mich noch wegen Rosemary gegrämt und wollte komponieren. Ich hab angefangen, ein Gedicht von Louis Simpson zu vertonen. Das geht so:

Ich fürchte den kopflosen Mann,
des Kriegesnarben künden
sein Verdienst.
Doch mehr als des Mars Gespenst
noch fürchte ich das wunde
Frauenherz.

Den Blick, dessen Güte dahin,
die Hände kalt wie Steine,
wirr das Haar –
›Was willst du von mir, blasser Geist?
Wie lange soll ich büßen?‹
fragt' ich sie.

›Du hast nicht gerufen nach mir?
Leb wohl, ich geh' dahin, wo
man mich wünscht.‹
Ich wachte bis morgens im Bett,
wollt' nur zu gerne wissen,
wem sie spukt.

Ich bin darangegangen wie ein tollwütiger Hund. Schmorte total im eigenen Saft, und das ist nie gut. Als ich die ersten zwei Strophen fertig hatte, kam Lou Fuchs nach Boston, und ich konnte es nicht abwarten, hinzurennen und es ihm zu zeigen. Es hat ihm nicht gefallen. Überhaupt meinte er, es sei gar nicht meine Frau, die mich so verfolgte, sondern meine Mutter.«

»Wie gemein!« sagte Emmy. »Und falsch dazu.«

»Aber nein. Er hatte recht. Ich hab mir das Zeug noch mal angeschaut, und weiß der Himmel, ich hatte es sogar für die Stimmlage meiner Mutter gesetzt! Sie hatte einen sehr kleinen Tonumfang, und wahrhaftig, es war alles in der einen Oktave über dem mittleren C, alles hier.« Er schlug das Intervall an. »Aber nicht nur das. Der zweite Teil der Strophe war ganz verkehrt. Der ging so –« Er spielte eine Tonfolge. »Aber jetzt hab ich das alles geändert, jetzt geht es so –« Er spielte eine Tonfolge.

Neben ihm beugte Emmy sich interessiert vor. »Ja!« sagte sie. Will sah ihr ins Gesicht. Sie hatte keinen Unterschied gehört.

»O Emily.«

»Jetzt spiel es mir mal ganz vor.«

»Es ist noch nicht fertig.« Er wollte sie küssen. Sie drehte den Kopf weg, und der Kuß traf nur ihre Wange.

»Aber du hast doch gesagt, es ist so gut wie fertig. Bitte.« Es war mehr Forderung als Bitte. Boshaft drehte Will sich wieder zum Klavier um. Er spielte die ersten zwei Strophen des Lieds und dann, ohne Pause, eine Strophe von »Oh, Susanna« in f-Moll. Er hielt inne und sah Emmy an.

»Das ist aber schön.«

»Danke.« Er packte sie fest. »Jetzt.«

»Das dürfen wir nicht. Freddy. Es gehört sich nicht.«

»Er kann doch nicht durch die Wände sehen«, sagte Will, ohne loszulassen.

»Das nicht, aber er könnte hereinkommen.« Freddy hatte sie schon einmal in einer Umarmung ertappt, als er plötzlich in die Küche gekommen war, während sie ihn vor dem Fernseher glaubten. Er hatte den Vorfall nie mit einem Wort erwähnt, Emmy auch nicht, und vielleicht hatte er ja gar nichts gemerkt.

Emmy küßte Will herzhaft, aber kurz, und wandte sich wieder ab. »Bitte. Es ist zu gefährlich.« Will zog sie erneut zu sich. »Hörst du nicht?«

»Ich höre schon«, sagte er, »aber mein Körper nicht. Wörter wie ›nicht dürfen‹ und ›gefährlich‹ versteht er einfach nicht. Er sagt nur immer: ›Ich will, ich will.‹«

Professor J. M. Lane (Englisches Institut, Universität Princeton) an Holman Turner.

26. Mai

... und gedenken unmittelbar nach den Examina nach Wellfleet aufzubrechen, wo wir den Sommer verbringen werden.

Beim abschließenden Ordnen meiner Unterlagen mußte ich zu meiner Verwunderung feststellen, daß ich von Ihnen noch nicht den ersten Teil Ihres Johnson-Ms. erhalten habe, das mir meines Wissens für April *zugesagt war.*

Ich erwähne dies nicht, weil ich etwa Zweifel am Ernst Ihres Vorhabens hätte oder an Ihrer Fähigkeit zur Fertig-

stellung Ihrer Doktorarbeit, sondern weil mich die Erfahrung lehrt, wie ungeheuer leicht aus den für eine solche Aufgabe vorgesehenen Wochen Monate oder gar Jahre werden können. Es ist mir überaus wichtig, daß Sie nicht zu einem jener unglückseligen »Doktorandenkrüppel« werden, an denen jedes Universitätsinstitut verzweifelt.

Mehr möchte ich dazu jetzt nicht sagen. Haben Sie übrigens J. R. Leeds Artikel über Johnson in der neuesten E.L.H gelesen? Darin wirft er die meines Erachtens hochaktuelle Frage auf ...

»Ich habe Neuigkeiten«, sagte Will. »Heute habe ich von Lou gehört.« Er drückte einen kräftigen Zweig zur Seite, damit Emmy von der Wiese in den Wald konnte. Es war windstill, bewölkt, warm und drückend, als ob es bald Regen gäbe. »So.« Hinter den Zweigen küßten sie sich.

»Du hast Neuigkeiten«, sagte Emmy.

»Ja. Es ist alles geregelt. Er hat mir einen ganzjährigen Lehrauftrag an seinem Institut verschafft, beginnend ab Juli. Hier ist der Brief.«

Emmy setzte sich und las, Will sah ihr zu. »Dann gehst du also weg. Für immer?«

»Hoffentlich. Aber reden wir später darüber.« Will nahm ihr den Brief fort. »Hier.« Er zog sein T-Shirt aus und breitete es auf dem Boden aus, damit Emmy sich darauflegen konnte.

Ausnahmsweise sprachen einmal beide nicht, während sie sich liebten. Emmy zog Will mit aller Kraft an sich, als könne sie ihn so daran hindern, den Kontinent zu überqueren, und er ging ganz darauf ein. Als er zum letztenmal auf sie niedersank, waren beide patschnaß von Kopf bis Fuß; an Emmys Gesicht und Hals klebten feuchte Haarsträhnen wie schwarzer Seetang.

»Das war –« sagte Will.

»Ja.«

Sie atmeten schwer. Emmy strich sich die Haare aus dem Gesicht.

»Jetzt ist Sommer«, sagte sie und sah nach oben. Die Bäume standen in dichtem, dunklem Grün. Es war heiß und unvorstellbar still. »Nicht weggehen«, sagte Emmy, als er den Ellbogen hob.

»Ich gehe nicht.« Er drehte sich auf die Seite und zog Emmy mit sich. »Es gibt Regen.« Sie lagen.

Plötzlich war ein Trampeln und Rascheln zu hören. Will und Emmy sahen beide auf und fuhren zugleich auseinander. Drei Meter weiter erschien zwischen den Büschen der Kopf einer Jersey-Kuh.

»Jesses!« Will lachte.

»Weg da!« sagte Emmy. »Husch!«

Die Kuh fraß Laub und sah mit großen Kuhaugen auf das Liebespaar nieder.

»Meinst du, es ist jemand dabei?«

»Um die Tageszeit nicht«, sagte Emmy. »Husch!«

Will erhob sich auf die Knie und spähte durch die Büsche nach draußen. »Niemand zu sehen. Das ist eine Spionin. Die hat uns Holman geschickt.« Emmy lachte. »Husch! Wie schafft man sich eine Kuh vom Hals?«

»Man gibt ihr mit einem Stock eins auf die Nase, glaube ich«, sagte Emmy.

»Mach du das.«

»Das könnte ich nicht.«

»Husch! Los, Kuh, geh nach Hause!« Die Kuh machte kehrt und trottete davon.

»Wie hast du das gemacht?« fragte Emmy.

»Ich kann's eben mit Frauen.« Lachend lehnten sie sich aneinander.

»Der Gedanke, daß du so weit weggehst, nach Kalifornien, ist mir unerträglich«, sagte Emmy schließlich in einem Ton, als erzählte sie einen nebensächlichen Witz zu Ende.

»Dann komm doch mit«, antwortete er im selben Ton. Sie sahen sich eine Sekunde lang an, beide nicht sicher, ob er das ernst meinte, und sahen beide wieder weg.

»Es fängt an zu regnen«, sagte Will. Man hörte ein Geräusch wie von feinem Sand, der durch die Äste rieselte. »Aber nicht sehr. Hier werden wir nicht naß.«

»Ich will aber naß werden.« Emmy stand auf und trat einen Schritt vor die Bäume. »He! Das ist herrlich!« Will kam ihr nach.

»Au ja.«

»So schön kühl. Es soll stärker regnen!«

Es regnete nicht stärker.

»Guck dich mal an«, sagte er. »Mein Gott, bist du schön!«

»Guck *dich* an. Nein. Du, ich möchte mit dir reden, dich fragen –« Wann gehst du fort, warum gehst du fort, wohin gehst du fort? – Sie konnte es nicht ausdrücken.

»Dann frag.«

»Spendierst du mir einen Erdbeerflip?«

»Gut.« Will lachte. »Ich glaube, soviel Zeit haben wir noch.« Beide sahen prüfend auf ihre Armbanduhren, das einzige, was sie anhatten. »Wenn wir sofort fahren.«

Sie holten ihre feuchten Kleider unter den Bäumen hervor.

»Paß auf die Zweige auf«, sagte Will. »Warte mal... Spione überall«, fuhr er in verändertem Ton fort und hielt sie zurück.

Emmy spähte durch die nassen Blätter. Unten, auf dem Feldweg am Ende der hohen Wiese, stand neben Emmys

Kombi ein anderer Wagen, ein Käfer neben einer Gurke: ein vw. Eben ging die Tür auf, und Holman Turner stieg aus, nur daumengroß.

»O Gott!«

Däumling Holman hatte einen schwarzen Stock bei sich. Den schwenkte er durch die Luft, und er verwandelte sich in einen Regenschirm. Er hielt ihn sich über den Kopf, kletterte über den Viehtritt und kam auf die Wiese.

»Was machen wir jetzt?« flüsterte Emmy, als könne man ihre Stimme sonst bis da unten hören.

»Du gehst hin. Daß du hier bist, sieht er ja an dem Wagen. Sag ihm, du bist nur spazierengegangen.«

»Ja; zum Blumenpflücken oder so.«

»Ich verziehe mich in die andere Richtung.«

»Und wie kommst du nach Hause?«

»Zu Fuß.«

»Das ist weit!«

»Macht nichts. Vielleicht nimmt mich unterwegs jemand mit. Geh schon, bevor er hierher kommt. Ich rufe dich morgen früh an.«

Holman kam von unten den Viehpfad herauf, den Blick zu Boden, um nicht in Kuhfladen zu treten. Allmählich wurde er größer. Emmy stieg durch die Büsche und ging dann schräg die Wiese hinunter, riß im Gehen ein paar Blüten ab und tat, als hätte sie ihn noch gar nicht bemerkt. Es regnete noch immer ein bißchen. Als Holman endlich einmal aufschaute und sie sah, winkte sie ihm unschuldig zu und beschleunigte ihren Schritt; als sie sich in einer Ecke der Wiese trafen, hatte sie den ganzen Arm voll nasser, leuchtender Blumen.

»Mrs. Turner ist heute nicht hier«, sagte Polly Manning zu Rebecca Scott. Es war ein Mittelding zwischen Feststellung und Frage. Sie konnte in normaler Lautstärke reden, denn die Tauschboutique war diese Woche nicht geöffnet.

»Nein. Sie sagt, sie hätte zuviel zu erledigen.« Rebecca pappte weiter rote Preisschildchen auf eine Reihe Gummistiefel. »Schon wieder.«

»Schon zum drittenmal hintereinander, nicht?«

»Das *Ärgerliche* daran ist«, sagte Rebecca, »daß sie mir nicht eher Bescheid gibt. Sie brauchte mir nur etwas zu sagen, dann könnte ich ohne weiteres Ersatz für sie kommen lassen, aber sie wartet immer bis zur letzten Minute.«

»Ja, und das so kurz vor dem Ausverkauf... Sieben mal acht – macht – sechsundfünfzig.«

»Also, irgendwas ist da im Gange, da bin ich ganz sicher. Sehen Sie, der rote Mantel ist nicht weggegangen. Wußte ich doch gleich. Betsy setzt die Preise für ihre eigenen Sachen immer viel zu hoch an.«

»Meine Maggie hat sie vorgestern erst wieder bei uns vorbeifahren sehen«, sagte Polly. »Jeweils im eigenen Wagen, diesmal zuerst Mr. Turner, dann Mrs. Turner, und keine fünf Minuten auseinander. Ich setze jetzt mal Wasser auf, ja?«

»Ja, bitte.«

»Und Sie meinen wirklich, da ist was im Gange? Das kann ich von Emmy gar nicht glauben.«

»Oh, nicht bei ihr. Bei ihm.«

»Aber May hat doch *sie* letzten Monat auf dem Feldweg hinter ihrer Scheune gesehen.«

»Nun, ihn hat man jedenfalls schon mindestens dreimal sehr spät in der Nacht in der Stadt herumlaufen sehen.«

»Mein Gott... Was meinen Sie denn, wer es ist?«

Rebecca verweigerte dazu die Auskunft, vielleicht weil sie einen Ruf als Seherin zu verlieren hatte.

»Vielleicht hat er nur Sorgen«, meinte Polly nachsichtig.

»Zwölf und neun macht... Oh! Die kleine Hutchins, Sie wissen doch, die an seinem Institut im Sekretariat arbeitet, der hat er zu Weihnachten eine große Schachtel Pralinen geschenkt; das hat Emmy uns selbst erzählt. Meinen Sie? Sechs mal neun macht fünfundvierzig.«

»Vierundfünfzig. Mich würde nichts mehr überraschen.«

»Ich lerne es nie mehr. Vierundfünfzig... Das wäre doch wirklich fürchterlich, wenn's stimmte. Und sie ist nicht mal hübsch. Männer haben schon einen schrecklichen Geschmack. Oh, da kommt Betsy! Wie geht's, Betsy?«

»Tag miteinander. Gut geht's. Ich wollte nur mal reinschauen und ein bißchen bei der Vorbereitung zum Ausverkauf helfen.«

»Nun setzen Sie sich erst mal«, sagt Rebecca. »Das Wasser kocht gleich. Sie wissen, daß Sie sich nicht verpflichtet fühlen sollen, hier mitzuhelfen, außer wenn Sie unbedingt möchten.«

»Doch, doch, ich komme gern mal raus.« Betsy ließ sich, von bauschiger Umstandskleidung umwogt, auf einem Klappstuhl nieder. »Erzählt mir mal, was es Neues gibt«, meinte sie.

»Hm, mal sehen. Also, die arme Carolyn Hastings ist jetzt offiziell mit diesem gräßlichen jungen Cowie verlobt.«

»Ts!«

»Und Professor Higginson hatte wieder einen Herzanfall, und wie zu erwarten, weigert er sich wieder, ins Krankenhaus zu gehen.«

»Das habe ich schon von Bill gehört. Ts! Er hat gefragt, wer sich denn um seine Tiere kümmern soll.«

»Das ist natürlich lächerlich«, sagte Rebecca. »Ich würde ohne weiteres jemanden für ihn finden. Das habe ich ihm von John ausrichten lassen, aber er hat gemeint – Ach ja, und Mrs. Turner kommt heute wieder nicht.«

»Schon wieder? Also wirklich.« Unbemerkt begann das Teewasser zu kochen.

»Dorrie Hutchins«, meinte Betsy nach einer Weile, »ist das nicht die mit dem Vervielfältigungsgerät? Sie erinnern sich doch gewiß an unsere Cocktailparty vor der Dichterlesung, als Emmy zuerst da war und Holman so spät kam; da hat er doch gesagt, er war noch im Sekretariat und mußte auf irgendwelche Vervielfältigungen warten.« Allgemeines Schweigen.

»Aber als Emmy ihn fragte, wo er war«, sagte Rebecca langsam und drohend, »hat er *ihr* erzählt, er sei in der Gegend herumgefahren.« Der Wasserkessel begann zu sprudeln und auf der Kochplatte zu tanzen, aber niemand achtete darauf.

»Mein Gott«, sagte Polly, »und das war doch auch, als sie von der Party weggegangen ist, ihn einfach stehengelassen hat!« Die drei Frauen sahen einander an.

»Jetzt fällt mir etwas ein«, sagte Betsy. »Sie wissen doch sicher, daß Bill vor einiger Zeit die Mädchen alle in ein großes Schreibbüro in College Hall umsetzen wollte. Und da war Dorrie Hutchins diejenige, die darum gebeten hat, im Institutssekretariat bleiben zu dürfen.«

»Nein!«

»Nein!«

»Doch.«

»Aber das ist ja schrecklich«, meinte Polly. Das Poltern hinter ihr ging in ein Kreischen über. »Das ist ja – du lieber Himmel, der Tee!« Sie sprang auf und riß den leeren, zischenden Kessel von der Platte. »Jetzt ist alles verkocht.«

»Setz dich hier auf die Mauer«, sagte Will. »Sie ist nicht sehr naß.«

»Ist mir egal, wie naß sie ist.« Sie schwang sich neben ihn.

Es war die ganze Woche stürmisch gewesen: Frühlingsstürme, regengrün. Das Gras auf den Wiesen war patschnaß, die Bäume tropften, der Himmel war von wäßriger Helle. Emmys Füße waren naß, ihre Beine waren naß, ihr Rock war naß bis zu den Knien.

»Schön«, sagte sie mit Blick auf die Landschaft.

»Ja.« Will sah sie an.

»Ich verstehe nicht, warum nicht alle Leute ins Freie gehen, um sich zu lieben. Es ist doch viel schöner. Aber keiner tut's, sie schließen sich alle in ihre Häuser ein.«

»Weil sie verheiratet sind.«

»Aber man sollte doch denken – ich meine, wenn man verheiratet ist, wer soll einen dann daran hindern?«

»Sie hindern sich selbst. Das macht die Ehe. Da spürt man die unsichtbaren Schranken.«

»Die haben sich nur nicht richtig lieb«, sagte Emmy.

»Mag sein ... Wenn wir verheiratet wären, meinst du, wir würden auch im Haus bleiben? Ich glaube ja nicht. Jedenfalls zur Zeit nicht. Guck mal, da kommt es wieder.« Will zeigte den Hang hinunter. Rauchgraue Wolken wälzten sich über die Bäume auf sie zu. »Sollen wir laufen?«

»Mir ist es egal. Nein.«

»Dann werden wir naß. Aber komm wenigstens hier drunter.«

Sie stiegen von der Mauer und setzten sich unter den Baum, einen kleinen Ahorn. Der Regen kam die Wiese heraufgezogen und prasselte auf die Blätter, dann durch die Blätter.

»Wollen wir?«

»Au ja. Wir legen unsere Sachen unter meinen Regenmantel, dann bleiben sie trocken.«

»Gute Idee.« Der Baum war jetzt durch und durch naß; von seinen Ästen begann es zu schütten. »Mensch! Erinnert dich das nicht an früher, als du klein warst, und es war heiß genug, um sich ganz nackt auszuziehen und unter dem Rasensprenger zu spielen?«

»Wir durften uns nie nackt ausziehen und unter dem Rasensprenger spielen.«

»Armes kleines reiches Mädchen.«

Das Wasser strömte senkrecht an ihnen hinunter, als sie sich küßten, dann waagerecht, als sie sich naß ins hohe nasse Gras legten.

»Du, ich liebe dich so!«

»Ich dich auch.«

Der Regen ließ nach. Bis sie fertig waren, tropfte es nur noch vom Baum. Emmy setzte sich lachend auf.

»Ist dir kalt?« fragte Will.

»Nein. Es ist doch warm. Wirklich.«

»Das hat Spaß gemacht.«

»O ja.« Sie lehnte sich kurz an ihn. »Am schönsten finde ich es immer am Schluß, wenn du größer und größer wirst und ich das Gefühl habe, langsam zu explodieren, und gar nichts dagegen tun kann.«

»Mhm.« Will fuhr ihr übers Haar, wischte das Wasser davon ab.

»Hm. Also dann.« Sie wollte aufstehen.

»Laß uns noch nicht gehen.«

»Gut.«

»Regenwasser.« Er leckte es von ihrem Arm. »Wie lange ist das bloß her, daß ich zuletzt Regenwasser getrunken habe ... leg dich.«

»Meine Güte.«

»Das hast du doch gern. Ah. Du bist jetzt so offen, so weich. Laß mich rein.«

»Wir haben nicht mehr viel Zeit.«

»Nur ganz kurz. Ein kleines Rondo zum Abschluß.« Er

lachte. »Ich hatte mal ein Verhältnis mit einer, die es immer bei Musik machen wollte. Besonders liebte sie Mozart, etwas mit drei Sätzen. Und Cool Jazz... Ah, wie schön! Ich weiß gar nicht, ob ich so bald wieder kommen kann, aber... Nur ein kurzer Besuch, Mrs. Turner, ich bleibe nicht lange –«

Emmys Körper wurde steif, ihre Arme fielen von Will. »Nenn mich nicht Mrs. Turner«, sagte sie. »Das mag ich nicht.«

»Dann mußt du deinen Namen ändern«, sagte Will, ohne sich stören zu lassen.

»In was?«

»Hm.« Jetzt legte er doch eine Pause ein, wie zum Nachdenken. »Fürs erste könntest du schon mal wieder deinen Mädchennamen tragen.«

»Aber –«

»Scht. Darüber reden wir später... Oh, wie schön glitschig! Weißt du was, ich glaube, ich kann doch noch mal.«

Julian und Will traten auf eine sonnenbeschienene Lichtung auf dem Mount Baird, dem nächsten der großen Hügel östlich von Convers. Der Himmel war zerrissen, teils blau und teils grau, und ein kräftiger Wind jagte abwechselnd Licht und Schatten über das Tal.

»Da liegt es«, sagte Julian und blickte hinunter aufs Convers College. »Siehst du das Verwaltungsgebäude? Wenn ich jetzt eine 7,5 Millimeter H&H Magnum hätte, könnte ich glatt durchs Fenster schießen.« Er und Will hatten sich über Schußwaffen unterhalten und Beispiele aus ihrer Kriegs- und Friedenserfahrung beigesteuert. Jetzt duckte er sich wie ein Kind beim Kriegsspielen und zielte. »Peng!«

»Wenn du schon dabei bist, schmeiß doch gleich eine Bombe auf den ganzen Laden.«

»Nein. Das macht zuviel Dreck und schadet den Ulmen.«

»Manchmal möchte man gern alles kurz und klein schlagen. Eine Tausendpfünder würde für das College gerade reichen.«

»Du, ich wollte gern mit dir mal über etwas reden«, sagte Julian mit einer für ihn ungewöhnlichen Verlegenheit im Ton. Will sah ihn an. »Wie ich höre, glaubt dein Freund Holman, ich hätte was mit seiner Frau.«

»Wer hat dir denn das erzählt?«

»Miranda.«

»Er verdächtigt jeden«, sagte Will. »Schon seit Wochen.«

»Aber in letzter Zeit scheint er mich aufs Korn genommen zu haben.«

Will widersprach nicht einmal.

»Er schneidet mich, wenn wir uns begegnen«, beschwerte sich Julian. »Und Drohgebärden macht er auch. Ich will mich ja nicht in deine Angelegenheiten mischen, aber was mache ich, wenn er sich eines Nachts mit einem Messer von hinten anschleicht?«

»Ach, das tut Holman doch nicht.«

»Nein. Sein Stil wäre wohl eher eine abgesägte Schrotflinte.« Julian lachte, aber er sah Will weiter abwartend an.

»Na, dann sag ihm eben, daß er sich irrt. Sag ihm, daß ich es bin, wenn's sein muß. Früher oder später erfährt er's ja doch. Überhaupt –« Er unterbrach sich. Julian sagte nichts. Er wollte sowenig die persönlichen Geheimnisse seiner Freunde kennen, wie er wollte, daß sie die seinen kannten. »Überhaupt wird sie sich nach diesem Schuljahr von ihm trennen.«

»Ach ja?« Julian machte einen Schritt zur Seite.

»Ja. Sie nimmt Freddy und fährt zu ihren Eltern nach New Jersey. Das sieht besser aus.«

»Hm«, brummelte Julian. »Na, dann herzlichen Glückwunsch oder so.«

»Danke. Eigentlich halte ich es für das beste, wenn sie ihm das selbst sagt. So haben wir es auch vor. Nachdem ich weg bin. Wir wollen keine Wellen machen.«

»Emmy verläßt Holman«, wiederholte Julian, um sich die Situation klarzumachen. »Will sie sich auch scheiden lassen?«

»Himmel, das weiß ich nicht. Ich nehme es an, wenn er mitspielt. Ich sehe ihn nicht selbst als Kläger nach Reno fahren. Aber mir wär's recht, sie könnte sich von Freddy scheiden lassen.«

Wolken zogen über sie hinweg. Julian hielt sich die Hand über die Augen und schaute nach oben. »Ein Falke!« sagte er. »Da drüben, sieh mal!«

Will sah hoch; oben bewegte sich ein dunkler Fleck. »Ich habe Angst vorm Heiraten«, fuhr er fort. »Wahrscheinlich möchte ich ja, aber ich lasse mich nicht gern von mehr Gesetzen als nötig einengen. Schon schlimm genug, daß man sich ans Tempolimit halten und Steuern zahlen muß. Die haben einen überall am Wickel.«

»Wenn man sich um sie kümmert.«

»Wie soll man das denn vermeiden?«

Holman tippte die neuen Prüfungsfragen zu Ende, zog das Blatt aus der Maschine, faltete es zusammen, steckte es in seine Aktentasche und schloß diese ab. So! Sollten sie jetzt ruhig denken, sie hätten ihre Prüfungsaufgaben vorzeitig zu sehen bekommen! Wer waren SIE? Er wußte es nicht, aber es gab sie. Jemand war heute nachmittag, während er in der

Bibliothek war, in seinem Dienstzimmer gewesen, hatte seine Schubladen geöffnet und in den Papieren gekramt. Sogar in Convers versuchte man das also.

Wie naiv von ihm, geglaubt zu haben, nur weil dieses Universum im Grunde gerecht sei, gäbe es keine oder nur wenige ungerechte Menschen darin. Im Gegenteil, unter der Oberfläche wühlten sie überall herum. Wohin er blickte, sah er jetzt Betrug, Falschheit, Faulheit und Korruption. Staatsgesetze, Schulgesetze und Naturgesetze wurden pervertiert: Studenten schrieben ihre Abschlußarbeiten ab, Verkäufer gaben falsch heraus, Autos fuhren bei Rot über die Kreuzung, in Obstkörben waren die untersten Früchte faul; Homosexualität, Steuerbetrug, Ehebruch. Tugend blieb unbelohnt, Laster unbestraft. Die Leute kamen mit allem durch.

Es war erst vier Uhr, aber Holman machte sich auf den Heimweg und überließ das Zimmer Charley Green. (Wenn es nun Charley war, der in seinen Papieren gewühlt hatte? Aber wozu?) Er hatte in letzter Zeit angefangen, tagsüber zu unregelmäßigen Zeiten nach Hause zu kommen, um seine Frau einmal mit dem zu erwischen (oder nicht zu erwischen), mit dem sie sich hinter seinem Rücken traf (oder nicht traf). Bisher hatte er Pech (oder Glück) gehabt, aber wenn das noch lange so geht, dachte er jetzt bei sich, werde ich vollends verrückt.

Vorige Woche schienen seine bösen Ahnungen sich bestätigen zu wollen, als er eines Nachmittags nach Hause kam und im Matsch vor der Haustür die Abdrücke fremder Gummischuhe fand. Sie stammten eindeutig nicht von ihm. Seine Gummischuhe waren größer und hatten ein welliges Profil, während diese hier ein Rautenprofil hatten. Als erste Maßnahme hatte er den deutlichsten Abdruck gesichert, indem er ihn mit einem abgerissenen Ast und Laub zudeckte. Abends entlockte er Emmy geschickt die Aussage, daß kein Händler oder irgendein anderer Mann an diesem Tag ans Haus gekommen war, und am nächsten Morgen im College richtete er sein Augenmerk auf die Füße. Das war nicht weiter schwierig, denn die meisten seiner Kollegen und fast alle Studenten trugen längst keine Gummischuhe mehr. Die weithin sichtbare Ausnahme waren Julian Fenns Gummistiefel.

Das Glück (Glück?) war auf seiner Seite, denn als Julian nach dem Lunch in sein Zimmer ging, ließ er die Stiefel zum Trocknen im Vorraum stehen. Es war Holman ein leichtes, beim Hinausgehen zuerst einen von ihnen an sich zu nehmen, dann rasch umzukehren und auch den zweiten mitzunehmen, denn der Diebstahl zweier Gummistiefel konnte im Falle der Entdeckung als professorale Zerstreutheit gelten, doch die Entwendung eines einzelnen sähe nach Verrücktheit aus. Um das Ganze glaubwürdiger zu machen, hätte er sich nun im Vorraum auf die Bank setzen und geistesabwesend Julians Gummistiefel anziehen sollen, aber dazu hätte er die eigenen Schuhe erst ausziehen müssen. Erst im Auto konnte er sich also vergewissern, daß die Sohlen ein Rautenprofil hatten.

Er fuhr, einer Hysterie nahe, auf der Stelle nach Hause und konfrontierte Emmy mit den Gummistiefeln. »Du wirst doch wohl nicht leugnen wollen, daß Julian Fenn gestern hier war«, sagte er.

Emmy leugnete es.

»Du begehst einen Fehler«, sagte er. Sie gingen, gefolgt von Freddy, nach draußen, wo Holman sich bückte, um den Abdruck mit dem Beweisstück zu vergleichen.

»Paßt nicht«, sagte Emmy; und Holman konnte selbst in seiner Erregung erkennen, daß Julians Stiefel zu klein waren und das Profil zu grob.

»Die Abdrücke dürften von Mrs. Rabbage sein«, meinte Emmy und fing unwillkürlich an zu kichern. Auch Freddy lachte, er wußte wohl nur selbst warum. Vielleicht fand er es komisch, seinen Vater mit einem Paar Gummistiefel in der Hand auf dem Rasen hocken zu sehen.

Holman war jedenfalls so verstört, daß ihm erst spät am Abend aufging, wie wenig sich aus der Nichtübereinstimmung der Abdrücke mit Julians Stiefeln ableiten ließ, daß Julian wirklich nicht hiergewesen war; es ließ sich gar nichts daraus ableiten.

Holman hatte sich die Szene, wie er Emmy mit jemandem erwischen würde, schon so oft ausgemalt, daß es fast ein Déjà-vu-Erlebnis für ihn war, als er sich seinem Haus näherte und ein Auto aus der Einfahrt kommen und nach Süden abbiegen sah: einen verdreckten, lauten 52er Chevy. Auf der Stelle schloß er daraus, daß ein verdrecktes, lautes, ehrloses Subjekt bei seiner Frau gewesen war. Zuerst dachte er daran, den Wagen zu verfolgen, überlegte es sich dann aber anders und bog in die Einfahrt ein. Er glaubte ganz ruhig zu sein, aber auf dem Weg über den Rasen konnte er sein eigenes Herz klopfen hören.

Emmy saß am Küchentisch und schnitt Gemüse. Sie war nicht zurechtgemacht, und ihr Gesicht sah ein bißchen verschmiert aus.

»Es war jemand hier. Ich habe ihn wegfahren sehen«, sagte Holman drohend.

»Ja, Dicky Smith. Er hat dir etwas zum Lesen gebracht.«

»Smith. Auf Smith wäre ich nie gekommen. Doch; gedacht habe ich schon an ihn, aber ich hätte nie geglaubt, daß du zu so etwas fähig wärst.«

»Mein Gott, wovon redest du?« fragte Emmy.

»Du weißt, wovon ich rede. Ich rede von dir und Smith.«

»Das heißt, du glaubst, ich hätte ein Verhältnis mit Dicky

Smith«, sagte Emmy. »Mit diesem pickligen kleinen Jungen.« Sie stieß einen erbitterten Seufzer aus und fuhr sich mit den Händen durchs Haar. Wenn das nicht Unschuld war, so war sie gut gespielt. Holmans starrer Blick wurde unsicher.

»Ich weiß es nicht«, sagte er.

»Ich denke, du hältst ihn für einen Homosexuellen.«

»Er ist in einer Clique von Schwulen. Aber das beweist nichts. Nichts beweist noch irgend etwas!«

»Wirklich, Darling! Freddy kann dich hören.«

»Warum sagst du es mir nicht?« Holman dämpfte sein Brüllen zu einem Brüllflüstern. »Sag mir, daß du nichts mit Smith hast. Sag mir, daß du überhaupt mit niemandem etwas hast. Sag mir irgendwas. Vielleicht glaube ich dir ja.«

Emmy stand auf und schloß die Küchentür. Dann drehte sie sich um und stellte sich mit dem Rücken davor. »Also gut«, sagte sie. »Ich wollte damit bis Ende des Schuljahrs warten, aber es ist einfach zuviel. Also gut. Ja, es gibt jemanden.«

»Aha.« Holman stieß wütend die Luft aus und hatte das Gefühl, er hätte sie vorher wochenlang angehalten. »Wer ist es?«

»Das kann ich dir nicht sagen.«

»Dachte ich mir schon.« Das »Ich-hab's-ja-gesagt« in seinem Ton vernahm er fast mit Befriedigung. Bisher fühlte er noch sehr wenig. Er beobachtete seine eigene Reaktion geradezu wissenschaftlich kühl. »Wer ist es? Smith?«

»Natürlich nicht. Also wirklich!«

»Ist es Julian Fenn? Es ist Fenn, ja?«

»Nein.«

»Oder vielleicht Bill Lumkin. Du kennst ihn doch schon lange, ja?«

»Nein, nein, nein.«

Holman mußte nach irgend etwas greifen. Es war zufällig der Geschirrkorb. »Also«, sagte er. »Wer ist es?«

»Ich kann es dir nicht sagen. Ich habe es versprochen. Es wäre nicht fair.«

»Ach so, fair.« Holman sah Emmy an, ihr verschmiertes halb abgewandtes rosiges Gesicht. Jetzt bekam er abwechselnd ein heißes und ein kaltes Gefühl, wie von einer beginnenden Krankheit. »Fair!« Er hieb mit den Fäusten auf den Spültisch, doch da er noch den Geschirrkorb in der Hand hatte, der zwar aus Gummi war, aber Geschirr enthielt, gab es statt des Donners ein lautes Scheppern. Gabeln, Tassen und Messer flogen heraus, schlitterten ins Spülbecken und auf den Boden. »Du hast es versprochen«, sagte er. »Wie ernst ist das?«

»Weiß ich nicht.« Emmy setzte sich hinter den Küchentisch. »Holman, du mußt doch einsehen, daß es so schrecklich nicht weitergehen kann! Wie es die ganze Zeit war. Du liebst mich gar nicht; eigentlich haßt du mich sogar.« Holman antwortete nicht. Was er im Augenblick fühlte, war mehr blinder Haß als sonst etwas: Er hätte namenlose Horden zerstampfen können. »Also«, fuhr sie fort, »ich finde jedenfalls, wir sollten uns eine Zeitlang trennen, um in aller Ruhe nachdenken zu können.«

Holman starrte sie nur immer weiter an, und plötzlich fiel ihm die Antwort ein: Emmy log. Sie hatte gar nicht wirklich ein Verhältnis, sie tat nur so. »Ich glaube dir nicht«, sagte er. »Ich glaube nicht, daß du überhaupt ein Verhältnis hast. Du willst dich nur an mir rächen. Stimmt's?« Natürlich. Um mich dafür zu bestrafen, daß ich es ihr vorgeworfen habe.

»Nein.«

»Und du erwartest, daß ich dir jetzt glaube? Nachdem du zugegeben hast, daß du mich mindestens seit April belügst?«

»Damals habe ich nicht gelogen.«

Darüber mußte Holman erst einmal nachdenken. »Du meinst, damals hattest du kein Verhältnis, aber jetzt hast du eins?«

»Ja.«

»Ich glaube dir nicht«, sagte Holman, aber beinahe glaubte er ihr doch. Er war völlig hin und her gerissen. Wenn nun Emmy hingegangen war und sich aus reiner Bosheit mit jemandem eingelassen hatte, irgend jemandem, *nachdem* er sie beschuldigt hatte? Oder *weil* er sie beschuldigt, es behauptet hatte? Nein, das war verrückt. Behaupten war nicht dasselbe wie wissen, schon gar nicht dasselbe wie verursachen. Aber wie verhielt es sich dann mit Mrs. Rabbages Anspielungen, mit Emmys dauernden Waldspaziergängen und ... »Wer weiß sonst noch davon?«

»Niemand. Außer Miranda.«

»Miranda.« Das bedeutete zumindest, daß es nicht Julian Fenn war. Oder im Gegenteil, *daß* er es war. Falls sie überhaupt etwas mit einem hatte. »Wenn du wirklich ein Verhältnis hast«, sagte er, »warum kannst du mir dann nicht sagen, mit wem?«

Emmy schwieg, offenbar weil sie auf diesen Einwand keine Antwort wußte. Holman fühlte sich schon etwas besser. »Also gut«, sagte er. »Dann sag mir wenigstens eins: Wie hat es angefangen?«

»Wir –«, begann sie. »Wir haben eine Autofahrt gemacht, und da ist es passiert.«

Holman lachte. »Also wirklich! Da mußt du dir schon eine bessere Geschichte ausdenken.«

»Es war so. Nicht beim erstenmal. Erst kurz vor Ende Januar.«

»Januar? Hast du nicht gesagt, im April sei noch nichts gewesen?«

»Nun ja. Angefangen hatte es schon im Januar, aber dann haben wir uns verkracht, und dann hat es wieder angefangen«, sagte sie.

»Na, nun hör mal auf, Baby. Warum gibst du nicht zu, daß du alles nur erfunden hast? Ich weiß, daß du wütend bist, und ich sehe ja auch ein, daß ich in letzter Zeit vielleicht etwas unvernünftig war.«

»Ich habe nichts erfunden«, sagte Emmy störrisch.

Holman sah sie an. Er war wütend und verwirrt. Oder vielleicht war Emmy verwirrt. Vielleicht wurde sie verrückt und bildete sich ein, mit jemandem ein Verhältnis zu haben, weil er es so oft behauptet hatte. Oder vielleicht hatte sie auch wirklich eins, und er war schuld. Am liebsten wäre er aus dem Haus gerannt und wieder zum College gefahren, wo alles schön logisch geordnet war und an seinem Platz blieb.

»Ich werde also mit Freddy nach Rabbit Hills fahren und dableiben, eine Zeitlang zumindest.«

»Das kannst du nicht machen.«

»Ich kann. Warum denn nicht?«

»Herrgott! Also erstens, wie würde das denn aussehen? Alle würden sagen, du hättest mich verlassen, wenn du plötzlich Freddy aus der Schule nimmst und von Convers wegfährst.«

»Also gut, ich warte, bis seine Schule vorbei ist. Das sind nur noch anderthalb Wochen. So hatte ich es sowieso vor.«

Holman sah Emmy an. Sie wirkte nicht verrückt. Angenommen, sie hatte doch etwas mit einem, ließ jemanden in sich hinein. »Du Luder!« sagte er. »Du verdammtes Luder!« Seine Stimme kam ihm selbst ganz komisch vor, wie vom Tonband, als er diese Worte aussprach, die er noch nie zu einer Frau gesagt hatte, geschweige zu Emmy. Aber die Situation schrie ja förmlich danach.

Emmy reagierte überhaupt nicht darauf. Sie sah ihn nicht

einmal an. Vielleicht hatte er es gar nicht gesagt, nur gedacht. Vielleicht wurde er verrückt. »Warum sagst du mir nicht, wer es ist?« fragte er in einem Ton, der eine Imitation seines normalen Tons war. »Warum kannst du nicht –«

»Bitte nicht«, sagte Emmy. »Bitte, bitte, bitte nicht!«

Ihr Flüstern steigerte sich zum Kreischen. Sie ließ den Kopf zwischen Karotten und Sellerie sinken und begann zu schluchzen. Im Nu sah er ihr Gesicht ganz naß und verzerrt. Aber es war ja alles an ihr verzerrt.

»Ich verstehe das nicht«, sagte er. »Das konntest du nicht tun. Wie konntest du das? Wie konntest *du* das? Ist es Smith? Ich glaube dir nicht ... Oh, guten Abend, Freddy.«

Allen Ingram an Francis Noyes

31. Mai

Na bitte, mein Wunsch ist in Erfüllung gegangen. Es ist etwas passiert, und ich hätte mir besser gewünscht, mir einen Pudding an die Nase stecken zu können. Zwei Studenten liegen mit Platzwunden und Prellungen im Lazarett, einer mit gebrochenem Bein und Verbrennungen zweiten Grades, und allen dreien droht der Rausschmiß. Es war natürlich die Demonstration. Aber ich will versuchen, mich zu sammeln und in der Mitte anzufangen.

*Es sei Abend; etwa halb neun. Um diese Jahreszeit erst dämmrig, aber langsam dunkel werdend. Auf dem Südhof drängen sich die Studenten: zweihundert? dreihundert? Vielleicht die Hälfte davon echte Demonstranten mit Papptafeln (*TUTTIFRUTTI *hieß ein hübsches), Abfallkörben wie schon beim erstenmal und Fackeln. Die übrigen sind nur zum Gaffen da, helfen aber durch Schreien und Schieben. Dichtestes Gedränge an der Baustelle. Mit Tumult und Krach werden Abfallkörbe angeschleppt und ausgekippt. Die Baugrube ist jetzt zwei Wochen tiefer.*

Ich stehe mit Holman Turner und noch ein paar anderen Dozenten, die zum Zuschauen aus ihren Zimmern gekommen sind, auf der Treppe des Verwaltungsgebäudes. Halbherzige Diskussion zwischen uns: Sollen wir eingreifen? Wir tun's nicht. Bald kommen ein paar von den Knaben auf die kluge Idee, andere und größere Sachen in die Grube zu schmeißen. Pfähle und Draht vom Bauzaun. Abfallkörbe. Hinein damit! Ziegelsteine. Achgottchen, eine Schubkarre. Es wird dunkler; wir sehen immer nur kurze Szenen davon im Fackelschein. Plötzlich erscheint hinter uns Bill Lumkin. (Hat er zugeschaut?) »Unterbinden Sie das!« schreit er. »Los, unterbinden Sie das! Sie. Heath, Turner, Mr. Ingram.« (Mein Rang wird erfreulicherweise auch in der dicksten Krise anerkannt.) »Würden Sie bitte hingehen und dem ein Ende machen?«

Ich bin verstimmt und komme mir lächerlich vor, traue mich aber nicht, ungehorsam zu sein, und folge den anderen hinunter in die Menge. »Na, nun geht doch nach Hause«, höre ich mich ein paarmal zu Studenten sagen, die ich zufällig kenne. Sie lächeln mich unsicher an und entfernen sich ein paar Schritte in die Dunkelheit. So dicht das Gedränge ist, alle bringen es irgendwie fertig, sich jedesmal, wenn ich näherkomme, zu verdrücken oder abzuwenden – ein seltsames Phänomen –, so daß ich keinen Auge in Auge zu sehen bekomme. Erstaunlich schnell erreiche ich eine Baubude am Grubenrand. Das tiefe, rechteckige Loch ist halb gefüllt mit dem Schutt eines Schuljahrs: Zeitungen, Aufgabenhefte, Lehrbücher, Comics, ›Playboy‹ und ›Mad‹ (eine ›Atlantic‹ sehe ich), Zigarettenschachteln, ausgediente T-Shirts und Sweatshirts, Badematten, Papiersäcke und Keksschachteln. Es ist auch Nichtbrennbares darunter wie Bierdosen, Colaflaschen und Schuhe. Steine, Bretter, Schubkarre, wie zuvor erwähnt.

Unweit von mir Gebrüll und Gerangel: Turner streitet mit zwei Studenten herum, die Fackeln tragen. Plötzlich ein Schrei: zehn, zwanzig, fünfzig Schreie; einer der Studenten ist ins Loch gefallen oder von Turner gestoßen worden (ich vermute, es war nicht zu vermeiden). Seine Fackel, wie ebenfalls nicht zu vermeiden, fällt in den Unrat, der eine Sekunde später in Flammen steht. Die Hölle ist los: Leute kreischen, stoßen, fallen und werden niedergetrampelt. Ein Pulk von Leibern drückt mich an die Wand der Baubude, und ich kann mich nicht rühren. Der Student im Loch brennt und schreit, wird herausgezogen und mit den Jacken anderer Studenten gelöscht.

Überraschend schnell nahen Sirenen, Feuerwehr, Polizei, bestellt von jenen anonymen Wesen, die allezeit die Hand am Telefon zu haben scheinen in Erwartung einer Krise. »Nehmen Sie ihnen die Ausweise ab!« schreit Bill Lumkin mir plötzlich zu. Die Baugrube lodert wie ein Grill, und es wäre hell genug, um die Gesichter der Studenten zu erkennen, aber sie verkrümeln sich alle und laufen davon. Verlegen bekomme ich nur noch ein paar Namen, bevor der Hof leer ist. Bei der Grube stehen nur noch Amts- und Lehrpersonen; am Boden liegen zwei niedergetrampelte Studenten und ein Stückchen weiter der eine, der in der Grube war, die Kleider geschwärzt, den Mund offen wie ein Loch. Ich erkenne ihn: es ist Fido, Dicky Smith.

15

Das Fennsche Wohnzimmer sah aus, als hätte ein Hurrikan darin gewütet. Kartons, Bücher, Geschirr und Zeitungen lagen in wilden Haufen auf Boden und Tischen – alle Schränke waren offen, die Schubladen des Schreibtischs herausgezogen, die Vorhänge von den Fenstern gerissen. Miranda und Julian hatten zu packen begonnen. Dabei vertilgten sie alle Reste an Eß- und Trinkbarem, weil es sinnlos gewesen wäre, offene Schachteln und Flaschen mitzunehmen, denn sie wären auf dem Weg nach Princeton nur kaputtgegangen. Will saß auf dem Sofa und half dabei.

»Sieh mal, was ich gefunden habe, Julian«, sagte Miranda. »Diese mandelgefüllten Oliven, ich dachte, die hätte ich vor ein paar Monaten irgendwo verloren, dabei waren sie die ganze Zeit hier unter dem Kartoffeleimer. Magst du welche?«

»Nein, danke.«

»Ich nehme welche«, sagte Will. »Essen muntert mich vielleicht auf.«

»Dich aufmuntern? Wozu brauchst du Aufmunterung?« fragte Julian. »Du verläßt Convers, bekommst einen Lehrauftrag und bist mit einer attraktiven Frau verlobt.«

»Ich fühle mich schuldig«, sagte Will. »Schuldig an allem.«

»Ach, komm doch da runter.« Julian schenkte sich soeben den Rest aus einer Flasche Cherry Brandy ein.

»Ich bin aber schuldig. Ohne mich hätte es diesen ganzen Blödsinn nicht gegeben. Von Rechts wegen müßte ich mit

Verbrennungen und einem gebrochenen Bein im Lazarett liegen. Statt dessen verlasse ich die Stadt sozusagen im Siegerkranz ... Der arme kleine Smith.«

»Schicksal«, sagte Miranda. »Es ist nun mal sein Schicksal, der Sündenbock zu sein.«

»Für meine Sünden? Das ist ungerecht; dabei möchte ich wetten, daß er noch Jungfrau ist.«

»Will glaubt noch an Recht und Unrecht«, sagte Julian. »Er ist kein wirklicher Feind der Gesellschaft. Er möchte, daß man seine Verbrechen zur Kenntnis nimmt; und wenn er genug dafür leidet, darf er sich wieder vollkommen glücklich und tugendhaft fühlen. Bei mir würde das nicht klappen. Je dicker es für mich kommt, desto schuldiger fühle ich mich, egal was ich überhaupt verbrochen habe. Aber du möchtest wirklich für alle deine Sünden bestraft werden.«

»Nein, nein, das nicht!« protestierte Will.

»Oder belohnt«, meinte Miranda.

»Das kommt der Sache schon näher.« Sie lachten.

»Ich liebe sie wirklich«, sagte Will einige Zeit später vom Sofa her, ohne bestimmten Anlaß. »Ich denke, ich kann sie weiter lieben. Ich glaube wirklich, daß wir miteinander auskommen. Sie will mit nach Kalifornien. Da könnten wir mit dem Auto hinfahren. Sie hat noch nichts vom Land gesehen. In ganz Europa war sie schon, aber noch nie westlich von New Jersey.«

»Aber gleich heiraten!« sagte Miranda. Sie saß zwischen Büchern auf dem Boden und packte sie in staubige Kartons. Julian war verschwunden. »Das ist nicht wie Urlaub; es ist mehr wie mit Verwandten unter ein Dach ziehen.«

»Du bist dagegen, daß ich heirate, ja?« fragte Will plötzlich. »Warum?«

»Nein, nein, das stimmt nicht.« Erschrocken über den Vorwurf, reagierte Miranda instinktiv mit einer Lüge, dann besann sie sich und nahm sie zum Teil zurück. »Es stimmt schon, ich wollte nie – hatte nie damit gerechnet, daß es so weit geht. Ich glaube, ich hab's mit meiner Hexerei übertrieben«, meinte sie lächelnd, aber Will lächelte nicht. Sie hatte schon gemerkt, daß er das Interesse an diesem Spiel – oder Scherz – mit ihren Zauberkünsten in letzter Zeit verloren hatte, als wollte er die Veranwortung für sich jetzt selbst übernehmen. »Du sollst tun, was du wirklich tun willst«, sprach sie darum weiter. Auch das stimmt so nicht, mußte sie sich sagen. Ob er sich erinnerte? Er sah sie weiter an. »Ich frage mich allerdings, ob Emmy weiß, was es heißt, mit dir zu leben.« Das klang gehässig; sie beeilte sich, es genauer zu erklären. »Ich meine, ob sie nicht denkt, sie kriegt da eine Privatführung durch den Westen.« Was war nur heute mit ihr los?

»O nein; das habe ich ihr auch schon gesagt. Ich habe ihr gesagt, daß ich mein Stipendium nicht zum Herumlümmeln benutzen werde. Ich habe ihr gesagt, ich muß mich einschließen und zu arbeiten versuchen, und wenn es nicht vorangeht, ist es die reine Hölle, mit mir zu leben. Und Komponieren ist weiß Gott kein Zuckerschlecken. Es gibt kein Publikum; selbst wenn ich besser bin, als ich zu hoffen wage, werde ich nie Geld damit verdienen, und die meisten Leute, die meine Sachen hören, werden überzeugt sein, daß ich irre bin.«

»Aber du willst das tun«, meinte Miranda skeptisch.

»Es ist doch das einzige, was es gibt. Alles andere sind nur Pflichtübungen, mit denen man den Leuten zu gefallen oder sie zu veralbern sucht, nichts als Herumgescheiße. Entschuldigung. Aber mehr ist es nicht. Du machst deinen Job, du liebst oder haßt, es macht dir großen oder kleinen Spaß.

Aber es hält nicht vor; am Tag darauf fängst du wieder ganz von vorn an.«

»Vielleicht willst du gar nicht heiraten«, sagte Miranda und stopfte Topflappen und Geschirrtücher zwischen die Bücher.

»Doch, schon. Ich komme immer mehr dahin. Und von Lou habe ich einen Brief bekommen, der mich restlos überzeugt hat. Ich hatte ihm geschrieben, daß ich ein Verhältnis mit einer schönen Frau mit meterlangen Haaren und achttausend Dollar im Jahr hätte, und die wolle mich heiraten. Ihr einziger Fehler, hatte ich geschrieben, sie verstehe nicht die Bohne von Musik. Er hat zurückgeschrieben. Hier.« Will holte den Brief hervor und las daraus vor. »›Bist du verrückt geworden? Worauf wartest du noch? Sie ist reich, sie ist schön, sie liebt dich, und du willst, daß sie auch noch musikalisch sein soll? Erstens gibt es die Frau, die du suchst, überhaupt nicht. Und zweitens solltest du Gott danken, daß sie nicht musikalisch ist, denn so redet sie dir wenigstens nicht in deine Arbeit hinein.‹«

»Achttausend im Jahr? Soll das heißen, Emmy hat ein Einkommen von achttausend Dollar im Jahr, ganz zu ihrer Verfügung?« Will nickte. »Von was denn?«

»Weiß ich nicht. Aktien und Wertpapiere. Letzten Endes kommt es wahrscheinlich von irgendwem, der irgendwo darum betrogen wird.«

»Du lieber Himmel, achttausend! Aber davon kann man glatt leben! Mann, du brauchtest überhaupt nie mehr irgendwo eine Arbeit anzunehmen. Du könntest dich irgendwo hinsetzen und einfach nur noch komponieren. Du könntest in Europa leben, in Italien, Frankreich, überall.«

»Daran haben wir schon gedacht.«

»Überall auf der Welt... Aber das ist doch gut, oder?«

»Ich weiß nicht. Von einer Frau zu leben, wie ein Kind.

Ich weiß es nicht, ob ich das noch einmal könnte. Vermutlich könnte ich es, wenn ich dabei wirklich arbeitete. Und wenn nicht, na ja, dann denke ich, daß ich jederzeit irgendwo einen Job bekäme... Es ist komisch mit dem Geld. Es gibt einem sozusagen einen freien Willen, an den ich nicht gewöhnt bin. Aber ich möchte mich daran gewöhnen. Wenn man genug Geld hat, um sich sein Leben nach Gutdünken einrichten zu können, erscheinen einem alle anderen als Sklaven der Notwendigkeit.«

»Achttausend«, wiederholte Miranda.

»Ja.« Er lachte. »Als ich das zum erstenmal hörte, habe ich mir glatt gewünscht, es wäre ein bißchen weniger. Aber es ist erstaunlich, wie schnell man sich an den Gedanken gewöhnen kann, Geld zu haben. Als wir gestern darüber sprachen, wohin wir gehen könnten, wenn mein Lehrauftrag ausläuft, wünschte ich mir plötzlich, es wäre ein bißchen mehr.«

Emmy war auch beim Packen. Sie packte mit Seidenpapier, wie sie es gelernt hatte, in Koffer von ›Mark Cross‹: mit den Initialen E.K.S. vom College und einem passenden Satz E.S.T., alle aus weichem rotem Kalbsleder. Sie verließ Convers, verließ ihren Mann! (Ein Glück, sie müßte wenigstens ihre Initialen nicht ändern.) Holmans ganzer Widerstand war plötzlich zusammengebrochen; er war offenbar zu dem Schluß gekommen, daß sie alles nur erfunden hatte und einfach ein bißchen verdreht war. Er behandelte sie mit toleranter Reife, und sie versuchte das mit reifer Toleranz zu akzeptieren. Bald würde das Getuschel hinter ihrem Rücken aufhören; sie würde in einem anderen Staat leben, in einem anderen Haus mit anderen Möbeln; sie würde nichts mehr um sich haben, was sie an das kalte, unbegreifliche Convers College erinnerte, oder an Holman Turner, diesen kalten, egoistischen, voreingenommenen akademischen Einfaltspinsel, der sie nie wirklich geliebt hatte.

Will dagegen ... Mit Will verheiratet zu sein! Es wäre wie ein Urlaub am Meer, wie Easthampton, lauter Hecken voller Rosen und frische Seeluft nach langer Fahrt im heißen Eisenbahnabteil. Gewiß würde es auf dem Weg dorthin ein paar kleine Ärgernisse geben, ein paar Zwischenaufenthalte, ein paar Dinge zu regeln. Zum Beispiel, die Scheidung einzuleiten.

Unten schlug die Hintertür zu. Holman war nach Hause gekommen. Seine Schritte wanderten ins Eßzimmer, ins Spielzimmer. »Daddy!« hörte sie Freddy rufen. Es war beunruhigend, wie Freddy in letzter Zeit für seinen Vater schwärmte. An das Gespräch, das sie demnächst mit ihm führen müßte, dachte sie gar nicht gern; und daß es in leicht verständlicher Kindergartensprache geführt werden mußte (»Wir werden nicht mehr mit Daddy zusammenleben ...«), machte es noch schlimmer. Freddy würde Zeit brauchen, sich an Will zu gewöhnen, und Will genauso viel, wenn nicht noch mehr Zeit, sich an Freddy zu gewöhnen.

Holman ging ins Vorderzimmer. Er ging in die vordere Diele. Dann ging er den gleichen Weg zurück in die Küche.

»Emmy?« rief er.

»Ich bin oben.«

»Kannst du bitte mal herunterkommen? Ich möchte etwas mit dir besprechen.«

»Ist gut.« Etwas ungnädig (aber wozu jetzt noch Streit anfangen, am letzten Tag, den sie hier war?) legte Emmy einen Stapel Pullover aus der Hand und ging hinunter.

Holman stand in der Küche.

»Hör mal, Emmy«, sagte er. »Ich hatte vorhin eine Unterredung mit McBane.« In Emmy zog sich alles zusammen, entspannte sich bei seinen nächsten Worten aber wieder. »Ich bekomme offenbar Ärger mit dem Rektorat.« Sie wartete. »Wegen der Vorkommnisse bei dem Krawall. Diese blöde Tunte, Dicky Smith, behauptet, ich hätte ihn absichtlich in die Grube gestoßen.«

»Aber das hast du doch nicht, oder? Du hast doch nur versucht, den Krawall aufzulösen, wie Bill es verlangt hatte.«

»Ja. Er will natürlich nur Ärger machen. Er und zwei andere Rädelsführer sollen vom College verwiesen werden, und jetzt versucht er soviel Stunk wie möglich zu machen.«

»Aber McBane glaubt doch wohl nicht, daß du –«, Emmys erste Besorgnis war verflogen, und sie begann Geschirr in den Schrank zu räumen.

»Ich weiß nicht. Als ich mit Bill darüber sprach, dachte ich, da gäbe es keine Schwierigkeiten. Ich hatte sogar den Eindruck, er war froh über die Gelegenheit, diese drei Homos loszuwerden. Aber McBane scheint mir die Geschichte krummzunehmen.« Holman sah Emmy an und wartete auf eine Reaktion, einen Kommentar, aber sie schwieg. Endlich einmal erzählte er ihr, was am College los war, aber zu spät, dachte sie. »Er hat sich gewissermaßen hinter Smith gestellt. Er sagt, er sei auch gegen das neue Religionshaus; was natürlich nichts zur Sache tut; und er sei auch gegen die neue Religion.« Emmy war mit den Tellern fertig und fing mit dem Besteck an. »Er hat mir gewissermaßen gedroht.«

»Gedroht? Wirklich?«

»Ha, natürlich nicht ausdrücklich. Du kennst ihn doch, wie er oft so daherbrabbelt. ›Ich bin ein alter Mann‹, waren seine Worte. ›Ich lasse dieses College, diese Fakultät nicht schänden, bevor ich hier weg bin.‹ – ›Ein alter Mann‹«, wiederholte Holman bissig. »Er ist kaum über fünfzig.«

»Das kann nicht sein. Er sieht mindestens zehn Jahre älter aus. Fünfzehn. Er muß schon um fünfundsechzig sein.«

»Einundfünfzig. Ich habe im Verzeichnis nachgesehen. Das ist nur eine Masche von ihm. Die Leute sollen glauben, er sei alt. Wenn er einmal wirklich fünfundsechzig ist, wird er aussehen wie achtzig, und wenn er achtzig ist, wird ihm alle Welt zu Füßen liegen vor Bewunderung, wie rüstig er mit fünfundneunzig noch ist.«

Emmy mußte einfach lachen. »Mach dir nichts draus«, sagte sie. »Vielleicht will er dir ein bißchen Angst machen, aber er wird schon einlenken. Schließlich bist du im Recht.«

»Ich weiß nicht. Ich habe etwas Dummes gesagt.« Holman schaute, was Emmy für ein Gesicht machte, und fuhr ermutigt fort: »Ich erzähl's dir. Er sagte, von Wedge und bis zu einem gewissen Grad auch von Fogelson – das sind die beiden anderen Rädelsführer – könne er glauben, daß sie nur Stunk machen wollten. Aber nicht von Smith. Smith sei im Grunde von guten Absichten geleitet.« Emmy setzte sich und hörte zu. »Und dann bin ich ins Fettnäpfchen getreten. Ich dachte mir nichts Böses und habe gelacht und so ungefähr gesagt: ›Woher sollen wir das wissen? Nach Hum-C-Begriffen können wir nur Worte und Taten beurteilen, keine Absichten‹ – so ganz lässig, freundschaftlich, unter Professoren. Ich hätte wissen müssen, daß McBane es nicht gern hat, wenn man ihm kumpelhaft kommt.«

»Aber das stimmt doch, was du gesagt hast.«

»Mag sein. Es war trotzdem ein Fehler. Er ging auf mich los und sagte: ›Holman Turner! Ich sehe in Ihnen genau den Doppelgänger, den ich mit diesem Kurs geschaffen habe‹.«

»Also wirklich!« Daß jemand anders als sie es wagte, Holman Schimpfwörter an den Kopf zu werfen, ärgerte Emmy.

»Ich nehme an, die Sache ist die, daß er Smith mag und

nicht will, daß er rausfliegt. Das hätte ich sehen müssen. Er hat mir gesagt, ich soll noch einmal darüber nachdenken und ihm Bescheid sagen. Das Dumme war, ich konnte mir einfach nicht vorstellen, daß jemand Smith so sehr mögen könnte, und schon gar nicht, daß McBane jemanden so sehr mögen könnte.«

»Du solltest also etwas sagen, was Smith aus der Bredouille bringt«, sagte Emmy.

»Wahrscheinlich hast du recht.«

»Selbst wenn es gelogen wäre. Ich weiß, daß ich recht habe«, fuhr sie triumphierend fort. »Du sollst sagen, es sei alles nur deine Schuld.«

»Das werde ich nicht sagen. Darauf kann er Gift nehmen.«

»Natürlich nicht.«

»Emmy?«

»Ja?«

»Ich möchte dich um etwas bitten.« Holman sagte es in einem Ton, als bitte er bei Tisch um die Butter. »Könntest du deine Abreise nach New Jersey noch etwas aufschieben, bis das geklärt ist?« Emmy zögerte. Zu ihrer eigenen Überraschung war ihr erster Impuls gewesen, ja zu sagen. »Also hör mal.« Klar, aus Holmans Sicht verließ sie ja nur die Stadt, um »über alles nachzudenken«. Und schließlich war sie auch nicht besonders darauf erpicht, nach New Jersey zu gehen; Will würde erst in vier Tagen aus Convers abreisen. »Also gut. Ja. Ich möchte sowieso noch wissen, wie es ausgeht.«

»Du bist ein feines Mädchen«, sagte Holman verlegen. »Emmy. Du weißt, was das heißt? Wir werden vielleicht nicht für immer in Convers bleiben können.« Er mißverstand ihr Schweigen und fügte hinzu: »Es tut mir leid; ich weiß, wieviel dir das hier bedeutet.«

»Mir bedeutet? Ich hasse Convers!« sagte Emmy. »Ich habe noch nie so etwas Kaltes, Enges, Provinzielles, Beschränktes gesehen! Ja, ja, es ist ein hübsches Städtchen, und es gibt hier auch ein paar nette Leute, aber ... Jedenfalls stimmt das, was Allen Ingram darüber sagt, vollkommen, es ist ein Überbleibsel der übelsten Seite der Vergangenheit. Du bist es, dem es hier gefällt.«

»Ich weiß nicht«, sagte Holman. »Nein. Ich bin für das Prinzip Convers, aber die Personen – McBane. Er mag mich nicht. Ich glaube, wenn er könnte, würde er mich am liebsten rausschmeißen.«

»Ha, das kann er aber nicht. Das ginge gar nicht. Sieh doch mal, was du alles an Extraarbeit für ihn geleistet hast. Und die Studenten mögen dich; zwei Verbindungen hätten dich gern zum Berater. Und ich weiß, daß Bill Lumkin dich gut findet.«

»Es tut gut, mal ein bißchen moralische Unterstützung zu bekommen.« Holman lachte, und Emmy sah ihn fast liebevoll an. Das Grundübel zwischen ihr und Holman war, daß sie überhaupt geheiratet hatten; als Ehemann war er unmöglich. Sie hätten einfach Freunde bleiben sollen.

Will und Emmy standen auf dem Bahnsteig des Bahnhofs von Old Greensbury, um sich zu verabschieden, obwohl weder sie noch er abreiste. Old Greensbury hatte schon acht Jahre keinen Zug mehr abfahren (oder ankommen) sehen. Der Bahnhof war mit Brettern zugenagelt und die Bretter mit den Namen jugendlicher Banden und jugendlicher Liebespaare verunziert, die sich schon vor langer Zeit zerstritten oder geheiratet hatten, ehrbar geworden oder von der Polizei geschnappt worden waren. Die Geleise waren von grobem Gras überwachsen, das Signal auf FREIE FAHRT festgerostet.

Sie waren noch nie auf diesem Bahnhof gewesen, weil er zu ungeschützt lag; aber zuletzt hatten die Zwergeichen (die immer als letzte in vollem Laub standen) sich zwischen Bahnhof und Straße vorgeschoben, ein Wäldchen, das nur ein paar Meter breit, aber so dicht war, daß sie die vorbeifahrenden Autos beobachten konnten, während sie sich liebten, selbst aber unbeobachtet blieben.

»Jesses, wie werde ich dich vermissen!« sagte Will, an den Fahrkartenschalter unter dem zugenagelten Fenster gelehnt. »Ich bin es so gewöhnt, dich jeden Tag zu treffen; ich bin verwöhnt.«

»Ja«, sagte Emmy, schläfrig an Will gelehnt. »Ich auch.«

»Samstag«, sagte Will. »Fünf Tage. Aber dafür wird es schön, wenn wir uns in New York treffen ... Ich rufe dich an, am – was haben wir noch gesagt, Dienstagabend? Gegen sieben. Bist du dann da?«

»Ich weiß nicht, Darling. Holman hat mich nämlich wieder gebeten, noch bis Ende der Woche zu bleiben. Er braucht meine moralische Unterstützung, sagt er.«

»Großer Gott!« Will lachte. »Und was hast du diesmal geantwortet?«

»Ich habe zugesagt.«

Wills Gesichtsausdruck veränderte sich, womit Emmy halb gerechnet hatte. Eine gequälte Diskussion begann, um so quälender, als sie das alles vor ein paar Tagen, in einer Diskussion zum selben Thema, schon einmal gesagt hatten.

»Er weiß doch, daß du ihn verläßt«, sagte Will schließlich. »Er kann sich ebensogut am Donnerstag daran zu gewöhnen anfangen wie am Samstag.« Emmy antwortete nicht. »Oder weiß er es vielleicht nicht?«

»Er will es nicht wissen«, sagte sie. »Ich habe versucht, es ihm klarzumachen, aber er glaubt mir einfach nicht.

Und ich dachte, na ja, warum nicht? Es sind ja nur noch ein paar Tage.«

»Er meint also, du hättest dir alles nur so ausgedacht. Willst du, daß er das meint?«

»Nein, natürlich nicht.« Emmy legte ihre Hände auf die seinen und sah ihm ins Gesicht. Er erwiderte den Blick, reagierte auf ihre Hände aber etwa so wie auf ein Paar Handschuhe.

»Dann sag's ihm.«

Emmy seufzte tief. »Das geht nicht. Nicht jetzt. Hör mal«, sprach sie rasch weiter, »könntest du nicht auch hierbleiben?«

»Aber Emily. Das geht nicht, das weißt du doch. Ich muß am Mittwoch in New York sein.« Emmy wußte, daß er könnte, wenn er wollte. Er hätte nur eine Verabredung mit irgendwelchen Musikern verlegen müssen. Sie schwieg störrisch. Will sagte: »Warum reist du nicht am Donnerstag ab, wie du es vorhattest?«

»Es geht nicht. Ich hab's versprochen.«

»Das gefällt mir nicht. Es gibt mir ein Gefühl, als ob ich gar nicht existierte.« Er lachte. »Na schön. Wann kommst du also? Samstag oder Sonntag?«

»Ich weiß es noch nicht genau.«

»Was heißt, du weißt es noch nicht genau?«

»Holman ist in so einer schlimmen Verfassung«, sagte Emmy. »Solange kann ich ihn nicht alleinlassen, das wäre nicht fair. Es wäre richtig gehässig, und ich hasse ihn doch zur Zeit gar nicht.« Sie sah Will an. »Du verstehst eben nichts von der Ehe«, sagte sie zärtlich.

Will antwortete nicht. Es ist wahr, dachte sie. Sie wußte, was es hieß, verheiratet zu sein, er aber hatte es vergessen oder nie gewußt. Er würde es lernen oder wieder lernen müssen. Er hatte so unverheiratete Angewohnheiten: Eigenbrötelei, Heimlichtuerei. Und Untreue.

Er war ihr ja nicht im eigentlichen Sinne untreu gewesen, aber immer wieder kam etwas Neues ans Licht. Neulich zum Beispiel war mehr oder weniger zufällig herausgekommen, daß er mit Sheila, der Kellnerin aus dem Hampton Hotel, eben doch geschlafen hatte. »Du hast doch gesagt, zwischen dir und Sheila war nichts!« hatte Emmy gerufen. Er hatte den Kopf geschüttelt. »Das habe ich nicht gesagt.« – »Aber du hast mich in dem Glauben gelassen.« – »Emily«, hatte er gesagt, »das darfst du nicht machen. Was soll das denn? Wir hatten uns verkracht; ich hatte dich seit Wochen nicht gesehen. Ich dachte, zwischen uns wäre es für immer aus. Ich war deprimiert und tat Sheila leid. Zu bedeuten hatte es gar nichts.« – »Zu bedeuten hatte es gar nichts, nein, es hat ja alles nie etwas zu bedeuten!« hatte sie getobt. »Das stimmt nicht, das weißt du selbst«, hatte er geantwortet und sie zu einem langen Kuß zu sich hinuntergezogen.

Und auch das mit Betsy; da hatten sie eines sonnigen Nachmittags auf einer Wiese gelegen und waren so glücklich gewesen und hatten davon geschwärmt, wie sie verheiratet sein und Kinder haben würden. »Unseres muß ein Prachtkind werden«, hatte sie gemeint, »intelligent *und* schön. Kleinigkeit.« – »Ich will ja tun, was ich kann«, antwortete Will. »Wissen kann man das nie.« – »Aber bei deiner Bilanz – «, meinte sie lachend. »Hundertprozentige Erfolgsgarantie.« – »Wie meinst du das?« – »Na, denk mal nach, bei Betsy Lumkin.« – »Das war ein Malheur.« – »Oh, ein Malheur.« Emmy hatte immer noch gelacht – inzwischen störte der Gedanke an Betsy Lumkin sie schon gar nicht mehr. »Wenn du es genau wissen willst«, meinte Will, »sie war so sicher, keine Kinder bekommen zu können, daß wir uns nie in acht genommen haben.« – »Nie?« fragte Emmy nach einer Pause. »Ich meine, du hättest gesagt, es sei nur einmal passiert.« Sie sah Will an. »Ach, Emily!« sagte er. »Um Gottes willen!«

Emmy hatte sich und Will am selben Tag geschworen, die Namen Sheila und Betsy nie mehr zur Sprache zu bringen. Jetzt auf dem Bahnsteig brach sie diesen Schwur, merkte es und entschuldigte sich. »Tut mir leid. Herrgott, es tut mir leid, Darling.«

»Schon gut«, sagte Will und legte die Arme um sie. »Schon gut.« Er drückte Emmy an sich.

»Ich werde sie nie mehr erwähnen. Das verspreche ich hoch und heilig. Mmm. Aber du mußt mir auch etwas versprechen, Will.«

»Klar«, flüsterte er ihr ins Ohr.

»Versprich mir, daß du mir nie richtig untreu sein wirst.«

Schweigen.

Emmy hob den Kopf. »Willst du mir das nicht versprechen?« fragte sie ungläubig.

»Ich kann nicht, Emily. Hör mal zu.« Er hielt sie weiter im Arm. »Jetzt im Moment habe ich das Gefühl, nie mehr eine andere Frau anrühren zu wollen. Aber wie soll ich denn, zum Teufel, jetzt versprechen können, was ich in den nächsten zehn Jahren für Gefühle haben werde? Soll ich dich etwa anlügen? Du kannst dich verändern; ich kann mich verändern; ich könnte eine kennenlernen –«

Emmy riß sich los. »Hast du denn überhaupt keine Grundsätze?« fragte sie. Dabei lächelte sie zwar noch, aber Wills Ausführungen hatten sie zutiefst unsicher gemacht.

»Nein, anscheinend nicht«, meinte er vergnügt. »Jedenfalls nicht solche Grundsätze. Aber ich liebe dich.«

Diesmal antwortete Emmy nicht automatisch, sie liebe ihn auch. »Ich habe Holman versprochen, ihm nie untreu zu werden«, sagte sie. »Als wir heirateten.«

»Beglaubigt vom Staate New Jersey«, sagte Will. »Da

siehst du es also.« Er streichelte ihr Gesicht. »Emily«, fuhr er fort, »du mußt begreifen, daß es damit jetzt vorbei ist. Du schuldest ihm nichts mehr.«

»Nein, das ist nicht wahr«, sagte Emmy. »Ich glaube, ich habe schon noch gewisse Verpflichtungen, solange ich offiziell mit ihm verheiratet bin.« Sie setzte sich auf die Bahnsteigkante und erklärte Will ernst und sachlich, daß sie vorhabe, Holman weiter etwas Geld zukommen zu lassen, nachdem sie getrennt wären, bis die Scheidung endgültig sei und vielleicht länger, oder wenigstens bis er genug verdiene, um anständig davon leben zu können.

»Du meinst, du zahlst ihm Unterhalt«, sagte Will mit einem kurzen Lachen, das auf einem Ton blieb.

»Hm, ja.« Emmy kicherte. Das Lächerliche an ihrem Verhalten konnte sie durchaus sehen.

»Und an wieviel hast du gedacht?«

»Ach, nicht viel. Gar nicht viel. Vielleicht hundert Dollar im Monat.«

Will ließ sich neben Emmy von der Bahnsteigkante hinuntergleiten und stellte sich auf die Schiene, ihr zugewandt. »Hundert im Monat«, sagte er. »Zwölfhundert im Jahr. Schätzt du deinen Wert für Holman so ein? Mal sehen, du hast gesagt, daß du etwa einmal die Woche mit ihm geschlafen hast, sagen wir also fünfzigmal im Jahr. Macht je vierundzwanzig Dollar. Für eine Frau wie dich ist das ziemlich billig. Warum nicht fünfzig? Warum nicht hundert?« Jetzt lachte Emmy zornig. Er haßt Holman wirklich, er will tatsächlich alles für sich haben, schoß es ihr in den Sinn. Will fuhr fort: »Warum nicht? In New York, mit den richtigen Beziehungen – ich würde sagen, da könntest du mindestens hundert pro Runde kriegen. Und das wäre noch billig. ...Bei dem Preis schuldest du Holman mindestens fünftausend im Jahr.«

»Die schulde ich nicht«, sagte Emmy. »Fünftausend Dollar im Jahr sind viel Geld.« Sie lachte, aber böse. Geld würde ein Problem sein. Will schien zum Beispiel davon auszugehen, daß sie nach Auslaufen seines Lehrvertrags ins Ausland gingen und er dort komponierte, und nicht nur ein paar Monate, sondern ein Jahr, oder sogar Jahre. Geld ist zum Ausgeben da, war seine Philosophie. Auf eine Art war das ja auch richtig, und Emmy hätte nichts dagegen, Will zu unterhalten; viele Künstler hatten Gönner, und Mäzenin eines berühmten Künstlers zu sein wäre sogar ein großes Privileg. Es könnte ein richtig herrliches Leben sein, exotische Länder und Städte zu bereisen, faszinierenden Musikern und anderen zu begegnen und einen wichtigen Beitrag zur Schaffung wunderschöner Musik zu leisten. Will schien nur nicht zu begreifen, daß achttausend Dollar im Jahr wirklich nicht zum Leben reichten. Er hatte so verschwommene Vorstellungen von Geld und so eine merkwürdige Einstellung dazu. Sie hatte mit Bestürzung erfahren, daß er seine Rechnungen gewöhnlich erst nach Mahnung bezahlte, und als sie protestierte, das sei unfair gegenüber den Geschäftsleuten, hatte er gelacht. (»Unfair gegenüber der New England Telephone and Telegraph Company!«)

»Da bin ich ganz deiner Meinung.« Will lachte jetzt leise. »Ich habe Respekt vor Geld. Ich unterschätze es nicht. Manchmal glaube ich sogar, daß es die übernatürliche Macht hat, die du ihm zuschreibst.«

»Nicht übernatürlich, nur natürlich«, sagte Emmy.

»Doch, übernatürlich. Wie die zweihundert Dollar, die du letzten Winter den Fenns gegeben hast. Du hattest mich ihnen mit diesen zweihundert Dollar abkaufen wollen.« Emmy sah abrupt zu ihm auf. »Aber das ist wie mit aller Magie«, fuhr er fort. »Sie wirkt nur, wenn das Opfer davon weiß.«

Emmy verzichtete auf ihre Einsprüche. Sie wollte Will nicht merken lassen, daß sein Spott weh tat; statt dessen fragte sie ironisch: »Und wer war das Opfer?«

»Nun, Miran–... Nein. Das war wohl ich.«

»Es war nicht so«, sagte Emmy eine Minute später plötzlich. »Es war vielmehr meine Schuld, daß Julian seine Stelle verloren hatte.« Will zog die Brauen hoch. »Du weißt doch wohl noch, wie du mir gesagt hast, Richard habe den Brand gelegt und ich solle es niemandem erzählen, aber ich habe es Holman erzählt, der mir versprochen hat, es nicht weiterzusagen; er muß es aber Bill Lumkin gesagt haben, denn irgendwoher mußte der es ja wissen«, sagte sie sehr schnell und ohne aufzusehen. Will schwieg. »Ich war mir zuerst nicht sicher«, fuhr sie fort, »aber je mehr Holman dann anfing, Julian zu hassen, desto sicherer war ich, denn wie du weißt, haßt man schließlich immer die, denen man ein Unrecht zugefügt hat. Teilweise hat er wohl auch deshalb geglaubt, es sei Julian, mit dem ich –«

»Hm«, machte Will. »Hat er das zugegeben? Holman?«

»Ich habe ihn nicht gefragt. Ich wollte ihn nicht fragen, es machte mich so – ich weiß nicht, ich konnte ihn überhaupt nicht mehr ansehen, nachdem ich wußte, was er getan hatte. Ich habe ihn gewissermaßen unters Handtuch gestellt.« Emmy lachte kurz auf.

Sie schwiegen. Nach einer Weile sagte Will: »Nein, das war nicht Holman.« Im Gegensatz zu Emmy sprach er betont langsam. »Ich glaube nicht, daß er etwas damit zu tun hatte. Betsy hat es Bill Lumkin gesagt.«

»Betsy? Woher wußte die es denn?«

»Von mir.« Emmy sah Will an. »Ich hätte nicht gedacht, daß sie es –« Er verstummte. »Irgendwann wäre es wahrscheinlich sowieso passiert«, fuhr er dann fort. »Julian hätte sowieso Krach mit ihnen gekriegt, irgend etwas hätte er getan, womit sie ihn drangekriegt hätten, oder sie hätten ihm sonst einen Strick gedreht. Das sage ich mir immer wieder.«

»Aber Julian ist dein bester Freund«, sagte Emmy.

»Ich hätte es dir verschweigen können«, sagte Will. »Aber ich möchte, daß wir von Anfang an ehrlich zueinander sind.«

»J-ja. Aber warum hast du es Betsy erzählt? Und wann?«

»Aber warum hast du es Holman erzählt? Und wann?«

Emmy erinnerte sich, daß es im Bett gewesen war. Sie biß sich auf die Lippen und schwieg. Als sie aufsah, stand Will nicht mehr neben ihr. Er war ein Stückchen weggegangen und balancierte auf der Schiene wie ein Kind, die Stirn kraus.

»Du bist auch durcheinander«, sagte sie.

»Ja. Ein bißchen.«

»Und Holman ist durcheinander; es ist so schwierig! Und Freddy, der ist völlig daneben. Immerzu sage ich ihm, daß wir verreisen, und dann verreisen wir doch nicht, und in letzter Zeit ist er einfach fürchterlich, aber man kann es ihm nicht verdenken. Es ist alles so schrecklich; ich kann einfach nichts mehr entscheiden!«

»Entscheiden? Ich dachte, du hättest schon entschieden«, sagte er von fern.

»Ich meine, ob wir nun am Samstag fahren. Es ist so schlimm, alles zu verändern.«

»Vielleicht willst du ja gar nichts verändern«, sagte Will. »Vielleicht gefällt es dir so. Es gefällt dir, daß wir beide – wir alle, auch Freddy – so herumzappeln, in ständiger Aufregung sind, um dich kämpfen, darauf warten, daß du dich entscheidest.«

»Nein! Das stimmt nicht!« Emmy war empört. »Wie kannst du das nur sagen?«

»Ganz einfach«, sagte Will. Er wechselte auf das andere Gleis. »Solche Situationen habe ich selbst schon genossen.«

»Ich genieße sie aber nicht! Oh, wie kannst du nur so dastehen, als ob du gar nichts damit zu tun hättest! Wie kannst du einen so provozieren? Warum sagst du nicht irgendwas?«

Will kam auf der gegenüberliegenden Schiene näher und ging vorbei. »Ich habe nicht vor zu kämpfen«, sagte er. »Du weißt, daß ich dich will... Ich rufe dich Samstag abend in New Jersey an. Nein, Sonntag abend. Wenn du nicht da bist, ist es eben vorbei.«

»Vorbei? Vorbei womit?«

»Mit allem.«

Allen Ingram an Francis Noyes

12. Juni

Es ist fast vorbei. Die letzte Lektion gelehrt, die letzte kreative Schreibe in Grund und Boden gelesen, und nur noch ein verhaßter Stapel von 129 Prüfungsheften steht zwischen Dir und mir. Dann bin ich frei von Convers! Aber leider, leider noch nicht entronnen. In letzter Minute wurde mir eine moralische Entscheidung in den Weg gestellt.

Die Demonstration, natürlich. Ich hatte mir schon gratuliert, wie gut ich mein postdemonstratives Interview mit Dekan Lumkin (für uns Billy) doch bewältigt hätte. Als er die Namen der Studenten wissen wollte, die ich mir in diesen wirren Minuten notiert hätte, präsentierte ich ihm mit Unschuldsmiene zwei Pseudonyme und ein unleserliches Gekritzel. Die halbe Studentenschaft war dabeigewesen, und ich sah nicht ein, wieso ein paar wenige dafür bestraft werden sollten, daß sie vor uns Professoren nicht schnell genug ausgerissen waren.

Ich hatte mir zu früh gratuliert. Gestern erhielt ich ein

Briefchen von Mr. Richard Smith, in dem er mich anflehte, ihn im Collegelazarett zu besuchen. Es ist ein Ort des Schreckens: ein feuchter kleiner Betonklotz, in einer Ecke des Campus unter Quarantäne gestellt. Feuchte Wände, dunkle Flure und Gestank. Antike Zeitschriften, grobes Leinen, fleckiges helles Linoleum. Fido bot einen Anblick zum Erbarmen: das Bein in Gips, der Rest in Verbände gewickelt. Er lag dort, einziges Mündel einer mürrischen Schwester; und da bleibt er nun, bis der Arzt ihn reisefähig schreibt. Obwohl er ja offiziell als einer der Rädelsführer des Krawalls schon der Schule verwiesen ist. (Die anderen sind der miese kleine George Wedge und ein Freund von ihm, den nicht zu kennen ich die Ehre habe.)

Es sei alles ein Irrtum, protestierte Mr. Smith hysterisch. »Mr. Turner behauptet, ich hätte ihn geschlagen! Ich habe ihn nicht geschlagen, sondern er mich, er hat mich gestoßen, nicht wahr, Mr. Ingram? Sie haben es gesehen, nicht wahr, Mr. Ingram?«

»Ich weiß nicht«, hörte ich mich antworten und überlegte auf Teufel komm raus, während es ganz still wurde. Aber danach konnte ich auch nur wiederholen, ich wisse es einfach nicht, könne nicht beschwören, was sich zugetragen habe. Er glaubte mir aufs Wort. Überzeugend zu lügen, elegant und zweckdienlich die Unwahrheit zu sagen, ist schließlich des Schriftstellers Kunst. Ja, auch zweckdienlich, denn ich habe das Gefühl, daß Mr. Smith überall anders glücklicher sein wird als in Convers. Er ist der geborene Enthusiast; ich sehe ihn an irgendeiner Staatsuniversität freudig seine Pflicht erfüllen oder an einem Großstadtcollege verlottern – er ist schon jetzt ein natürlicher Beat-Poet – überall, nur weg von dem aalglatten, hochnäsigen Skeptizismus hier.

Wenn ich nun gesagt hätte, ja, ich habe gesehen, wie Turner Smith gestoßen hat (und ich bin nicht einmal sicher, ob ich es gesehen habe). Stell dir die helle Aufregung vor, die lästigen Verhöre. Den widerwärtigen Verdacht der Parteilichkeit. (Wie Bobby R. einmal in anderem Zusammenhang gesagt hat: »Nur weil ich Jude bin und alle meine besten Freunde Juden sind, müssen die Leute gleich meinen, alle Juden wären meine besten Freunde?«) Und es gäbe keine Garantie dafür, daß mein Zeugnis ihm den Rausschmiß ersparen würde. Oder/und – man weiß ja nie – es kommt ihnen womöglich in den kleinkarierten Sinn, Mr. Turner ein Leid zu tun. Dabei ist Turner für Convers geschaffen, *keine Frage; es wäre gegen jede natürliche Ordnung, sie zu trennen. Gut, ja, im ersten Moment hätte ich schon Lust gehabt, Turner zu vernichten oder wenigstens zum Krüppel zu machen, wie er Beowulf zum Krüppel gemacht hat, aber ich habe es mir versagt, wie man es sich ja auch versagt, lästige Fußgänger zu überfahren, die einem vor dem Kühler herumlaufen, weil man sich sagt, daß man sie bis an sein Lebensende am Hals hängen hat. Ich tue ihm ungern einen vermeintlichen Gefallen, tröste mich jedoch damit, daß es eine Art Gefallen ist, die er verdient. Außerdem wäre es wider die natürliche Ordnung für mich, hier handelnd einzugreifen.*

Also alles zum Besten; aber ich muß gestehen, ich war in dem Moment sehr aufgewühlt. Erst heute abend wieder vermochte ich zu sehen, wie relativ unbedeutend das Ganze war. Trotz Deiner warnenden Briefe und meiner guten Vorsätze hatte das Leben in der Kleinstadt seine heimliche Wirkung an mir getan, so daß ich in kleinen Dimensionen zu denken begann. Ich gebe es zu, Du kannst Dir Deine Mahnung also sparen.

16

Emmy war wieder beim Packen. Ihre Koffer lagen offen auf dem Bett, und das Bett war mit Kleidung vollgestapelt, aber sie konnte nicht entscheiden, was einzupacken war. Sie wollte alles mitnehmen, um nie mehr nach Convers zurückkehren zu müssen; und sie wollte alles wegwerfen, um frei und unbeschwert aus dem Haus zu gehen. Frei und unbeschwert! Aber wenn sie ohne Koffer in Rabbit Hills ankäme, würden ihre Mutter und Walter, dessen Aufgabe es war, ihr die Koffer vom Auto ins Haus zu tragen, und Helen, deren Aufgabe es war, sie auszupacken, das höchst merkwürdig und unerklärlich finden. Noch merkwürdiger, aber weniger unerklärlich würden sie es finden, wenn sie mit Stapeln von Koffern und Kisten ankäme. Soviel Gepäck käme der öffentlichen Ankündigung gleich, daß sie ihren Mann verlassen hatte, und das wieder wollte Emmy lieber unter vier Augen und zu einem ihr geeignet erscheinenden Zeitpunkt verkünden, wann immer das wäre.

In Wahrheit war für eine solche Mitteilung kein Zeitpunkt der geeignete. Daß sie auf Wohlwollen stieße, war völlig undenkbar. Bisher war Emmy die Frage, was ihre Eltern sagen würden, noch gar nicht in den Sinn gekommen. Eine Frage war das auch jetzt nicht; sie wußte es schon. Dad hatte Holman zunächst nicht gemocht, sich aber inzwischen an ihn gewöhnt. Seine Tochter war für ihn jetzt Mrs. Holman Turner, und er änderte ungern seine Begriffswelt. Wenn er erführe, daß Will schon eine gescheiterte Ehe hinter sich hatte, würde er ihn als ein Risiko betrachten wie eine Firma, die schon einmal Pleite gegangen war, und er würde ihn mit Mißtrauen und Verachtung ansehen, als faulen Taugenichts, der seine Tochter wahrscheinlich nur des Geldes wegen heiraten wollte. Er würde Emmy empfehlen, auf der Stelle zu ihrem Mann und Heim zurückzukehren.

Und Mama hatte Holman immer gut leiden können. Sie würde gewiß seine Partei ergreifen. Emmy hörte sie jetzt schon zu Emmy sagen, sie solle sich nicht so kindisch aufführen. Will war Musiker, und das war so schlimm wie Maler und wahrscheinlich noch schlimmer als Schriftsteller; oder er war Musiklehrer, was in mancher Hinsicht noch schlimmer war. Mama würde sich schwieriger anstellen als Dad. Als Emmy diese Befürchtung einmal vor Will erwähnte, hatte der sie auf die leichte Schulter genommen. Er glaubte Mrs. Stockwell mit seinem Charme »schon rumzukriegen«, wie er sich ausdrückte. Emmy war da nicht so sicher. Mama würde nicht vergessen, daß Will ein geschiedener Mann war und Emmy, falls sie ihn heiratete, eine geschiedene Frau sein würde. Die Everts (Mamas Familie) ließen sich nicht scheiden, und die Stockwells, mochten ihre Nachbarn und Geschäftsfreunde tun, was sie wollten, anscheinend auch nicht. Das war, wie ihre Verbundenheit mit dem Convers College, ein Symptom ihrer moralischen Überlegenheit, ihres Zugs zum Höheren.

Ihre Mutter hatte eine Kusine, die arme Phyllis Lord, die ihren Mann verlassen und sich unglücklich wiederverheiratet hatte. Sie hatte einen Mann geheiratet, von dem noch nie ein Mensch gehört hatte und der auf Rhode Island wohnte. Emmy hatte sie, seit sie ein kleines Mädchen war, nicht mehr gesehen. Zu den Hochzeiten der Stockwell-Kinder hatte Kusine Phyllis nur eine Anzeige bekommen, keine Einladung. Sie war, wie Emmys Mutter es ausdrückte, aus dem Blickfeld gesunken. Die Formulierung ließ erahnen, daß Mrs. Stockwell ihren Blick nie unter ein bestimmtes Niveau senkte – und das stimmte. Sie hatte so eine Art an sich, immer nur auf Augenhöhe um sich zu blicken, das straffe Kinn dabei leicht gehoben. Oder wußte sie damit nur ein weniger straffes zweites Kinn zu kaschieren? Wenn Emmy sich von Holman scheiden ließe und Will heiratete, würde auch sie dann »aus dem Blickfeld sinken« (oder versenkt werden)? Würde auch sie den Beinamen »arm« oder »unglücklich« erhalten (auch ein Lieblingswort ihrer Eltern, die ja vor allem zum Kreise derer zählten, denen das Glück lächelte)?

Vielleicht wären ihre Brüder nicht so schlimm. Schließlich waren beide in Convers gewesen und hatten sich hinterher – voreinander wie auch vor Freunden – ihrer wilden Streiche, Gelage und sogar sexueller Abenteuer gebrüstet. Solches schloß also offenbar den geistigen Gewinn, den der Besuch des Colleges brachte, nicht nur nicht aus, sondern schien irgendwie sogar notwendige Voraussetzung dafür zu sein. Emmy dachte, daß auch sie für sich in Anspruch nehmen könne, sich in Convers die Hörner abgestoßen zu haben. Aber Clark und Bobby würden Will mißtrauen. Bobby würde ihn nicht als Pfundskerl ansehen, Clark ihn nicht für einen verläßlichen oder anständigen Menschen halten.

»Wenn's ihnen nicht gefällt, dann eben nicht«, hatte Will gesagt. »Wir brauchen uns ja nicht mit ihnen abzugeben.« Aber Emmy wollte ihre Familie nicht aufgeben; sie hätte das als sehr unnatürlich empfunden.

»Haben Sie heute sonst noch was für mich zu tun?« fragte Mrs. Rabbage und steckte den Kopf zur Tür herein. »Mir ist das Mottenpulver für den hinteren Schrank ausgegangen wie ich Ihnen ja gesagt hab also hab ich den gelassen. Packen was für 'ne Arbeit!«

Emmy betrachtete Mrs. Rabbage, die sie nun wahrscheinlich nie mehr wiedersehen würde, von den rostroten Haaren unter einem rosa Kopftuch bis zu den großen Füßen in Männerschuhen aus der Tauschboutique. Vieles andere hatte sich verändert, aber Mrs. Rabbage sah noch genauso aus wie vorigen November, und Emmy gefiel sie immer noch nicht besser, obwohl sie oft von ihrer einfach großartigen Putzfrau sprach, einer wahren Perle. »Nein danke, Mrs. Rabbage«, sagte sie.

»Aber ich sag immer meist stellt sich raus daß man entweder zuviel oder zuwenig mitgenommen hat der eine so der andere so.« Es war sinnlos. Egal wieviel Emmy ihr zu tun auftrug, Mrs. Rabbage schaffte es immer, die Arbeit rechtzeitig zu beenden oder fallenzulassen, um noch Zeit für einen Plausch (oder Monolog) zu haben, bevor ihr Vetter mit dem Postauto kam und sie abholte.

»Sie haben sicher völlig recht«, sagte Emmy mit der falschen Fröhlichkeit, mit der sie zu Fremden sprach, oder wenn sie mit den Gedanken woanders war.

»Also ab in die große Stadt«, fuhr Mrs. Rabbage fort. »Den Kleinen bei Großmama absetzen und sich 'ne schöne Zeit machen jeder nach seinem Geschmack.« Mrs. Rabbage hatte, wie schon mehrmals betont, New York einmal gesehen und einmal reichte ihr, vielen Dank. Sie würde da nicht leben wollen, und wenn man sie dafür bezahlte und fand es auch zum Besuchen nicht schön. Sie sagte es jetzt noch einmal. »Ray Hutchins meiner Schwester ihr Mann der die Gürtelrose hatte das hab ich Ihnen ja schon mal erzählt wie der vorletztes Jahr mal in New York war und weil er was sehen wollte hat er so 'ne Stadtrundfahrt mitgemacht wo sie ihm prompt die Brieftasche geklaut haben. Vierundsiebzig Dollar und natürlich nie wiedergekriegt und seine ganzen Papiere im Bus auf den dreckigen Boden geschmissen. So was Dreckiges und Verkommenes hab ich noch nie gesehen aber manche sehen das ja nicht denen gefallen nur die hellen Lichter und der Krach und Trubel wo sie mit dem Geld um sich schmeißen können.«

Die Frau ist unverschämt, dachte Emmy. Und sie glaubt etwas zu wissen.

»Nein danke sag ich wie mein Mann mich fragt ob wir zur Silbernen Hochzeit mal hinfahren sollen – nicht mal für Silber! Meine Mutter hat immer gesagt geh nie zum Spaß wo hin Myra wenn's dir keinen Spaß macht und da sind wir nach Buzzards Bay gefahren wo's die ganze Zeit geregnet hat man hat eben manchmal einfach Pech.«

Emmy packte drei Paar Schuhe in einen Schuhbeutel. Dann nahm sie zwei wieder heraus. »Scheint so«, sagte sie.

»Also«, sagte Mrs. Rabbage, »dann mach ich jetzt mal daß ich weiterkomme. Soll ich nächsten Dienstag kommen wie immer und dann freitags immer frei nehmen bis Sie wiederkommen wie wir gesagt haben?«

»Das wäre mir sehr recht«, sagte Emmy und nahm ihr Portemonnaie aus der Schublade.

Mrs. Rabbage nahm von Emmy zehn Dollar in Empfang und ging, und Emmy packte weiter. Wenn sie nach New Jersey käme, würde es mit Sicherheit Szenen geben, dachte sie, vielleicht schreckliche Szenen. Das konnte Tage dauern, und dann brauchte sie etwas zum Anziehen, weil sie keine Gelegenheit haben würde, in ein Geschäft zu gehen. Auch Freddy brauchte etwas zum Anziehen. Ein sauberes Baumwollkleid, Unterrock, Schuhe, Pullover; das Wetter war wechselhaft, da wäre es einfach dumm, nicht dies noch mitzunehmen, und das – regellos räumte sie Sachen vom Bett auf den Boden. Aber nein, jetzt war das wieder zuviel!

Alles war zuviel; Tränen der Ratlosigkeit (Müdigkeit, Erbitterung, Schuld?) liefen Emmy übers Gesicht; halb fiel sie aufs Bett, zwischen Stapel von Seide und Wolle und Baumwolle, und schloß die Augen. Will, dachte sie und versuchte mit Macht, sich an sein Gesicht zu erinnern, seine Worte, wie man sich beim Aufwachen an einen wichtigen Traum zu erinnern versucht. Nicht zum erstenmal in ihrer vierzehntägigen Trennung versuchte sie das.

Noch etwas gab es zu bedenken; Holman würde schließlich sehen, was sie gepackt hatte, und wenn sie nichts oder alles mitnähme, wüßte er sofort Bescheid, desgleichen Mrs. Rabbage, wenn sie das nächstemal putzen käme, und damit würden es alle wissen.

Sie wollte in Convers keine Bombe platzen lassen. Halt, das stimmte nicht, eigentlich wollte sie schon. Aber sie würde Holman zuliebe darauf verzichten. Er mußte ja hierbleiben, und für ihn war es furchtbar wichtig, daß es keinen Lärm gab, keinen Skandal. Jetzt könnte er sagen, sie sei zu Besuch bei ihren Eltern, später dann, sie hätten sich auf eine vorübergehende Trennung geeinigt. Noch später könnte es sich dann still herumsprechen, daß sie geschieden waren, und vielleicht noch viel später, falls überhaupt, daß Emmy wieder geheiratet hatte. So würde es ihm recht sein, daran lag ihm viel – viel mehr als daran, daß er sie verlor. Abgesehen von dem Skandal und den Ungelegenheiten würde er doch wahrscheinlich nur froh sein, daß er sie los war.

»Hallo«, sagte Holman.

»Oh, hallo.«

»Ist Freddy noch auf der Geburtstagsparty?«

»Ja; Flo bringt ihn nach Hause.«

»Du packst.« Er machte ein paar Schritte ins Zimmer. In

den letzten Tagen hatten Holman und Emmy viele solche belanglosen Bemerkungen gewechselt. Sie tauschten Informationen aus, die allen offensichtlich waren, wie wohlerzogene Fremde, die sich, durch extreme Umstände genötigt, ein Taxi teilen mußten und einander mitteilten, daß es stark regne, nur um nicht zu schweigen.

»Was macht dein Rücken?« Holman hatte in letzter Zeit Schmerzen in dieser Region.

»Ach ja, danke; immer dasselbe.«

»Draußen ist es heute wieder so naß.«

»Stimmt.« Holman setzte sich zwischen die leeren Koffer aufs Bett. »Du weißt, daß du das nicht müßtest, Emmy«, sagte er. »Nachdenken könntest du auch hier. Ich würde dich nicht behelligen.«

Emmy schichtete einen Stapel Unterwäsche um. »Ich weiß, aber es ist einfach Sinn der Sache«, sagte sie, ohne aufzusehen. »Es wird einfach leichter sein, wenn wir räumlich getrennt sind.« Jetzt sah sie auf, aber sie sah Holman nicht direkt an. »Ich meine, ich fände es überhaupt sehr sinnvoll, wenn Ehepaare sich manchmal eine Zeitlang trennten, du nicht?«

»Nein«, sagte Holman. »Ich fände das schrecklich.«

»Also, ich bin trotzdem der Meinung, wir sollten es versuchen«, sagte Emmy nach ziemlich langer Pause. »Du könntest immerhin dabei feststellen, daß du ohne Freddy und mich viel glücklicher bist. Es könnte sich herausstellen, daß du uns gar nicht vermißt.«

»Unmöglich«, sagte Holman kurz und bündig.

»Warum ist das unmöglich?«

»Weil es unmöglich ist.« Seine Stimme wurde jetzt böse. »Du bist meine Frau, und Freddy ist mein Sohn. Ich brauche nicht zu experimentieren, um festzustellen, ob ich dich noch liebe, wenn du aus der Stadt bist, oder andere kindische Spielchen dieser Art zu treiben. Ich weiß auch so, daß ich dich immer lieben werde, das ist mein Pech.«

»Immer?« fragte Emmy im Ton aufgesetzter Frivolität. »Wie kannst du denn das versprechen? Was ist, wenn ich einmal alt und fett und häßlich bin?«

»Was würde das ändern?« fragte Holman. Emmy sah ihn sehr verwundert an.

»Du liebst nicht *mich*«, sagte sie. »Du liebst mich nicht, weil ich Emily Stockwell Turner bin. Du glaubst mich nur zu lieben, weil ich deine Frau bin.«

»Emily Stockwell Turner ist meine Frau«, sagte Holman in einem Ton wie zu einem störrischen Kind. Er stand auf. »Au!«

»Dein Rücken?«

»Ja!«

»Armer Rücken. Das ist ganz sicher psychosomatisch. In Wirklichkeit ist es deine Dissertation oder der Krawall oder sonstwas.«

»Oder sonstwas«, sagte Holman und ging zum Fenster.

»Du machst dir doch keine Sorgen mehr wegen dieses Krawalls, oder?«

»Doch.«

»Aber ich dachte, das sei erledigt. Du weißt doch, daß es erledigt ist, du hast es mir selbst gesagt. Und du hattest richtig gehandelt. Worüber solltest du dich noch aufregen?«

»Es geht nicht darum, wie ich gehandelt habe«, sagte Holman steif. »Es geht darum, was ich dabei empfunden habe. Oder, wenn du willst, was ich unterlassen habe.«

»Ich verstehe nichts. Erklär's mir.«

Schweigen.

»Na gut«, sagte Holman endlich. Er drehte sich um und sah durch die kleinen Scheiben hinaus in das wäßrige Tageslicht, den Rücken zu Emmy, während er sprach.

»McBane hatte recht«, sagte er. »Er muß es sich gedacht haben oder so. Auch wenn ich Smith nicht absichtlich in die Baugrube zu stoßen versucht habe, wollte ich doch, daß es passierte. Ich war verletzt und wollte jemand anderen verletzt sehen.« Er sprach zum Fenster, mit sonderbarer Stimme. »Ich sah ihn fallen und stand nur da. Ich hörte ihn schreien und stand nur da; ich stand da und schaute zu, wie er brannte. Und es hat mich gefreut. Herausgezogen haben ihn ein paar andere Studenten. Ich habe nicht geholfen; ich hätte nicht helfen können. Ich glaube, wenn wir allein gewesen wären, hätte ich nur dagestanden und zugeschaut, wie er verbrannt wäre.« Holman kämpfte sein Zittern nieder und drehte sich zu Emmy um, die nichts sagte. »Schuldig«, sagte er endlich.

»Ist das alles?«

»Alles? Reicht das nicht?«

»Das ist doch gar nichts.«

»Es war unverzeihlich.«

»Ich verzeihe dir.« Emmy lächelte Holman an – lachte fast.

»Das ändert nichts.«

»Was willst du denn noch? Daß Dicky Smith dir verzeiht? Du meinst, du fühlst dich schuldig, weil er rausfliegt. Aber du weißt doch, Darling, daß er das wahrscheinlich sowieso wäre ... Und du kannst es wiedergutmachen. Wir können seine Arztkosten bezahlen, egal wie hoch«, fuhr sie fort, und sie ging zu ihm und legte ihm zärtlich die Hand auf den Rücken. »Das wäre überhaupt eine gute Idee und würde nicht unbedingt heißen –«

»Du verstehst nicht«, sagte Holman, noch immer ohne sich zu rühren. »Es ist mir völlig egal, was Smith von mir hält. Ich pfeife auf ihn. Es geht darum, was ich von mir selbst zu halten habe. Ich bin hier Lehrer und habe nicht wie ein Idiot herumzustehen und mich an Unfällen zu weiden... McBane weiß es. Darum war er so. Himmel, das ist doch gewissermaßen der Sinn seines Kurses! Daß jeder Mensch alleinsteht und dafür verantwortlich ist, sich sein eigenes moralisches Universum zu schaffen.«

»Ja.« Das verstand Emmy. Daran glaubten ihre Eltern, so wurde es am St. Kit's gelehrt; der kategorische Imperativ der Aristokratie: Verhalte dich so, daß alles, was du tust, Grundlage einer allgemeinen Verhaltensregel sein könnte. Daß Frauen zum Beispiel ihre Männer verlassen? Daß sie ihren Schwur brechen und sich mit ihrer Familie verkrachen und sich scheiden lassen und mit Männern davonlaufen, die ihre besten Freunde verraten und Freddy hassen? Aber ich muß ihn ja nicht heiraten, schoß es ihr durch den Kopf. Ich gehöre mir selbst. Ich habe mich noch nicht entschieden, und niemand kann mich dazu zwingen.

Sie hob den Blick und sah wieder zu Holman. Er stand noch immer am Fenster, die Hände am Rahmen, als müsse er das Haus stützen. Er sah traurig aus, solide und ernst, wie er dastand und wartete, daß sie etwas sagte. Er sah schon ganz recht aus.

»Mann, ich finde, du gehst mit dir selbst viel zu hart ins Gericht«, sprudelte sie los, ohne weiter nachzudenken. Eine Stimme vom St. Kit's ertönte in ihrem Kopf, und sie fuhr fort: »Du bist strenger mit dir, als Gott es wäre.«

»Das glaube ich nicht.«

»Ich aber«, sagte Emmy entschieden, ihrer Sache so sicher wie seit Wochen nicht mehr. »Nun komm, Darling. Vergib dir selbst. Es ist schließlich vorbei. Versuch's mal. Versuch's.«

Holman lachte über ihren Ernst, aber immerhin lachte

er, und das hatte er seit Tagen nicht mehr getan. »Also gut«, sagte er. Er drehte sich um und sah ins Zimmer. »Warum liegt dir eigentlich soviel daran?« fragte er.

Erschrocken nahm Emmy die Hände von seinen Schultern und machte einen Schritt rückwärts. »Ich weiß nicht – ich nehme an, ich – wahrscheinlich denke ich«, sagte sie langsam, »wenn du dir nicht selbst verzeihen kannst, wie willst du dann jemals mir verzeihen?«

Der Möbelwagen war bei den Fenns vorgefahren, und die Möbelpacker saßen auf der hinteren Veranda beim Lunch. Drinnen saßen Will, Miranda und die Kinder auf dem Eßzimmerboden und verputzten die Sandwichs, die Will aus dem Supermarkt mitgebracht hatte, von Papptellern, die von einer Halloween-Party übriggeblieben waren. Julian war nur mal eben zur Bibliothek gegangen, um ein paar wiederentdeckte Bücher zurückzubringen.

»Ich bin fertig, Mutti«, sagte Charles.

»Ich auch, Mutti.«

»Gut. Dann könnt ihr jetzt aufstehen und spielen gehen. Aber hört mal zu, alle. Geht nach draußen. Kommt nicht wieder ins Haus, und lauft den Möbelpackern nicht zwischen den Füßen herum. Nicht daß sie euch in ihren Wagen packen. Klar?«

»Ja, Mutti.« Kichernd rannten sie hinaus.

Miranda und Will sahen einander an.

»Hast du sie gesehen?« fragte Miranda.

»Ganz kurz. Zwecklos. Ich hätte gar nicht erst zurückkommen sollen. Ich hätte es kapieren müssen, als sie nicht nach New York kam. Sie will bei ihm bleiben. Sie sagt, er braucht sie mehr als ich. Er steckt wegen dieses Krawalls in irgendwelchen Schwierigkeiten; McBane hatte ihn sich vorgeknöpft, und er hatte Angst, die Stelle zu verlieren.«

»Holman? Aber er hat seine Stelle doch nicht verloren, oder?«

»Nein, nein. Blinder Alarm. Er ist nur anscheinend noch ganz neben sich. Sie hat Angst, es wäre zuviel für ihn, wenn sie ihn jetzt verließe, er würde einen Nervenzusammenbruch erleiden oder so. Ich soll noch warten.«

»Warten, bis wann?«

»Das ist genau die Frage. Sie sagt, sie weiß es einfach nicht.«

»Hm.«

»Ich halte es für eine Ausrede. Sie will mich schonend fallenlassen. Oder auch nicht. Sie sagt nein. Wer weiß? Und dann kam noch alles mögliche andere heraus. Sie hat Angst, ich könnte ihr untreu werden, ihre Familie und Freddy würden Theater machen und ich weiß nicht was noch. Ich weiß es nicht. Mein Gott, ich bin ganz schön verbittert.«

»Das tut mir leid.«

»Ich weiß nicht. Wenn ich sie wirklich haben wollte, würde ich vielleicht ausharren und auf das erlösende Wort warten.« Er zuckte die Achseln. »Vielleicht habe ich es aber auch selbst provoziert. Ich habe ihr immerzu Dinge gesagt, die sie nicht hören wollte. Vielleicht wäre es früher oder später sowieso passiert. Aber ich glaube immer noch, wir hätten zusammen ein schönes Jahr haben können oder zwei. Oder mehr, wer weiß? Das habe ich ihr gesagt, und sie war schockiert. Sie ist in mancher Hinsicht ziemlich konventionell. Sie meinte, es komme ihr nicht in den Sinn, zu heiraten, wenn sie nicht glaube, daß es für immer sei. *Holman* habe ihr gesagt, er werde sie immer lieben. Na ja, vielleicht glaubt er es selbst. Die Art Liebe, die er ihr bietet, kann er ihr vielleicht für alle Zukunft versprechen. Wenn sie so was will – viereinhalb Prozent auf Lebenszeit, vierteljährlich abgerechnet. Das eigentlich Verrückte daran ist, daß sie sagt, sie liebt mich noch. Sie sagt, sie liebt uns jetzt beide.« Will lachte bitter. »Und ganz durchgedreht war sie; hat sogar geweint. Ich kapiere das nicht. Sie liebt mich, und dann geht sie hin und verrät mich. Alle verraten mich.«

»Ich habe dich nicht verraten.«

»Doch, hast du. Du hast Julian gesagt, daß Holman ihn im Verdacht hat. Das hat mich überrascht. Ich hatte immer geglaubt, du behieltest meine Geheimnisse für dich.«

»Nun, ich wollte doch nicht, daß Holman plötzlich ankommt und Julian erschießt oder so was«, sagte Miranda endlich.

»Eben. Lieber sollte er kommen und mich erschießen. Du siehst, wenn's hart auf hart kommt, halten Frauen zu ihren Männern. Klarer Fall.«

Miranda fand darauf nichts zu erwidern. Sie sah sich im leeren Zimmer um. »Wenn Holman nun aber seine Stelle gar nicht verliert und er nichts von dir und Emmy weiß – oder weiß er es?« fragte sie eine Minute später.

»O nein. Sie hat ihn – oder er sich selbst – überzeugt, daß sie nie ein Verhältnis mit irgendwem hatte. Sie hatte sich in mich verknallt, aber nur so getan, als ob was wäre.«

»Na, dann weiß ich nicht, worüber er sich noch so aufregt.«

»Er regt sich auf, weil er überzeugt ist, daß er Dicky Smith umgebracht hat. Und Emmy sagt, sie muß bei ihm bleiben, weil sie meint, es sei ihre Schuld gewesen, daß er in so eine eifersüchtige Raserei verfallen ist, also hat eigentlich sie Dicky Smith umgebracht.«

»Aber Dicky ist doch gar nicht tot. Julian sagt, er ist bald wieder gesund genug, um nach Hause zu gehen.«

»Ja, schon. Aber im Prinzip.«

»Alle wollen sich schuldig fühlen«, sagte Miranda. »Ich

verstehe das nicht. Als es passiert war, hast zuerst du behauptet, es sei alles deine Schuld.« Sie lachte.

»Und eigentlich war es natürlich deine.«

»Meine!«

»Klar. Du hast mich Emily vorgestellt, du hast mir eingeredet, sie sei mit ihrem Mann nicht glücklich, du hast gemeint, wir könnten doch ein Verhältnis miteinander haben, und du hast sie darin unterstützt, sich in mich zu verlieben. Weiß der Himmel warum. Du verhext die Leute ja sogar. Und als wir uns verkracht hatten, hast du es zwischen uns wieder eingerenkt. Du wolltest, daß es anfangen sollte, und es fing an. Dann wolltest du eigentlich lieber, daß es enden sollte, und weiß Gott, es endete.« Miranda lachte nervös. »Du siehst, es ist also letzten Endes alles deine Schuld.«

»Meine Schuld! Das gefällt mir!«

Will hörte auf zu lachen und sah sie an. »Ja, das glaube ich auch«, sagte er.

Miranda schwieg. Sie sammelte die schmutzigen, mit hübschen Hexenbildchen bedruckten Pappteller ein und stapelte sie aufeinander. »Ich will dir mal was sagen«, meinte sie. »Wir wollen uns alle schuldig fühlen, denn Schuld ist Macht. Sie beweist, daß man wirklich hexen kann.«

Die Möbelpacker trampelten wieder durchs Haus. Miranda sammelte die Reste von ihrem Lunch ein und trug sie, von Will gefolgt, in die Küche, um sie in einen Abfallkarton zu werfen. Derweil wurden Betten und Stühle und Bücherregale die Treppe hinunter und zur Tür hinausgetragen. Die Küche war schon leergeräumt; die nackten Wände zeigten das versengte Landkartenmuster des Feuers vom Winter. Miranda nahm einen Besen und fegte den Unrat zusammen, der sich so unter Kühlschränken ansammelt.

»Jetzt ziehen wir also hier weg«, sagte sie. »Frei und unbeschwert. Nur eins liegt mir noch auf der Seele. Du erinnerst dich doch an die zweihundert Dollar, die Professor Higginson uns anonym geschickt hat? Also, da Princeton uns einen großzügigen Umzugskostenzuschuß bezahlt, habe ich davon einen Teil genommen und wollte hingehen und es ihm zurückzahlen. Dreimal war ich bei seinem Haus, aber da waren nur Tiere. Und heute habe ich gehört, daß er in Hamp im Krankenhaus liegt und sie nicht damit rechnen, daß er durchkommt.«

»Mach dir deswegen keine Gedanken«, sagte Will. »Er hätte sicher gewollt, daß du es behältst.« Er sah zu dem freien Fleck an der Wand, wo die Küchenuhr gehangen hatte. »Wie spät ist es?«

»Ich weiß nicht. Vielleicht zwei.«

»Dann sollte ich jetzt mal losziehen, wenn ich heute abend wieder in New York sein will. Oder kann ich noch irgendwas für dich tun?«

»Nein, danke.« Sie begleitete ihn zur Tür.

»Deine neue Adresse habe ich«, sagte Will. »Und meine schicke ich dir, sobald ich sie weiß.«

»Traurig.«

»Ich weiß.« Er zuckte die Achseln. »Aber wir sehen uns wieder.«

»In einer besseren Welt«, ergänzte Miranda.

»Oder einer schlechteren.« Er lachte. »Aber in der Hölle werden wir uns leider, leider nicht begegnen. Da werde ich nämlich oben im zweiten Rang bei den Lüstlingen sein und du unten im Parkett bei den schlechten Ratgebern.«

Im Laufe des Nachmittags kamen noch alle möglichen Leute: Mrs. Lumkin, Charley und Lucy Green, um die Zimmer für ihre Möbel auszumessen, Freunde und Nachbarn, um Lebwohl zu sagen. Die Möbelpacker leerten das

Haus, und Miranda fegte mit dem Besen hinter ihnen her. Sie war oben in einem der Schlafzimmer, als Emmy und Kittie McBane gleichzeitig, aber durch verschiedene Türen hereinkamen und sich in der Diele begegneten.

»Ich bin ja so froh, Sie zu treffen!« sagte Kittie. »Ich wollte Sie so gern noch einmal sehen, bevor Sie wegfahren. Aber jetzt fahren Sie ja gar nicht mehr weg, oder?« Sie richtete einen nichtssagenden, milden Blick auf Emmy wie jemand, der alles oder nichts weiß.

»Na ja, noch nicht gleich«, sagte Emmy. »Nach den Prüfungen fahren wir vielleicht für eine Weile nach New Jersey.«

»Das freut mich ja so. Sie waren dieses Jahr so eine große Hilfe in der Tauschboutique, und ich hatte gehofft, Sie könnten bleiben. Sie machen nämlich so guten Tee.«

»Oh, danke.«

»Amy Priest, die letztes Jahre bei uns war – sie war ja auch eine nette Frau, aber sie machte den Tee so *schwach* ... Dieses Kommen und Gehen«, fuhr Kittie fort. »So ist es anscheinend immer. Der arme Mr. Fenn muß weg. Und eigentlich wegen nichts und wieder nichts, oder? Aber diese jungen Männer heutzutage sind ja solche Hitzköpfe. Ich lese darüber immer in den Illustrierten. Zornige junge Männer. Aber das ist natürlich in England, wie?«

»Es wird wohl hier angefangen haben«, sagte Emmy.

»Aber es breitet sich aus, nicht? Ich fürchte, Sie haben recht. So schade. Oswald hatte Mr. Fenn immer besonders gern. Er war ganz überrascht und enttäuscht, als Rektor King ihn nicht behalten wollte.« Emmy biß sich auf die Zunge. »Mr. Thomas geht ja auch heute weg, wie mir ein kleines Vögelchen gesungen hat«, fuhr Kittie fort. »Das ist für alle am besten so, meinen Sie nicht?«

»O doch«, sagte Emmy abwesend. Sie sah diese kleinen

Vögelchen, einen ganzen Schwarm, über dem Tal herumfliegen, mit fetten Leibern und spitzen kleinen Schnäbeln wie Mrs. McBane.

»Ich hätte Sie schon oft mal gern darauf angesprochen«, redete Kittie weiter, »ich wußte nur nicht, wie ich es sagen sollte. Ich wollte Ihnen raten, etwas vorsichtiger zu sein. Aber es ist immer so schwer, so etwas richtig auszudrücken, nicht?«

»Ja.« Gegen ihren Willen wurde Emmy rot.

»Aber man sieht, es war gar nicht nötig. Es hat sich alles zum Besten gewendet. Und ich glaube wirklich, daß alle es ganz, ganz schnell vergessen haben werden. Das ist immer so, wenn man sie nur nicht daran erinnert und niemals irgend etwas zugibt.« Miranda kam jetzt die Treppe herunter; Kitties Stimme wurde leiser und leiser. »Ich bin ja so froh«, sagte sie, »denn jetzt bin ich sicher, daß Sie noch sehr, sehr lange in Convers bleiben werden.«

Emmy blieb noch kurz, nachdem Mrs. McBane sich von Miranda verabschiedet hatte und gegangen war, aber nur, um die Ferienadressen und noch ein paar andere Belanglosigkeiten auszutauschen. »Will war hier, kurz bevor du kamst«, meinte Miranda in anzüglichem Ton, aber Emmy ignorierte es.

»Wir sollten jetzt lieber wieder gehen«, sagte sie. »Wo kann Freddy nur stecken? Ich hatte ihn draußen gelassen.«

Sie gingen auf die vordere Veranda, die mit schmutzigen Kartons und Mirandas merkwürdigen Schlafzimmermöbeln vollgestellt war. Auf dem Rasen vor dem Haus rannten Freddy, die drei Fennschen Kinder und noch ein paar, die Emmy nicht kannte, wie verrückt umher; rannten, stoppten, taumelten, kreischten und drehten sich im Kreis.

»Was machen die da nur?« fragte Emmy.

»Ich glaube, sie spielen Blindekuh.«

Die Kinder rannten hin und her. Lachend und kreischend stießen sie aneinander, prallten wieder voneinander ab, fuchtelten mit den Armen und fielen einzeln oder paarweise ins Gras.

»Freddy!« rief sie. Er hörte nicht.

Etwas stimmte an dem Spiel aber nicht. »Die haben ja *alle* die Augen verbunden!« wandte Emmy ein.

»Ja«, sagte Miranda. »So finden sie es eben schöner.«

Allen Ingram an Francis Noyes

16. Juni

Hier ist jetzt Hochsommer: heiß, drückend und still. Endlich bin ich einmal ganz allein, denn heute früh habe ich Beowulf für die Zeit, bis die Williams nächsten Monat wiederkommen, zum Tierarzt in Pension gebracht. Endlich *haben sie sich in der Angelegenheit gemeldet. Ihr erster Vorschlag war, ich solle Beowulf den Sommer über behalten, da wir ja »so gut miteinander auskommen«. Sie haben sogar angeboten, ihn mir zu* schenken. *Und weißt du, als dieser Brief kam, daß ich es mir da ernstlich überlegt habe? Ich sah Bilder vor mir, zum Beispiel wie du und ich in Southampton anlegen und Beowulf uns die Gangway herunter nachtrottet, den Getränkekorb im Maul (er ist halb Bernhardiner, glaube ich manchmal). Aber es wäre ja doch nur ein* Déjà-vu, *nachdem Truman und sein Freund Freckles schon mit Butch und Buster um die ganze Welt gegangen sind.*

Trotzdem kam ich mir vor wie ein gemeiner Verräter, als ich ihn nach Hamp in den Zwinger brachte. Er fährt so gern Auto, und man kann Tieren ja nichts erklären. *Als ich ihn verließ, hatte ich so ein gewisses Ziehen in den Därmen, wie Mütter es wahrscheinlich bei einem zurückgebliebenen Kind haben. Aber das war, Gott sei Dank, nur vorübergehend.*

Es ging mir auch sofort wieder etwas besser, als ich im Hinausgehen Emmy Turner begegnete, die dasselbe mit ihrer Katze machte. Sie war sehr verständnisvoll und meinte, wenn ich Beowulf mit ins Ausland nähme, könne er zur Last werden – Abweisungen in Hotels, gebissene Kellner, Freunde in kopfloser Flucht etc. – daß ich ihn zuletzt nur noch hassen würde. Sie hat gewiß recht. Und sollte ich, wie sie sagte, später doch einmal einen Hund haben wollen, könne ich mir ja immer noch einen kaufen. Sie ist ein nettes Mädchen: freundlich und hübsch – nur furchtbar groß, überragt Klein-Allen mit ihren hohen Absätzen um Haupteslänge. (Die ganz Großen sind anders als Du und ich.) Es war schön zu denken, daß mein Handeln (oder Nichthandeln) nicht dazu angetan war, diese heitere Gelassenheit zu trüben.

... Später habe ich die Prüfungshefte zu Ende durchgearbeitet. Der Roman ist FERTIG, *das Jahr der Sparsamkeit und Disziplin vorbei. Welche Freude, dieses triste, enge Tal zu verlassen und in die wahre Welt zurückzukehren. Ich packe jetzt, wie zur Rückreise aus einem bösen Traum. Freiheit! (Wofür?)*